MW01156902

Los siete libros de La Diana

Letras Hispánicas

Jorge de Montemayor

Los siete libros de La Diana

Edición de Asunción Rallo

QUINTA EDICIÓN

CÁTEDRA

LETRAS HISPÁNICAS

1.ª edición, 1993
5.ª edición, 2013

© Ediciones Cátedra (Grupo Anaya, S. A.), 1993, 2013
Juan Ignacio Luca de Tena, 15. 28027 Madrid
Depósito legal: M. 5.491-2008
I.S.B.N.: 978-84-376-0981-2
Printed in Spain

Índice

Introducción

I. El cortesano Jorge de Montemayor

Encarna Jorge de Montemayor al cortesano de la segunda mitad del siglo XVI en muchos de sus aspectos e implicaciones. De origen portugués, nacido hacia 1520 en Montemôr-o-velho (cerca de Coimbra), protagoniza las estrechas relaciones que entonces mantenían España y Portugal: llegaba a Castilla probablemente con el séquito de doña María, hija de Juan III, cuando vino con el futuro Felipe II[1] en 1543, y a cuyo fallecimiento, dos años después, compuso Montemayor un soneto y unas coplas de pie quebrado glosando las primeras de Jorge Manrique[2]. Hacia 1548 parece encontrarse bajo la protección de la infanta María, hija mayor de Carlos V, a la que dedicó su primera obra publicada, *Exposición moral sobre el Psalmo*

---

[1] Así lo sugiere F. M. de Sousa Viterbo: «O poeta não nos indica nem as condições nem o anno em que partiu para Hespanha, mas estou persuadido que seguiria na comitiva da infanta D. Maria, filha de D. João III que em 1543 se matromoniou com o principe D. Filippe, filho de Carlos V», en «Jorge de Montemôr», en *Archivo Historico Portuguez I* (1903), pág. 254. A esta tesis se adhiere M. Menéndez Pelayo (en *Orígenes de la novela,* Madrid, C.S.I.C., 1961, pág. 246), mientras que N. Alonso Cortés la niega.

[2] «Bellísima por cierto, poética y sentida; es sólo de diez coplas (cada una de las cuales da al imitador materia para cuatro), y forma una nueva lamentación elegíaca sobre la muerte de la princesa de Portugal doña María, hija del rey don Juan III. Es pieza de singular rareza que no se halla, según creemos, en ninguna de las ediciones del Cancionero de su autor, y sí sólo en un rarísimo pliego suelto que existe en la Biblioteca Nacional de Lisboa, del cual la transcribe el erudito autor D. García Peres del *Catálogo razonado de los autores portugeses que escribieron en castellano* (Madrid, 1890), págs. 393-403», según M. Menéndez Pelayo, *op. cit.,* pág. 257. Cfr. también N. F. Sánchez Arce, *Las glosas a las «Coplas» de Jorge Manrique,* Madrid, Sancha, 1956, págs. 58-67.

LXXXVI, y de la que fue «cantor en la capilla»[3]. Pasó después a pertenecer como «cantor contravaxo» a la capilla de la infanta doña Juana, mujer del príncipe portugués don Juan y madre del rey don Sebastián, durante los años de 1549 a 1552, fecha en que la acompañó a Portugal como aposentador, regresando en 1554[4].

> En este medio tiempo la estremada
> De nuestra Lusitania gran princesa,
> En quien la fama siempre está ocupada,
> Tuvo, señor, por bien de mi rudeza
> Servirse, un bajo ser alevantado
> Con su saber estraño i su grandeza
> En cuya casa estoi ora passando
> Con mi cansada musa...
>
> *(Epístola a Sâ de Miranda)*[5]

Ligado a este ámbito cortesano en el que realizó su vida bajo amistades y protecciones, pueden atribuírsele algunos viajes como acompañante de Felipe II. Para J. Subirats no hay duda de que fue a Flandes en 1549 participando en la visita triunfal que el entonces príncipe hizo a los Países Bajos, y cuya culminación se representa en las fiestas de Bins[6]. Podría también haber navegado a Inglaterra en el

---

[3] Cfr. N. Alonso Cortés, «En torno a Montemayor», en *RUC* XI (1033), pág. 192.

[4] «Ya en 14 de mayo de 1551 estaba al servicio de esta señora, puesto que Juan III le hizo merced de la *escrevaninha* de uno de los dos navíos de la carrera de la Mina, por un viaje, llamándole en el privilegio «criado da princeza muito amada e prezada nossa filha». De esta infanta hay una carta a la reina doña Catalina intercediendo a favor del padre de nuestro poeta (cuyo nombre no se expresa) para que le dé el oficio que pide» (M. Menéndez Pelayo, *op. cit.*, pág. 247).

[5] Declara el propio Montemayor en la *Epístola a Sâ de Miranda.* Cfr. *Obras de Sâ de Miranda,* ed. de Carolina Michäelis de Vasconcellos, Halle, 1885, págs. 655-65.

[6] J. Subirats afirma que Montemayor fue sin duda a Flandes en 1549 con el séquito del entonces príncipe Felipe, y sobre esta hipótesis hace una lectura de *La Diana* como novela en clave estableciendo una serie de correspondencias referidas en su mayor parte al libro cuarto: Felicia es María de Hungría, con la que principia Orfeo su canto, que era regente del país; el palacio de la maga es Bins, y lo que sucede en él la transcripción a la literatura de las fiestas que se celebraron (cfr. «La Diana de Montemayor, roman à clef?», en *Études Iberiques et latino-américaines,* París, P.U.F, 1968, págs. 105-118). Véase las notas correspondientes en este capítulo cuarto.

séquito que fue a concretar la boda con María Tudor, lo cual propiciaría una lectura autobiográfica de *La Diana* en identificación de Montemayor con Sireno[7].

Su papel cortesano se puede realizar fundamentalmente como animador de las fiestas y como músico. Esto explicaría no sólo su escritura de *autos,* ya para celebrar la Navidad[8], ya para homenajear bodas[9], sino también el carácter de *La Diana,* tan cercano a la dramatización pastoril y funcionando como conjunto de poemas musicales y cantables, algunos de origen tradicional.

---

[7] Es la tesis mantenida por F. López Estrada, quien da así sentido autobiográfico a la canción de la ninfa (71, 31-36), de tal modo que la ausencia de Sireno, causante del olvido y boda de Diana, se identifica con la obligada estancia de Montemayor en Inglaterra. Cfr. Prólogo a la edición de *Los siete libros de La Diana,* Madrid, Espasa-Calpe, 1970, págs. XXIV-XXV. En cambio, E. Moreno Báez, sin objetar nada al posible viaje a Inglaterra, considera a Sireno y Montemayor dos personas distintas: «Como Sireno no es el autor, ya que en una de las églogas aparecen diferenciadas las dos parejas de Diana y Sireno, y Marfida, dama a quien celebra constantemente en su cancionero, y Lusitano, que es el nombre poético que él mismo tomara, es muy verosímil que Montemayor y su protagonista fueran entonces juntos a Inglaterra, donde creemos estuvo el poeta, a juzgar por la frase en inglés que aparece en uno de sus versos. Muy plausible es la conjetura de Alonso Cortés de que Sireno fuera familiar o criado de los condes de Valencia de don Juan» (en el Prólogo a su edición de *Los siete libros de La Diana,* Madrid, Editora Nacional, 1981, pág. XXIV).

[8] Son tres autos representados durante la Navidad de 1545 o 1547, probablemente en la capilla real. No tienen otro título que el de la dedicatoria *«Al Serenísimo Príncipe de Castilla, fueron representados estos tres autos de George de Montemayor en los maytines de las obras de navidad, a cada nocturno un auto»,* y sólo se publicaron entre otras las *Obras de George de Montemayor,* Amberes, Juan Lacio, 1554. Los tres constituyen una secuencia ligada por la presencia alegórica del Tiempo: el primer auto comienza con «in principio creavit Deus caelum et terram», y termina con la caída del Hombre y la promesa de Redención; el segundo se inicia en «Verbum caro factum est», centrándose en el misterio de la Encarnación; el tercero principia con el «Gloria in excelsis Deo», contando un episodio gracioso de la recepción de la noticia de la Natividad. Existe un único estudio y edición moderna, el de F. Whyte, «Three *Autos* of de Montemayor», en *PMLA* XLIII (1928), págs. 953-989.

[9] J. Subirats constata que «à l'occasion du mariage de Jeanne, fille de Charles V avec le prince Jean de Portugal, Montemayor y representara un "auto muy gracioso"». Las fiestas se celebraron en Toro (1552). En art. cit., pág. 108.

Riberas me crié del río Mondego (...)
De ciencia allí alcancé muy poca parte
I por sola esta parte juzgo el todo
De mi ciencia y estilo, ingenio y arte.
En música gasté mi tiempo todo:
Previno Dios en mí esta vía
Para me sustentar por algún modo
(*Epístola a Sâ de Miranda,* ed. cit.)

Pero Montemayor es ante todo poeta, y vivió realmente encarnando no al hombre de letras, sino al cortesano siempre enamorado («pues con amores vivió / y aun con ellos se crió, / en amores se metió / siempre en ellos contempló / los amores ensalzó / y de amores escrivió / y por amores murió»)[10]. Un cortesano que recuerda bastante a los del siglo xv, que no al renacentista poeta-soldado, de sólidas lecturas clásicas e italianas. Montemayor compuso poesía desde una formación autodidacta, y ni fue soldado, aunque acompañase alguna vez al ejército, como en la guerra que hubo en Flandes contra los franceses entre 1556 y 1559[11], ni recibió una educación clásica.

«Y de lo que algunos dizen que la poesía se adquiere con el estudio de las letras, y que de otra manera no puede ninguno ser poeta, a esso respondo que Montemayor fue hombre de grandísimo natural, porque todo lo que hizo fue sacado de allí, pues se sabe que no fue letrado ni más de romancista», afirmaba Sánchez de Lima utilizándolo como ejemplo[12].

---

[10] Cfr. Fr. Bartolomé Ponce, en la *Carta dedicatoria* que precede a su *Clara Diana a lo divino,* donde en explicación del origen de su propia novela recuerda un encuentro con Montemayor, y traza un esquemático retrato de su personalidad. Texto recogido por M. Menéndez Pelayo, *op. cit.,* pág. 260.

[11] M. Menéndez Pelayo pasa por encima esta faceta de Montemayor señalando que «hay en su *Cancionero* dos sonetos que compuso "partiéndose para la guerra" y "yéndose el autor a Flandes". Montemayor no pudo alcanzar más guerra de Felipe II con Francia que la de 1559, memorable por el triunfo de San Quintín» (*op. cit.,* pág. 246). También lo afirma A. Solé-Leris en *The Spanish Pastoral Novel,* Boston, Twayne, 1980, pág. 31. Hay que recordar que en 1558 aparece en Amberes su *Segundo Cancionero espiritual.*

[12] Cfr. *Arte poética en romance castellano,* Alcalá de Henares, 1580, ed. R. Balbín, Madrid, C.S.I.C., 1944, pág. 37. Los versos de Montemayor sirvieron también a Gracián para ejemplificar en su *Agudeza y Arte de ingenio,* precisamente por el juego de palabras que encierran de origen cancioneril. En las notas de esta edición se recogen las citas de B. Gracián.

Y así se refleja tanto en su poesía, de resultados a menudo cancioneriles, que hace que «a pesar de su edad, más joven que Garcilaso y Sâ de Miranda, no entra rigurosamente en el grupo de poetas del endecasílabo»[13], como en *La Diana,* desde el entramado y resoluciones amorosas hasta las deudas a las novelas sentimental y caballeresca. Porque sus aficiones *(studii)* le inclinaron a amistades literarias como la de Gutierre de Cetina o la de Feliciano de Silva, a cuya muerte escribió una larga elegía en tercetos y un epitafio, y del que decía con admiración que «su ciencia, ingenio e gracia innumerable, / conversación tan llena e tan discreta, (...) Tan abundante ingenio, e tan buen gusto, / tan general en todo y en la parte, / en toda humana sciencia leydo e visto»[14]. Y se le ha incluido en el mismo contexto de Bernardim Ribeiro.

Son vínculos por un lado de significado literario, pero por otro de explicación vital: aun habitando la corte castellana no dejó de pertenecer al ámbito portugués. Así explica también N. Alonso Cortés la «singular preferencia que muestra Montemayor por las personas pertenecientes a la familia de los duques de Valencia de don Juan. La razón es obvia, la princesa doña Juana, a cuyo servicio estaba Montemayor, procuró rodearse en la corte de Castilla de aquellos nobles que tenían raíces en Portugal, y entre ellos buscó sus damas y su servidumbre, y no hay que olvidar que los duques de Valencia de don Juan eran parientes suyos, como descendientes del rey don Pedro I de Portugal»[15].

---

[13] Son palabras de M. J. Bayo en *Virgilio y la pastoral española del Renacimiento (1480-1530),* Madrid, Gredos, 1959, pág. 252. También M. Pelayo opina que: «Aunque cultivó mucho el metro italiano y compuso cuatro larguísimas églogas imitando manifiestamente a Sannazaro y Garcilaso, la mayor parte de sus poesías pertenecen a la escuela de Castillejo y Gregorio Silvestre; son coplas castellanas al estilo de los poetas del xv, que parecen haber tomado por modelos, especialmente a Jorge Manrique, cuya elegía glosó dos o tres veces» *(op. cit.,* pág. 257).

[14] Sobre la vinculación de Feliciano de Silva y Montemayor, cfr. S. P. Cravens, *Feliciano de Silva y los antecedentes de la novela pastoril en sus libros de caballería,* Madrid, Castalia, 1976. El texto es de la página 35. Las posibles interrelaciones se reseñan en las notas de esta edición, pues resulta interesante en la lectura de *La Diana* como confluencia de géneros novelísticos.

[15] N. Alonso Cortés, art. cit., pág. 195.

Esta relación es además importante en la interpretación de *La Diana,* en una lectura como novela en clave, al situarse su acción precisamente en los pasajes de León propiedad de estos duques, y al ser identificada Diana como una dama que habitaba allí[16].

Por otro lado, se ha venido insistiendo en que Montemayor tenía una formación religiosa, como lo demuestran la mayor parte de sus obras (*Diálogo espiritual, Exposición moral del psalmo LXXXVI, Segundo Cancionero espiritual,* los *autos*), y como se refleja en *La Diana,* de factible espiritualización. Los conocimientos de cultura clásica se han sustituido en Montemayor por los bíblicos, en claro significado de la modalidad tradicional del renacimiento español que en vez de fusionarlo (como en Garcilaso o Fray Luis) los contrapone creando en la obra un reflejo de autor confundido e incluso atormentado (en este balanceo de poeta de amores / poeta de devoción), aunque en Montemayor las posibles contradicciones tienen explicación cortesana.

Debido a sus relaciones de amistad antes mencionadas, como a cierta insinuación en un debate poético de que tenía ascendencia judía[17], esta personalidad «atormentada»

---

[16] Dos testimonios dan cuenta del hecho al relatar el viaje de Felipe III en 1602: Sepúlveda en una historia manuscrita de *Varios sucesos,* y M. de Faria y Sousa en su comentario a *Os Lusiadas.* Según el primero, «cuando los Reyes D. Felipe III y su esposa D.ª Margarita volvieron de León a Valladolid el año de 1602, hicieron mansión en Valencia de Don Juan, supieron por el Marqués de las Navas su mayordomo que le habían aposentado en casa de aquella mujer famosa que con el nombre de Diana había celebrado tanto Jorge de Montemayor. Los Reyes quisieron verla y fueron a su casa con toda su corte». También Lope en su *Dorotea* alude a lo mismo diciendo: «¿Qué mayor riqueza para una mujer que verse eternizada? Porque la hermosura se acaba y nadie que la mire sin ella cree que la tuvo, y los versos de su alabanza son eternos testigos que viven con su nombre. La Diana de Jorge de Montemayor fue una dama de Valencia de Don Juan, junto a León, y Esla su río y ella serán eternos por su alma» (cfr. A. García Abad, «Sobre la patria de la Diana», en *RLit* XXVII, 1965, págs. 67-77).

[17] La controversia la recoge M. Menéndez Pelayo: «Metístete en el abismo / Del bautizar y fue bien / Porque confiesas tú mismo / Ser de Cristo mi bautismo / Y el tuyo ser de Moisén / ... / En tus coplas me mostraste / Dos verdades muy de plano / Que del quemar te quemaste, / Y que también te afrentaste / Porque te llamé cristiano / El quemar fue mal hablado, / Que en casa del ahorcado / No se debe mentar soga; / Si te llamara Sinoga / No

de Montemayor ha dado pie a su inclusión entre los escritores conversos, con todas las explicaciones de índole creativa. «La religión en Montemayor es una pura expresión intelectual y emotiva entre Dios y él, están ausentes el ardor y el estremecimiento místico, pues no cesa un momento de razonar lúcidamente sin que la emoción del poeta empañe su razón. (...) Montemayor seguía apegado al *Antiguo Testamento,* y se había acogido a la doctrina erasmista, por lo mismo que en siglo anterior los conversos se abrazaban a la orden jerónima (...) El culto y todo lo restante no tienen más eficacia que la de la pureza absoluta del alma que los realice. La reconciliación con Dios en lo íntimo del corazón (...). Montemayor exige puro desinterés a la Sión cristiana»[18].

Pudo así situársele entre los erasmistas, entre los hombres de la «devotio moderna»[19], o entre los judíos conversos cuyo biblismo era base cultural y cuya melancolía era carácter inequívoco, creando literatura como evasión[20].

te hubieras afrentado.» Las coplas de Montemayor y Alcalá están ya impresas en la *Miscelánea* de don Luis de Zapata (tomo XI del *Memorial Histórico Español,* págs. 279-292). Zapata advierte que esta *graciosa emulación* se ha de oír «como de calumnia, entre dos enemigos, holgando con lo que se dijeron y no creyendo lo que uno a otro se motejaron (en *op. cit.,* pág. 266 nota).

[18] A Castro, «Lo hispánico y el erasmismo», en *Aspectos del vivir hispánico,* Madrid, Alianza Editorial, 1970, págs. 119-26.

[19] «Fue Montemayor un hombre de la «devotio moderna», prescindiendo de sus antecedentes judaicos de que fue acusado por Juan de Alcalá en unos versos satíricos. Corresponde a la situación espiritual de la generación del Emperador, de una religiosidad fluida y activa, ansiosa de novedad y vida interior, en la que intentó tajar y poner límites claros al Concilio de Trento, del que es expresión del *Índice* de Valdés», afirma M. J. Bayo en *op. cit.,* pág. 249.

[20] Tal es la perspectiva tanto de A. Castro («huir del país materialmente a donde no fuese, conocidos como conversos, refugiarse en una orden religiosa o en la apartada irrealidad de alguna imaginación bella y melancólica. No es un azar que el converso Jorge de Montemayor escribiese la *Diana»,* en *España en su historia,* Barcelona, Crítica, 1983, pág. 546), como de M. Bataillon: «Pero portugués de ascendencia judía, músico de profesión, Montemayor fue uno de los primeros que sintieron la grave música de los Salmos (...). Su sentimiento religioso deja ver un hondo parentesco con el de un Carranza o el de un Luis de Granada. Él sufrirá muy pronto la misma suerte», en *Erasmo y España,* México, F.C.E., 1966, págs. 607-08). cfr. también de M. Bataillon, «¿Melancolía renacentista o melancolía judía?», en *Varia lección de clásicos españoles,* Madrid, Gredos, 1964, págs. 39-54.

Tal perspectiva se corrobora por la inclusión de las poesías religiosas de Montemayor en el *Índice* inquisitorial de 1559[21]; pero ni está demostrado documentalmente ni las manifestaciones que se utilizan como prueba son consecuencias unívocas. Como opina Avalle-Arce, «con Montemayor nos hallamos ante un caso en que el peso de las dudas es mayor en el fiel de la balanza que la evidencia de judaísmo. La melancolía de la *Diana,* según Castro y Bataillon, característica judía, le es dos veces aneja por ser obra renacentista y bucólica, lo que representa un doble dispararse hacia una perfección ideal inalcanzable y el consecuente y melancólico desilusionarse»[22]. Moreno Báez, más riguroso aún, apunta que es incluso erróneo identificar el deseo de evasión con el bucolismo[23].

Se considera factor importante para la pastoril su significado de literatura de evasión o no, lo cierto es que Montemayor fue un cortesano perfectamente integrado en su ámbito y vivió casi como símbolo del poeta enamorado, autollamado *Lusitano,* y con diferentes amadas, *Marfisa, Vandalina,* y la propia Diana en la interpretación autobiográfica de la novela[24]. Integración que se demuestra también, y precisamente, por *La Diana,* por su lectura cortesana y su éxito, inexplicable sin esta compenetración. Su

---

[21] En 1559 las obras de Montemayor, en lo que toca a devoción y cosas cristianas, fueron incluidas en el *Índice expurgatorio* de don Fernando de Valdés, y después, en 1583, en el de Quiroga. Todas las obras excepto el *Diálogo espiritual;* hecho que comenta M. Martins, «Uma obra inédita de Jorge de Montemôr, *Diálogo Espiritual*», en *Brotéria* 43 (1946), pág. 399.

[22] J. B. Avalle-Arce, *La novela pastoril española,* Madrid, Istmo, 1974, páginas 72-73.

[23] «No creo, por el contrario, que el deseo de evasión, propio del converso que vive en un ambiente que le es hostil, favoreciera el florecimiento del bucolismo, en primer lugar porque éste, como estamos viendo, no es evasión, sino depuración de lo que solemos llamar realidad, y en segundo lugar, porque aun aceptando el origen judío de Montemayor, lo que no ha sido todavía probado, esta circunstancia no se da en ningún otro de sus cultivadores en Italia o España» (Prólogo a su edición de *Los siete libros de la Diana,* Madrid, Editora Nacional, 1981, pág. XV).

[24] Cfr. *El Cancionero del poeta George de Montemayor,* ed. A. González Palencia, Madrid, S.B.E., 1932. Para un estudio global, puede acudirse a B.M. Damiani, *Jorge de Montemayor,* Roma, Bulzoni, 1984, págs. 43-62.

muerte, en Piamonte en 1561, en un lance de amor, podría haber convertido su vida en mito si, como la de Macías, hubiera ocurrido en la Edad Media.

«Nunca más le vi, antes de allí a pocos meses me dixeron cómo un muy amigo suyo le avía muerto por ciertos celos o amores: justíssimos juicios son de Dios, que aquello que más tracta y ama qualquiera viviendo, por la mayor parte nos castiga»[25].

La doble vertiente que encarna Montemayor, religiosa y amorosa, íntimamente vinculante entre sí en cuanto experiencia vital, y ambas con posible resolución espiritual en la búsqueda de la interioridad del debate anímico, se proyecta sin duda en la obra. Su Cancionero, recogiendo el material en «el cual a muchos años que haze y con mucho estudio y trabajo»[26], se divide en dos partes: *Las obras de George de Montemayor repartidas en dos libros,* y dirigidos a los muy altos y poderosos señores don Juan y doña Juana, príncipes de Portugal, Amberes, 1554. Con predominio de la forma tradicional para los versos devotos, que son «paráfrasis de versículos de los psalmos, del *Gloria,* glosas a las canciones ajenas, composiciones alegóricas en que hablan las virtudes personificadas, y hasta aplicaciones a motivos

---

[25] Cfr. Fr. Bartolomé Ponce en *loc. cit.,* pág. 260. Diego Ramírez Pagán, amigo de Montemayor, compuso dos sonetos a su muerte que también proporcionan algún dato: el primero empieza con «Comienza, Musa mía, dolorosa / El funesto suceso y desventura, / La muerte arrebatada y presurosa / De nuestro lusitano...», y el segundo acaba: «¿Quién tan pronto le dio tan cruda muerte? / Invidia y Marte, Venus lo ha movido, / ¿Sus huesos dónde están? En Piamonte / ¿Por qué? Por no los dar a patria ingrata. / ¿Qué le debe su patria? Inmortal nombre / ¿De qué? De larga vena, dulce y grata. / ¿Y en pago qué le dan? Talar el monte, / ¿Y habrá quien lo cultive? No hay tal hombre» (en M. Menéndez Pelayo, *op. cit.,* pág. 260). En el prefacio de la edición de *La Diana* de Madrid 1622 se fija la fecha de su muerte en el 26 de febrero de 1561.

[26] Un pliego suelto de 1552 da cuenta de que ciertamente corrían ya las composiciones de Montemayor. Se titula *Cancionero de las obras de Montemayor,* y consta de ocho folios. J. Dupont se cuestiona si pertenecen a la obra aludida por N. Alonso Cortés, en cuyo caso serían extracto de un *Cancionero de devoción* publicado en Medina del Campo en 1552, o bien constituyen al principio de alguna obra perdida, ya que llevan amplio prólogo y ningún colofón. (Cfr. J. Dupont, «Un pliego suelto de 1552 intitulé: *Cancionero de las obras de devoción* de J. de Montemayor», en *BHi* LXXV (1973), págs. 40-72.)

religiosos de juegos profanos que dan por resultado cierta irreverencia»[27], tiene algunos sonetos y canciones al modo italiano de asunto religioso, pero en su mayoría tratan del amoroso. Compuso epístolas, siempre en tercetos, cuatro canciones, églogas. Reflejando reminiscencias puntuales del petrarquismo en algunas composiciones (como en las que comienzan «Si amor es puro amor ¿por qué me ofende» y «¡Oh dulce sueño, dulce fantasía!»), y lecturas de otros poetas italianos (Sannazaro) y españoles (en especial Garcilaso)[28], sin embargo «forzoso reconocer que no tiene ni una sola poesía, verdaderamente inspirada, que lo ponga a la altura de sus colegas petrarquistas; además el verso es duro y monótono, y en ocasiones mal medido»[29].

Por otro lado, la ordenación del material poético está hecho por el propio poeta, lo cual implica que «Cancionero significa aquí conjunto de diversas poesías, en metro y tema, debidas a un solo autor», sin relación posible con el *Canzoniere* de Petrarca, ni las organizaciones que ofrecen Garcilaso o Acuña, acercándose en cambio a los cancioneros individuales del siglo XV como los de Gómez Manrique, Fernando de la Torre, o Juan Álvarez Gato, quien también presentaba una división de índole temática[30]. Discurriendo casi paralelamente entre lo profano y lo religioso, Montemayor alterna también el uso de los metros tradicionales con los metros italianizantes. A. Prieto destaca la significación del uso del diálogo en ambos sentidos: el tradicional con el humor y la agilidad semejante a los diálogos castellanos de Cristóbal de Castillejo; el renacen-

---

[27] Así lo afirma el editor del Cancionero, A. González Palencia, en su Prólogo a *El Cancionero del poeta George de Montemayor,* Madrid, S.B.E., 1932, págs. XIII-XIV.

[28] Pueden comprobarse estas lecturas en algunos pasajes de *La Diana,* donde la relación con Petrarca, Sannazaro y en especial Garcilaso son manifiestas. Cfr. las notas 17, 18, 33, 40, 50, 57 del libro primero, la 7 del segundo y la 7 del tercero.

[29] Cfr. A. González Palencia en *loc. cit.,* pág. XVIII.

[30] Cfr. el estudio que sobre la poesía de Montemayor realiza A. Prieto en *La poesía española del siglo XVI,* Madrid, Cátedra, 1984. Las citas son de la página 135.

tista de las églogas, en los cuales aparece la morosidad propia del género *(Égloga* I entre Lusitano y Ptolomeo), la temática amorosa en vertiente neoplatónica *(Égloga* III), así como «conceptismo que es tanto cancioneril como el de Petrarca» *(Égloga* IV), aunque alguna se resienta de una estructura de debate (medieval) como la *Égloga* II. La cuarta está dedicada a María de Aragón, hermana de la condesa de Gelves, la *Luz* de Herrera[31]. En definitiva, aunque sus poesías profanas remitan al mismo contexto que las de Garcilaso y Gutierre de Cetina, y demuestren no ya concomitancias, sino imitaciones similares, lo importante es que resultan antigarcilasistas, como afirma A. Prieto, porque surgen por un lado de una postura cortesana bien distinta a la vivida por Garcilaso, por otro por la dicotomía radical de Montemayor, asumida vitalmente, en expresión anímica para la cual el amor profano es otra vía bien distinta a la religiosa para alcanzar el resultado espiritual. Esta dicotomía, no proyectada en auténtico debate interior, se manifiesta en soluciones si no superficiales, sí poco auténticas. Montemayor puede verse así, de nuevo, como catalizador de la generalidad cortesana de la segunda mitad del xvi, no soldado-poeta, sino pastor-poeta inmerso más que nada en una problemática religiosa, para la cual el ámbito pastoril no es sino la transfiguración mundanal, pero con idéntica imposibilidad resolutiva.

Parece, pues, que en Montemayor primaba el poeta religioso, por lo que no es de extrañar que en 1558 apareciese en Amberes una nueva edición de la parte religiosa con el título de *Segundo Cancionero espiritual.* Del estudio que de él ha hecho S. L. Creel[32] se desprende que también en la poesía devota de Montemayor conviven la religiosidad medieval, convencional y tradicional, que se expresa en el valor de las obras para lograr la salvación, la fe en la divina Providencia, el marianismo y el didactismo real. Junto a ello,

---

[31] A. Prieto, *op. cit.,* págs. 141-43.

[32] Remito para todo lo concerniente a la poesía religiosa de Montemayor al completo estudio de B. L. Creel, *The religious poetry of Jorge de Montemayor,* Londres, Tamesis Books, 1981.

la reforma espiritual en paralelo al erasmismo, iluminismo y en general la «devotio moderna»: una religión efectiva basada en la oración interior, en contra del formulismo ceremonial, Montemayor promueve una actitud de agnosticismo metafísico alejándose de la curiosidad especulativa excesiva; se adhiere a un ideal de modesta piedad, y repudia la veneración del servir, en favor del espíritu no monástico del gozo triunfante y confiado. Comparando las dos ediciones de 1554 y 1558 se percibe que en la segunda hay evidente maduración que se aprecia en la inclusión de la paráfrasis del *Super flumina Babylonis,* los sonetos espirituales, el *Aviso de discretos,* y el *Regimiento de príncipes.*

La tendencia religiosa de Montemayor le aconsejó toda su vida. Sus primeros escritos encauzaban ya esta trayectoria: su primera obra, que dejó inédita, se titula *Diálogo espiritual,* y trata, en seis libros, con un simbolismo muy cercano al medieval, de un cortesano llamado Severo que se pierde en un descampado, y encuentra a un ermitaño, Dilecto, antiguo conocido suyo. Ambos conversan acerca de historia sagrada, explican qué es el Cuerpo Místico y los bienes de la Eucaristía, y se detienen en el significado del Purgatorio, del Infierno, la Resurrección de los muertos y el Juicio Final. Conjuga aquí Montemayor su atracción por la Biblia, que comenta, con el ideal de «caballería espiritual» tan propia de la literatura medieval[33]. Esto mismo puede percibirse en la *Exposición moral del psalmo LXXXVI del real propheta David,* comentario en prosa y en verso, nacido de la incitación a la lectura bíblica y del deseo de una solución espiritual para la vida humana[34]. La vertiente mundana que solía conllevar tal actitud, el desprecio del mundo presente, se manifiesta en su *Carta de los trabajos de los Reyes,* posiblemente mero ejercicio literario como quiere Avalle-Arce[35], pero también otro elemento significativo

[33] Cfr. el interesante estudio de M. Martins ya citado, único sobre esta obra, en *Broteria* 43 (1946), págs. 399-408.

[34] F. López Estrada, que se ha interesado por la obra, la considera en algunos aspectos, como en el de la combinación de prosa y verso, embrión de *La Diana;* cfr. «*La exposición moral sobre el psalmo LXXXVI* de Jorge de Montemayor», en *Revista de Bibliografía Nacional* 5 (1944), págs. 499-523.

[35] *Op. cit.,* pág. 70.

del pensamiento de Montemayor. Datada en Amberes (1558?), representa un ejemplo más de su asunción cortesana: no tan sólo por la temática, imitada de L. de Cáceres, como ha demostrado Eugenio Asensio[36], sino también por la misma forma epistolar, en la línea abierta por Antonio de Guevara.

Es fácil comprender asimismo que Montemayor eligiese al poeta Ausias March para verterlo al castellano. Preparó probablemente su versión durante una estancia en Valencia, donde según M. Menéndez Pelayo, pudo cotejar hasta cinco manuscritos «prefiriendo el que había hecho copiar don Luis Carroz, baile general de aquella ciudad. Su trabajo no pasó de los *Cantos de amor*»[37]. La admiración por el poeta catalán venía de antes: «Divino Ausias que con alto vuelo / Tus versos a las nubes levantadas, / Y a tu Valencia tanto sublimastes, / Que Esmirna y Mantua quedan por el suelo (...) Spiritu divino te inspiraba / El qual así movió tu pluma y mano, / Que fuiste entre los hombres uno y solo» comienza y acaba el soneto que le dedicó en la edición de las obras de Ausias March hecha en Valladolid, 1555.

Sea acertada o no la traducción según los gustos poéticos posteriores[38], lo interesante es señalar no ya unas posi-

---

[36] «Lourenço de Cáceres y su Tratado *Dos trabalhos do Rei* (con una nota sobre Jorge de Montemayor plagiario)», en *Iberida,* 5 (1961), págs. 67-78. Como indica F. Sánchez Cantón, «más que ciencia y erudición, revela con ella el autor experiencia de la vida de corte, adquirida en largos años de andanzas y servicios palaciegos». Cfr. su edición de la carta, acompañada de unas consideraciones introductorias en *RFE* 12 (1925), págs. 43-55.

[37] M. Menéndez Pelayo, *op. cit.,* pág. 259. Considera que, como la «primera y rarísima edición hecha en Valencia, al parecer por Juan Mey» carece de fecha, «no sabemos a punto fijo cuándo hizo este trabajo». Sin embargo, suele darse la fecha de 1560 para la publicación; relacionando además que, durante su estancia en Valencia, Montemayor ultimó *La Diana,* ya que va dirigido al valenciano Juan Castellá de Vilanova, señor de Bicorb y Quesa. Para la lectura de *Las obras de Ausias March. Traducidas por Jorge de Montemayor,* remito a la edición de F. Carreres de Calatayud, Madrid, C.S.I.C., 1947.

[38] F. López Estrada escoge ejemplificativamente dos opiniones contrapuestas, la de Marcos Dorantes en su «Elegía a la muerte de Montemayor» («Y quien contra el juizio de hombres vanos / los escuros autores ha tornado / de escabrosos, claríssimos y llanos»); y la de Lope de Vega en el epílogo de

bles reminiscencias de la poesía del escritor en *La Diana,* como hizo ya López Estrada, sino una identificación anímica entre ambos poetas: Montemayor debió leer en Ausias March junto con la «exposición más acongojada y tormentosa de una pasión de amor»[39], el afán analítico, razonante que deriva, más que en el petrarquismo, hacia la experiencia amorosa como acto intelectual; más cercano, por tanto, de la tradición cortesana del xv.

La Diana viene así a acoplarse como una pieza, sin duda la mejor, del retrato cortesano de Montemayor, fundiendo las novedades renacentistas sobre amor, de vertiente espiritual y ámbito pastoril, en un entramado de tradición medieval. Quizá era el único camino posible para la transformación de la bucólica poética en novela, haciéndola encarnar en recursos romancescos.

II. «LA DIANA» EN SU CONTEXTO HISTÓRICO

Puede considerarse lo pastoril como una actitud humana existente en todos los tiempos, en su significado de evasión y contraste de lo «real mundano/ideal deseado», o como moda concreta y rasgo particular de una época, un autor o una obra, pero lo cierto es que en el Renacimiento, y en especial en la corte castellana del xvi existió una manifiesta atracción por el bucolismo, como divertimento, e incluso con implicaciones ideológicas.

Según la primera consideración habría que partir, para

---

sus *Rimas* (1602); «Castísimos son aquellos versos que escribió Ausias March en lengua lemosina que tan mal y sin entenderlos Montemayor tradujo» (Cfr. su Prólogo a la edición ya citada de *La Diana,* págs. XX-XXI). Del mismo modo dice Jerónimo de Árbolanche en *Los nueve libros de las Havidas,* Zaragoza, 1566: «Ni traducillo yo jamás supiera / Tan torpemente como el Lusitano; / Ni se hacer Cancioneros de manera / Que mezcle lo divino con lo humano. / Ni Diana segunda ni primera / Jamás supo mi torpe mano, / Por parecerme todas niñería.»

[39] Así opina J. R. Avalle-Arce: «El interés en el análisis de la pasión amorosa fue, con seguridad, motivo poderoso en la determinación de traducir los *Cantos de amor* de Ausias March (1560), expresión la más acongojada y tormentosa de dicha pasión por aquellos siglos» *(op. cit.,* pág. 71).

enmarcar cualquier obra de índole bucólica, de unos extensos antecedentes, retrotraerse a la poesía griega de la época helenística, y en línea continua seguir sus huellas en Virgilio, Horacio, Boccaccio... Es indudable que este acercamiento puede resultar fructífero si lo consideramos como fenómeno literario de conformación tópica, con ciertos rasgos y elementos adscritos siempre a él. Éstos serían, siguiendo a E. R. Curtius, una identificación del poeta con el pastor por su oficio, que exige vida al aire libre, lejos de la ciudad, y proporciona ocio aprovechado para el disfrute de un instrumento musical; un escenario especial, una región especial que sintetizando constituye el mito de la Arcadia; y los motivos eróticos en todos sus aspectos como temática[40]. Si a ello se le une una libertad en cuanto género, tenemos un posible estudio, quizá demasiado general, y desde luego sólo aplicable desde una visión teórico-literaria del bucolismo[41].

Por otro lado estos enmarcamientos ya fueron diestramente realizados por Menéndez Pelayo, e incluso desbordados por López Estrada[42]. Su efectividad es cuestionable, y su validez, distinta en los dos casos citados, se refleja mejor como modo de abordar un género sometido a fluctuaciones de valoración, por haber sido creado ficticiamente, desencajando de sus coordenadas históricas a las obras que

[40] Cfr. F. R. Curtius, *Literatura europea y Edad Media latina*, México, F.C.E., 1955, págs. 269-72.

[41] Cfr. R. Poggioli, *The Oaten Flute. Essays on Pastoral Poetry and the Pastoral Ideal*, Cambridge, Massachusetts, Harvard University Press, 1975.

[42] F. López Estrada publicó una extensa obra, *Los libros de pastores en la literatura española* (Madrid, Gredos, 1974), subtitulado «La órbita previa», en el que traza un conjunto de referencias bibliográficas, prescindiendo de lo concreto sobre Montemayor, por dejarlo para otro estudio: «En primer lugar señalo en forma sumaria y suficiente para mi propósito, los fundamentos del género literario. Después expongo con más detenimiento lo que llamo los precedentes de los libros de pastores, y que pudieron haber servido en el siglo XVI como experiencias poéticas anteriores, que de algún modo hubiesen intervenido en el condicionamiento literario.» Sin embargo, no llega a manifestar qué relación mantiene todo ello con *La Diana*, máxime cuando se afirma desde el principio que se refiere a «una rama precisa que se inicia en España con *La Diana* de Montemayor, y en este punto se establece el comienzo de los libros de pastores». (Las citas son de las páginas 21 y 18.)

se encadenan para constituirle. Ya B. Wardropper señaló la actitud negativa desde la que se venía considerando la pastoril, ya por su artificiosidad (Rennert), ya por su decadentismo (Atkinson). La consideración de la falsedad esencial de la pastoril llevó a un distanciamiento e incomprensión con escasísimas excepciones como la de A. Valbuena Prat[43]. El hecho, por tanto, de intepretar el bucolismo como actitud humana existente en todos los tiempos, aunque manifestada en formas diferentes, conlleva esta posible negación, a veces absoluta, entendiendo la pastoril como algo no sólo decadente sino caduco, viejo y carente de sentido. A esta visión respondieron las opiniones de Schevill y Bonilla cuando hicieron la edición de *La Galatea* de Cervantes[44], y la de Sánchez Cantón que proponía una edición aligerada de *La Diana:*

«Y la *Diana* [...] es de lectura lata y fatigosa, y como tantas obras clásicas nuestras, aguarda un editor que discretamente la aligere, podando alambicados razonamientos y cansadas descripciones»[45].

La cuestión no es tan simple como la proponía E. Moreno Báez afirmando que «por reflejar una actitud ante el mundo muy distinta de la que domina difícilmente pueden ser comprendidas ni mucho menos ser apreciadas. Este es el caso de las pastorales del Renacimiento, de cuya artificiosidad se hacen lenguas los críticos, sin darse cuenta de que su belleza estriba en lo que ellos señalan como

---

[43] Cfr. B. Wardropper, «The Diana of Montemayor: revaluation and interpretation», en *SPh* XLVIII (1951), págs. 126-27. Recuerda la valoración de Valbuena Prat: «No se trata de falsedad, de fracaso en la descripción; la naturaleza aparece en sus líneas esenciales, fuera de toda concreción determinada, como objeto de belleza, análogo al de la lírica de las églogas.»

[44] «No es de esperar que los hombres de ahora penetren en el espíritu ni en el lenguaje de la novela pastoril. Jamás disfrutó ésta de la lozanía juvenil; nació vieja, porque se inspiraba en un arte exótico, en modelos de una época que había pasado, lejos de la verdad y de la vida, que no podían, por lo tanto, palpitar con ella. Su llanto no conmueve; su risa no se nos contagia. Sus escenas y sus episodios se parecen a los de un tapiz, puede haber color en ellos, y a veces lo hay, pero jamás alientan las figuras» (Introducción a la edición de *La Galatea,* Madrid, 1914, págs. XXVII-XXVIII).

[45] F. J. Sánchez Cantón, art. cit., pág. 43.

defecto capital del género»[46]. En realidad explicar positivamente el bucolismo no consiste en dar la vuelta a las argumentaciones que sobre él han venido dándose, ya que se basan en una interpretación de elementos y tópicos de un *continuun* genérico, y la «falsedad» virtual que le acompaña es fundamento básico de su existencia, siempre que la pastoril sea considerada como eslabón más de la eterna (o cíclica) actitud humana.

En cambio, parece que una mejor *comprensión* de la pastoril se logra vertebrando la obra en su contexto histórico, y buscando en él no sólo la explicación de su *modo* literario, sino también la lectura (y significación) que tuvo en su momento. Obviamente hay que prescindir de cualquier teoría mecanicista, como la de J. Savoye de Ferreras quien afirma: «La ficción pastoril aparece, pues, como la materialización literaria de cierto nivel de conciencia del individuo, toma de conciencia ligada a la actividad mercantil italiana, primero, y que luego se extiende siendo asimilada por la élite de la sociedad española de cuño aristocrático. Tal asimilación frena el proceso de la toma de conciencia individualista, y lo que nació de un comportamiento burgués se ve absorbido y desviado por la mente aristocrática»[47]. No aporta ninguna luz al entendimiento de *La Diana*. Tampoco, y en el otro extremo, se puede acudir a la visión biográfica que pretende una inmanencia del texto respecto del autor[48].

[46] E. Moreno Báez, *loc. cit.*, pág. IX.

[47] J. Savoye de Ferreras, «El mito del pastor», en *CHi* 308 (1976), pág. 48.

[48] Poco aporta intentar entender *La Diana* como expresión de la dinámica interna del alma enamorada de Montemayor y exponer que «imbuido de filosofía platónica que le llega por los cauces accesibles a su formación, la amada se esparce por su alma y la ordena, y con ello conforma el mundo. Pero el torcedor se halla en que este sentido del amor no es el común de los asalariados, de los cantores. El poeta portugués se retuerce con la misma pasión ardorosa que pudiera hacerlo un cortesano al modo del que describió Castiglione», en F. López Estrada, «La epístola de J. de Montemayor a Diego Ramírez Pagán. Una interpretación del desprecio por el cortesano en *La Diana*», en *Estudios dedicados a Ramón Menéndez Pidal*, tomo VI, Madrid, C.S.I.C., 1956, pág. 402.

En principio el bucolismo que invade el Renacimiento español puede tener diversas motivaciones que no se excluyen sino que se complementan. De hecho la corriente humanista del desprecio del mundo, que retomaba y culminaba algunos aspectos, dotándoles de nuevo sentido, de un tema medieval, ya atendido por Petrarca (*Liber de vita solitaria*), había alcanzado la poesía cortesana, y en el tránsito al Renacimiento su índole desesperada o nostálgica se metamorfoseó en realización agradable y esperanzada. Despreciar el mundo implica, en la recuperación de los clásicos y en la consideración del hombre como ser perfectible, crear otro espacio, idílico, que proyecta al cortesano no tanto hacia una huida como hacia un encuentro de sí mismo en otro contexto[49].

Además la aceptación que tuvo la pastoril puede relacionarse con las corrientes ideológicas de innovación literaria, como, por ejemplo, con el erasmismo. Ya A. Castro vinculaba la nueva «sensibilidad religiosa hispano-semítica esclarecida por Erasmo» con «el cultivo artístico del género pastoril»[50]; es decir identificando ambos (nueva actitud religiosa, nueva actitud literaria) como manifestación de una nueva ideología. Pero aun, en un plano exclusivamente literario, puede tener relación con Erasmo si se considera, como hizo M. Bataillon, que éste propulsó un tipo de literatura basada en la temática de la virtud y en la guarda de la verosimilitud[51], lo cual significaría que la no-

---

[49] Remito sobre este punto a dos capítulos de *El otoño de la Edad Media* de J. Huizinga: el segundo («La nostalgia de una vida más bella») y el décimo («La imagen idílica de la vida») en la edición de Madrid, Revista de Occidente, 1971, págs. 50-88 y 198-211.

[50] Cfr. A. Castro, quien también afirmaba que «lo pastoril es una hijuela de la mística», en «Lo hispánico y el erasmismo», en *loc. cit.*, pág. 126.

[51] «Pero no debe olvidarse que el terreno había sido ya abonado por los humanistas discípulos de Erasmo, los cuales buscaban a su vez una literatura verdadera, es decir, satisfactoria para la razón y al mismo tiempo moral. Una de las más curiosas manifestaciones de esta doble tendencia es la acogida que dispensaron al género pastoril. Las mismas razones que los apartan de los libros de caballerías, y que les hacen amar la novela bizantina de aventuras, entran también en juego en favor de las historias de pastores y pastoras: éstas vuelven la espalda al realismo crudo, pero también a la inverosimilitud y,

vela pastoril vino a ser en el Renacimiento la sustitutoria de la novela griega, única reconocida por su origen antiguo, por parte de los humanistas. Sin embargo esta vinculación del bucolismo con el erasmismo aun siendo factible como elemento más, deja al menos dos interrogantes que la limitan: cómo, si es propuesta humanista, se realiza y alcanza su significado en la corte; y cómo viene a sustituir no a la novela griega, prácticamente desconocida en este momento, sino a la de caballerías, blanco de las críticas erasmistas, entrando en el mismo saco que éstas:

«Estos Orlandos, esas Dianas, esos Boscanes y Garcilasos y esos entretenimientos de damas y galanes» o «Pues sin éstos ya verán / qué risa será de ver / el hablar y responder / por Garcilaso y Boscán / Los melindres de Diana / los celicos de Sireno / y el llorar y tiempo bueno / de la noche a la mañana / (...) / El querer ser Orianas / y gustar de los galanes, / y en servirse de señores / házensenos soberanos»[52].

Todo parece coincidir, sin embargo, en un mismo punto: la interrelación del bucolismo con el ámbito cortesano. La moda pastoril en la corte de Carlos V se refleja no sólo en la lírica de los poetas sino en las dramatizaciones, para celebraciones de fiestas tanto profanas como religiosas[53]. Resulta significativo, por ejemplo, que Antonio de Guevara, trasponiendo como era su costumbre su actualidad al mundo clásico, atribuyese a Heliogábalo que «en todo aquel invierno no se ocupó sino en deprender a tañer flautas, gaytas y tamborines, y a baylar como pastores»[54]; o que

---

gracias a su afán de descubrir la bondad nativa del hombre en contacto con la naturaleza, satisfacen cierto oportunismo moral», en *Erasmo y España*, ed. cit., pág. 770.

[52] El primer texto es de Fr. Andrés del Soto, *De la vida solitaria*, Bruselas, 1611, pág. 148, y el segundo, atribuido a Hurtado de Mendoza, lo publicó R. Foulché-Delbosc en «Les oeuvres atribuées a Mendoza», en *RHi* XXXII (1914), pág. 76.

[53] J. Rousset estudia con minuciosidad la significación de la pastoril como espectáculo. Aunque referido al barroco y a la corte francesa, sus apreciaciones son transferibles a esta valoración de lo pastoril con lo cortesano. Cfr. *Circe y el pavo real*, Barcelona, Seix Barral, 1972.

[54] *Una década de Césares*, Heliogábalo, Madrid, Mateo Espinosa, 1669, pág. 28.

los moralistas tuvieran que advertir del lado peligroso que podían esconder tales juegos pastoriles: «... y estos hombres de piedra azufre, en las blandas canciones, en las requebradas cartas, en los razonamientos de amores, en las ficciones que bajo sayal y estilo pastoril esconden lo feo de la corte, dicen que están templados»[55]. Si *La Diana* de Montemayor inaugura una nueva *forma* literaria de este bucolismo cortesano, hay que leerla, y entender su éxito, precisamente como «une pastorale de cour»[56], que «nos hace entrever el mundo elegante del Renacimiento y nos trasporta en imaginación a sus fiestas y saraos a sus competencias de amor y celos»[57].

Y esta interrelación no es explicable en una única dirección. Diversos componentes pueden aducirse, y aun la complejidad de una reconstrucción sociológica dejará algunos olvidos. Sin embargo, y citando los que resultan no sólo más evidentes, sino también interesantes para la perspectiva literaria, habría que señalar que la imbricación de lo cortesano y lo pastoril se produce en primera instancia en la lectura en clave: la novela pastoril trasmitiría así para los lectores cortesanos unas alusiones a sucesos reales, a relaciones amorosas entre personas conocidas o a fiestas, transpuestos a un significado mítico. Ya las obras de Sannazaro y de Bernardim Ribeiro mostraban este aspecto aunque íntimamente relacionado con el reflejo autobiográfico del autor[58]. Pero esta formulación en clave no es

---

[55] Francisco de Avila, *Avisos cristianos provechosos,* Alcalá, 1565, pág. 145.

[56] Cfr. J. Subirats, art. cit., pág. 118.

[57] Son palabras de M. Menéndez Pelayo, quien dándoles esta dimensión reconoce que «estudiadas de este modo *La Diana* de Jorge de Montemayor y todas las obras que a su imagen y semejanza se compusieron, cobran inesperado interés y llega a hacerse tolerable, si no atractiva y curiosa, su lectura», en *op. cit.,* págs. 269-70.

[58] Siguiendo la tradición virgiliana, Sannazaro construye su *Arcadia* «con alusiones a sucesos de la vida del poeta y de sus amigos, los cuales intervendrán en la fábula con disfraces que para los contemporáneos debían de ser muy transparentes, puesto que todavía lo son para nosotros. Así el pastor *Sincero* es el mismo Sannazaro, *Summontio* es Pedro de Summonte, segundo editor de la Arcadia; *Meliseo* es el admirable poeta latino Giovanni Pontano, gloria imperecedera de la escuela de Nápoles, y Barcino es el poeta italo-catalán,

exclusiva de la pastoril, pues en el mismo momento histórico se encuentra en otras conformaciones novelísticas más cercanas a la sentimental[59], ni da sentido completo a la novela: «la richesse de l'oeuvre que ne le ferait le simple décryptage de telle ou telle clef»[60].

En segundo lugar la pastoril resulta modelo de conducta amorosa. Funcionando como ejemplificación de relaciones amorosas, pero vertidas hacia el ideal, lo cual hace entrar también la visión neoplatónica precisamente como contrapunto y meta referencial: «Un tipo de novela cuya única inspiración fuese el amor o lo que por tal se tenía entre los cortesanos», «damas y galanes del fin del siglo XVI que encontraban ya anticuados y brutales los libros de caballerías y se perecían por la metafísica amorosa y por los ingeniosos conceptos de los petrarquistas»[61]. Por ello, como lectura erótica, entran las *Dianas* en el conjunto de literatura denunciada por los religiosos, como «librillos sua-

---

Bernardo Gareth», afirma M. Menéndez Pelayo en *op. cit.,* pág. 205. Sobre el significado novelístico del presupuesto virgiliano del bucolismo como reflejo biográfico, cfr. A. Prieto, *Morfología de la novela,* Barcelona, Planeta, 1975, págs. 321-24; y sobre *L'Arcadia* como trasunto de un episodio de Sannazaro, cfr. A. M. Pianca, «Lope de Vega, Sannazaro and Montemayor and the Pastoral Novel», en *HPR* 24 (1969), pág. 31.

[59] Así, novelas como la *Selva de aventuras* de Jerónimo de Contreras o la *Historia de los amores de Clareo y Florisea* de Núñez de Reinoso tienen episodios de lectura en clave. En la misma línea se inscribe la obra de Bernardim Ribeiro: «Para los contemporáneos no fue un misterio que *Menina e moça* envolvía una historia real a pesar de su vaguedad calculada y del triple velo en que la envolvió su autor» (M. Menéndez Pelayo, *op. cit.,* págs. 237-38).

[60] J. Subirats, art. cit., pág. 118. M. Chevalier, que considera la tesis de Subirats como muy esclarecedora, y la lectura en clave de la novela una de las causas de su éxito, propone entonces una reinterpretación del juicio de Cervantes sobre *La Diana:* «El juicio de Cervantes sobre *La Diana* («soy de parecer... que se le quite todo aquello que trata de la sabia Felicia, y del agua encantada») (...), Cervantes debía saber que María de Hungría se ocultaba detrás de Felicia. La cosa chocaría con su concepto de la literatura: Cervantes no gustó nunca de introducir grandes personajes disfrazados en sus ficciones. En este caso, lo de «la agua encantada» sería puro apéndice, que no tendría significación particular». En *«La Diana* de Montemayor y su público en la España del siglo XVI», en *Creación y público en la literatura española,* Madrid, Castalia, 1974, pág. 54.

[61] M. Menéndez Pelayo, *op. cit.,* pág. 267.

ves a los sentidos» que los jóvenes leen con fruición: «¿Qué ha de hacer la doncellita que apenas sabe andar, y ya trae una *Diana* en la faldriquera?» se preguntaba Malón de Chaide[62].

Además la pastoril puede entenderse en el ámbito cortesano como manual de elegancia, pues ofrece fórmulas de comportamiento y conversación, en un múltiple muestrario de circunstancias. Un editor en Milán, en el año 1606, resaltaba así de *La Diana* su «selve faltissime di scelti concetti, fioriti pradi di leggiadrissime parole, pieni firmi d'eloquenzia... laberinti d'inventioni meraviglosamente inviluppate»[63]. A lo cual se añade el conjunto de poesías que reúne, que convierten *L'Arcadia* y *La Diana* en antología lírica de poemas que frente a la fórmula del *Cancionero* se ofrecen contextualizados, con lo que su repetición no sólo produce diversión por sí misma sino en cuanto que crea unas connotaciones referenciales al remitir al personaje, y a las circunstancias en que es emitido en la novela.

La explicación del éxito de *La Diana,* incuestionable si simplemente recordamos la afirmación de Fr. Bartolomé Ponce («la cual era tan aceptada cuanto yo jamás otro libro en romance haya visto»)[64], debe ser compleja como ha demostrado M. Chevalier[65]; pero hay que vertebrarla en esa conjunción entre lo cortesano y lo pastoril. Conjunción que hace *acto* al texto: en las historias pudieron identificarse los lectores, ya descifrando unas vivencias, ya transportándose al mundo literario como hacían con las aventuras caballerescas; con las poesías pudieron comunicarse can-

---

62 Fr. Malón de Chaide, *La conversión de la Magdalena,* ed. P. Félix García, Madrid, Espasa-Calpe, 1959, tomo I, pág. 25.

63 La referencia está tomada de W. Kraus, «Algunas observaciones sobre la novela pastoril española», en *Eco,* núm. 138-39 (1971), pág. 657. Sobre este punto, véase R. Senabre, «La novela pastoril», en *Literatura y público,* Madrid, Paraninfo, 1987, págs. 84-97.

64 Fr. Bartolomé Ponce, en *loc, cit.,* pág. 260.

65 «El éxito de *La Diana* es fenómeno complejo. No lo explicamos a fondo apelando al concepto de amor platónico y al mito pastoril, pues *La Diana* no es tratado filosófico ni tampoco libro exclusivamente pastoril», en *loc. cit.,* págs. 51-52.

tándolas, como hace un personaje de los *Coloquios militares* de F. López Alfonso:

«*Ques*. Para entretenernos, y quien canta sus duelos espanta, y quiero dezir una canción que yo suelo cantar que está en *La Diana* de mi amigo Jorge de Montemayor.—*Dor*. Pues templa bien esssa prima con essa sexta.—*Ques*. Agora estoi yo para finar»[66].

Con el conjunto de la casuística amorosa pudieron aprender doncellas y jóvenes caballeros, pero más que un comportamiento amoroso aprendieron un conjunto de convenciones cortesanas. Y los poemas recitados o cantados alcanzaron popularidad como lo demuestra la cantidad de ellas que aparecen recogidos en textos impresos y manuscritos[67].

Cuando Montemayor publicó *Los siete libros de La Diana*, probablemente en 1559 aunque la primera datada es de Zaragoza, 1560, ya que existen dos (la de Valencia y la de Milán) sin fecha que aparecieron en vida del autor, y ya que Fr. Bartolomé Ponce cuenta que estaba de moda en 1559[68], estaba inaugurando un nuevo modo literario

[66] *Coloquios militares* dirigidos al Ilmo. Sr. Presidente, cardenal obispo y señor de Sigüença. Fechos por Fernán Alfonso, vezino de la çiudad de Xeres de la Frontera. Biblioteca de Madrid, mss. 5725, fol. 121v.

[67] Un elenco bastante completo proporciona M. Chevalier en su art. cit., págs. 50-51. F. López Estrada se refiere a tres composiciones de la *Rosa de romances* de Timoneda (Valencia, 1573) que parecen ser «el comienzo de una versificación del libro de Montemayor» (en *Los libros de pastores*, ed. cit., págs. 307-309). Otras referencias se encuentran también en las notas de la presente edición.

[68] J. Fitzmaurice-Kelly argumentaba la imposible afirmación de Tiknor de que *La Diana* fue impresa por vez primera en Valencia, 1542, diciendo que entonces quedaría descontextualizada la afirmación de Fr. Bartolomé Ponce, y que, de acuerdo con la fecha en que los reyes Felipe III y su mujer conocieron a la dama que se escondía tras el personaje de Diana (1603), ésta tendría dos o tres años cuando aparece en la novela. «There is a strong presumption that the *Diana enamorada* cannot have been written in 1542, and that there is reason to think it appeared some fifteen or seventeen years later» (en «The Bibliography of the *Diana enamorada*», en *RHi* II (1985), págs. 304-11). H. D. Purcell ha añadido otras precisiones que corroboran la fecha de 1559: Juana de Portugal es nombrada como viuda en el Canto de Orfeo, su marido había muerto en 1554. La primera edición datada es de 1560; pero en 1559 la citaba ya Fr. Bartolomé Ponce. Cfr. «The date of first publication of Montemayor's *Diana*» en *HR* XXXV (1967), págs. 364-65.

del bucolismo, propio para la vida de corte de la segunda mitad del XVI; en tan sólo treinta años aparecieron más de veinte ediciones, y tuvo continuadores e imitadores desde 1564. Se extendió a otras cortes europeas muy semejantes, en gustos y diversiones, a la española: la francesa donde pronto se tradujo (1578) y tuvo magníficas consecuciones como *L'Astrée* de Honoré d'Urfé; la inglesa, donde fue traducida por Bartholomew Yong, traducción acabada en 1584 y publicada en 1598, y con imitaciones como la anónima *The troublesome and Hard Adventures in Love* y seguidores como la famosa *Arcadia* de Ph. Sidney (1590), entre pastoril y caballeresca[69].

Este nuevo género que, para algunos críticos «nace en estado de perfección» con Montemayor[70] no continuó, sin embargo, una línea de significación única. Si bien toda la novela pastoril asume las características de explicación del éxito de *La Diana,* cada una parece acentuar una distinta posibilidad: lectura alegórica (*Clara Diana a lo divino* de Bartolomé Ponce), la casuística amorosa (*Diana enamorada* de Gil Polo), la novelística de interrelaciones de personajes y sucesos (*La Galatea* de Cervantes), la lectura en clave (*El*

---

[69] Sobre la influencia de *La Diana* en la literatura francesa e inglesa, cfr. M. Menéndez Pelayo, *op. cit.,* págs. 278-87. Precisiones importantes se encuentran en W. Fischer, «Honoré d'Urfé 's *Sireine* and the Diana of Montemayor», en *MLN* XXVIII (1913), págs. 166-69); P. P. Harrison, «The probable source of Beaumont and Fletcher's *Philaster*», en *Publications of Modern Language in America,* IV (1926), págs. 294-303; H. Genouy, *L'Arcadia de Sidney dans ses rapports avec L'Arcadia de Sannazaro et La Diana de Montemayor,* París, Didier, 1928; D. B. J., «The Troublesome and Hard Adventures in Love: an English addition to the bibliography of *Diana*», en *BHS,* XXXVIII (1961), págs. 154-58; W. R. Davis, *A map of Arcadia; Sidney's Romance and its tradition,* New Haven, Yale University Press, 1965.

[70] Son palabras de J. B. Avalle-Arce, *op. cit.,* pág. 69. Idea que se viene repitiendo por cuantos se acercan a la obra, en agregación a otras precisiones. Cfr., por ejemplo: «Therein lies the extraordinary talent of Montemayor, who virtually created a new genre when he published his novel and who, at the same moment, produced a human type whose acute awareness to time, the all-pervading influence of the past, and to his own precarious position between two worlds evokes strange echoes in the modern mind», afirma J. R. Jones en «Human time in *La Diana»,* en *RomN* X (1968), pág. 141.

pastor de Fílida de Gálvez de Montalvo o *La Arcadia* de Lope de Vega)[71].

Toda una trayectoria que arrancando de la pretendida vinculación entre mito pastoril y actualidad cortesana, por el procedimiento de la trasposición literaria, enunciada por Montemayor casi como lema en «hallarán muy diversas historias de casos que verdaderamente han sucedido, aunque van disfrazados debajo de nombres y estilo pastoril», queda, en definitiva, definida en las palabras de Berganza, del *Coloquio de los perros,* «todos aquellos libros son cosas soñadas y bien escritas, para entretemiento de los ociosos, y no verdad alguna»[72]. Frase cuya interpretación nos llevaría a la consideración de la novela pastoril como «literatura de literatura», o en las coordenadas de su actualidad a la visión fictiva («soñada») de un mundo imaginado (la Arcadia) al que se han trasladado, «para entretenimiento de ociosos», casos de enredos amorosos, cuya múltiple variedad hace posible la identificación del lector.

La novela de Montemayor se ofrece así como abanico de atractivas posibilidades, conjunción de elementos que estaban circulando y que confluyen en el molde adecuado.

---

[71] Sobre las continuaciones de *La Diana* y las novelas que se integran en la pastoril, cfr. J. B. Avalle-Arce, *op. cit.,* capítulos cuarto a sexto, páginas 101-174.

[72] Ed. de J. B. Avalle-Arce, Madrid, Castalia, 1982, tomo III, pág. 254. El rechazo de la referencia de actualidad se da desde la *Diana enamorada* de Gil Polo, quien declara su obra como «ficciones imaginadas» (cfr. nota 3 del libro I). Comenta M. Ricciardelli de este distanciamiento: «Libera así la forma de su intención realista y hace posible la concepción idealista y su enseñanza. En efecto, en el mundo pastoril de Polo hay un intento de enseñar a los que «con exemplo de vidas ajenas quissieran assegurar la suya» (en «La novela pastoril española en relación con la *Arcadia* de Sannazaro», en *Hispanofila* XXVIII (1966), pág. 3).

III. «La Diana», confluencia de géneros

Parece claro que el descubrimiento fundamental del modo literario que inicia *La Diana* se encuentra en la vinculación del bucolismo con la novela; es decir en haber alcanzado la *forma* novelística para el bucolismo, ya que, como afirmaba E. Curtius, «la Arcadia pudo volver a descubrirse infinitas veces, gracias a que la temática pastoril no está ligada con ningún género determinado»[73]. Sin embargo, la forma novelística que inventa Montemayor es, como ocurre en un género sin normas retóricas fijas, una combinación de elementos y resortes propios de otros géneros, lírica, dramática, relato, etc., que vienen a acoplarse, con un nuevo sentido, en la estructura general que al ser prosística y tener como aglutinante la reunión de unos personajes que protagonizan unas historias confluyentes en un mismo espacio (o viaje) se define como *novelística*[74].

La primera cuestión en el proceso de conformación del sistema de *La Diana* es la combinación de prosa y verso. Estrictamente con la aparición de la obra de Sannazaro comenzaba la novela pastoril ya que en *L'Arcadia* se combinan de manera armónica los versos de los pastores, auténtico repertorio de motivos bucólicos en la tradición clásica, con un marco prosístico que recrea, en doce *prose,* un completo mundo campestre con los elementos definito-

---

[73] *Op. cit.,* pág. 271.

[74] Por supuesto que utilizando el término novela con el sentido actual. Como advierte C. B. Johnson, «Jorge de Montemayor never called his *Siete libros de La Diana* a "novela pastoril" (...). Nevertheless it seems clear that Montemayor was conscius of producing a new and even daring version of pastoral, by combining it with narrative in the tradition of the italian *novella*. In this sense «pastoral novel is valid for *La Diana* and attention to its hybrid nature provides a clue to understanding the work's enormous popularity (...) as well as its importance in the history of the modern European novel», en «Montemayor's *Diana:* a novel pastoral», en *BHS* XLVIII (1971), página 21.

rios de la Arcadia desde el paisaje esencializado a las costumbres de vida pastoril[75].

«En un principio, y en la moda bucólica del Renacimiento, Sannazaro compone una serie de églogas (...). Sannazaro intenta reunir esas composiciones. Pero les falta esa unidad, esa tensión de amor que funde en vida las *rime* de Petrarca (...). Sannazaro recuerda entonces el *Ameto* de Boccaccio, donde prosa y verso se encadenan. Y nace la prosa de *L'Arcadia* como marco que arrope la poesía, las una y justifique estructuralmente (...). A partir de la prosa VI, este valor de prosa cambia. De su estatismo lírico pasa a transformarse en acción narrativa (...) A una prosa cuya función es una acción de una lírica le sucede una prosa cuya función es acción que se extiende en lírica (como complemento)»[76].

Es decir Sannazaro abre para la forma que inaugura *La Diana* no sólo la combinación verso-prosa sino también la dinamización de la prosa que de marco descriptivo pasa a ser función narrativa. Pero varios elementos faltan para que pueda calificarse como *novela*, al menos en el sentido moderno que Cervantes sintetiza. Primeramente la acción que surge de la interrelación de los personajes, y que genera el mecanismo novelístico: cada personaje no es en Montemayor mero tipo literario, disfraz de poeta, sino que aporta una compleja historia en cuya resolución se hace necesaria la imbricación del proceso psicológico con el devenir de los acontecimientos. Ello conlleva transformaciones que afectan a todos los niveles de la obra desde el

---

[75] No ha sido aún estudiada de manera sistemática la influencia de Sannazaro sobre Montemayor. Algunos aspectos puntuales se encuentran en F. Toccara, *Gl'Imitatori stranieri di Jacopo Sannazaro*, Roma, 1882; H. Genouy en su *op. cit.;* R. Reyes Cano, *La Arcadia de Sannazaro en España*, Universidad de Sevilla, 1973; B. M. Damiani, «Sannazaro and Montemayor. Toward a comparative study of Arcadia and Diana», en *Studies in Honor of Elias Rivers,* Scripta Humanistica, 1989, págs. 59-75; y los trabajos de M. Ricciardelli, *Notas sobre La Diana de Montemayor y la Arcadia de Sannazaro*, Montevideo, 1965; *Gil Polo, Montemayor e Sannazaro*, Montevideo, 1966; «La novela pastoril española en relación a *La Arcadia* de Sannazaro», en *Hispanofila* XXVIII (1066), págs. 1-7.

[76] A. Prieto, *Morfología de la novela,* ed. cit., págs. 338-39.

más externo, la asimetría de verso y prosa, pues esta última se hace dueña del texto[77], hasta el temático («en Montemayor predomina siempre la parte sentimental, en Sannazaro la descriptiva»)[78], que convierte *La Diana* en repertorio de casos de amor en detrimento del paisaje bucólico resaltando su artificiosidad como mero escenario.

Como detalles adláteres a esta diferenciación, se aleja de Sannazaro porque no le interesa crear un mundo mítico de soporte clásico, porque el bucolismo queda relegado a elemento más del conjunto, mientras hace emerger para crear la tensión amorosa a los personajes femeninos. Ya la desviación que indica el título (de la *Arcadia* a la *Diana*) resulta significativa de esta traslación. Los personajes femeninos se colocan en primera línea de acción, siendo los soportes de las historias y una en especial, Felismena, funciona como eje de confluencia de las tramas. Mientras tanto el hilo conductor se construye mediante el viaje, símbolo del *ir* frente al *estar* de Sannazaro. El amor en sus variadísimas facetas, de resonancia sentimental a neoplatónica, trueca la exposición estática por un deambular que no es

---

[77] «Il merito principale di Montemayor consiste nell'aver adottato, al posto della disposizione simmetrica di dodici prose e dodici poesie [Sannazaro] una disposizione asimmetrica, in cui la prosa costituisse la parte maggiore ed in essa sono intercalate le poesie senza nessun ordine prestabilito» (M. Ricciardelli, *L'Arcadia di J. Sannazaro e di Lope de Vega*, Nápoles, Fausto Fiorentino editore, 1966, págs. 9-11). Esta asimetría en la estructura de la obra se identifica en la asimetría de la vida que la forma novelística refleja: «La palabra definitoria de *La Arcadia* podría ser la palabra *Estetica*: la materia novelesca está sometida a una distribución estética en la que el pastor como tal no es más que un elemento que presta realce al conjunto. En *La Diana*, en cambio, lo que cuenta es la *vida*: las posibilidades novelísticas de Naturaleza, Amor y Fortuna están enlazadas en una «novedosa simetría vital» en la que el pastor no es mero tipo literario» (R. Reyes Cano, *op. cit.*, pág. 22).

[78] Afirma M. Menéndez Pelayo en *op. cit.*, pág. 271. Ello explica también que Montemayor se distancia del completo mundo pastoril de la obra de Sannazaro: «Tout ce qui fait le sujet principal de *l'Arcadia* est absent de la *Diana*, les riches paysages tout autant que les notations pittoresques des jeux et des travaux des bergers. Les quelques passages où Montemayor s'inspire du modèle italien —descriptions d'oeuvres d'art, practiques de magie— sont dépouillés de toute couleur pastorale», opina M. I. Gerhard, *La pastorale. Essai d'analyse litteraire*, Assen, 1950, pág. 185.

sino símbolo de la búsqueda del ideal, siempre perseguido. Montemayor noveliza esa persecución: sus personajes caminan al encuentro de su felicidad, sumando sus problemas en confluencia de historias personales.

1. *Elementos de carácter lírico*

La innovación de Montemayor en la forma descubierta por Sannazaro se basa, en definitiva, en el modo de casar el mundo pastoril (lírico) con el novelesco (narrativo). Ambos mundos se vertebran en los personajes que conviven en un mismo ámbito. Sin embargo, también esos personajes pueden referirse a uno u otro mundo, y su confluencia generaría la especial *forma* de *La Diana*. Así parece evidente que Felismena procede y actúa como personaje novelesco, mientras que Diana, Sireno y Sylvano funcionan dentro de lo pastoril al modo sannazariano. Todos comparten un mismo espacio y se relacionan con otros personajes ambiguos respecto a su pertenencia, personajes-pivote como Selvagia o Belisa.

Los resortes líricos de *La Diana* vienen, pues, más referidos a todo aquello que pertenece a la historia de Diana. Así la obra se inicia en un sistema, casi idéntico al de Sannazaro, con la elegía eglógica de Sireno por la pérdida de Diana, y la competencia pastoril, comunicación como canto amebeo, entre Sireno y Sylvano. Desde este punto de vista lo lírico en el tratamiento pastoril vendría constituido por los marcos (principios y finales) de los tres primeros libros, y las escenas en que Diana, Sylvano y Sireno se reencuentran en los libros quinto y sexto[79].

---

[79] B. M. Damiani reseña precisamente estos pasajes como los de intención cercana de *L'Arcadia*: la conversación entre Sileno y Sylvano enamorados de Diana encuentra paralelo en la «Prosa séptima», donde Carino y Sincero establecen una discusión sobre su común experiencia amorosa. La escena de Sireno recordando los momentos felices de su relación con Diana refleja la narración retrospectiva de Carino en la Prosa octava. Sireno, extrayendo de su zurrón los cabellos de la amada para entonar una canción, remite a las palabras de Meliseo en la égloga doce de Sannazaro y al lamento de Salicio en la primera égloga de Garcilaso (cfr. *Jorge de Montemayor,* ed. cit., páginas 69-70).

Estos momentos de la obra responden perfectamente a la definición de lo pastoril que propone Fernando de Herrera, y en ellos Montemayor se muestra garcilasista:

«La materia desta poesía es las cosas y obras de los pastores, mayormente sus amores: pero simples y sin daño, no funestos con rabia de celos, no manchados con adulterios: competencias de rivales, pero sin muerte e sin sangre; los dones que dan a sus amadas tienen más estimación por la voluntad que por el precio; porque envían manzanas doradas o palomas cogidas del nido; las costumbres representan el siglo dorado: la dicción es simple, elegante: los sentimientos afectuosos y suaves: las palabras saben al campo y la rustiqueza de la aldea: pero no sin gracia, ni con profunda ignorancia y vejez: porque se tiempla su rusticidad con la pureza de las voces propias al estilo» (*Anotaciones* de Herrera a Garcilaso de la Vega).

Esta definición del mundo pastoril no cuadra ni con la historia de Felismena, ni con la de Belisa. Pero éstas no llegan a producir ninguna disonancia, pues están bien armonizadas en el engranaje general constituido por el ámbito pastoril como confluencia, que adquiere así significado de escenario dramático.

Además todo queda perfectamente conjugado, ya que todas las distintas historias, sea cual sea su carácter genérico, incluyen poemas. Si Sireno, Sylvano y Diana entonan canciones cumpliendo su función pastoril, Selvagia, Felismena y Belisa acompañan sus respectivos relatos del recuerdo de las poesías y canciones que ellas u otros cantaron o escucharon. Se genera así un juego de espejos y ambivalencias en el que los versos pasan a ser elemento esencial del conjunto narrativo, bien porque reflejan los sentimientos de los personajes aportando entonces de modo directo sus estados de ánimo, deseos o desengaños, bien porque subrayan la acción que queda reforzada en sus puntos más relevantes.

La inclusión de versos en una estructura narrativa no fue tampoco idea original de Montemayor, pues era práctica común en obras de índole sentimental, o de índole caballeresca, siendo en esto precedentes las novelas de Feliciano de Silva y la de Bernardim Ribeiro[80]. Y como en ellas, los poemas son utilizados en una doble vertiente: unas cuantas, con una función narrativa, sirven como puente con el pasado, actualizando como evocación historias anteriores que se erigen así en el antecedente de un relato comenzado *in medias res:* por ejemplo, la canción de la ninfa que narra la historia de Sireno y Diana[81]; otras son «descanso de la narración», entretenimiento entre dos escenas, como embrague, o simplemente como adorno más de un mundo ideal, así el Canto de Orfeo[82]. En este último sentido las poesías, compañeras de la música, colaboran como elementos muy importantes del mito pastoril. La música resulta también resorte de cohesión e imbricación interna de los distintos personajes de *La Diana:* ninfas, pastores y cortesanos son músicos y utilizan la música para expresar sus sentimientos, colaborando en la creación de un escenario común, en el que los vehículos comunicativos son los mismos[83].

En el ámbito arcádico, en el que los árboles eran soportes para la escritura de poemas, la presencia de los versos es absolutamente imprescindible. Y desde su consideración de cancionero, de receptáculo perfecto para las poesías consideradas como piedras preciosas engastadas en una joya, las composiciones poéticas se ofrecen como

---

[80] Cfr. S. P. Cravens, que explica este procedimiento de intercalar poesías en Feliciano de Silva, remitiéndolo a las novelas de caballerías y a *Menina e moça.* Considera que Feliciano de Silva lo traslada ya al ámbito pastoril, por lo que «parece haber llegado a la casi inevitable conclusión de que el pastor literario debía ser ante todo poeta y músico», en *op. cit.,* págs. 90-104.

[81] J. Siles Artés reseña estas funciones de los poemas en *La Diana* remitiendo concretamente a algunos personajes, afirmando que «todas estas canciones pertenecen a la historia de algún personaje, y en ellas "escuchamos" la voz de quien las entona, como si estuviera ocurriendo "en este momento". Lo que en realidad pasa es que el narrador ejerce el papel de una cinta magnetofónica que grabó y luego repite para el lector. Así hacen Selvagia, Felismena y Belisa de sus respectivos relatos» en *El arte en la novela pastoril,* Valencia, Albatros ed., 1972, págs. 86-87.

[82] W. Kraus hace hincapié en el significado ornamental de la poesía en la novela de Montemayor, en art. cit., pág. 672.

[83] Cfr. el estudio de B. M. Damiani, *Montemayor's Diana. Music and the visual arts,* Madison, The Hispanic Seminary of Medieval Studies, 1983.

muestrario de variedad de formas métricas. Montemayor combina formas y metros de procedencia tradicional con otros de procedencia italianizante. Estos últimos constatan el significado renacentista, el seguimiento de Sannazaro y Garcilaso, los otros cumplen con la afirmación de Herrera: «las palabras saben a campo y la rustiqueza de la aldea». Son los versos cortos los preferidos por Menéndez Pelayo por mostrar el talento musical de Montemayor que compone sin esfuerzo «este género de composiciones ligeras y fugitivas, que probablemente asonaba él mismo», «las quintillas dobles corren en Montemayor como arroyo limpio y sonoro, que halaga los ojos y los oídos con un blando movimiento»[84].

De este modo los personajes de *La Diana,* pastores y no pastores, participan de un mismo concepto lírico que abarca todas las posibilidades de expresión. No caracterizando a ninguno por una u otra elección métrica, se unifican en el valor poético de la arcadia pastoril. La plurimetría y diversidad estrófica remite entonces a la esencia mítica de este ámbito, cuya variedad de árboles y multiplicidad de personajes son manifestaciones distintas de una única Idea. Con un sentido neoplatónico la Poesía se hace verso de manera polimórfica, y se muestra más completa cuanta mayor variedad demuestre.

Verso que, por añadidura, cobra realce significativo no tanto por aparecer en boca de un personaje concreto, ya que no existe vínculo determinista entre uno y otro, como por remitir a una circunstancia emotiva o a un problema sentimental que la prosa se encarga de dramatizar.

Así se construye el relato, con un ritmo combinatorio de prosa y verso, sin que pueda decirse que ni uno ni otro estorban a la acción dramática ya que ésta avanza a impulsos de los dos. Los poemas lejos de ser paréntesis o remansos extranarrativos, pertenecen a la acción, enfatizándola o estableciéndola, y funcionando en algunos pasajes como

---

[84] *Op. cit.*, pág. 274. *La Diana* contiene cuatro zéjeles. Montemayor señala la procedencia de algunas de estas composiciones llamándolas «mote antiguo», «villancico pastoril antiguo» o «antiguo cantar».

monólogos de interioridad ya que cantan «según el estado en que les tienen sus amores». Tampoco puede atribuirse a los poemas la introducción de estatismo, pues si bien algunas veces los pastores cantan cuando están reunidos «junto a la fuente de los alisos», también lo hacen caminando «hacia la aldea», y es precisamente cuando cuentan sus historias (relatos novelescos) cuando se sientan todos a escucharla. Por tanto la dinámica de «ir/estar» propia de la novela pastoril española afecta y depende de la estructuración general de la obra, sin coincidir con la combinación de prosa y verso[85].

2. Elementos de carácter dramático

La novela pastoril se define en primera instancia con los factores que determinan un espacio dramático: es la (re)presentación de un mundo ideal, modelado en un escenario arcádico[86]. Este escenario se erige con escasos elementos naturales (árbol, fuente, valle, ovejas...) no sólo esencializados sino reiterados para la mayoría de las escenas, porque funcionan, como en el teatro, de acuerdo con una convención.

Sobre este escenario los personajes se mueven en una acción que remite también a lo teatral: entran y salen, vienen y van y se reúnen, en convivencia dialogal, para comunicarse sus pesares, deseos y sucesos. Coincide entonces con el modo y los resortes que ya había ensayado el *diálogo* renacentista. «En los diálogos platónicos se halla el discurrir

---

[85] A. M. Pianca se refiere a diferentes funciones de los poemas en relación con la acción. Entre ellas quedaría por reseñar los poemas de función narrativo-descriptivas como el Canto de Orfeo o el Canto de la ninfa. Cfr. art. cit., págs. 40-41.

[86] Coincido en esta perspectiva con la definición de M. Ricciardelli: «Podemos definir brevemente la novela pastoril como la presentación de un mundo ideal de sueños, deseos y aspiraciones. En este escenario arcádico los pastores viven en medio de las bellezas naturales, buscando una compañera como casi la completa realización de una feliz vida natural», en «La novela pastoril española en relación con *La Arcadia* de Sannazaro», en *loc. tic.,* pág. 1.

por los caminos, el encuentro casual de los interlocutores, el ir o venir y detenerse a platicar que constituye la vida y que es el movimiento que servirá a la narrativa pastoril. En una representación de la vida en la que al final suele marcharse algún interlocutor para enunciar indirectamente nuevos encuentros, nuevos caminos para la concurrencia de discursos»[87].

Se puede entender así que el *Coloquio pastoril* de los *Coloquios satíricos* de Torquemada (1555) sea antecedente también de *La Diana,* y no tanto por la historia que incluye contada por el propio protagonista, ni por el ámbito pastoril que manifiesta[88] sino por el modo de realizar las anotaciones escénicas y las referencias a la *actio*. En ambas obras, la de Torquemada y la de Montemayor, la conversación ocupa un primer plano mientras que la situación o movimiento de los personajes se manifiesta por su propia enunciación: por los soliloquios y conversaciones el lector se entera de sus conflictos internos, los personajes se esconden para ver y oír a otro, como por ejemplo cuando Sireno, Selvagia y Sylvano contemplan la escena de las ninfas (en el libro segundo), o los mismos se esconden detrás de unos mirtos cuando ven a Diana y oyen su canción de la malmaridada. Como en el teatro los actores representan en un espacio delimitado, focalizando la presencia de uno y otro, y relevándose en la actuación, se introducen en escena autopresentándose; de su entrada son primeros espectadores los propios personajes que antes estaban actuando.

El modo de presentación de *La Diana* hace jugar a los personajes al doble (y continuamente transferible) papel de actores y espectadores, como en el diálogo renacentista todos son emisores y receptores, generándose la acción de la intercomunicación. Se crea la ilusión escénica haciendo que se escuchen sin ser vistos o se vean sin ser sentidos,

[87] A. Prieto, *La prosa española del siglo XVI,* Madrid, Cátedra, 1986, pág. 109.

[88] Estas han sido hasta ahora las relaciones establecidas. Cfr. J. A. Avalle-Arce, en *op. cit.,* págs. 49-54.

como ocurre con el encuentro de Belisa dormida (en el libro tercero). En el *Coloquio pastoril* de Torquemada aparecen escenas de este tipo:

«FILONIO.—Calla, Grisaldo, no cantemos: que a Torcato veo adonde te dixe, y tendido en aquella verde yerba, recostado sobre el brazo derecho, la mano puesta en su mexilla, mostrando en el semblante la tristeza de que continuamente anda acompañado, y a lo que parece hablando está entre sí. Por ventura antes que nos vea podremos oír alguna cosa por donde podamos entender la causa de su mal.

GRISALDO.—Muy bien dices; pues no nos ha sentido, acerquémonos más, porque mejor podamos oírle»[89].

Cuando Felismena, en el libro cuarto, escondida detrás de la puerta escucha una nueva versión de la historia de Belisa, que Arsileo está contando a Amarílida, una leve acotación indica «dijo entre sí», y tras su reflexión se reseña: «Y llegándose a la puerta de la choza dijo contra Amarílida.» El narrador parece mover a los personajes deslizándose en un escenario, y no describir narrativamente una acción pues se olvida de la puerta antes mencionada y de dar los mínimos detalles para hacer verosímil el encuentro. Felismena se ha puesto al tanto de todo (de la identidad de Amarílida y de Arsileo, de la verdad sobre la historia de Belisa) al mismo tiempo que el lector. Surge no sólo una «realidad fingida» semejante a el teatral sino también un desarrollo *in fieri* de la trama como en el diálogo renacentista.

Las funciones del narrador quedan bastante restringidas. Como voz dominante asume la dirección general de la trama: cede la palabra a uno y otro personaje, concluye e inicia escenas, o monta el decorado. «Pero a lo largo de su obra Montemayor nunca se hace prolijo en sus intervenciones de narrador. Sus observaciones son por lo general concisas y ajustadas a su propósito directivo. Ni tampoco se aprovecha de su situación para intercalar digresiones

---

[89] Antonio de Torquemada, *Coloquios satíricos,* ed. de M. Menéndez Pelayo en *Orígenes de la novela,* tomo II, Madrid, 1931, NBAE tomo 7, pág. 665.

moralizantes o de otro tipo. Casi toda la historia nos llega a través de sus portavoces, los pastores»[90].

Los resultados son asimismo teatrales: los personajes parecen autónomos y van destapando paso a paso sus afectos (personalidad de amante), y el bagaje que constituye su historia[91]. Para este entramado, la acción principal se asemeja bastante a la de una comedia. A. Prieto compara el desarrollo de *La Diana* basado en el enredo amoroso de los pastores con *Il Negromante* de Ariosto; en ambas obras las complicadas relaciones de los amantes los conducen a casa de un personaje con poderes sobrenaturales (maga Felicia-Negromante), donde se disuelven los enredos[92].

Del mismo modo la complicada historia de Selvagia-Alanio-Ysmenia-Montano, ejemplo de la cadena amorosa en que, en persecución, cada cual ama sin ser correspondido, puede tener antecedentes teatrales, comportándose como escena más o menos cómica, y utilizada por varios escritores. Hay una escena semejante en el *Auto pastoril portuguez* de Gil Vicente (1523), en la *Discordia y question de amor* atribuido a Lope de Rueda, y en la *Comedia metamorfosea* de Joaquín Romero de Cepeda[93].

Montemayor supo aunar distintas motivaciones para una dramatización de lo pastoril: por un lado dándose cuenta de la importancia del diálogo, ya que su mundo arcádico se sostiene como ámbito de comunicación, por otro creando un eje de unión en un soporte de enredo de procedencia dramática. Si en *Los trabajos de los Reyes* definía la vida auténtica como comunicación («gozan de la vida en conversaciones de sus parientes y amigos, comunicando sus tristezas y alegrías con sus iguales y vecinos, y con

---

[90] J. Siles Artes, *op. cit.,* págs. 80-81.

[91] Cfr. R. El Saffar, que señaló el juego que genera la presencia del narrador, concluyendo «The disconformity in the solution can be seen by the fact that novelistic world of the *Diana* is still divided into the unassimilated oppositions of controller an controlled of independent and dependent characters», en «Structural and thematic discontinuity in Montemayor's Diana», en *MLN* LXXXVI (1971), pág. 185.

[92] Cfr. *Morfología de la novela,* ed. cit., págs. 343-344.

[93] Cfr. J. P. Wickersham Crawford, «Analogue to the story of Selvagia in Montemayor's Diana», en *MLN* XXIX (1914), págs. 192-194.

toda la libertad quellos quieren tomar»)[94], lo pastoril le permitía precisamente describir los sentimientos y emociones en continua conversación, exteriorización verbal de cuño literario: escenario ideal capaz de compartir como eco las lágrimas de los personajes que se autoanalizan en grupo.

3. *Elementos de carácter novelístico*

Estos personajes introducen en la obra otras esferas extrapastoriles cuyos elementos proceden de géneros novelísticos de andadura diversa. Si el resultado, por el sistema de aunarlos, coloca a *La Diana* en una «línea de desarrollo interno de la novela española que, pasando por *La Galatea* culmina y remata en el *Quijote»*[95], habría que descubrir el elemento innovador, ya que el hibridismo novelístico fue una constante de la prosa narrativa en el siglo XVI.

En un panorama de modos y recursos narrativos bastante variado, Montemayor se inclina en primer lugar por la novela de sentimiento, supeditando lo demás a la escritura de un conjunto vertebrado de procesos de amores. Para el sostenimiento de este conjunto, es decir para dotarlo de un entramado que mantenga el interés, atención e incluso suspense, echa mano de elementos y resortes procedentes de la *novella* italiana, de la griega, de la de caballerías, etc. Abre así también el camino a la novela cortesana del siglo XVII, de referencia urbana, pero derivación precisamente del hibridismo que representa *La Diana.*

En esta combinatoria Montemayor sigue dos premisas fundamentales: una consistente en crear un marco general en el cual se organicen los distintos materiales, y elige el pastoril; la segunda resaltar una trama unitaria constituida por el amor, de tal manera que el interés se centre en lo sentimental, concebido hasta entonces como individual,

---

[94] Pertenece a la epístola de Montemayor denominada «Los trabajos de los Reyes», ed. cit. de Sánchez Cantón, pág. 49.
[95] J. B. Avalle-Arce, *op. cit.,* pág. 95.

hacia lo colectivo. *La Diana* vendría a sumar varias historias sentimentales que dejan de ser problema personal intransferible, como en la *Cárcel de amor*, para ser situación múltiple compartida y comunicable. Sólo el mundo pastoril podía propiciar el ámbito para este desarrollo.

En este sentido la obra de Bernardim Ribeiro puede leerse como antecedente de *La Diana*. Publicada en 1554 *Menina e moça* ofrece el estudio de un proceso sentimental narrado desde la perspectiva femenina; proceso que se anima con aventuras y enredos extrasentimentales, de procedencia más bien caballeresca. M. I. Gerhardt resalta que esta obra sirvió de catalizador para la inspiración de Montemayor: «L'a décidé à chercher à son tour un derivatif dans la creation littéraire tennant à la fois de la fiction romancesque et de la confidence personnelle, et l'a guidé dans l'entreprise, nouvelle pour lui, d'écrire son roman»[96]. B. Ribeiro introducía ya como episodio inherente al planteamiento sentimental lo pastoril y lo lírico.

Montemayor transforma este elemento adicional en fundamento al hacerlo espacio-marco general de toda la obra, y diluye la única pasión descrita en *Menina e moça* al volcarla en varias historias y personajes, produciéndose el efecto que comenta Menéndez Pelayo: *«Menina e moça* fue escrita con sangre del corazón de su autor, y todavía a través de los siglos nos conmueve con voces de pasión eterna. En *La Diana* hasta puede dudarse, y por nuestra parte lo dudamos, que sea el autor el protagonista o que fuesen cosa formal los amores que decanta. Todo es ingenioso, sutil, discreto en aquellas páginas que ostentan a veces un artificio muy refinado, pero no hay sombra de melancolía ni asomo de ternura»[97].

Lo pastoril había aparecido también como episodio en las novelas caballerescas de Feliciano de Silva, en el *Amadís de Grecia* y en *Florisel de Niquea*. La historia triangular de

---

[96] *Op. cit.*, pág. 176. Lo mismo opina M. J. Bayo: «Creo que el ejemplo de Bernardim Ribeiro desató la pluma de Jorge de Montemayor», en *op. cit.*, pág. 247.

[97] *Op. cit.*, pág. 266.

Darinel, Silvia y Florisel responde a la dinámica del bucolismo de amores contrariados, aunque lo pastoril se plantea como método alternativo para la conquista amorosa. Las escenas de encuentro entre pastores, con sus músicas y sus cantos, venían a constituir una especie de isla en el contexto caballeresco, pero no lograron desprenderse de él porque, y es antecedente de *La Diana,* un pastor es caballero disfrazado, y porque la casuística amorosa sigue siendo la de los caballeros y no la de los pastores. «Silva empleó básicamente los mismos recursos narrativos en sus episodios pastoriles que en los episodios caballerescos.» Sin embargo, «los múltiples rasgos especiales del bucolismo de Silva ofrecen interés no sólo por indicar ya varios moldes principales de la novela pastoril sino también por contener facetas no encontradas en ésa (...). Al considerarlos en conjunto se presiente que había sólo pocos pasos más que avanzar, con el refinamiento necesario, para que Silva llegara a crear la novela pastoril *per se»*[98].

La procedencia novelesca de algunos episodios de *La Diana* se hace indudable al comprobar que la historia de Felismena se basa en un relato de Bandello (*Nicuola innamorata di Lattanzio, va a servirlo vestito de paggio, e dopo molti casi seco si marita;* novela treinta y seis de la parte segunda), que Montemayor adapta al contexto español[99] y armoniza con el marco pastoril en que se narra convirtiendo la trama en ejemplar actuación amorosa. Del variado conjunto de resortes novelísticos, muchos de novela griega, que ofrece Bandello, Montemayor selecciona exclusivamente los mínimos para el mundo amoroso y los dota de expresión sentimental al colocar el relato en primera persona y acompa-

---

[98] Cfr. el estudio pormenorizado de S. P. Cravens ya citado, a quien pertenecen estas afirmaciones (pág. 19). Para otra confrontación, remito también a la *op. cit.* de J. B. Avalle-Arce, págs. 37-42.

[99] A. Egido lo señala con la siguiente comparación: «Esta historia bandelliana que parece trasunto de futura comedia nueva, es también puerta abierta a un espacio y a un lenguaje lejanos a la *Arcadia,* en que soplan vientos cercanos al *Lazarillo de Tormes,* cuando el criado Fabio, que dice ser hijodalgo y de los cachopines de Laredo, promete a Felismena (disfrazada de "Valerio") buenas mozas», en «Contar en *La Diana»,* en *Formas breves del relato,* Zaragoza, 1986, págs. 148-49.

ñarlos de música y poemas. El argumento desnudo podría ser el de una comedia clásica (el disfraz, los equívocos...), pero las distintas situaciones convierten la historia en relato personal de aplicación modélica. Así los resortes más romancescos como el de los gemelos se transfiere a otros personajes, a la historia de Ysmenia-Alanio del libro primero, o se eluden, como la parte de amor sexual, esencializando el discurso en su significado de fidelidad. Aventuras y obstáculos enaltecen a la protagonista que logra superarlos, y que los cuenta con elocuencia mostrando un auténtico arte del relato. El ámbito pastoril compartido sirve para manifestar el impacto que la historia produce: suspense y simpatía emocional señalan la efectividad del modo; sólo en este espacio podría reflejarse el momento de la recepción.

Aunque Montemayor puede haber aprendido en Bandello algunos mecanismos que dan sentido novelesco a las historias que aportan sus personajes, el engranaje híbrido, y por ello más cercano a la *novella* que cualquier otro modo, funciona acomodado al estatismo del escenario bucólico, por lo que estas historias remiten a un pasado y a otros lugares (desplazamiento temporal y espacial), y se diseminan otros resortes novelescos en el marco general. Así elementos característicos del género novela, como el viaje, la inclusión de cartas, o las escenas de guerra, se utilizan adecuadamente para que todo pertenezca al mismo mundo narrativo.

Las escenas de combates, de evidente resonancia caballeresca, se sitúan estratégicamente en los libros segundo y séptimo, como presentación y despedida del personaje de Felismena, quien irrumpe en escena asaeteando a los salvajes que intentan propasarse con las ninfas, y encuentra a su amado rescatándole de una lucha desigual que mantiene con tres caballeros. Felismena, armada con arco, aljaba y flechas, es no sólo remedo de la diosa Diana, vinculándose a una significación simbólica de origen clásico, sino también de las heroínas de los poemas épicos. Mujeres capaces de seguir a sus amados y defenderse por las armas, disfrazadas incluso de caballeros. A este mismo mundo heroico de los poemas épicos, de Ariosto por ejemplo, remiten también los elementos mágicos y maravillosos que suceden en torno a Felicia, desde su palacio a las circunstancias que su presencia desencadena[100].

Otros formantes de la narración se diseminan a lo largo del texto sin distinguir personajes ni ámbitos, funcionando, por tanto, como uniformadores y aglutinantes de los distintos modos. Así Montemayor coincide con la novela griega en empezar *in medias res,* en retroceder en el tiempo cediendo la palabra a los personajes que relatan su propia historia, en presentar falsas muertes (de Arsenio y Arsileo), en contar la misma historia desde la perspectiva de dos personajes distintos completándose (Belisa en el libro tercero, Arsenio en el quinto); y sobre todo en elegir una historia principal que sirve de marco como confluencia de otras varias, de tal modo que el texto se construye como suma de piezas que simultáneamente son independientes y están sometidas a la principal en la que acaban diluyéndose[101].

La unificación nace del tema fundamental, el amor, y los distintos recursos están al servicio de su manifestación narrativa. Por eso un elemento de procedencia sentimental tiene especial relevancia, la carta. Expresión de lo novelesco y lo psicológico, su ya larga práctica en distintos géneros coincidía además con la costumbre cortesana. En la carta emerge la subjetividad de cada proceso amoroso.

---

[100] Cfr. las notas 4, 6 y 14 del libro cuarto, donde se relaciona el palacio de Felicia con el de la maga Saxe de *El Crótalon,* de evidente origen ariostesco. Sobre la vinculación de *La Diana* con lo caballeresco, véase M. Chevalier, *loc. cit.,* pág. 47.

[101] «Pero a estos elementos genéricos *La Diana* introduce como meta, en el libro segundo, el *peregrinaje* al palacio de Felicia y, a partir de allí, los *trabajos* de Felismena; dos elementos de viaje de raigambre alegórica, y de cuño bizantino que se aprovecharían en parte en la novela pastoril posterior, pero sobre todo en el *Quijote,* el *Persiles* y el *Criticón.* En la *Diana,* curso y discurso coinciden ampliamente en las partes estéticas y dinámicas, mezclando los recursos de la *narratio continua* (en las historias intercaladas, aunque no en sus finales), y de la *narratio partilis* (en el marco general), con evidente inclinación por la segunda, propicia a los desvíos de la digresión», comenta A. Egido en *loc. cit.,* págs. 153-54.

Ninguna de las historias carece de ella: carta de Diana a Sireno, Carta de Selvagia a Ysmenia, carta de don Felis a Felismena, de Felismena a don Felis, carta de Celia a don Felis, carta de Arsenio a Belisa... Sin embargo el uso de la carta es en *La Diana* uno entre varios procedimientos para manifestar la subjetividad, mientras que en la novela sentimental es prácticamente el único. Los relatos trágicos que dan argumento a este género se centran en un amor imposible incapaz de solucionarse porque no puede escaparse del círculo de subjetividad que lo genera; sólo la carta, sin romper ese círculo, lo encauza hacia el exterior. En cambio los personajes de *La Diana* aparentemente atrapados también en su subjetividad, se comunican en diálogo; y la utilidad de sus cartas queda relegada a un aspecto casi formal: su presencia se hace necesaria en cuanto que está ligada a cualquier relato que dramatice un proceso amoroso.

IV. «LA DIANA», PROCESO SENTIMENTAL Y CASUÍSTICA DEL AMOR

La Diana se constituye por su trama en obra sentimental. Si el bucolismo había sido durante siglos el marco ideal para la expresión amorosa («bien podemos decir que la literatura bucólica hizo suya durante dos milenios la mayor parte de los motivos eróticos»)[102], la nueva forma propuesta por Sannazaro, sustituta del Cancionero, permitía aunar aspectos diversos de la casuística amorosa, al hacer coincidir en un mismo ámbito distintos personajes que encarnan un modo de amar. *La Diana* reúne así varios casos que dibujan problemas dispares (amar y no ser amado, amar y ser abandonado, amar y tener al amado muerto, etc.), bajo dos premisas fundamentales, que son la castidad y la fidelidad, tal y como se recoge en el emblema que preside la entrada al palacio de Felicia:

---

[102] *Op. cit.*, pág. 271.

> Quien entra, mire bien cómo ha vivido
> y el don de castidad, si le ha guardado
> y la que quiere bien o lo ha querido
> mire si a causa de otro se ha mudado.
> Y si la fe primera no ha perdido
> y aquel primer amor ha conservado
> entrar puede en el templo de Diana
> cuya virtud y gracia es sobrehumana.

Girando en torno a estos presupuestos todo funciona como ejemplo o como contraste, intentando matizar todo aquello que complemente o se derive del caso de amor. Para ello acudiendo al conjunto ideológico que ofrecía el neoplatonismo, o a las versiones más tradicionales (romancescas o cancioneriles), se vertebran los análisis psico-sentimentales de los personajes haciéndoles discurrir, con obstáculos y *trabajos,* por un mundo en que subyacen como principios dinámicos la Fortuna, la Muerte y la propia Natura.

«Todo el interés de la novela pastoril reside en ofrecer las más variadas ocasiones para experimentar y analizar los destinos del amor» afirma W. Krauss[103]. La dinámica de la novela se genera entonces en un doble sentido, hacia dentro («el pastor vive ensimismado, destilando todo su placer de sentir al máximo la pasión que lo domina»)[104], en la dialéctica tradicional de que el sufrimiento ennoblece al amante, por lo que la virtud amorosa se practica con la fidelidad al amor imposible y desgraciado; hacia fuera intentando buscar una solución: bien como huida eterna de sí mismo y del otro, bien como comunicación (compasión) con los demás. Este movimiento hacia fuera no sólo hilvana el argumento sino que, con sentido neoplatónico conduce al amante al perfeccionamiento de su amor que, por su búsqueda y comunicación, puede llevarle al encuentro del Amor, o idea verdadera de él.

Así, como indica B. Wardropper el punto de partida es el mal de amor y *La Diana* es un estudio de sus remedios: el

---

[103] Art. cit., pág. 672.
[104] J. B. Avalle-Arce, *op. cit.,* pág. 81.

amor nace en el hombre sin que éste lo haya procurado, conduciéndole a los celos, la melancolía y la infelicidad. Como cruel tirano se apodera del tiempo del hombre, que queda como en *cárcel* de amor al perder su voluntad y carecer de escapatoria, pues cuando se empieza a amar, no puede dejar de hacerse[105]. Por otro lado, y de acuerdo con la tradición que había cuajado en la novela sentimental, el amor sólo podría conocerse por la propia práctica, resultando inútil cualquier intento de teorización: el padecimiento amoroso es el único modo para *saber* de amor. «¿Pues quién es est'Amor? Es una ciencia / que no l'alcanza estudio ni experiencia» se dice Sylvano. Sin embargo, Montemayor introduce, en el libro cuarto, unas discusiones de tipo teórico sobre este concepto. Tomadas de León Hebreo están puestas en boca de la maga Felicia; pero significativamente tales aportaciones ni sirven para solucionar ninguno de los casos de amores propuestos, que necesitan del agua mágica (en el libro quinto), ni son escuchados más que por Sireno y Felismena[106].

Pero aun introduce otros elementos que alejan su obra del estricto planteamiento sentimental. Fundamental es, en este sentido, que la mayoría de los casos de amor se ofrezcan desde la perspectiva femenina. Selvagia opina que los hombres «no tratan los amores como deben tratarse», mientras que Sylvano opina lo contrario[107]. Además la

---

[105] Cfr. art. cit., págs. 134-136.

[106] Así lo explica A. T. Perry: «Though its effects are obvius to all, love in Montemayor's view, is a profound mystery. All love except the nymphs, yet only Felicia is able to pronounce the doctrin, the true understanding. This is why Felicia's explanation is taken almost word for word from that great contemporary popularization of Platonic love, Leone Ebreo's *Dialoghi d'Amore:* truth is not a matter of opinion but of authority; since it is the property of none, it may become available to all initiates, according to the ability of each. Felicia's monologue is followed by no discussion and allows only acquiescence in the mystery» (en art. cit., pág. 228).

[107] «The shepherdesses in the *Diana* speak more than the shepherds. The novel, indeed, not only recognizes that the feminine point of view is different; it gives it its fullest expression in the Spanish Renaissance. (...) Men misjudge women, and are called to task for it by a woman. The great originality of the *Diana* was that it gave men and women an opportunity to exchange points of view. Men for the firts time were able to see themselves as women saw them», explica B. Wardropper en su art. cit., pág. 142.

aportación neoplatónica suaviza lo «tormentoso y aborrascado» de las novelas sentimentales, oponiendo al padecimiento amoroso destructivo, de Leriano en la *Cárcel de amor* por ejemplo, el consuelo de las lágrimas o la melancolía, y en especial el sentimiento compartido entre varios amantes[108]. Aunque el *contar* (exteriorizar) el problema amoroso no alivie el sufrimiento, como indica Belisa adelantando que «decíanme que no había mal que decillo no fuese algún alivio para el que lo padecía, y hallo que no hay cosa que más mi desventura acreciente que pasalla por la memoria y contalla a quien libre de ella se vee, porque si yo otra cosa entendiese, no me atrevería a contaros la historia de mis males»; sí lo convierte en un *caso* entre varios, remitiendo el consuelo a una posible com-pasión colectiva.

Surge así la dinámica de la novela en un simultáneo juego de cumplimiento del destino personal (amoroso) y la imbricación de todos en un ámbito dotado no ya de capacidad resolutoria, sino, en primera instancia, de resortes para su manifestación. Los personajes, que son amantes por excelencia, se debaten entre su autoconocimiento y la ignorancia sobre sí mismos, y se conducen en relación con el *otro* cumpliendo un destino que resulta ser su propio encuentro. Y en este trabajo sufren y se lamentan prefiriendo la muerte a salirse de la condición amorosa que les define. Por ello, como opina R. El Saffar, la cuestión básica de la dialéctica amorosa es la reciprocidad, tanto más imposible por la incapacidad de salir cada cual de sí mismo, como por el posible encuentro con el otro.

---

[108] E. Moreno Báez opone así la novela sentimental a la pastoril en *Nosotros y nuestros clásicos,* Madrid, Gredos, 1961: «El contraste entre lo tormentoso y aborrascado de las novelas sentimentales del XIV y el XV y la serena melancolía de las pastoriles se debe a que los creadores de las primeras creyeron con Aristóteles que el amor es pasión o enfermedad del alma, que se apodera de la voluntad y oscurece el entendimiento, destruyendo la armoniosa subordinación de nuestras potencias y facultades, mientras que para los de las segundas, formadas en el neoplatonismo renacentista, el amor es una virtud que por llevar a deleitosa unión a los que bien se quieren hace incluso sabrosos los sufrimientos de que necesariamente va acompañado» (págs. 36-37).

«Muy gran consuelo sería para tan desconsolado corazón como éste mío, estar segura de que nadie con palabras ni con obras pretendiese dármele porque la gran razón, oh hermosas ninfas, que tengo de vivir tan envuelta en tristezas, como vivo, ha puesto enemistad entre mí y el consuelo de mi mal; de manera que si pensase en algún tiempo tenelle, yo misma me daría la muerte (...). Y esto sea aviso para que cualquiera que a su tormento le esperare, se salga dél, porque infortunios de amor le tienen cerrado de manera que jamás dejan entrar aquí alguna esperanza de consuelo», les dice Belisa a las ninfas y los pastores.»

Esto se traduce en la trama narrativa mediante los triángulos amorosos: la cadena Selvagia → Alanio → Ysmenia → Montano → Selvagia en el libro primero, y la de Felismena → don Felis → Celia → Valerio (Felismena) en el libro segundo; y la acción se genera porque nadie es completo y necesita del otro, que debe ser perpetuamente externo a su ser. Esta dialéctica amorosa que se encuentra en la base de todos los casos de amor se metaforiza en la escena en que Sireno sostiene el espejo en que Diana se está mirando, y se explica en parte como desdoblamiento del amante: como el deseo de unión depende del otro, la autonomía de uno mismo resulta ilusoria, y el ansia de completarse no se consigue con el propio esfuerzo. «The lover envies the loved-one or the one free of love's desires because he assumes in them a unity with self which he desires but cannot achieve»[109].

T. A. Perry formulaba la misma cuestión desde otro punto de vista. Según él lo que interesa a Montemayor, y que convierte en argumento de la novela, es el misterio que entraña el amor que se plantea de modo paradójico: si el verdadero amor requiere una búsqueda de la felicidad, para alcanzarlo el amante ha de renunciar a sí mismo, y en ese renunciamiento se puede destruir o reforzar la virtud. El final de la novela viene a afirmar que el amor apasionado, egoísmo y felicidad —una extraña mezcla en cualquier mundo— pueden coexistir en el alma noble[110].

[109] R. El Saffar, art. cit., págs. 187-89.
[110] Cfr. T. A. Perry, art. cit., pág. 234.

Evidentemente estas paradojas se corresponden con una formación especial de los personajes como sujetos de amor. Señala Avalle-Arce que carecen de voluntad porque si dispusieran de ella «podrían romper las cadenas que los sojuzgan a Amor, cuyo concepto se esfumaría en consecuencia. La ideología y temática de *La Diana* la fuerzan a presentar un mundo donde la voluntad está paralizada, con lo que los personajes pierden en densidad anímica y se hacen trasparentes (...). Todas estas circunstancias condenan al pastor, en el sentido de que su problema amoroso para ser resuelto tendrá que serlo desde fuera, con auxilio de lo sobrenatural»[111]. Pero cada personaje se distingue de los demás porque encarna un problema o un aspecto amoroso particular, y entre todos conforman un variado caleidoscopio del amor; y desde luego las soluciones no atienden a una misma modalidad. Ello se debe también a que Montemayor realiza una exploración compleja del amor, pretendiendo desentrañar el misterio y las paradojas que lo significan.

1. *Dialéctica del amor y la razón*

Cuando Sireno le pregunta a Felicia cómo si «el verdadero amor nace de la razón (...) ¿cuál es la causa porque no hay cosa más desenfrenada en el mundo ni que menos se deje gobernar por ella?», ella le contesta, retomando una argumentación de los *Diálogos de amor* de León Hebreo: «Antes has de presuponer que después que la razón del conocimiento lo ha engendrado, las menos veces se quiere que la gobierne. Y es de tal manera desenfrenada, que las más de las veces viene en daño y perjuicio del amante, pues por la mayor parte los que bien aman, se vienen a desamar a sí mismos, que es contra razón y derecho de naturaleza. Y esta es la causa por la que le pintan ciego y falto de toda razón.»

Se tiñe así el amor de cierto matiz fatalista, y el pastor al

---

[111] *Op. cit.,* pág. 91.

vivir su amor no hace sino asumir su destino. Sin poderse rebelar contra él porque supondría renunciar a su condición de amante, el pastor queda en manos de fuerzas ajenas a él mismo. Y estas fuerzas pueden permanecer en su interior, manifestándose en un comportamiento extraño, semejante al del loco, por estados de incoherencia, confusión y aparente pérdida de identidad[112]. Pero también son fuerzas exteriores, pertenecientes a un plano sobrenatural o extra-humano, con una doble significación, positiva (Felicia) de la que viene la solución a los casos amorosos, y negativa (los salvajes) que representan el amor sin control, en su vertiente más destructiva. Los salvajes, símbolo del amor bestial, no ejercen sobre sí mismos ningún control por lo que estas fuerzas en vez de interiorizarse transformándose en dolor, sufrimiento y lamentos, se manifiestan en violencia sobre el objeto amado. Por eso el Deseo se alegorizaba en la *Cárcel de amor* en la figura del salvaje.

Los salvajes que persiguen a las ninfas y son muertos por las flechas de Felismena, en hábito de Diana, significan la transgresión de los valores dominantes del ámbito bucólico, en el cual la atmósfera es de «pureza e de recato, dentro da teoria neoplatonica do amor», pureza no sensual ya que en ella sólo existen los sentidos de la vista y el oído, estando ausentes olfato, gusto y tacto[113]. Encarnan, pues, un modo de locura, que se origina precisamente por su incapacidad de aceptación de la irracionalidad derivada de los efectos del amor. Los salvajes al no asumir las carencias de lógica y razón en el amor se conducen espontáneamente, exteriorizando de forma automática sus sentimientos que se transforman así en apetencias sensuales.

Funcionando, en cuanto ejemplo del llamado falso amor[114], como contrapunto de los pastores, representan en

---

[112] Sobre esta cuestión de la relación entre el amor y la locura, cfr. «La folie amoureuse dans le roman pastoral espagnol (2.ª moitié du xvième siècle)», en *Visages de la folie,* París, 1981, págs. 117-29.

[113] Así lo señala A. Cirugião, «O papel dos olhos na *Diana* de Jorge de Montemayor», en *Biblos* XLVII (1966), pág. 413.

[114] «The attack on the nymphs, which might appear to jar in the peaceful context of pastoral, serves, in fact, to exemplify the disruptive effect of *false*

la escena arcádica en sustitución de los sátiros, el otro posible camino al que el amor, sin resolución racional, aboca. Camino que es simbólicamente condenado por las flechas de Felismena-Diana[115]. En cambio otras desviaciones producidas por las mismas fuerzas son compatibles con la compleja propuesta de Montemayor, pues conllevan la interiorización. Así Belisa asume la muerte violenta de su amado y de su padre, sintiéndose culpable: y los deseos de suicidio o autodestrucción son tolerados como normales. Por tanto la locura nacida de la irracionalidad del amor no sólo es admisible sino alabada cuando se asume e interioriza, sublimándose en contra de uno mismo. Y en eso consiste la conducta razonable, que se manifiesta en lamentos, sufrimientos y *trabajos,* y que produce el debate interno entre enajenación (como paliativo autodestructivo) y búsqueda de la identidad en el amado.

2. *El amor como purgación*

Los casos de amor que ofrece *La Diana* se muestran en principio sin salida, desde Sireno y Sylvano amadores de Diana, a Selvagia, Felismena y Belisa, en una gradación, ya que la última se enfrenta incluso a la muerte del amado[116]. Presentados como insolubles y eternos ya que el amante está condenado a amar sin desviar su fidelidad, se

---

love, i. e., of the sensual desire which is at the opposite pole of the ennobling sentiment that moves the Neoplatonic lover. This desire is concerned only with physical satisfaction and will not hesitate to use violence to achieve it. (...). These three living embodiments of *false love* complete the range of love cases in *Diana:* to the constant or inconstant but always "honest" and chaste lovers, seeking fulfillment in marriage, are now added specimens of "false", bestial lovers», afirma A. Solé-Leris, en *The Spanish pastoral novel,* Boston, Twayne, 1980, pág. 35.

115 Sobre el significado y la función de los salvajes, véanse las notas 30, 31 y 32 del libro segundo de la presente edición.

116 Esta gradación ha sido resaltada por R. El Saffar: «Belisa's tale, the last of the three, carries the polarization to its absolute extreme. Each succesive story makes resolution within the situation of the character impossible» (art. cit., pág. 192).

constituyen en estado permanente de sufrimiento. La felicidad queda como referente evocativo de un tiempo perdido, así en el canto amebeo entre Sireno y Sylvano, o la canción de la ninfa, produciendo incluso más dolor al recordarse[117].

La soledad, polarizada en ausencia o en muerte, representa la más importante fuente de sufrimiento. Pero es soledad respecto al amado, ya que el ámbito bucólico reúne estas «soledades» que se manifiestan así como compartidas. Todos los casos de los tres primeros libros representan un amor infortunado por no ser correspondido y especialmente porque les ha robado su independencia. El proceso amoroso ha puesto al pastor en situación de carencia que genera su dolor, y con el que se identifica. Pero el hado, explicitado como necesidad narrativa, les ha hecho coincidir y compartir un mismo espacio; por eso K. Vossler afirma que «no se trata de una soledad auténtica en ningún caso (...). No son de fiar las soledades del país de la Arcadia. No llegan más allá de la efusión de un sentimiento lírico del enamorado abandonado»[118]. Pero además es una ausencia relativa, ya que sin presencia física las amadas están en la mente y las palabras de los amadores, de tal modo que las narraciones y las canciones mantienen vivo ese sentimiento de carencia a la vez que hacen presente a la

---

[117] M. Debax, que ha estudiado el conjunto de adjetivos y sustantivos que expresan la alegría o contento, concluye: «Une de cette tendance c'est le peu de mots exprimant la joie que l'on trouve dans l'oeuvre et l'incapacité ou est Montemayor de décrire le bonheur. En effet on parle bien parfois de l'amour heureux, mais sous forme d'une évocation nostalgique du passé (...) Il est rare de trouver les mots "alegría" ou "contento" sans qu'ils soint affectés d'un signe négatif, soit purement et simplement la négation, soit le temps du verbe (...), soit une formule restrictive où intervient d'ailleurs la plupart du temps la Fortune (...), Même à la fin lorsque les solutions ont été trouvées à plusieurs des "casos de amor" nous n'avons pas de descriptions de cet état. Les amoureux semblent incapables de l'apprécier.» Incluso los personajes se muestran incapacitados para expresar la alegría, como demuestra Belisa al contemplar a Arsileo vivo: «Muy poco sería el contento de verte, oh Arsileo, si yo con palabras pudiese decillo.» (Cfr. *op. cit.,* pág. XXXIV.)

[118] *La soledad en la poesía española,* Buenos Aires, Losada, 1946, pág. 94.

persona amada. La auténtica ausencia en cambio enfría el amor y quebranta la memoria[119].

En cuanto a la muerte, complemento inherente del proceso amoroso («¿Qué más honra puede ser / que morir del mal que muero?»), metaforiza el extremo en que el amante es colocado. Vivir la soledad es vivir la propia muerte. Como proceso sentimental abocado a ese fin, como ocurría por ejemplo en la *Cárcel de amor,* tiene también en *La Diana* bastante de artificio, pues los casos planteados sin más solución que la desesperación o la muerte, tienen un final feliz. Además al remitirlos al significado neoplatónico, la muerte pasa a ser un estadio más que el Amor vence y supera («que aunque se acaben las vidas / no se pueden apartar / dos almas que están unidas»)[120].

Lo que a Montemayor le interesa es el proceso amoroso como sufrimiento aunque revierta en un final feliz. Novelísticamente el misterio del amor sólo resulta interesante mientras funciona como propulsor de la acción y se mantiene como resorte de suspense. Suspense que nace de unos presupuestos aparentemente sin acabamiento: la paradoja amorosa remite entonces a una visión tradicional, cercana a la que anima las poesías de los cancioneros del xv, mientras que la solución se manifiesta como neoplatónica, que se hace posible no en cuanto los casos (acción narrativa) sino en cuanto al marco (estatismo bucólico).

Como en la novela sentimental, el amor en cuanto tormento abre así la senda narrativa mostrando la historia amorosa como camino de purgación. Ésta se manifiesta externamente en suspiros y lágrimas cuya significación entienden y comparten todos los personajes: «Acabado de decir esto la hermosa Selvagia comenzó a derramar muchas

---

[119] Cfr. «Nevertheless, experience shows that absence defeats love. It weakens the faculty of memory and memory in its decline drags down with it the other faculties, particularly will» (B. Wardropper, art. cit., pág. 137). Lo mismo opina A. Cirugião en *loc. cit.,* pág. 423.

[120] Sobre el significado de la muerte y los distintos aspectos que adopta en la obra, véase B. M. Damiani, «Et in Arcadia Ego: Death in *La Diana* of Jorge de Montemayor», en *Revista Canadiense de Estudios Hispánicos,* VIII (1983), págs. 1-79.

lágrimas y los pastores le ayudaron a ello por ser oficio de que tenían gran experiencia»; «y viendo que no aprovecha nada llamarla, comenzó a derramar lágrimas en tan gran abundancia que los presentes no pudieron dejar de ayudalle».

Ninguna novela pastoril tiene tanta abundancia de lágrimas como *La Diana,* en la que la correspondencia entre los pastores «forma una sinfonía en la que se armonizan todos los corazones»[121]. La melancolía se expresa también en la música que los pastores necesitan hacer para verter su sufrimiento. Hasta tal punto sólo el amor atormentado es comunicable que los pastores se ven incapacitados de mostrar la alegría, cuando se solucionan sus problemas, teniendo que recordar su estado desgraciado anterior para cantar de nuevo: «Hagamos cuenta que estamos los dos de la manera que esta pastora nos traía al tiempo que por este prado esparcíamos nuestras quejas», le dice Sylvano a Sireno después de haber bebido el agua mágica.

Existe, pues, una paradoja manifiesta: todos buscan la felicidad que Montemayor, desde el neoplatonismo cristiano, vincula a la consecución matrimonial, y sin embargo sólo puede ser motivo de atención literaria el amante desgraciado. Debe entenderse entonces que la solución matrimonial se alcanza «al final de una vía purificativa en el ejercicio del amor humano, el cual se ha tornado en arduo camino de renunciamiento y heroísmo. El remedio adquiere así el carácter de una recompensa que coincide con esquemas de mejoramiento invididual»[122].

Sufrir significa acumular *experiencia* que debe ser preparación purificadora: el alma del amante capaz de soportar, casi al límite, el tormento del amor, se ennoblece y acerca a la Idea de perfecto amante. El matrimonio no es sino una concesión al caso novelístico, extraño a la dialéctica abstracta que sobre el Amor la obra plantea. El Amor viene a ser el Ideal que todos persiguen y nadie alcanza, y los

    121 E. Moreno Báez en *loc. cit.,* pág. XLIV.
    122 Así lo afirma G. Correa, «El templo de Diana en la novela de Jorge de Montemayor», en *Thesaurus,* XVCI (1961), págs. 59-76.

amores de los pastores sus manifestaciones particulares, que como tales no tienen solución en más nivel que el novelístico sin que éste llegue a desentrañar el misterio del Amor.

3. *El amor, sublimación espiritual*

Si el sacrificio amoroso ennoblece se asemeja a la práctica de la virtud. Montemayor hace resaltar las cualidades espirituales del amor, adoptando formas e ideas del neoplatonismo. La belleza juega así un papel fundamental y los ojos son el vehículo de la expresión amorosa. A. Cirugiao se refiere al «erotismo espiritual» de *La Diana* que se comunica a través de los ojos: éstos son símbolos de belleza, mensajeros de amor, fuente de conocimiento, confidentes fieles...; es decir, como espejos del alma, los mejores intérpretes del amor[123]. Montemayor prima al sentido de la vista sobre los demás, porque comparte la idea neoplatónica de que la Belleza engendra Amor. Por eso todas las mujeres que aparecen, desde Diana a Felismena, Selvagia, Belisa o Amarílida, presentan hermosura hasta el extremo. Pero es una belleza no sólo atemporal sino también abstracta, ya que no existen descripciones pormenorizadas ni retratos. La belleza funciona como atracción sin que ésta se diga en qué consiste. Significa así sólo en el plano conceptual como espejo del alma, siendo la hermosura externa signo de virtud interna, y apareciendo en todas las pastoras como elemento imprescindible de su pertenencia bucólica: «Mais de carácter substancial que acidental (...), a formosura femenina é —em termos de filosofia platonista— como que o esplendor da ideia no fenomeno, o reflexo da Alma Universal na matéria»[124].

[123] A. Cirugião, art. cit., págs. 417-24.
[124] A. Cirugião, «O papel da Beleza na *Diana* de Jorge de Montemayor», en *Hisp. W.*, LI (1968), pág. 402. Lo mismo constata M. Debax afirmando que el adjetivo *hermosa* precede a pastora cincuenta y tres veces, y acompaña a ninfa en cuarenta y tres, así como a los nombres propios: «Cette répétition de *hermosa* devant les noms de tous les personnages féminins ancre dans l'esprit

Pero funciona también en el plano novelístico como estímulo para generar la acción, resorte que mueve las conductas, sin dejar lugar a otros sentimientos que diversifiquen la actuación, y por tanto la identidad de los personajes. El Amor, por encima del destino, y aboliendo las voluntades particulares, se manifiesta en cada caso como irresistible, y el cebo que utiliza es la Belleza. Ésta no produce «contemplación estática» sino que, haciendo nacer el deseo de unión, convierte al amante en *personaje* novelístico: debe llenar con sus trabajos y esfuerzos las carencias que el amor le he hecho descubrir en sí mismo.

Hasta tal punto la belleza engendra amor que éste resulta inevitable incluso entre personajes del mismo sexo:

«Pues estando yo mirando la que junto a mí se había sentado, vi que no quitaba los ojos de los míos, y cuando yo la miraba, abajaba ella los suyos, fingiendo quererme ver sin que yo mirase en ello. (...) Y tanto que mil veces estuve por hablalla, enamorada de unos hermosos ojos que solamente tenía descubiertos. Pues estando yo con toda la atención posible, sacó la más hermosa y delicada mano que yo después acá he visto, y tomándome la mía, me la estuvo mirando un poco. Yo que estaba más enamorada della de lo que podría decir, le dije: (...). Y después de esto los abrazos fueron tantos, los amores que la una a la otra nos decíamos, y de mi parte tan verdaderos, que ni teníamos cuenta con los cantares de las pastoras, ni mirábamos las danzas de las ninfas.»

La escena de enamoramiento de Selvagia por Ysmenia puede servir de ejemplo de cómo el amor penetra por la visión de ojos y manos, y cómo se hace atracción irresistible. Selvagia queda deslumbrada ante la presencia de Ysmenia: poco importa que ella se haga pasar por varón y luego se haga sustituir por Alanio, porque tales cosas ocurren después del enamoramiento de Selvagia. «¿Cómo puede ser

du lecteur l'assotiation automatique entre l'idée de femme et l'idée de beauté. Et je pourrais écrire *Idée* en prenant ce terme dans un sens platonicien, quand on sait l'importance de cette notion de Beauté dans le contexte de la *Diana*» (*op. cit.,* pág. XVI).

pastora que siendo vos tan hermosa os enamoréis de otra que tanto le falta para serlo, y más siendo mujer como vos?», le pregunta Selvagia a Ysmenia antes de obligarla a descubrir su identidad porque «cómo podía yo vivir queriéndola como la quería si no supiese a quién quería, o a dónde había de saber nuevas de mis amores».

También Celia siente pasión amorosa por Felismena, a la que cree Valerio, hasta el límite de la propia muerte por no ser correspondida. La lectura de estos dos casos debe realizarse en dos sentidos: novelísticamente Montemayor utiliza un recurso tradicional que aparecía en los libros de caballería, poemas épicos y *novella* italiana, el del equívoco debido al vestido, a modo de recurso de la intriga, en el mismo significado que pueden tener otros disfraces, o las falsas muertes, como ilusión literaria de una realidad trascendida para convertirla en objeto *interesante,* entendiendo por interesante aquello no común ni corriente de la vida cotidiana, son situaciones literarias por su propia desviación[125].

Pero leyendo *La Diana* como tratado de amor, las relaciones de Selvagia-Ysmenia y Celia-Felismena no son más que posibles manifestaciones del Amor en el sentido neoplatónico. Si éste se engendra por la Belleza, y lo que une son las almas, el sexo carece de importancia. De este modo precisamente se señala hasta qué punto el concepto de amor que intenta desentrañar Montemayor parte de una premisa de pureza, y se acerca, como sublimación, a un sentimiento exclusivamente espiritual[126].

---

[125] Cfr. nota 71 del libro, donde se compara con otra historia semejante que se cuenta en *El Crótalon.*

[126] B. Wardropper opina: «This undercurrent of homosexuality is a result of the Platonis Belief that love is caused by the sight of beauty. Physiological differences between male and female beauty do not always enter into this process» (art. cit., pág. 138). También A. Solé-Leris lo relaciona con el neoplatonismo: «But he is also, at a more serious level, demostrating the implications of neoplatonic love theory» (en *op. cit.,* págs. 38-39).

V. Los personajes del mundo pastoril
y sus funciones narrativas

Los procesos amorosos se convierten en trama novelística al presentarse como historias de personajes concretos. Éstos soportan dos principios aparentemente contradictorios: por un lado cada uno es símbolo de una situación amorosa, es decir soporte de un estadio, y como tal movido desde fuera, vacío de psicología. Se comporta en ese sentido de manera pasiva, generando una situación pasiva de «pastores inactivos y llorosos que forman un círculo de lastimeros amantes»[127]. Pero, por otro lado, la historia sentimental que deben representar les obliga a una acción y a un proceso evolutivo que de un estadio les conduzca a otro, lo cual implica un mínimo psicológico que caracteriza y distingue a cada uno de los personajes. Así, por ejemplo, por la historia que llevan tras de sí, Diana pertenece a una esfera distinta de la de Felismena, e incluso Selvagia y Belisa se implican en el mundo pastoril de modo diferente. Diana encarnando la mujer mal casada que arrastra las consecuencias de una infidelidad que se justifica por la obligada obediencia a los padres, se distingue psicológicamente de Felismena, capaz de cualquier cosa por ayudar a su amado:

«Ay don Felis, que no es esta la primera deuda en que tú me estás (...). Acuérdate que un año te estuve sirviendo de paje en la corte de la princesa cesarina, y aun de tercero contra mí misma, sin jamás descubrirte mi pensamiento, por sólo dar remedio al mal que el tuyo te hacía sentir. ¡Oh cuántas veces te alcancé los favores de Celia tu señora, a gran costa de mis lágrimas! Y no lo tengas en mucho que cuando éstas no bastaran, la vida diera yo a trueque de remediar la mala que tus amores te daban. (...) Yo me salí de mi tierra, yo te vine a servir y a dolerme del mal que su-

---

127 M. Ricciardelli, «La novela pastoril española en relación con la *Arcadia* de Sannazaro», en *Hispanófila* XXVIII (1966), pág. 2.

frías (...) no tenía en nada vivir la más triste vida que nadie vivió. En traje de dama te he querido como nunca nadie quiso; en hábito de paje te serví en la cosa más contrario a mi descanso que se pueda imaginar, y aun ahora en traje de pastora vine a hacerte este pequeño servicio», le recuerda Felismena a don Felis después de salvarle del ataque de los tres caballeros, casi al final de la obra.

Así se combina el estatismo y el dinamismo en personajes que entran en el ámbito pastoril con una historia ya vivida, presentándose en una situación límite que exige solución. Y en este tránsito se evidencia cierto análisis psicológico: al menos hay una observación de los sentimientos que precisan soporte caracteriológico[128]. «El continuo ejercicio discursivo responde, a su vez, a la íntima necesidad de analizar la pasión en sus diversos matices, y se abre así las puertas a una nueva y fértil etapa del psicologismo literario europeo»[129]. *La Diana* se erige en novela de personajes ofreciendo uno de los primeros modos de discurso narrativo basado en enredos de enamorados. Inaugurando la moderna novela psicológica no realiza, sin embargo, una exploración individualizada de los caracteres, ya que entre otras cuestiones los sitúa en un mundo idealizado y no real y sobre todo los utiliza para explorar el significado del amor, así como el funcionamiento de otros factores sobre la conducta humana (Fortuna y Tiempo), pero que no se integran en su motivación interior sino que permanecen exentos, como fuerzas inalcanzables. La conducta humana no se explica así por un proceso interno sino por el sometimiento a fuerzas superiores, lo cual posibilita la solución sobrenatural que reciben algunos de los enredos de amor.

Cabría preguntarse, pues, hasta qué punto los personajes son estereotipos, a pesar de protagonizar una «novela psi-

---

[128] Así lo apunta M. I. Gerhart respecto al sentimiento de ser desgraciado, y lo refiere a Belisa: «Mais sous cette exaltation se marque un sentiment réel et bien observé: l'obstination à être malhereux. Le coeur humanin peut arriver à cherir sa douleur jusqu'au point de ne plus vouloir s'en passer, de ne plus tenir à la vie sans elle» (en *op. cit.,* pág. 182).

[129] J. B. Avalle-Arce, *op. cit.,* pág. 71.

cológica». Evidentemente no son un elemento más del ámbito arcádico, como ocurre en Sannazaro sino foco narrativo: «one by one, the remaining characters appear and tell those who have already been introduced of their unfortunate experiences»[130]. Y estas experiencias infortunadas al ser siempre amorosas unifican a los personajes hasta darles apariencia de monocromos, figuras planas, o como afirma Moreno Báez «figura de los tapices»[131]. Hay que tener en cuenta que han de responder al arquetipo de amador que impone el neoplatonismo: una individualización caracteriológica mermaría la posibilidad de idealización que cada uno conlleva. Sin embargo Montemayor los dota de los mínimos rasgos para que puedan actuar como personajes de novela: en primer lugar precisa su origen, es decir les sitúa *ab initio* en un espacio, Sireno pertenece a las montañas de León, ribera del Esla, Felismena es de Soldina (Sevilla), y Argasto de Valencia de Don Juan, etc.; en segundo lugar teje interrelaciones de convivencia haciéndoles co-partícipes de todos los casos manifestados, y de estas interrelaciones se generan además ciertas transformaciones desde los primeros capítulos a los últimos, derivados del cada vez mayor protagonismo de Felismena, de ser soporte de un caso más se erige en centro, en torno al cual giran todos los elementos. Incluso la narración en tercera persona que domina en los libros quinto, sexto y séptimo parecen responder únicamente al punto de vista de Felismena, a la que siguen más que como hilo conductor como personaje testigo de significado primordial[132].

---

[130] B. Mujica, *Iberian Pastoral Characters,* Washington, 1986, pág. 112.

[131] «Esta coordinación de acciones convergentes es la causa de que en la *Diana* no haya personajes de segunda fila, sino que todos aparezcan en primer plano, como las figuras de los tapices», en *loc. cit.,* pág. XVIII.

[132] Así lo ve R. El Saffar: «That the complete reserval of roles among the principal characters reflects Montemayor's own movement from lover to loved-one can be seen by the marked stylistic changes which accompany the caracter changes. Felismena, the only character in the first half of the book capable of action, moves from a secondary to a principal role in the second half of the book. Correspondingly, Sylvano, Sireno and Diana are less important in the second half, becoming simply another case, among many, of

El Parnaso por Andrea Mantegna

1. *El personaje ideal, uniformidad pastoril*

Todos son por origen o adopción *pastores* y su presencia en la obra sólo se justifica en tanto que tales. Para ello la mayoría viene caracterizado por pertenecer a un mundo campestre en el que la vida transcurre en las ocupaciones propias del pastor: atender el rebaño. Así hay referencias en la novela a las ovejas de Sireno, Sylvano, de Diana, Belisa, Selvagia..., y algunas de las escenas se enmarcan en la fuente de los alisos donde los pastores pasan la siesta mientras vigilan al rebaño, la vuelta a la aldea se realiza cuando ya éste necesita ser recogido: «Caminaban hacia el deleitoso prado donde sus ganados andaban paciendo», «Pues Sireno..., pasaba la vida apacentando su ganado por la ribera del caudaloso Ezla», «Y antes que llegase a la fuente, en medio del verde prado que de mirtos y laureles rodeado estaba, halló las ovejas de Diana que solas por entre los árboles andaban paciendo, so el amparo de los bravos mastines».

Estas actividades pastoriles están, en Montemayor, reducidas al mínimo, especialmente si se las compara con las de *L'Arcadia* de Sannazaro, en la que se dedican extensos pasajes a la descripción de sus ocupaciones de acuerdo con la larga tradición bucólica. Por ejemplo en *La Diana* apenas hay referencia a las competiciones de tipo atlético que constituían junto con las poéticas las dos características fundamentales del personaje bucólico[133]. Guardar los rebaños funciona así en *La Diana* como convención de implicación narrativa: es sólo el resorte de uniformidad para permitir la interrelación de los personajes que se reúnen para pasar la «siesta» juntos mientras los rebaños pastan.

haw love conflicts arise and are resolved. In the second half of the book, the third-person narration of Felismena's wandering and the description of people and places occupy the greater part of the writing, while the first-person lamentations and recounting of lost loves by the sherpherds recede in importance» (*op. cit.*, págs. 184-185).

[133] Cfr. M. Debax. *op. cit.*, págs. XXV-VI.

Selvagia conduce a sus «mansas ovejuelas» por «árboles bajos y espesos», o de «la floresta al valle», pero sobre todo accede al escenario de *La Diana* compartiendo la fuente de los alisos con Sylvano y Sireno. Este es reconocido por los perros y las ovejas del rebaño de Diana, porque ambos iban a repastar juntos.

Otro tipo de caracterización podría realizarse por el hábito; sea cual sea su procedencia se integran en el mundo pastoril por la ropa y por sus signos externos, como llevar zurrón, o tocar la zampoña. Felismena que carece de rebaño, y evidencia continuamente su presencia en el mundo pastoril como estado transitorio, se integra en él por el vestido que abandona al entrar en el palacio de Felicia y vuelve a tomar al salir de él: «Felicia le dijo que los vestidos de pastora se quitase por entonces hasta que fuese tiempo de volver a ellos; y llamando a las tres ninfas que en su compañía habían venido, hizo que la vistiesen en su traje natural» y «Y la hermosa Felismena que ya aquel día se había vestido en traje de pastora, despidiéndose de la sabia Felicia...».

El aspecto del pastor clásico privilegiado por Montemayor es el de amante: «Il a voulu présenter ses personnages non pas tant comme des bergers, mais comme des amants (...) et il ne ç'est servi de la pastorale qu'en tant qu'elle lui permettait d'exposer cette condition pour ainsi dire à l'état pur. (...) De la bucolique gréco-latine il ne subsiste que'un souvenir indirect, dû à l'apport italien, et transformé jusqu'au point d'être méconnaissable»[134]. Sometidos los pastores a la única función de amantes resulta una uniformidad de conducta que sólo la historia particular individualiza. Para ello esa historia ha de ser asumida por el pastor que debe constituirse como manifestación de ella; se conoce a sí mismo y al mundo que le rodea en cuanto que *vive* (y se pliega) a su propio caso. Su elocuencia y sabiduría surge de esta auto-exploración: «Quién te hizo filósofo elocuente / siendo pastor de ovejas y de cabras» pregunta Albanio en la *Égloga segunda* de Garcilaso (vv. 396-

---

[134] M. I. Gerhard, *op. cit.*, pág. 188.

97). Selvagia y Belisa conmueven a su auditorio al relatar su historia. Se transforman así los pastores en personajes capacitados para el ejercicio de las letras al que se ven abocados tanto por su naturaleza amorosa como por la necesidad de expresarla. A. Torquemada justificaba esta cualidad pastoril apelando al ocio del que gozan que les permite: «Leer cosas que los ciudadanos impelidos por sus tratos y conversaciones, por ventura no leen»[135].

Idealización, en suma, que separa al personaje pastor de la realidad quedando ésta como mero elemento referencial para montar una escenificación: los pastores se recogen en la aldea, duermen o comen, como podría hacerse en una representación, es decir hay una abstracción de todas las acciones y actitudes de caracterización «realista» en función de la escenificación del ámbito bucólico. «Y porque ya eran más de tres horas de la noche, aunque la luna era tan clara que no echaban de menos el día cenaron de lo que en sus zurrones los pastores traían, y después de haber cenado cada uno escogió el lugar de que más se contentó»; «y descolgando Amarílida y Arsileo sendos zurrones, dieron de comer a Felismena de aquello que para sí tenían».

A Diana la sorprenden Sireno, Sylvano y Selvagia cuando «venía en busca de un cordero que de la manada se le había huido», y Felismena encuentra a las pastoras portuguesas «levantándose la una con grande priesa a echar una manada de ovejas de un linar a donde se habían entrado y la otra llegado a beber a un rebaño de cabras al claro río».

Si vienen escasamente denotados por una caracterización ambiental, con los mínimos constituyentes del personaje bucólico, los nombres intentan una connotación que les vincule a esa tradición: Selvagia y Sylvano resuenan con el mismo prefijo de *selva;* Belisa, Montano, Amarílida, Danteo remiten a lo arcádico. La pareja protagonista se enlaza asimismo en una misma significación: *Felis*mena lleva dentro el nombre del amado don *Felis.*

---

135 A. Torquemada, *Coloquio pastoril,* ed. cit., pág. 512.

Dos personajes principales pueden encarnar este modelo de pastor idealizado, Sireno y Sylvano, reflejo desdoblado del autor, funcionando en la primera parte de la obra como pastores de égloga. Ambos comparten un mismo pasado y pueden, como en espejo, remitir a sus propias experiencias: cantan juntos, contraponen sus sentimientos y viven un mismo espacio de amor al ofrecer sus sufrimientos a Diana. La historia de los dos camina al unísono, y parece indisociable a lo largo de la obra. La experiencia sobrenatural del agua mágica que podría separarlos al producir efecto diverso en cada uno de ellos, no rompe su pertenencia al modelo de pastor bucólico que siguen cumpliendo en los libros quinto y sexto, ni tampoco su paralelismo: olvidan a Diana, por un nuevo amor (Sylvano) o por una indiferencia amorosa (Sireno), y en el fondo disfrutan de un sentimiento de venganza no asumida hacia Diana. Más que evolución psicológica habrá que ver en ellos la manifestación de estados de amor distintos, todos característicos de la Arcadia. La actitud final de Sireno y Sylvano no habría sido posible de mantenerse inamovible el principio de fidelidad que Montemayor marca a sus personajes; el agua mágica hace posible la visión retrospectiva no comprometida de la situación amorosa.

2. *Del personaje en clave al personaje sobrenatural*

A pesar de la afirmación de A. Castro de que «el pellico uniformador anula todos los gérmenes del realismo que pudieran llevar las representaciones de los personajes efectivos —con alma y cuerpo— que inicialmente tuviera el autor; de ahí el casi nulo valor que ofrecen literariamente esas identificaciones con seres reales»[136], y se les identifique o no con personas reales contemporáneas de Montemayor[137], lo interesante está en que ese pastor abstracto de

---

[136] *El pensamiento de Cervantes,* Barcelona, Crítica, 1987 [1925], pág. 188.
[137] Así lo hace N. Alonso Cortés: «No creo imposible, para quien lo intente con empeño, identificar a varios de los personajes de *La Diana*. Sabemos, por ejemplo, de Selvagia, grande amiga de Diana, que había nacido en

la tradición bucólica tenga por detrás una sombra de verosimilitud caracteriológica debida a una posible identificación. Diana puede esconder una dama de Valencia de Don
Juan, pero al pasar a personaje novelístico se dibuja en primera instancia como pastora del conjunto arcádico, y ni
siquiera protagonista a pesar del título de la obra, y en segunda como clave escamoteada al llevar el nombre de la
diosa de la castidad que preside la obra y que el personaje
contraviene desde el principio al estar casada. Traspone
así el mundo real a la novela al proyectar en ésta no sólo
una posible historia amorosa, ya del propio Montemayor,
ya de algún conocido suyo[138] que, en el mismo sentido del
petrarquismo y de Garcilaso, el autor quiera elevar a mito,
sino también por introducir un problema de índole social,
el único que según B. Wardropper aparece en la obra[139]: la
obediencia de los hijos a los padres a la hora de casarse, es
decir, la práctica del matrimonio concertado por conve-
niencia económica. Ya Selvagia, en el libro primero, había
constatado este hecho («y al otro día mi padre, sin decirme
la causa, me sacó de nuestra aldea, y me ha traído a la vuestra, en casa de Albania mi tía y su hermana»). La cuestión
planteada por Duarda contra Danteo surge de lo mismo.
En realidad esta circunstancia reiterada se genera de la paradoja de intentar aunar la problemática del amor, ya sen-

---

Portugal, orillas del Duero; de la ninfa Felismena, hija de Andronio y Delia,
que era nacida en Soldilla (¿Sevilla?) en Vandalia, [...] nos habla asimismo de
un Argasto nacido cerca de Valencia de Don Juan (...) y que por fuerza del
anagrama ha de ser el marqués de Astorga; leemos de una ninfa, parienta de
Dórida, Cintia y Polidora, establecida "desta parte de los puertos Galicianos"
que probablemente es la condesa de Lemos; y así por este estilo encontramos
acá y allá diferentes referencias que, cuidadosamente aprovechadas, podrían
servir para reconstruir en parte el elemento histórico de la *Diana»*, en art.
cit., pág. 197.

[138] Cfr. «La referencia lopesca y la anécdota real prueban más que nada la
boga social del libro (...), sin que yo quiera descalificar la existencia real de
Diana. (...). Realmente muchas mujeres se hubieran identificado de buena
gana con Diana, arquetipo social y literario ilustre» (M. J. Bayo, *op. cit.,*
pág. 248).

[139] «The social obligation of filial duty exists even in a pastoral society.
Neither the duty to one's father nor the duty to one's lover can be denied»
(art. cit., pág. 137).

74

timental, ya neoplatónica, con el desenlace feliz basado en la consecución del matrimonio. Montemayor apela a la justificación de un resorte que más que a verosímil suena a real para un contexto cortesano.

Diana viene a ser el personaje femenino que menos huella deja en la obra por ella misma. No nos relata su vida como hacen Felismena, Belisa, Selvagia o Duarda, sino que en calidad de sujeto referencial, funciona evocativamente anclada en el pasado: lejos de mostrar un proceso psicológico su presencia resulta pasiva. Su nombre hecho presente desde el título se lee en una doble vertiente, como posible anagrama de *Ana* para la explicación críptica[140], como resonancia paradójica del mundo sobrenatural que convive con el humano de la novela. La diosa Diana aparece en forma de estatua en el palacio de Felicia, su representación física contiene todos los detalles que la significan: «En lo muy alto la diosa Diana de la misma estatura que ella era, hecha de metal corintio, con ropas de cazadora, engastadas por ellas muchas piedras y perlas de grandísimo valor, con su arco en la mano y su aljaba al cuello, rodeada de ninfas.» El personaje de Felismena se vincula con ella al entrar en escena no sólo con estos atributos propios de Diana, sino también en defensa de sus ninfas.

El mundo sobrenatural se fusiona con el humano potenciado por el propio espacio arcádico, en el cual resulta natural la presencia de ninfas y de Felicia. Introducen junto con la magia la posibilidad de entender y aprehender el misterio del amor, y por tanto alcanzar su solución, que evidentemente no pertenece al plano de lo humano. Felicia, identificable tanto con personajes pertenecientes a la pastoril (como *Enareto,* sacerdote mayoral de pastores en *L'Arcadia),* como a los poemas épicos (como la sabia *Melissa* del *Orlando Furioso)*[141], aparece como *dueña,* mujer de

---

[140] E. R. Primavera sugiere la posible identificación de Diana con Ana Ferrer, dama catalana, a la que Montemayor dedicó la *Historia de Alcida y Sylvano* en las ediciones de Zaragoza 1560, Amberes 1561 y Venecia 1568. («Introducción a la *Historia de Alcida y Silvano* de Jorge de Montemayor», en *Dicenda* II (1983), págs. 130-134.)

[141] Cfr. la nota 113 del libro segundo.

edad madura, y de refinada presencia, vestidos austeros y comportamiento cortés. Funciona, situada en el centro de la novela, como personaje importante, porque a ella (y su ámbito) convergen todos los demás personajes, y de ella dependen los desenlaces. Pero no tiene entidad ni siquiera como carácter: figura que interviene en el mundo pastoril, sin ser de él. Rodeada de las ninfas es como ellas elemento inalterable; si el personaje novelístico se constituye en cuanto portador de una pasión amorosa que la erige sentimentalmente en carácter, Felicia y las ninfas vienen a ser únicamente personajes-instrumento de la resolución de la trama de otros, puesto que permanecen exentas de amor. En este sentido son personajes atemporales, no pueden realizarse en un discurrir narrativo, y utópicos en cuanto que su lugar (el palacio mágico) no sólo es inaccesible para los pastores por sí mismos (las ninfas cumplen el papel de guías), sino descrito como obra sobrehumana[142]. Las ninfas repiten, como eco mitológico, dos principios que resultan así fundamentales en la novela: encarnan la castidad, aunque derivada de la indiferencia amorosa[143], y preludian el alto valor de Felismena, ya que sus vestidos, de significado simbólico, son semejantes a los que viste este personaje en el palacio de Felicia:

«Sus cabellos que los rayos del sol escurecían, revueltos a la cabeza, y tomados con sendos hilos de orientales perlas, con que encima de la cristalina frente se hacía una lazada, y en medio della estaban una águila de oro, que entre las uñas tenía un muy hermoso diamante» se dice de las ninfas. Felismena, por su parte, es adornada «tomándole los cabellos con una cinta encarnada, se los revolvieron a

---

[142] Cfr. las notas 12 y 13 del libro cuarto.

[143] «There are, it seems to me categories of chastity. In the first are the nymphs, those mythical beings who have been touched by neither selfish desire nor experience. They are the permanent servants of the goddess of chastity and are permitted to live within her sanctuary. Their naïve inexperience is critized by those whom love has wounded, but their exquisite purity and discretion places them on a totally different level of existence. Their absolute chastity signifies total noninvolvement in love (physical and emotional) and total selflessness», opina T. A. Perry, art. cit., pág. 229.

la cabeza, poniéndole un escofión de redecilla de oro muy subtil (...). Al cuello le pusieron un collar de oro fino, hecho a manera de culebra enroscada, que de la boca tenía colgada una águila que entre las uñas tenía un rubí grande de infinito precio».

Ello explica la posible interrelación de pastores y ninfas, y el significado de Felismena como parte superior a todas ellas, como invitada especial de la maga. Sin embargo, tanto Felismena como los pastores y pastoras sólo pasan temporalmente por ese mundo, no pertenecen a él sino que coinciden en él. El espacio sobrenatural de la novela se dibuja así en su doble correlato, ya que el palacio de Felicia es lugar de magia y sabiduría, donde es posible hasta la presencia de seres míticos como Orfeo[144], el espacio pastoril que resulta asimismo utópico para el lector, pues en él viven tanto modelos de amadores perfectos como transitan ninfas y salvajes. Todo estos niveles de interrelación entre lo natural y lo sobrenatural se encuentran encarnados en los personajes que funcionan de modo ambivalente según la escena o lugar que representan en un momento concreto: ficción y realidad pierden sus límites posibilitando la existencia de personajes como Felismena, Belisa o Selvagia, en cuanto que ellas construyen su propia historia, es decir su propia entidad de personajes.

3. *Los personajes narradores*

Tres personajes se presentan de modo especial en la novela: Selvagia, Belisa y Felismena, en cuanto que funcionan no sólo como tales sino también como narradores. Ellas se introducen en el espacio pastoril comenzando por contar a otros (pastores o ninfas) su propia historia. De esa manera se ofrecen tres extensos relatos en primera persona que conjugan la visión del protagonista que así puede mezclar hechos objetivos con interpretación sentimental (sub-

---

[144] Para todo lo referente a este personaje, véase el artículo de B. M. Damiani, «Orphée dans le roman pastoral de Montemayor», en *Criticón* XVII (1982), págs. 5-11.

jetivismo), y perspectiva particular que aquí coincide en ser femenina. Perspectiva que incluso tiñe toda la obra, pues esos personajes narradores se consideran capacitados para enjuiciar el comportamiento de otros, desde un enfoque distinto al masculino. Así se lo hace saber Selvagia a Sylvano ya en el libro primero, y lo corrobora increpando a Sireno en defensa de Diana: «¿Qué ofensa te hizo ella en casarse siendo cosa que estaba en la voluntad de su padre y deudos más que en la suya?» Y después de casada ¿qué pudo hacer por lo que tocaba a su honra, sino olvidarte? Cierto, Sireno, para quejarte de Diana, más legítimas causas había de haber que las que hasta ahora hemos visto.»

De este modo los personajes femeninos se dibujan de forma más compleja que los masculinos. Como señala J. Kennedy mientras los hombres (excepto el paje Fabio) parecen sombras, las mujeres son distintas y vitalmente individuales, «not by their perfections, but by the author's delighted and sympathetic recognition of their feminine flews and by their possession of a certain hard-headed practicality»[145].

Estos tres personajes femeninos, así como los que ellas describen, como ocurre con Ysmenia o Celia, tienen un auténtico retrato psicológico sobrepasando el estereotipo de la pastora generadora de amor, y por tanto de conflicto, para funcionar de acuerdo con un modo de ser que se refleja en una conducta, remitiendo a otros ámbitos, en especial el cortesano. Los amados pasan a segundo plano al ser personajes de su relato, es decir participan en la novela en cuanto *creados* narrativamente por ellas (Alanio, Montano, Arsenio...) hasta poderse afirmar, como hace R. El Saffar que el problema de Selvagia surge en gran parte de que su amado es una *ilusión*[146]. Sólo dos, Arsileo y don Felis toman

---

[145] J. M. Kennedy, Introducción a *A critical Edition of Yong's Traslation of George of Montemayor's Diana and Gil Polo's Enamorated Diana*, Oxford, Clarendon Press, 1968, pág. XXX.

[146] «The profunder truth of Selvagia's tale, which neither she nor Montemayor appear to have perceived consciously is that the loved-one is an illusion» (art. cit., pág. 195).

cuerpo en la narración troncal, y sólo en función del final encuentro amoroso. Son ellas las protagonistas de una acción narrativa en la que los amados juegan el papel de objeto buscado y al fin, gracias a la peregrinación y purgación de ellas, obtenido.

Las tres narradoras se autopresentan como sufridoras y conforman su carácter en el desarrollo de su historia, de tal manera que ninguna de ellas encaja en un modelo preestablecido, aunque la trama amorosa que representan sea más o menos conocida (Belisa amada simultáneamente por el padre y el hijo, por ejemplo). Selvagia se caracteriza así por su ingenuidad, su credulidad y una cierta capacidad para aceptar como destino las imposiciones de otros, menos constantes y menos respetuosos con el prójimo que ella. Belisa aparece en escena de manera muy particular al estar dormida, ofreciendo el único cuadro sensual de toda la novela:

«Tenía una saya azul clara, un jubón de una tela tan delicada que mostraba la perfición y compás del blanco pecho, porque el sayuelo que del mismo color de la saya era, le tenía suelto de manera que aquel gracioso bulto se podía bien divisar. Tenía los cabellos que más rubios que el sol parecían, sueltos y sin orden alguna, mas nunca orden tanto adornó hermosura como la desorden que ellos tenían, y con el descuido del sueño, el blanco pie descalzo fuera de la saya se le parecía, mas no tanto que a los ojos de los que miraban pareciese deshonesto.»

Viene a ser la coquetería honesta, manteniendo en suspenso amoroso a dos hombres a la vez, comportándose de acuerdo con una inexperiencia en el amor que le lleva a concertar citas de desastroso final, y a imaginar la muerte como salida ante la dialéctica en que se encuentra: cree en la ficción del mago Alfeo quizá porque no sabe cómo solucionar la relación que mantiene con Arsenio. Se caracteriza, pues, por confundir fantasía y realidad, por su falta de preparación para enfrentarse a las situaciones, por eso busca una isla donde evadirse de los demás y de sí misma[147].

---

[147] Cfr. esta definición caracteriológica de Belisa con lo que apunta T. A. Perry, art. cit., págs. 232-233.

Felismena, ajena sustancialmente a la pasividad propia del pastor, funciona como motor de la narración. No sólo se distancia de los demás por el especial trato que recibe de las ninfas y de Felicia, sino por convertirse en los últimos libros en el hilo conductor y resolutorio de los casos. Desde el principio se la presenta como heroína, semi-diosa, y no sólo por el sueño premonitorio de su madre que la vincula a un modo clásico (que recogía la novela griega), sino en las mismas palabras de salutación de Dórida:

«Por cierto, hermosa pastora, si vos, según el ánimo y valentía que hoy mostrastes no sois hija del fiero Marte, según la hermosura lo debéis ser de la diosa Venus y del hermoso Adonis, y si de ninguno destos, no podéis dejallo de ser de la discreta Minerva, que tan gran discreción no puede proceder de otra parte; aunque lo más cierto debe ser haberos dado naturaleza lo principal de todos ellos.»

Dotada así de ciertos dones que la hacen superior, se erige en protagonista: con su propio caso demuestra ser mujer emprendedora y dispuesta a todo con tal de defender su felicidad; con su intervención contra los salvajes para salvar a las ninfas resulta ser el único personaje capaz de interferir en el mundo utópico de la arcadia pastoril; y finalmente en su peregrinación a tierras portuguesas en busca del amado, parece gozar de las dotes sobrenaturales de Felicia para llevar a buen final los casos de los demás.

Felismena encarna también el aspecto misterioso y oculto que sugiere cualquier trama novelesca. Es doblemente ambigua (o paradójica). Felismena se transforma una y otra vez ante la expectativa del lector, y en distintos sentidos: adopta el disfraz de paje para esconder su verdadera identidad a los personajes de su propio mundo, trastocando el antiguo servicio de amor que correspondía al varón, y erigiendo, por tanto, un nuevo orden que atañe desde lo psicológico a lo social[148]; pero también se meta-

---

[148] Así lo afirma también F. Vigier: «Dans la Diane de Montemayor, Felismena s'enfuit, déguisée en homme pour rejoindre don Felis. Cette inversion du vêtement traduit la folie d'une conduite hors des normes établies et par conséquent subversive» (loc. cit., pág. 121).

morfosea en ser casi divino cuando en el palacio de Felicia, en acto ritual, es vestida y adornada con joyas de intencionado simbolismo. «Montemayor sólo mira a dejar en su sitio la naturaleza y valor del personaje, para lo cual recurre a la vieja tradición lapidaria y al lenguaje iconológico que tanto complacía a los humanistas de la época»[149]. El acto, revestido de toda solemnidad, se sitúa en el centro de la novela, y manifiesta el verdadero valor de Felismena. Si debe entenderse como sublimación del personaje en cuanto tal, puede también resultar, tomando en cuenta que tal vestidura y apariencia son las *naturales* en ella, ser el descubrimiento de su calidad de mito. El autor no se realiza literariamente en Diana sino en Felismena, a la cual iguala con una diosa desde el principio, hace contemplar Montemor-o-velho y pisar Portugal como ámbito arcádico. Ella traspone además el amor humano en amor sobrehumano resolviendo con su mera presencia cuanto parecía irresoluble, elevando metafóricamente el caso particular de otros personajes a caso de Amor de la fábula narrativa. Resulta ser personaje parabólico.

VI. LA ARTICULACIÓN NOVELESCA:
ESTATISMO ESPACIAL Y PROCESO TEMPORAL

La multiplicidad de personajes y la variedad de casos pueden en principio causar sensación de obra confusa y dispar. Sin embargo *La Diana* no sólo se pliega a una fórmula clásica (como es la del viaje) sino que descubre una nueva organización basada en la vertebración de distintas historias en otra principal o unificadora. Incluso el modo de imbricación de todos estos elementos (personajes, casos, escenas, etc.), resulta novedosa y sumamente fructífera por las posibilidades que abre. La utilización de un viaje como hilo conductor general, en el que se van sumando

---

[149] F. Márquez Villanueva, «Los joyeles de Felismena», en *Revue de Litterature Comparée* LII (1978), pág. 269.

personajes que traen sus propios relatos, tenía un valioso antecedente en la novela griega, con posibilidad también de una interpretación religiosa (viaje como peregrinación) o metafórica (viaje como purgación de amor)[150]. Montemayor no difiere demasiado de los recursos que ofrecía este modelo narrativo que asimismo implicaba comenzar la historia *in medias res,* y el mantener el suspense haciendo conocer sólo parte de la realidad: cada personaje cuenta lo que ha vivido desde su propia perspectiva; sólo de todas las perspectivas juntas obtendremos el relato completo; por eso cada pieza, al presentarse parcialmente, genera suspense y sorpresa. Esto produce distanciamiento, y cierta ironía narrativa, pero en *La Diana* es incipiente y tan sólo funciona en sus modos más simples.

Sin embargo, por vez primera, esta fórmula narrativa de la novela griega se ve trasladada a una obra pastoril, de índole estática en cuanto que responde a una efusión lírica de los sentimientos que presenta. Es decir, Montemayor insufla en un modo de interrelación lírica, cuya organización había sido la superposición o concatenación de casos de amor, una vertebración puramente novelesca (de *novella* y de libros de caballerías), alcanzando un resultado de consecuencias quizá no previstas[151].

Así el ámbito que era lo fundamental del género bucólico, ámbito neutro como igualador de todos los personajes

---

[150] Esta posibilidad la ofrece asimismo *La Diana,* y no sólo transformándola, como intentó Fr. Bartolomé Ponce con su *Clara Diana a lo divino,* sino incluso en una lectura actual como la que propone B. M. Damiani, en su trabajo «Journey to Felicia: *La Diana* as pilgrimage. A study in symbolism», en *Bibliothèque d'Humanisme et Renaissance,* XLIV (1983), págs. 59-76.

[151] «What is most crucial in the pastoral is precisely this effusion of present sentiment. The pastoral exteriorization of the results of introspective analysis creates a situation which virtually excludes by definition the possibility of action and sequences of events, the proper subject-matter for the epic, the byzantine romance, the *novella* and indeed for all narrative genres. Thus Montemayor's device of beginning his first pastoral eclogue with a consecrated narrative gambit *in medias res* constitutes recognition of a first step toward overcoming the difficulties inherent in a combination of two literary modes which had hitherto appeared to be mutually exclusive» (C. B. Johnson, art. cit., pág. 210.

(«viviendo en un mundo ideal de amor»)[152], se transforma en soporte de una acción, que conlleva no sólo diálogo sino movimiento abocados a una transformación de las figuras. Una acción que, sin embargo, se somete a un ritmo lento y se contamina del estatismo y sedentarismo propio de la vida de los pastores, de tal manera que la verdadera acción novelesca viene evocada por la palabra, por el relato de hechos, como ocurre en el género diálogo.

Hay que distinguir, pues, en la imbricación de estatismo y acción dos soluciones distintas aportadas por Montemayor: la acción en presente (el viaje al palacio de Felicia en los primeros libros, y la peregrinación de Felismena en los últimos), la acción en pasado que pertenece a los relatos contados por los propios personajes. La acción en presente determina un «ritmo lento, reflejado estilísticamente por la abundancia de gerundios que por ser desarrollo o aclaración de lo que expresa el verbo principal con el que coinciden, o al que anteceden temporalmente, remansan la acción trazando una curva que, al repetirse, le da a la prosa un ritmo ondulado»[153]. Aparece además como morosa en cuanto proyectada hacia un futuro que se da como inalcanzable, y que por tanto hace revertir al tiempo como lastre sobre la actuación presente: la acción de los personajes frenada desde su formulación de caso amoroso irreversible apenas tiene el móvil del caminar («su paso a paso») hacia el encuentro del palacio de Felicia, donde sin medir el tiempo se producirán los cambios[154].

---

152 Así lo define B. Wardropper: «Against this neutral or sympathetic background pairs of men and women move and talk (...) The sheperds are not courtiers set in artificial surroundings. They are lovers living in the ideal world of love» (art. cit., págs. 129-310.

153 E. Moreno Báez, en *loc. cit.,* pág. XX.

154 Para J. Siles Artés esto produce una evidente incongruencia novelística nacida de la desproporción del discurrir demorado de los primeros libros y la precipitación de las soluciones. «Esa desproporción se refleja también en los cambios operados. Resulta inverosímil que en periodo tan escaso de tiempo ocurra que Sireno deje de amar a Diana, que Sylvano deje de amar a esa misma pastora, que Selvagia deje de amar a Alanio y que a su vez Sylvano y Selvagia queden enamorados entre sí. Tenemos ahí, repetimos, un fallo de justificación entre los hechos de la novela, los hechos de la trama, para ser

En cuanto a la acción en pasado, rompe el tiempo eterno propio de la Arcadia, pues de un tiempo compartido (igual para todos) pasamos a un tiempo individual y particular de cada personaje, un «tiempo humano» propio de la novela, como la denomina J. R. Jones, divergente del tiempo bucólico que viene indisolublemente unido al espacio[155]. Así por ejemplo, Sireno se destaca del ámbito arcádico en cuanto se presenta como sujeto de una historia (pasión) de amor del pasado, el agua mágica lo que hace es volverle a esa situación «atemporal» del que, por el olvido, carece de pasado.

1. *La organización narrativa de la acción en presente*

Desde el estudio de B. Wardropper que puso en evidencia la simétrica disposición de *La Diana,* se viene repitiendo su ordenación en dos partes (libros primero-segundo-tercero y quinto-sexto-séptimo) con el eje del cuarto, planteamiento que J. B. Avalle-Arce sintetiza así: «La novela está dividida en siete libros que se distribuyen con perfecta simetría. Los libros primero-tercero presentan los problemas de amor, la casuística. El libro cuarto que transcurre en el palacio de Felicia, es el que provee la solución a estos problemas. En los tres últimos libros los pastores salen a buscar las soluciones, o bien se dedican a vivir tranquilamente con su problema vital ya resuelto. O sea que hay un movimiento inicial de convergencia argumental en el palacio de Felicia, seguido de otro de divergencia en que se subdivide en sus componentes la ceñida hilazón del tema»[156].

Sin embargo la primera parte no encuentra su correlato

---

más exactos, y el tiempo en que ésta transcurre. Y la mediación de los poderes de Felicia no hace más que resaltar la incongruencia» (...) «Bastaba con que sus criaturas llegaran al final con los mismos sentimientos que al principio. Pero esto había sido quedarse donde se quedó Sannazaro» (*op. cit.,* págs. 101-102).

[155] Cfr. J. R. Jones, art. cit., págs. 140-142. Según él, el uso del tiempo en *La Diana* la convierte en novela moderna.

[156] *Op. cit.,* págs. 84-85.

exacto en la segunda. La distribución es diferente, ya que en la primera cada libro corresponde a una historia y en la segunda se entremezclan y superponen planos de varias en cada libro. Esto produce distorsiones que afectan tanto al modo narrativo como a la adecuación al proceso temporal. R. El Saffar se refiere incluso a que *La Diana* está mal planteada porque el subjetivismo dominante en la primera parte debido especialmente a contener las tres historias relatadas en primera persona, es sustituido por el aparente objetivismo de las tres últimas partes; objetivismo que permite al narrador alternar espacios y escenas, así como utilizar a un personaje, Felismena, como hilo conductor de una trama inexistente unificando escenas, personajes e historias diferentes[157]. Del colectivismo de la primera parte se pasa a la disociación en la segunda, que también se percibe en la dislocación temporal, ya que en la primera parte todos los personajes comparten las mismas jornadas, y en la segunda se relatan en un mismo libro lo que para unos es la cuarta y para otros la quinta, produciendo una ruptura entre la inicial correspondencia de cada libro con un tiempo completo (ya de día como en el primero y segundo, ya de noche como en el tercero). En cambio en el libro quinto se superponen dos tiempos distintos, uno de los cuales se encabalga en el libro sexto. Según J. Siles Artés el tiempo de toda la novela se constituye en seis jornadas que se distribuyen en cuanto a los libros del siguiente modo:

Primera jornada	→	Primer libro
Segunda jornada	→	Segundo libro (día)
	→	Tercer libro (noche)
Tercera jornada	→	Cuarto libro
Cuarta jornada	→	⎰ Quinto libro
Quinta jornada	→	⎱ Quinto libro
	→	⎰ Sexto libro
Sexta jornada	→	⎱ Sexto libro
	→	Séptimo libro

---

[157] «The objetive narrational style characteristic of the last three books will prove as inadequate as the subjective style of the first in producing the desired resolution to the conflicts presented» (R. El Saffar, art. cit., pág. 184).

Otro tiempo sin determinar: séptimo libro (cierre y conclusiones)[158].

Los tres primeros libros presentan una unidad de concepción: tienen lugar en un mismo espacio que va de la fuente de los alisos (que aúna los dos principios de arte y naturaleza) a la isla en que se encuentra la choza de Belisa, escenario estereotipado que los agrupa en la coordenada espacial de la égloga pastoril. Gradualmente se van sumando nuevos personajes que aportan en cada libro una historia particular a la primaria de Sireno-Sylvano-Diana, historias que quedan abiertas originando un entramado a la vez complejo (por las interrelaciones), y paralelo (por la superposición del sistema). Todos los elementos convergen en una presentación del amor como objetivo imposible e inalcanzable, e intensifican progresivamente la alienación del amador, su separación del mundo.

El libro cuarto representa otro nivel de realidad, el sobrenatural, y en él el estatismo domina toda la acción encerrada en el espacio del palacio, en el que el tiempo humano parece no existir. La descripción resulta preponderante y la acción apenas se refiere a actividades propias de una celebración cortesana (contemplación de las maravillas, escultóricas o pictóricas, cantos y homenajes). Los personajes pasan a ser meros espectadores que deben aprender de cuanto ven, formándose no por su propia vida (purgación) sino por el conocimiento obtenido de la visión ejemplificativa, y por la audición de las palabras de seres superiores. El narrador objetivo e impersonal tiene que hacer gala de un lenguaje bastante retórico para la transcripción de ese espacio extranatural: el templo de Diana, palacio de la maga Felicia, que reúne, como básico paradigma, arte y naturaleza, historia y mito, y en el que los sentimientos particulares se unifican en la exaltación épico-patriótica, o en el homenaje a ciertas mujeres contemporáneas al autor. Podría hablarse de una «desrealización» como propone T. A. Perry[159].

---

[158] Cfr. A. Siles Artés, *op. cit.*, págs. 97 y ss.
[159] Art. cit., pág. 228.

De esta «desrealización» surgen dos modos distintos para retornar al espacio y tiempo anteriores: Sylvano y Sireno desandan el camino recorrido y van al reencuentro de su espacio pastoril primero; su acción a partir de ahora, siempre en presente, no contiene ya trama, pues sus problemas han sido resueltos. Han alcanzado en el palacio el punto cero, por lo que su actividad carece ya de dialéctica generadora de tiempo[160]. En cambio, Felismena se dirige hacia el futuro, resolviendo historias en acción presente, es decir, expuestas y resueltas a continuación (Amarílida-Filemón), y salvando la distancia que su propio tiempo le había impuesto para la reconquista de don Felis. Y esta distancia se recorre concretando el espacio, que alcanza referencias reales que la obra no había mostrado hasta estos libros. El autor que retoma la narración observa detenidamente las distancias («doce millas adelante»), las mieses sembradas, describe los trajes de las pastoras portuguesas que hablan su propia lengua, y visiona la ciudad de Coimbra, el Mondego, Montemôr-o-velho, cuya alabanza se resalta al confrontarse con el sobrenatural palacio de Felicia. La realidad humana de Montemayor se parangona con la utópica de los personajes[161]. Simbólicamente Felismena recorre el camino que va del mito a la historia, cumpliendo así el traslado de su presentación de diosa al de papel de mujer enamorada que busca su felicidad.

---

[160] Así lo indica A. Prieto: «La exclusiva acción del presente que se conjuga en los libros quinto-séptimo. De este *presente* el libro sexto, conquistado tras el el presente estético del libro cuarto, Montemayor (Sireno) puede resucitar sin dolor aquel tiempo presente del libro primero que evocaba el dolor actual, el desamor de Diana. La vía pastoril ha permitido a Sireno esta superación que no esconde cierta venganza» (en *Morfología de la novela,* ed. cit., pág. 360).

[161] «El episodio representa un aspecto concreto y particular de la vida peninsular y, consecuentemente, los elementos y la naturaleza se circunstancializan en la misma medida» (J. B. Avalle-Arce, *op. cit.,* pág. 79). Cfr. las notas 1 a 5 del libro séptimo.

2. *La imbricación de las acciones en pasado*

El sistema narrativo de Montemayor, inventado para acoger variedad de casos se basa en ese continuo caminar al que se van sumando nuevos personajes. Parece entonces una forma abierta y repetible hasta el infinito: «Los pastores que caminan siempre encuentran a alguien que cuente o cante su historia. El cauce de la égloga nunca se agota, siempre se renueva, como la estación amorosa en la que se sitúa»[162].

Así la acción en presente se interrumpe para incluir historias distintas que crean un entramado nuevo, no tanto por la diversidad introducida como por la organización que las hace simultáneamente independientes y vinculadas a la trama principal[163], porque en ella desembocan, y porque los personajes pasan a pertenecer a ella. Sin embargo, se separan en cuanto relatos independientes tanto por el tiempo de la acción en pasado, como por el narrador que los relata: la trama primaria pertenece a un narrador en tercera persona, que a modo de autor teatral narra desde fuera[164]; las tramas secundarias se ofrecen narradas en pri-

---

162 A. Egido, art. cit., pág. 155.

163 Ya lo señaló H. A. Rennert: «Its chief novelty is that it is a continous story with a control thread of love interest and a number of subordinate love-stories, making a vastly more elaborate fiction than any of its predecesors» (en *The Spanish Pastoral Romance,* Philadelphia, University of Pennsylvania, 1912, pág. 168).

164 R. El Saffar opina que Montemayor se incluye en la narración identificándose con los amantes sufridores: «He does not transcend the complications of perspective suffered by his characters. Rather, he identifies with long-suffering "we" in the novel who are superior to the self-satisfied "them". The introduction of the sabia Felicia and the resolution she offers Sylvano, Selvagia and Sireno are the most obvious indications of Montemayor's involvement in his characters' dilemmas. Like Diana' ruse in the poem discussed above, the sabia Felicia is a contrivance of doubtful credibility. But like Diana's contrivance, this one allows for temporary indulgence in a solution which is in fact neither possible nor fully desired (art. cit., página 193).

mera persona y por el propio protagonista, es decir, por un narrador implicado.

Las historias de los personajes se imbrican únicamente porque éstos pasan a ser de la trama primaria, pero el autor-narrador no los complica con nuevos enredos y aventuras, por eso constituyen esa especie de relatos completos en sí mismos. Tanto Selvagia como Belisa se comportan, incluso en su propia historia, como pasivas, víctimas de las circunstancias, por lo que fácilmente se acomodan después al lugar pasivo que también representan en la acción en presente.

Las historias incluidas de Selvagia, Felismena, y Belisa comportan, pues, la forma autobiográfica, y una semejante manera de narrar: cuentan en voz alta a un auditorio, relatando no sólo la que vieron y sintieron, sino también reproduciendo conversaciones, canciones y cartas. «Repiten todos los recursos oratorios propios del discurso culto (en parte similares a los del relator folclórico), piden silencio, presumen de contar algo nuevo y captan la benevolencia y la atención de los oyentes apelando a la brevedad, el asombro, y a la extrañeza»[165]. Y además frente a la trama primera, sin principio ni fin temporales, por lo que se inicia *in medias res,* las tres historias en pasado comienzan por el principio, y se desarrollan en cronología lineal, apelando incluso a antecedentes familiares en el caso de Felismena, que respeta así con todo rigor la forma del relato autobiográfico.

Relatos como evocación, es decir, recuerdo de un pasado cercano cuyo efecto se está sufriendo, convergen en una serie de consideraciones que reiteran. Los problemas planteados por Selvagia y Felismena tienen un mismo origen, la infidelidad del amado, con lo que funcionan también como eco invertido de la historia de Sireno y Diana motivada por la inconstancia (e infidelidad consiguiente) de la pastora. Resultan completamentarias y remiten en el pasado a una misma casuística, e incluso utilizan idénticos resortes para mantener la trama general, o acción en pre-

---

165 A. Egido, art. cit., pág. 151.

sente: «La ausencia de Diana (que no llegará, como personaje, hasta avanzado el libro quinto) se corresponde y contrasta con la ausencia de don Felis (que no aparece hasta el
último libro)»[166]. A ellas hay que sumar la ausencia de Arsileo, que accederá a la trama principal en el libro quinto,
cuando ya Felismena le reconocerá sobre su imagen pre-
viamente trazada por Belisa: «muy fuera de como yo te vi
cuando en la academia salmantina estudiabas», se inventa
Felismena aludiendo a un tiempo extranovelístico (pues
tal encuentro o no existe o no se ha narrado), y dilatando,
para crear intriga, el nombre de Belisa, auténtica interme-
diaria.

De este modo las diferentes historias autobiográficas se
relacionan y complican al remitirse repitiendo elementos
temáticos y resortes formales, superponiéndose narrativamente:

$$
\begin{array}{ll}
\text{Historia A}_1 & \text{Sireno} \rightarrow \text{[Diana]} \\
\text{A}_2 & \text{Sylvano} \rightarrow \text{[Diana]} \\
& \quad\quad\updownarrow \\
\text{Historia B} \left\{ \begin{array}{l} \text{Selvagia} \rightarrow \text{Alanio} \rightarrow \\ \text{Ysmenia} \rightarrow \text{Montano} \end{array} \right. \\
\text{Historia C} \left\{ \begin{array}{l} \text{Felismena} \leftrightarrow \text{don Felis} \rightarrow \\ \text{Celia} \end{array} \right. \\
\text{Historia D} \quad \text{Belisa} \rightarrow \text{Arsenio} \\
\quad\quad\quad\quad\quad\quad \searrow \text{Arsileo} \quad \text{etc.}[167]
\end{array}
$$

Todas ellas juegan en el equilibrio de la memoria y su
actualización. La trama en presente se constituye en alter-
nancia de una referencia en acto y una evocación del pasa-

---

[166] A. Prieto, *Morfología de la novela*, ed. cit., pág. 350.

[167] Este esquema, basado en el propuesto por A. Prieto (*op. cit.*, págs. 360-
363), intenta reproducir las interconexiones: → significa «relación amorosa», { «relación entre personajes femeninos», [ ] «imposibilidad», ⟷ «relación matrimonial (final), y ---→ «interferencia del personaje».

do. La referencia en acto pertenece al narrador general, que introduce escenas y personajes; la evocación, en cambio, está en boca de los protagonistas y demás personajes. Ambos se imbrican porque se cortan y suceden mutuamente, creando un juego de avance y retroceso que combina el estatismo y dinamismo generados por la función espacial, que aúna un lugar bucólico (a-espacial y a-temporal) con el circunstancial de la corte (la historia de Felismena), o el móvil del viaje (de Felismena en Portugal). Los tres primeros libros repiten el mismo esquema: se presenta un personaje y comunica a los demás su pasado, «once his or her tale is finished, whether or not it has suffered interruption in telling, the protagonist-narrator is incorporated into the action of the primary narrative, taking part in dialogue and movements, until the moment comes when his or her situation can suitably be resolved»[168].

Inauguraba Montemayor una forma narrativa de larga repercusión: un modo de hilvanar distintas historias, dinamizando un mismo espacio compartido y creando un mismo tiempo en presente que permite imbricar los tiempos particulares de cada personaje. La trama principal existe en cuanto que un narrador la inventa para dar entrada a los personajes relatores que aportan junto a su historia, distintos tiempos. Pero la novela se constituye precisamente en la imbricación dialéctica de todas estas acciones y juegos temporales, que responden a una interrelación de personajes, y que convergen en presentar una compleja casuística del amor.

El conjunto novelístico que venía a constituir *La Diana,* recuperando para la narrativa española del siglo XVI formas clásicas revitalizadas, quedaba de este modo cerrado en sí mismo, dando broche final a las diferentes historias; pero abierto por su repetibilidad y por sus personajes transferibles a otras nuevas posibilidades novelísticas que serán largamente transitadas en las décadas siguientes.

---

[168] R. G. Heightley, «Narrative perspectives in Spanish pastoral fiction», en *AUMLA* IV (1975), pág. 204.

Criterios de edición

Ya M. Debax señalaba la falta de una edición crítica, pues la de E. Moreno Báez, al estar hecha sobre la príncipe (Valencia ,1559?), no ofrecía el estadio definitivo, y la de F. López Estrada (sobre la de Barcelona, 1561) presentaba errores evidentes que no la hacían fiable[1].

La presente edición reproduce el texto de *Los siete libros de la Diana* de Jorge de Montemayor publicado en Barcelona en 1561, siguiendo el ejemplar que fue de Pascual Gayangos, y que se encuentra actualmente en la Biblioteca Nacional de Madrid (sig.: R/13394). Esta de Barcelona es, a mi juicio, la más completa, pues introduce todos aquellos fragmentos (como la «Historia de Alcida y Sylvano») que fueron añadidos en vida del autor. No contiene la «Historia de Abindarráez y Jarifa» que, como afirma M. Menéndez Pelayo, «sólo después de su muerte fue interpolada en *La Diana,* rompiendo la armonía del conjunto con una narración caballeresca»[2].

---

[1] M. Alvar realizó una confrontación de ambas ediciones en *RFE* XL (1956), págs. 276-78: la de Moreno Báez para la Biblioteca Selecta de Clásicos Españoles de la Real Academia de la Lengua en 1955 y la de López Estrada para Clásicos Castellanos en 1945; las dos han tenido reediciones. La opinión de M. Debax se manifiesta así: «Le manque d'une édition critique se fait sentir et l'on peut dire qu'en beaucoup de passages le text n'est pas sûr, aussi a-t-il paru préférable de suivre le texte de l'édition princeps. D'autre part le texte de l'édition des *Clásicos Castellanos* parait contenir un certain nombre d'erreurs patentes si on compare ce texte à d'autres éditions de la Diana» *(op. cit.,* págs. VI-VII).

[2] M. Menéndez Pelayo, *Orígenes de la novela,* ed. cit., pág. 273.

El texto ha sido además cotejado con la edición de Venecia, 1574, utilizando el ejemplar de la Biblioteca Nacional de Madrid (sig.: R/30477). Esta edición se hizo bajo el cuidado de Alonso de Ulloa (como la de Venecia, 1568), por lo que presenta algunas variantes que corrigen adecuadamente o proporcionan otra lectura interesante. Dichas variantes se reseñan en nota[3].

Se ha modernizado la ortografía, excepto en aquellas grafías que respondían a valores fónicos distintos de los actuales:

— Se ha regularizado el uso de b/v, j/g, x/j, c/z, q/c, s/x, m/n ante labial, h/ø.
— Se han desarrollado las abreviaturas como p̄, đ, tp̄o. ql, nra.
— Los nombres propios conservan su grafía, aunque ésta se salga de las normas generales.
— Se mantienen las aglutinaciones como «dellas» o «destos», que Montemayor no utiliza en todos los casos.
— Se conserva también: la oscilación vocálica (o/e, e/i, u/o), las formas adverbiales (entonce/entonces, ahora/agora), las concordancias de género y la vacilación entre la asimilación de «rl» en los infinitivos con pronombre y la forma actual (dejallas/dejarlas).
— Se han respetado los arcaísmos y populismos, y especialmente los modismos característicos de Montemayor como los lusismos, tan bien estudiados por E. Moreno Báez.

Los poemas se reproducen asimismo manteniendo las elisiones vocálicas, tal y.como aparece en el texto de Bar-

---

[3] J. Arce indica algunas de estas correcciones y propone: «¿No merecería la pena controlar con dicha edición otros detalles del texto? Por lo menos creo haber dado prueba indiscutible del rigor científico con que Alonso de Ulloa revisó y supo enmendar una, al menos, alteración textual en *La Diana»*, en «Una errata en *La Diana* de Montemayor y la estructura de la sextina», en *Literatura italiana y española frente a frente,* Madrid, Espasa Universitaria, 1982, pág. 206.

PRIMERA

AEDICION DELOS SIETE

LIBROS DE LA DIA-

NA DE GEORGE DE

Monte Mayor.

Ha se añadido en esta vltima impressió los verdade
ros amores del Abencerraje, y la hermosa Xarifa.
La historia de Alcida y Siluano. La infelice histo
ria de Piramo y Tisbe. Van tambien las Damas Aragonesas, Catalanas, Valencia-
nas, y Castellanas, que hasta aqui
no auian sido impressas.

DIANA.

Sireno.   Syluano.

¶ Vista y con licëcia impressa, En çaragoça, por la
viuda de Bartholome de Nagera. Año. 1570.

Portada de la edición de Milán de 1616

celona de 1561, de otro modo se pueden romper rimas y modificar las medidas de los versos[4].

Se ha puntuado de acuerdo con los criterios actuales. Para la separación de párrafos se ha tenido en cuenta primordialmente el sentido, por lo que se agrupan los diálogos y se señalan las intervenciones de los personajes con comillas, pretendiendo así una distribución más clásica, de acuerdo con la obra, y no decimonónica.

Las notas que acompañan al texto pretenden:

1.   Aclararlo con explicaciones de índole lingüística, recogiendo las aportaciones de H. Keniston sobre sintaxis, y de M. Debax sobre léxico. Pero sólo en aspectos que particularizan la obra de Montemayor en su contexto histórico-literario.

2.   Comentarlo en cuantos aspectos y perspectivas ha dilucidado la crítica, reseñando desde las identificaciones históricas, al descubrimiento de la estructura, las referencias a posibles vínculos con otras obras, modos de contar, modelación de los personajes, etc.

Con ello no sólo se sugieren nuevos elementos de juicio, ampliando las perspectivas de lectura, sino que también se transforma el texto en materia de comentario, en los múltiples acercamientos e interpretaciones de que ha sido objeto.

---

[4] De estas elisiones trata R. J. Cuervo, considerándolas rasgos estilísticos de Montemayor, pues van más allá de la simple sinalefa: «Herrera y sus discípulos fueron más mirados que Montemayor en las elisiones; generalmente se limitan a las vocales idénticas, (...) y a la *e* de pronombres, artículos y partículas monosílabas» (en «Disquisiciones sobre antigua ortografía y pronunciación castellana», II, *RHi* V [1898], págs. 299-300).

Bibliografía

ALONSO CORTÉS, N., «En torno a Montemayor», en *RUC* XI (1933), págs. 192-199.

ARCE, J., «Una evidente errata en la *Diana* de Montemayor. Notas sobre la sextina», en *RFE* L (1967), págs. 187-192.

ARMAS, F. A., «Las tres Dianas de Montemayor», en *Actas del IV Congreso de ALFAL*, Lima, 1978, págs. 186-194.

AVALLE-ARCE, J. B., *La novela pastoril española*, Madrid, Istmo, 1974; cap. III «La *Diana* de Montemayor», págs. 69-100.

BAYO, M. J., *Virgilio y la pastoral española del Renacimiento (1480-1530)*, Madrid, 1959. «Virgilio y *La Diana*», págs. 247-261.

CIRUGIÃO, A. A., «O papel dos olhos na *Diana* de Jorge de Montemayor», en *Biblos* XLII (1966), págs. 411-424.

— «O papel da Beleza na *Diana* de Jorge de Montemayor», en *Hisp. W.* LI (1968), págs. 402-407.

CORREA, G., «El templo de Diana en la novela de Jorge de Montemayor», en *Th* XVI (1961), págs. 59-76.

CRAWFORD, J. P. W., «Analogues to the story of Selvagia in Montemayor's *Diana*», en *MLN* XXIX (1914), págs. 192-194.

CHEVALIER, M., «*La Diana* de Montemayor y su público en la España del siglo XVI», en *Creación y público en la literatura española*, Madrid, 1974, págs. 40-55.

DAMIANI, B. M., *Jorge de Montemayor*, Roma, 1984.

— «Nature and Fortune as instrument of didactism in Montemayor's *Diana*», en *Hisp Jo* III (1982), págs. 7-19. Recogido en *Jorge de Montemayor*, ed. cit., págs. 127-162.

— «Aspectos estilísticos de *La Diana* de Montemayor», en *RFE* LXIII (1983), págs. 291-312. Recogido en *Jorge de Montemayor*, ed. cit., págs. 163-200.

— «Realismo histórico y social de *La Diana* de Montemayor», en *VIII Congreso de la Asociación Internacional de Hispanistas*, 1983. Recogido en *Jorge de Montemayor*, ed. cit., págs. 201-226.

— «Sermoneo y ejercicio de las virtudes cristianas en *La Diana* de Jorge de Montemayor», en *RLit* XLVI (1984), págs. 5-18. Recogido en *Jorge de Montemayor,* ed. cit., págs. 227-250.

— «Sannazaro and Montemayor. Toward a comparative study of *Arcadia* and *Diana»,* en *Studies in honor of Elias Rivers,* Scripta Humanistica, 1989, págs. 59-75.

— «Et in Arcadia ego: Death in *La Diana* of Jorge de Montemayor», en *Revista Canadiense de Estudios Hispánicos* VIII (1983), páginas 1-79.

— «Orphée dans le roman pastoril de Montemayor», en *Criticón* XVII (1982), págs. 5-11.

— «Journey to Felicia: *La Diana* as pilgrimage. A study in symbolism», en *BHR* XLIV (1983), págs. 59-76.

— *Montemayor's Diana. Music and the visual arts,* Madison, 1983.

Debax, M., *Lexique de «La Diana» de Jorge de Montemayor,* 2 vols., Toulouse, 1971.

Egido, A., «Contar en *La Diana»,* en *Formas breves del relato,* Zaragoza, 1986, págs. 137-156.

El Saffar, R., «Structural and thematic discontinuity in Montemayor's Diana», en *MLN* LXXXVI (1971), págs. 182-198.

Fernández-Cañadas de Greenwood, P., *Pastoral poetics: the uses of conventions in Renaissance Pastoral Romances «Arcadia», «La Diana», «La Galatea», «L'Astrée»,* Madrid, 1983.

Fitzmaurice-Kelly, J., «The bibliography of the *Diana enamorada»,* en *RHi* II (1985), págs. 304-311.

García Abad, A., «Sobre la patria de la Diana», en *RLit* XXVII (1965), págs. 67-77.

Gerhardt, M. I., *La pastorale. Essai d'analyse littéraire,* Assen, 1950, págs. 175-189.

Johnson, C. B., «Montemayor's *Diana:* a novel pastoral», en *BHS* XLVIII (1971), págs. 20-35.

Jones, R. R., «Human time in *La Diana»,* en *RomN* X (1968), págs. 139-146.

Krauss, W., «Algunas observaciones sobre la novela pastoril española», en *Eco* 138-139 (1971), págs. 653-698.

López Estrada, F., «Prólogo a la edición de *Los siete libros de La Diana»,* Madrid, 1970.

López Estrada, F. - Huerta Calvo, J.- Infantes de Miguel, V., *Bibliografía de los libros de pastores en la literatura española,* Madrid, 1984.

Márquez Villanueva, F., «Los joyeles de Felismena», en *Revue de littérature Comparée* LII (1978), págs. 157-178.

MENÉNDEZ PELAYO, M., *Orígenes de la novela,* tomo I, Madrid, 1961, págs. 244-287.

MORENO BÁEZ, E., «Prólogo a la edición de *Los siete libros de La Diana»,* Madrid, 1981.

MUJICA, B., *Iberian Pastoral Characters,* Washington, 1986, páginas 111-142.

OQUENDO, A., «Sobre un tema de Montemayor», en *BIRA* I (1951-1952), págs. 367-383.

ORDUÑA, L. F. de, «El personaje de Felismena en *Los siete libros de La Diana»,* en *ACIH* IV (tomo II), págs. 347-354.

PERRY, T. A., «Ideal love and human reality in Montemayor's *La Diana»,* en *PMLA* LXXXIV (1969), págs. 227-234.

PIANCA, A. M., «Lope de Vega, Sannazaro and Montemayor and the Pastoral Novel», en *HPR* XXIV (1969), págs. 31-50.

PRIETO, A., *Morfología de la novela,* Barcelona, 1975, págs. 340-360.

PRIMAVERA, E. R., «Introducción a la Historia de Alcida y Silvano de Jorge de Montemayor», en *Dicenda* II (1983), págs. 121-134 y 203-236.

PURCELL, H. D., «The date of first publication of Montemayor's *Diana»,* en *HR* XXXV (1967), págs. 364-365.

REYNOLDS, J. J., «Alanio or Montano: A note on Montemayor's *Diana»,* en *MLN* LXXXVII (1972), págs. 315-317.

RICCIARDELLI, M., *Notas sobre «La Diana» de Montemayor y «La Arcadia» de Sannazaro,* Montevideo, 1965.

— *Gil Polo, Montemayor e Sannazaro,* Montevideo, 1966.

SILES ARTÉS, J., *El arte en la novela pastoril,* Valencia, 1972, páginas 80-115.

SOLÉ-LERIS, A., *The Spanish Pastoral novel,* Boston, 1980, cap. 2, páginas 31-49.

— «The theory of Love in the two "Dianas": a contrast», en *BHS* XXXVI (1959), págs. 65-79.

SUBIRATS, J., «La *Diane* de Montemayor, roman à clef?», en *Études Iberiques et latinoamericaines,* París, 1968, págs. 105-118.

WARDROPPER, B. W., «The *Diana* of Montemayor: revaluation and interpretation», en *SPh* XLVIII (1951), págs. 126-144.

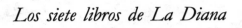

Los siete libros de La Diana

LA DIANA

DE IORGE DE MONTE MAIOR,

COMPVESTA POR ALONSO Perez Medico Salmantino.

PARTE SEGVNDA.

Van al cabo dos glosas del autor. La vna del
Soneto, que dize. Hero d'vn'alta torre
lo miraua, &c. La otra del que
dize. Pues tuue coraçon
para partirme.

NVEVAMENTE CORREGIDA
y reuista por Alonso Vlloa.

A la Illustre Señora Doña Isabella de Sande.

EN MELAN,

Por Iuan Baptista Bidelo. M. DC. XVI.
Con licencia di Superiores.

Portada de la edición de 1570

AL MUY ILUSTRE SEÑOR DON IOAN CASTELLA DE VILANOVA, SEÑOR DE LAS BARONÍAS DE BICORB Y QUESA, IORGE DE MONTEMAYOR[1]

Aunque no fuera antigua la costumbre, muy Ilustre Señor, de dirigir los autores sus obras a personas de cuyo valor ellas lo recibiesen, lo mucho que V. M. merece, así por su antigua casa y esclarecido linaje, como por la gran suerte y valor de su persona, me moviera a mí (y con muy gran causa) a hacer esto. Y puesto caso que el bajo estilo de la obra, y el poco merecimiento del autor della no se habían dextender a tanto como es dirigirla a V. M., tampoco tuviera otro remedio sino éste para ser en algo tenida; porque las piedras preciosas no reciben tanto valor del nombre que tienen (pudiendo ser falsas y contrahechas) como de la persona en cuyas manos están. Suplico a V. M. debajo de su amparo y corrección recoja este libro, así como al extranjero autor dél ha recogido, pues que sus fuerzas no pueden con otra cosa servir a V. M., cuya vida y estado nuestro Señor por muchos años acreciente.

---

[1] La dedicatoria a Juan Castella de Vilanova, que acogió a Montemayor durante su estancia en Valencia, hace pensar que allí escribió o al menos terminó este libro de *La Diana*. Tal posibilidad vendría además avalada por el hecho de que la primera edición se realizó en Valencia; curiosamente otra edición sin fecha «que compite en rareza» con aquella y que apareció en Milán está dedicada a «A la ylustre señora Barbara Fiesca, cavallera Vizconde». (Cfr. M. Menéndez Pelayo, *Orígenes de la novela*, II, Madrid, 1962, página 263).

AL DICHO SEÑOR

Mecenas fue d'aquel Marón famoso,
particular señor y amigo caro,
de Homero (aunque finado) el belicoso
Alexandro, gozó su ingenio raro.
Y así el de Vilanova, generoso,   5
de Lusitano autor ha sido amparo,
haciendo que un ingenio bajo, y falto,
hasta las nubes suba, y muy más alto.

DE DON GASPAR DE ROMANI AL AUTOR

Si de Madama Laura la memoria
    Petrarca para siempre ha levantado,
    y a Homero así de lauro ha coronado
    escrebir de los griegos la victoria,
Si los reyes también, para más gloria,   5
    vemos que de contino han procurado
    que aquello que en la vida han conquistado
    en muerte se renueve con su historia,
Con más razón serás, ¡oh excelente
    Diana!, por hermosura celebrada,   10
    que cuantas en el mundo hermosas fueron;
Pues nadie mereció ser alabada,
    de quien así el laurel tan justamente
    merezca más que cuantos escribieron.

HIRONIMO[2] SEMPERE A JORGE DE MONTEMAYOR

Soneto

Parnaso monte, sacro y celebrado,
  museo de poetas deleitoso,
  venido al parangón con el famoso
  ¿paréceme qu' stás desconsolado?
Estoylo, y con razón, pues s'han pasado   5
  las Musas, y su coro glorïoso,
  a ese que' es Mayor monte dichoso,
  en quien mi fama y gloria s'han mudado.
Dichosa fu' en extremo su Diana,
  pues para ser del orbe más mirada   10

---

2 En la edición de Venecia 1574 se lee Geronimo Samper. Contiene además otros dos poemas introductorios. «Damian de Vargas a Iorge de montemayor: Monte que hasta el cielo levantaste / la dulce poesía en tanto estado / que sobres quanto oy s'han estremado / la más subida raya señalaste. / Mil precio, mil coronas alcançaste / de aqueste nuestro siglo y del pasado, / entre las musas en más alto grado / y en la más alta silla te sentaste. / Honraste a Lusitania do naciste, / a nuestra España das inmortal gloria, / a Italia con tus versos enriqueciste: / tú solo fuiste aquel que mereciste / quel sacro Olimpo guarde la memoria / quel con divino ingenio ennobleciste.» «Marcos Dorantes a Iorge de Montemayor: Si el de Mantua y Smyŕna merescieron / el inmortal renombre de famosos, / porque los claros hechos hazañosos / del Troyano y del griego descrivieron, / aunque su gran valor engrandescieron / no fueron por aquesto tan dichosos / quantos ellos mesmos fueron venturosos, / pues sus altos estilos consiguieron. / Dichosa fue Diana a quien Natura / con don raro y estraño ha ennoblescido, / de gracia y perfectíssima hermosura, / Mas fue muy más dichosa pues subido / l'ha nuestro Lusitano a tanta altura / que su divino estilo ha merescido.»

mostró en el Monte excelso su grandeza.
Allí vive en su loa soberana,
  por todo el universo celebrada,
  gozando celsitud qu' es más qu' alteza.

ARGUMENTO DESTE LIBRO

En los campos de la principal y antigua ciudad de León, riberas del río Ezla, hubo una pastora llamada Diana, cuya hermosura fue extremadísima sobre todas las de su tiempo. Ésta quiso y fue querida en extremo de un pastor llamado Sireno, en cuyos amores hubo toda la limpieza y honestidad posible. Y en el mismo tiempo la quiso más que a sí otro pastor llamado Sylvano, el cual fue de la pastora tan aborrecido que no había cosa en la vida a quien peor quisiese.

Sucedió, pues, que como Sireno fuese forzadamente fuera del reino, a cosas que su partida no podía excusarse, y la pastora quedase muy triste por su ausencia, los tiempos y el corazón de Diana se mudaron, y ella se casó con otro pastor llamado Delio, poniendo en olvido el que tanto había querido. El cual, viniendo después de un año de absencia, con gran deseo de ver a su pastora, supo antes que llegase cómo era ya casada.

Y de aquí comienza el primero libro, y en los demás hallarán muy diversas historias, de casos que verdaderamente han sucedido, aunque van disfrazados debajo de nombres y estilo pastoril[3].

---

[3] Montemayor sigue la tradición anterior de presentar la novela como trasunto de una historia verdadera; así lo habían hecho también Sannazaro y B. Ribeiro. En cambio su continuador Gil Polo prefiere apelar al valor de las «ficciones imaginadas», con una tendencia hacia la moralización más acentuada: «Y aunque son ficciones imaginadas, leyéndolas como tales, se puede sacar de ellas el fructo que tengo dicho: pues no se escribieron para que se les diesse fe, sino para satisfazer a los gustos delicados y aprovechar a los que con exemplo de vidas ajenas quisieren asegurar la suya» (ed. de R. Ferreres, Madrid, 1973, pág. 10).

LIBRO PRIMERO DE LA DIANA DE JORGE DE MONTEMAYOR

Bajaba de las montañas de León el olvidado Sireno[4], a quien Amor, la fortuna, el tiempo trataban de manera que del menor mal que en tan triste vida padecía, no se esperaba menos que perdella. Ya no lloraba el desventurado pastor el mal que la ausencia le prometía, ni los temores del olvido le importunaban, porque vía cumplidas las profecías de su recelo, tan en perjuicio suyo, que ya no tenía más infortunios con que amenazalle.

Pues llegando el pastor a los verdes y deleitosos prados, que el caudaloso río Ezla[5] con sus aguas va regando, le

---

[4] B. Damiani opina que el nombre de Sireno conlleva la connotación de «Sereno», condición que el pastor ostenta sólo cuando se libera de la pasión por Diana, al final de la novela. (Cfr. *Jorge de Montemayor*, Roma, 1984, páginas 100-101.) En este sentido el nombre del pastor principal tendría cierto sentido anticipatorio respecto al proceso narrativo.

[5] Para Alonso Cortés, situar muchas de las escenas en las orillas del río Esla tiene una motivación biográfica: «Es indudable que nuestro novelista estuvo en Valencia de Don Juan con los duques de aquel título, acaso porque la misma princesa doña Juana honrase con su presencia los estados de los duques» (cfr. «En torno a Montemayor», en *RUC*, XI [1933], pág. 196). Recuérdese que es en Valencia de Don Juan donde los reyes Felipe III y Margarita, en su viaje a León en 1603, conocen a Diana, «decantada belleza, cuyo nombre propio era Ana, siendo ya entonces al parecer de algunos de sessenta años» según el testimonio de P. Sepúlveda. También Lope de Vega en su *Dorotea* (acto primero, escena segunda) afirma: «La Diana de Montemayor fue una dama natural de Valencia de Don Juan, junto a León, y Ezla su río, y ellos serán eternos por su pluma» (Cfr. M. Menéndez Pelayo, *op. cit.,* págs. 248-49). B. Damiani resalta, por otro lado, el posible valor simbólico relacionándolo con el río Esla de la *Divina Comedia* (*Purgatorio,* XXXIII, 68): «It

vino a la memoria el gran contentamiento de que en algún tiempo allí gozado había[6], siendo tan señor de su libertad, como entonces subjeto a quien sin causa lo tenía sepultado en las tinieblas de su olvido. Consideraba aquel dichoso tiempo que por aquellos prados y hermosa ribera apacentaba su ganado[7], poniendo los ojos en sólo el interese que de traelle bien apacentado se le seguía; y las horas que le sobraban gastaba el pastor en sólo gozar el suave olor de las doradas[8] flores, al tiempo que la primavera, con las alegres nuevas del verano, se esparce por el universo, tomando a veces su rabel, que muy pulido[9] en un zurrón siempre traía; otras veces una zampoña[10], al son de la cual componía los dulces versos con que de las pastoras de toda aquella comarca era loado. No se metía el pastor en la conside-

---

brings to mind Dante's river Elsa whose water dulls the mind, an action that is itself a form of death» («Et in Arcadia ego: Death in *La Diana* de Jorge de Montemayor, en *Revista Canadiense de Estudios Hispánicos*, VIII, 1 [1983], pág. 5).

[6] M. Debax indica la evolución que sufre este concepto de «contentamiento de amor» a lo largo de la novela: sólo aparece como sentimiento actual en la segunda parte cuando se resuelven los «casos de amor»; al principio los personajes evocan ese «contentamiento» como una falta o una nostalgia. Es por tanto elemento funcional que corre paralelo a la trama de la obra. (Cfr. *Lexique de la «Diana» de Jorge de Montemayor*, Toulouse, 1971, página 202).

[7] Igual que en las novelas pastoriles, los diferentes trabajos de los pastores son aludidos; no se narran directamente. Las alusiones al repastar de día el ganado, al recogerlo de noche y otras tareas semejantes, sólo sirven de fondo para los encuentros y las conversaciones entre los pastores. (Cfr. B. Wardropper, «The *Diana* of Montemayor: revaluation and interpretation», en *SPh*, XLVIII [1951], págs. 127-29.) Haciendo extensible a todos los pastores el juicio cervantino, se podría decir: «No es este pastor sino muy discreto cortesano.» De hecho Montemayor atiende bastante menos que Sannazaro al ámbito campestre en el que sus personajes deberían desenvolverse.

[8] Ejemplo de la idealización a que somete Montemayor al paisaje es este adjetivo de *doradas:* las flores no tienen color, en consonancia con un ámbito esencializado en el que ningún detalle concreto lo hace reconocible. Como señala M. Debax, las flores aparecen sin adjetivar a lo largo de todo el texto, excepto en dos ocasiones en que aparecen como *doradas*.

[9] *Polido* en la edición de Venecia, 1574.

[10] B. M. Damiani señala que la zampoña está ligada a la música campestre desde la Grecia antigua, acompañando al dios Pan bajo la forma de lagobolon, hasta los frescos medievales y las medallas renacentistas. (Cfr. *Montemayor's Diana. Music and visual Arts*, Madison, 1983, pág. 36.)

ración de los malos o buenos sucesos de la fortuna, ni en la mudanza y variación de los tiempos, no le pasaba por el pensamiento la diligencia y codicias del ambicioso cortesano[11], ni la confianza y presumpción de la dama celebrada por sólo el voto y parecer de sus apasionados; tampoco le daba pena la hinchazón[12] y descuido del orgulloso privado: en el campo se crió, en el campo apacentaba su ganado, y así no salían del campo sus pensamientos, hasta que el crudo amor tomó aquella posesión de su libertad, que él suele tomar de los que más libres se imaginan.

Venía, pues, el triste Sireno los ojos hechos fuentes, el rostro mudado, y el corazón tan hecho a sufrir desventuras, que si la fortuna le quisiera dar algún contento, fuera menester buscar otro corazón nuevo para recebille. El vestido era de un sayal tan áspero como su ventura; un cayado en la mano, un zurrón del brazo izquierdo colgando.

Arrimóse al pie de una haya[13], comenzó a tender sus ojos por la hermosa ribera hasta que llegó con ellos al lugar donde primero había visto la hermosura, gracia, honestidad de la pastora Diana, aquella en quien naturaleza sumó todas las perficiones[14] que por muchas partes había repartido. Lo que su corazón sintió imagínelo aquel que en algún tiempo se halló metido entre memorias tristes. No pudo el desventurado pastor poner silencio a las lágrimas, ni excusar los sospiros que del alma le salían, y volviendo los ojos al cielo, comenzó a decir desta manera:

«¡Ay memoria mía, enemiga de mi descanso![15], ¿no os

---

[11] F. López Estrada apunta: «Alude aquí el autor al personaje que encarna el tipo perfecto del Renacimiento y que Castiglione describió en *El Cortesano*, libro que Boscán tradujo primorosamente». (Cfr. su edición de *Los siete libros de la Diana*, Madrid, 1970, pág. 10.)

[12] M. Debax interpreta esta palabra, apoyándose en Covarrubias, como «la vanidad y presunción ventosa del necio desvanecido» (*op. cit.*, pág. 450).

[13] Para B. M. Damiani el árbol es símbolo de la paz que caracteriza el ámbito pastoril, siendo elemento importante para la definición de la vida rural, simple y natural, en la tradición que la opone al mundo urbano, caracterizado por la vanidad y ambición («Journey to Felicia: La *Diana* as pilgrimage. A study in simbolism», en *BHR*, XLIV [1983], pág. 60).

[14] *Perfeciones* en la edición de Venecia, 1574.

[15] Según F. López Estrada este fragmento se halla inspirado en Ausias

ocupárades mejor en hacerme olvidar desgustos presentes que en ponerme delante los ojos contentos pasados? ¿Qué decís memoria? que en este prado vi a mi señora Diana, que en él comencé a sentir lo que no acabaré de llorar, que junto a aquella clara fuente, cercada de altos y verdes alisos[16], con muchas lágrimas algunas veces me juraba que no había cosa en la vida, ni voluntad de padres, ni persuasión de hermanos, ni importunidad de parientes que de su pensamiento la apartase; y que cuando esto decía salían por aquellos hermosos ojos unas lágrimas, como orientales perlas, que parecían testigo de lo que en el corazón le quedaba, mandándome, so pena de ser tenido por hombre de bajo entendimiento, que creyese lo que tantas veces me decía. Pues espera un poco, memoria, ya que me habéis puesto delante los fundamentos de mi desventura (que tales fueron, pues el bien que entonces pasé fue principio del mal que ahora padesco), no se os olviden, para templarme este descontento, de ponerme delante los ojos uno a uno los trabajos, los desasosiegos, los temores, los recelos, las sospechas, los celos, las desconfianzas, que aún en el mejor estado no dejan al que verdaderamente ama. ¡Ay memoria, memoria, destruidora de mi descanso! ¡Cuán cierto está responderme quel mayor trabajo, que en estas consideraciones se pasaba, era muy pequeño en comparación del

---

March, cantos LXXIII y LXXXIII, y añade «Amédée Pagès indica en su libro *Auzias March et ses prédecesseurs,* París, 1912, también el canto I como inspirador de este fragmento» (cfr. su ed. cit., pág. 11). J. R. Jones resalta que sólo el pastor no amado u olvidado es sujeto de memoria, de tal modo que el que vive sometido a fortuna y amor en situación no correspondida siente el presente en relación con un *recordado pasado.* Este proceso es tan constante que crea en la mente del lector una especie de doble visión, porque los personajes imprimen sobre el presente un retrato sombreado del pasado. Es lógico que la situación de felicidad de Sireno a partir del libro quinto surja precisamente de una pérdida *mágica* de memoria. (Cfr. «Human time in *La Diana*», en *RN,* X [1968], pág. 143.)

[16] La fuente de los alisos es, según señala M. Debax, lugar privilegiado donde se encuentran, o se encontraban en el pasado, los principales personajes. El aliso es el árbol preferido por Montemayor, citado veinticinco veces, y que se acompaña dos veces del «salze» y uno de «lauros» *(op. cit.,* págs. 31-2). «La fuente de los alisos se repite hasta la saciedad» (M. Menéndez Pelayo, *op. cit.,* pág. 269).

contentamiento que a trueque dél recebía! Vos memoria tenéis mucha razón, y lo peor dello es tenella tan grande.»

Y estando en esto, sacó del seno un papel donde tenía envueltos unos cordones de seda verde y cabellos (¡y qué cabellos!), y poniéndolos sobre la verde yerba, con muchas lágrimas sacó su rabel, no tan lozano como lo traía al tiempo que de Diana era favorecido, y comenzó a cantar lo siguiente[17]:

> «Cabellos, ¡cuánta mudanza
> he visto después que os vi,
> y cuán mal parece ahí
> esa color desperanza!
> Bien pensaba yo, cabellos   5
> (aunque con algún temor)
> que no fuera otro pastor
> digno de verse cab' ellos.
>
> ¡Ay cabellos, cuántos días
> la mi Diana miraba,   10
> si os traía, o si os dejaba,
> y otras cien mil niñerías!
> ¡Y cuántas veces llorando,
> ay lágrimas engañosas,

·· [17] Todo este pasaje tiene evidentes resonancias garcilasianas, evocando la *Égloga primera*: «Tengo una parte aquí de tus cabellos, / Elissa, embueltos en un blanco paño, / que nunca de mi seno se m'apartan; / descójolos, y de un dolor tamaño / enternecer me siento que sobre'llos / nunca mis ojos de llorar se hartan. / Sin que d'allí se partan / con sospiros calientes, / más que la llama ardientes, / los enxugo del llanto y de consuno / casi los passo y cuento uno a uno; / juntándolos, con un cordón los ato. / Tras esto el importuno / dolor me dexa descansar un rato» (vv. 352-65). Respecto al rabel, B. M. Damiani recuerda la importancia de este rústico instrumento muy usado por menestriles y cantantes viajeros en la Edad Media, transformándose en instrumento cortesano desde finales del siglo XV. Así fue estimado por los Reyes Católicos, y en el inventario musical de Felipe II se lee «un rabelico de madera laqueado, colorado y oro, y la tapa de madera, blanca dorada, sin cuerdas ni porteçuela es hecho en la China». Ejemplos del rabel se muestran en el libro de Nicholas Bessaraboff, *Ancient European Musical Instruments* (Boston, 1941). (Cfr. *op. cit.*, pág. 47.)

pedía celos, de cosas   15
de que yo estaba burlando!

Los ojos que me mataban,
  decí, dorados cabellos,
  ¿qué culpa tuve en creellos,
  pues ellos me aseguraban?   20
  ¿No vistes vos que algún día
  mil lágrimas derramaba,
  hasta que yo le juraba
  que sus palabras creía?

¿Quién vio tanta hermosura   25
  en tan mudable subjecto,
  y en amador tan perfecto,
  quién vio tanta desventura?
  ¡Oh cabellos!, ¿no os corréis
  por venir de ado venistes,   30
  viéndome como me vistes,
  en verme como me veis?

Sobre el arena sentada
  de aquel río, la vi yo,
  do con el dedo escribió: 35
  "Antes muerta que mudada."
  ¡Mira el amor lo que ordena,
  que os viene a hacer creer
  cosas dichas por mujer,
  y escritas en el arena!»[18].   40

_____

[18] Existe una glosa de esta copla en el *Cancionero de poesías varias,* ed. de J. J. Labrador Herráiz-R. A. Di Franco (Madrid, 1989), en las págs. 353-54 con el número 180, sin atribución y variando Diana por una ninfa. M. Ricciardelli ha destacado esta estrofa como manifestación de un tópico lírico que se remonta a los grandes escritores italianos (Dante, Boccaccio) y que Montemayor probablemente toma de Sannazaro («Nell'onde solca e nell'arene semina, / e'l vago vento spera in rete accogliere / chi sue speranze fonda in cor di femina»); la misma o parecida idea puede encontrarse en Poliziano, Boiardo, o Tasso. (Cfr. *L'Arcadia di J. Sannazaro e di Lope de Vega,* Nápoles, 1966, págs. 66-69.) El pasaje fue uno de los que mayor influencia tuvieron sobre los imitadores de Montemayor, como puede comprobarse, por ejemplo, en la *Sireine*

No acabara tan presto Sireno el triste canto, si las lágrimas no le fueran a la mano, tal estaba como aquel a quien fortuna tiene atajados todos los caminos de su remedio. Dejó caer su rabel, toma los dorados cabellos, vuélvelos a su lugar diciendo:

«¡Ay prendas de la más hermosa y desleal pastora que humanos ojos pudieron ver! ¿Cuán a vuestro salvo me habéis engañado? ¡Ay que no puedo dejar de veros, estando todo mi mal en haberos visto!»

Y cuando del zurrón sacó la mano acaso topó con una carta[19], que en tiempo de su prosperidad Diana le había enviado, y como la vio, con un ardiente sospiro que del alma le salía, dijo:

«¡Ay carta, carta, abrasada te vea por mano de quien mejor lo pueda hacer que yo, pues jamás en cosa mía pude hacer lo que quisiese! ¡Mal haya quien ahora te leyere! Mas ¿quién podrá dejar de hacello?»

Y descogiéndola vio que decía desta manera:

---

de Honoré d'Urfé: «(Diane) sur la sable escrivoit / Du doigt: "Morte avant que changée"... / Mon coeur a peu croire in effect / Pour une chose veritable / Sans que ma raison l'en desdit / Ce qu'alors une femme dist / Et qui fut escrit sur le sable». (Señalado por W. Fischer, «Honoré d'Urfé's *Sireine* and the *Diana* of Montemayor», en *MLN*, XXVIII, 6 [1913], pág. 168.)

[19] A. Prieto comenta así este pasaje: «Sireno extrae del zurrón pastoril una carta de amor. Es la *forma* mediante la que se hace narrativamente *presente* la figura de Diana. Es un elemento formal sentimental que anima la forma pastoril, cambiando ya su estructura, y que en sí misma recuerda la *presencia* de la narrativa sentimental. A través de la carta escuchamos *directamente* la palabra de Diana, es ya personaje ante el receptor. Esa carta escrita en tiempo de amor (pasado) es releída ahora por Sireno (presente), cuando es tiempo de desamor, pero la conjugación de esos dos tiempos (Diana-emisor y Sireno-receptor) va a crear un tiempo narrativo que será acción en la función anunciada en el tiempo de la carta» (*Morfología de la novela*, Barcelona, 1975, pág. 355). W. Krauss, refiriéndose a todas las cartas incluidas en esta novela, observa que «la inserción de epístolas o de un cartilegio entero se opone al estilo pastoril; en efecto, las cartas no entran en la novela de Sannazaro, ejemplarmente bucólica. Son una herencia de la novela española del xv, sobre todo de la *Cárcel de amor*, donde sirven de intermediario entre la presencia lírica de los héroes y la distancia objetiva de la narración», por eso funcionan en la novela de Montemayor, en el filo del mundo real y el mundo pastoril, como «posición intermedia entre el lirismo y la prosa» presentándose «fuertemente ritmizadas, sobre todo al final de la frase» («Algunas observaciones sobre la novela pastoril española», en *Eco*, 138-39 [1971], pág. 673). •

«Sireno mío, ¡cuán mal sufriría tus palabras quien no pensase que amor te las hacía decir! Dícesme que no te quiero cuanto debo, no sé en qué lo vees, ni entiendo cómo te pueda querer más. Mira que ya no es tiempo de no creerme, pues vees que lo que te quiero me fuerza a creer lo que de tu pensamiento me dices. Muchas veces imagino que así como piensas que no te quiero queriéndote más que a mí, así debes pensar que me quieres teniéndome aborrescida. Mira, Sireno, quel tiempo lo ha hecho mejor contigo, de lo que al principio de nuestros amores sospechaste y que quedando mi honra a salvo, la cual te debe todo lo del mundo, no habría cosa en él que por ti no hiciese. Suplícote todo cuanto puedo que no te metas entre celos y sospechas, que ya sabes cuán pocos escapan de sus manos con la vida, la cual te dé Dios con el contento que yo te deseo.»

«¿Carta es ésta —dijo Sireno sospirando— para pensar que pudiera entrar olvido en el corazón donde tales palabras salieron? ¿Y palabras son éstas para pasarlas por la memoria a tiempo que quien las dijo no la tiene de mí? ¡Ay triste, con cuánto contentamiento acabé de leer esta carta cuando mi señora me la envió, y cuántas veces en aquella hora misma la volví a leer! Mas págola ahora con las setenas, y no se sufría menos sino venir de un extremo a otro, que mal contado le sería a la fortuna dejar de hacer conmigo lo que con todos hace.»

A este tiempo, por una cuesta abajo que del aldea venía al verde prado, vio Sireno venir un pastor su paso a paso, parándose a cada trecho, unas veces mirando el cielo, otras el verde prado y hermosa ribera, que desde lo alto descubría; cosa que más le aumentaba su tristeza, viendo el lugar que fue principio de su desventura. Sireno le conoció y dijo, vuelto el rostro hacia la parte donde venía:

<hr>

[20] Esta carta y el fragmento siguiente hasta las dos primeras estrofas de la poesía de Sylvano incluidas, no se encuentran en el ejemplar utilizado (B. N. Madrid Sig. R/13394). Sustituyo este pasaje por el correspondiente de la edición de Venecia, 1574 (ejemplar de la B. N. M. Sig. R/30477).

«¡Ay desventurado pastor, aunque no tanto como yo! ¿en qué han parado las competencias que conmigo traías por los amores de Diana, y los disfavores que aquella cruel te hacía, poniéndolo a mi cuenta? Mas si tú entendieras que tal había de ser la suma, cuánta mayor merced hallaras que la fortuna te hacía en sustentarte en un infelice estado que a mí en derribarme de él al tiempo que menos lo temía.»

A este tiempo el desamado Sylvano[21] tomó una zampoña y, tañendo un rato, cantaba con gran tristeza estos versos[22]:

«Amador soy, mas nunca fui amado,   *octava real*
   quise bien y querré, no soy querido,
   fatigas paso y nunca las he dado,
   sospiros di, mas nunca fui oído,
   quejarme quise, y nunca fui escuchado,   5
   huir quise d'Amor, que de corrido,
   de sol' olvido no podré quejarme,
   porqu' aun no s' acordaron dolvidarme.

Yo hago a cualquier mal sólo un semblante,
   jamás estuve hoy trist', ayer contento,   10
   no miro atrás, ni temo ir adelante:
   un rostro hago al mal, o al bien que siento.
   Tan fuera voy de mí como 'l danzante[23],

---

[21] Para B. M. Damiani el nombre de Sylvano deriva apropiadamente de *selva* (*Jorge de Montemayor,* ed. cit., pág. 100).

[22] Todo el poema está inspirado en distintos cantos de Ausias March, de los que se indicarán a continuación algunos detalles concretos, pero creando en su globalidad un sentido nuevo. M. J. Bayo opina: «Para mí son de lo más logrado de la poesía endecasílaba de Montemayor estas octavas tan radicadas en Ausias March» (*Virgilio y la pastoral española del Renacimiento,* Madrid, 1959, pág. 259).

[23] F. Vigier subraya la identificación del bailarín con el loco, como actitudes ambas producidas por la locura de amor, y cita como comprobación la definición que Covarrubias da de locura: «De los que baylan a los locos no ay diferencia dezía el rey Alonso de Nápoles, si no que unos lo son mientras baylan y otros mientras hazen locuras» («La folie amoureuse dans le roman pastoral espagnol», en *Visages de la folie,* París, 1981, pág. 123). Pagés cita el

117

que hace a cualquier son un movimiento,
y así me gritan todos como a loco   15
pero según estoy aun esto's poco.

La noch' a un amador l' es enojosa,
cuando del di' atiende bien alguno;
y el otro de la noch' espera cosa
quel día le hace largo e importuno.   20
Con lo qu' un hombre cans' otro reposa,
tras su deseo camina cad' uno:
mas yo siempre llorando 'l día espero,
y en viniendo 'l día por la noche muero.

Quejarme yo d' Amor es excusado[24];   25
pint' en el agua, o da voces al viento,
busca remedio 'n quien jamás l' ha dado,
qu' al fin veng'a dejalle sin descuento.
Llegaos a él a ser aconsejado,
diraos un disparate, y otros ciento.   30
¿Pues quién es est' Amor? Es una ciencia
que no l' alcanza estudio ni experiencia[25].

Amaba mi señor' al su Sireno,
dejab'a mí, quizá que lo acertaba;
yo trist' a mi pensar tenía por bueno,   35
lo qu' en la vida y alma me tocaba.
A estar mi cielo 'lgún día sereno,
quejara yo d'amor si l' añublaba,
mas ningún bien diré que m'ha quitado,
ved cómo quitará lo que no ha dado.   40

canto VIII, 10-12, de A. March como fuente de la imagen del danzante (op. cit., pág. 414).
    [24] Vid. A. March, canto VII, 27, 7 (Debax, op. cit., pág. 119).
    [25] Sobre la idea de la inutilidad de la ciencia para entender el amor F. López Estrada indica la inspiración en A. March, canto XXI (... «a solo el que lo passa es revelado / que nadie lo alcançó jamás por sciencia»), y canto LXXIII («Al gran amor la sciencia no aprovecha») y añade «es el lema del canto XXXVIII libremente desarrollado» (F. López Estrada, ed. cit., pág. 17).

No 's cos' Amor, qu' aquel que no lo tiene[26]
hallará feria' do pueda comprallo,
ni cosa qu' en llamándola se viene,
ni que l' hallaréis yendo a buscallo;
que si de vos no nace, no conviene   45
pensar qu' ha de nacer de procurallo.
Y pues que jamás pued' amor forzarse,
no tien' el desamado que quejarse.»

No estaba ocioso Sireno al tiempo que Sylvano estos
versos cantaba, que con sospiros respondía a los últimos
acentos de sus palabras, y con lágrimas solemnizaba lo que
dellas entendía. El desamado pastor, después que hubo
acabado de cantar, se comenzó a tomar cuenta de la poca
que consigo tenía, y como por su señora Diana había olvidado todo el hato y rebaño, y esto era lo menos. Consideraba que sus servicios eran sin esperanza de galardón, cosa
que a quien tuviera menos firmeza pudiera fácilmente atajar el camino de sus amores. Mas era tanta su constancia,
que, puesto en medio de todas las causas[27] que tenía de olvidar a quien no se acordaba dél, se salía tan a su salvo dellas, y tan sin perjuicio del amor que a su pastora tenía, que
sin medio[28] alguno cometía cualquiera imaginación que
en daño de su fe le sobreviniese.

Pues como vio a Sireno junto a la fuente, quedó espantado de velle tan triste, no porque ignorase la causa de su
tristeza, mas porque le pareció que si él hubiera recebido
el más pequeño favor que Sireno algún tiempo recibió
de Diana, aquel contentamiento bastara para toda la vida
tenelle. Llegóse a él, y abrazándose los dos con muchas
lágrimas se volvieron a sentar encima de la menuda yerba.
Y Sylvano comenzó a hablar desta manera:

«¡Ay Sireno, causa de toda mi desventura, o del poco re-

---

[26] Para M. Debax está inspirado en Ausias March, canto III: «Pues nunca,
fue el amor jamás forçado / no puede el que no ama ser culpado» (op. cit.,
pág. 51).

[27] *Cosas* en la edición de Venecia, 1574.

[28] *Miedo* en la edición de Venecia, 1574.

medio della!, nunca Dios quiera que yo de la tuya reciba venganza, que cuando muy a mi salvo pudiese hacello, no permitiría el amor que a mi señora Diana tengo que yo fuese contra aquel en quien ella con tanta voluntad lo puso. Si tus trabajos no me duelen, nunca en los míos haya fin. Si luego que Diana se quiso desposar, no se me acordó que su desposorio y tu muerte habían de ser a un tiempo, nunca en otro mejor me vea que este en que ahora estoy. Pensar debes Sireno que te quería yo mal porque Diana te quería bien, y que los favores que ella te hacía eran parte para que yo te desamase. Pues no era de tan bajos quilates mi fe, que no siguiese a mi señora, no sólo en quererla sino en querer todo lo que ella quisiese. Pesarme de tu fatiga no tienes por qué agradecérmelo, porque estoy tan hecho a pesares que aun de bienes míos me pesaría, cuanto más de males ajenos.»

No causó poca admiroción[29] a Sireno las palabras del pastor Sylvano; y así estuvo un poco suspenso, espantado de tan gran sufrimiento, y de la cualidad del amor que a su pastora tenía. Y volviendo en sí, le respondió desta manera:

«¿Por ventura, Sylvano, has nacido tú para ejemplo de los que no sabemos sufrir las adversidades que la fortuna delante nos pone? ¿O acaso te ha dado naturaleza tanto ánimo en ellas que no sólo baste para sufrir las tuyas, mas que aún ayudes a sobrellevar las ajenas? Veo que estás tan conforme con tu suerte que, no te prometiendo esperanza de remedio, no sabes pedille más de lo que te da. Yo te digo, Sylvano, que en ti muestra bien el tiempo que cada día va descubriendo novedades muy ajenas de la imaginación de los hombres. ¡Oh cuánta más envidia te debe tener este sin ventura pastor, en verte sufrir tus males, que tú podrías tenelle a él al tiempo que le vías gozar sus bienes! ¿Viste los favores que me hacía? ¿Viste la blandura de palabra con que me manifestaba sus amores? ¿Viste cómo llevar el ganado al río, sacar los corderos al soto, traer las

---

[29] *Admiración* en la edición de Venecia, 1574. *Admirocion* debe ser error simplemente tipográfico.

ovejas por la siesta a la sombra destos alisos, jamás sin mi compañía supo hacello? Pues nunca yo vea el remedio de mi mal, si de Diana esperé, ni deseé cosa que contra su honra fuese[30]. Y si por la imaginación me pasaba, era tanta su hermosura, su valor, su honestidad, y la limpieza del amor que me tenía, que me quitaban del pensamiento cualquier cosa que en daño de su bondad imaginase.»

«Eso creo yo por cierto —dijo Sylvano sospirando— porque lo mismo podré afirmar de mí. Y creo que no viviera[31] nadie que en Diana pusiera los ojos que osara desear otra cosa, sino verla y conversarla[32]. Aunque no sé si hermosura tan grande en algún pensamiento, no tan subjeto como el nuestro, hiciera algún exceso; y más, si como yo un día la vi acertara de vella, que estaba sentada contigo, junto a aquel arroyo[33], peinando sus cabellos de oro, y tú le estabas teniendo el espejo, en que de cuando en cuando se miraba. Bien mal sabíades los dos que os estaba yo acechando desde aquellas matas altas, que están junto a las dos encinas, y aún se me acuerda de los versos que tú le cantaste sobre haberle tenido el espejo en cuanto se peinaba.»

---

[30] Para F. López Estrada esta afirmación de amor virtuoso y casto está tomada de A. March: «Yo os amo casta y virtuosamente / y cosa en contra desto no la pido / si viene un mal deseo, un accidente / con gran esfuerço al punto lo despido», canto XVI (ed. cit., pág. 20). M. Debax, relacionándolo con la exposición teórica que sobre el amor se produce en el libro cuarto, hace notar que Montemayor va, como ya se ve en este caso de Sireno, más lejos que León Hebreo en la definición de *buen amor* suprimiendo no sólo la unión carnal, sino incluso todo deseo (*op. cit.*, pág. 50).

[31] *Hubiera* en la edición de Venecia, 1574.

[32] Una actitud semejante encarnan ya los pastores de Feliciano de Silva. Así Darinel ofreciendo sus penas como un servicio a la amada, declara a Silvia: «que con solo gozar de tu vista me contento ya yo, pues lo demás bien conozco que no lo merezco» (*Amadís de Grecia,* fol. 230v). (Cfr. S. P. Cravens, *Feliciano de Silva y los antecedentes de la novela pastoril en sus libros de caballerías,* Madrid, 1976, pág. 60.)

[33] M. Debax considera el *arroyo* un elemento más del paisaje estereotipado, pues es lugar común nunca individualizado; y piensa que la escena del peinado de los cabellos a la orilla del arroyo está imitada de la *Égloga tercera* de Garcilaso de la Vega: «Peynando sus cabellos d'oro fino, / una nympha del agua do morava / la cabeça saco y el prado ameno / vido de flores y de sombras lleno» (*op. cit.,* pág. 77).

«¿Cómo los hubiste a las manos?» —dijo Sireno.

Sylvano le respondió: «El otro día siguiente hallé aquí un papel en que estaba[n] escritos, y los leí, y aún los encomendé a la memoria. Y luego vino Diana por aquí llorando por habellos perdido, y me preguntó por ellos, y no fue pequeño contentamiento para mí ver en mi señora lágrimas que yo pudiese remediar. Acuérdome[34] aquélla fue la primera vez que de su boca oí palabra sin ira, y mira cuán necesitado estaba de favores que de decirme ella que me agradecía darle lo que buscaba, dice tan grandes reliquias, que más de un año de gravísimos males desconté por aquella sola palabra que traía alguna aparencia de bien.»

«Por tu vida —dijo Sireno— que digas los versos que dices que yo la canté pues los tomaste de coro.»

«Soy contento —dijo Sylvano— desta manera decían[35]:

De merced tan extremada
ninguna deuda me queda,
pues en la misma moneda
señora quedáis pagada;
Que si gocé estando allí,   5

---

[34] *Acuerdome que* en la edición de Venecia, 1574.

[35] Esta escena del espejo, relatada como experiencia interior, con el doble juego de simultanear y contraponer la belleza contemplada directamente y la reflejada, siendo recurso de poesía cancioneril, que evidencia la paradoja y la posible lectura moral, puede ser considerada desde un punto de vista alegórico como hace B. M. Damiani, quien la relaciona con el cuadro de Tiziano *Mujer ante el espejo* (Museo Louvre) ejecutado alrededor de 1512-15, ya que en ambos el espejo, símbolo de la vanagloria, sirve para entrever un futuro desventurado en un presente efímero *(Music and visual arts..., pág. 40). R. El Saffar, por otro lado, utiliza esta escena para ejemplificar el desdoblamiento que se produce en el amante, originado en la imposibilidad última de llegar a la unión con la amada: «This poem shows that in Montemayor's world the lover's being breaks down into distinct parts: an exterior part which has no meaning except as reflecting agent for the loved-one, and an interior part protected from the loved-one's gaze. If the lover is divided, so also is the loved-one. Each desires to re-unite interior and exterior parts of the self. The lover assumes that her self abnegation allows the loved-one to achieve satisfaction. All conceive of fulfillment, not to be divided into internal and external elements» («Structural and thematic discontinuity in Montemayor's *Diana*», en *MLN,* LXXXVI [1971], págs. 187-88).

viendo delante de mí,
rostro, y ojos soberanos,
vos también, viendo 'n mis manos
lo qu' en vuestro rostro vi.

Y esto no 's parezca mal,   10
que si de vuestr' hermosura
vistes sola la figura,
y yo vi lo natural,
Un pensamiento 'xtremado,
jamás d' amor subjetado,   15
mejor vee, que no 'l cativo,
aunqu' el uno vea lo vivo,
y el otro lo debujado.»

Cuando esto acabó Sireno de oír, dijo contra Sylvano[36]:
«Plega Dios, pastor, que el amor me dé esperanza de algún
bien imposible, si hay cosa en la vida con que yo más fácilmente la pasase que con tu conversación; y si agora en extremo no me pesa que Diana te haya sido tan cruel, que siquiera no mostrase agradecimiento a tan leales servicios, y
a tan verdadero amor, como en ellos has mostrado.»

Sylvano le respondió, sospirando: «Con poco me con-
tentara yo, si mi fortuna quisiera y bien pudiera Diana, sin
ofender a lo que a su honra y a tu fe debía, darme algún
contentamiento. Mas no tan sólo huyó siempre de dármele, mas aún de hacer cosa por donde imaginase que yo algún tiempo podría tenelle. Decía yo muchas veces entre
mí: ¿Ahora esta fiera endurecida no se enojaría algún día
con Sireno de manera que por vengarse dél fingiese favo-
recerme a mí? Que un hombre tan desconsolado, y falto de
favores, aun fingidos los ternía por buenos. Pues cuando
desta ribera te partiste, pensé verdaderamente que el remedio de mi mal me estaba llamando a la puerta, y que el ol-

_____

[36] *Decir contra*. Esta construcción es un lusismo. Debax observa que se hace
muy frecuente hacia el final de la novela, achacándolo a la fatiga del autor
que inconscientemente vuelve a las construcciones propias de su lengua ma-
terna» (*op. cit.*, págs. 205-6).

vido era la causa[s] más cierta que después de la ausencia se
esperaba, y más en corazón de mujer. Pero cuando después
vi las lágrimas de Diana, el no reposar en el aldea, el amar
la soledad, los continuos sospiros, Dios sabe lo que sentí;
que puesto caso que yo sabía ser el tiempo un médico muy
aprobado para el mal que la ausencia suele causar, una sola
hora de tristeza no quisiera yo que por mi señora pasara,
aunque della se me siguieran a mí cien mil de alegría. Algunos días después que te fuiste, la vi junto a la dehesa del
monte arrimada a una encina, de pechos sobre su cayado, y
desta manera estuvo gran pieza antes que me viese. Des-
p[u]és alzó los ojos, y las lágrimas le estorbaron verme. Debía ella entonces imaginar en su triste soledad, y en el mal
que tu ausencia le hacía sentir; pero de ahí a un poco, no
sin lágrimas acompañadas de tristes sospiros, sacó una
zampoña que en el zurrón traía, y la comenzó a tocar tan
dulcemente que el valle, el monte, el río, las aves enamoradas, y aun las fieras de aquel espeso bosque quedaron
suspensas, y dejando la zampoña, al son que en ella había
tañido, comenzó esta canción[37]:

Canción

«Ojos que ya no veis quien os miraba[38]
  (cuando érades espejo 'n que se vía)
¿qué cosa podréis ver qu' os dé contento?
Prado florido y verde, do 'lgún día
  por el mi dulc' amigo yo 'speraba,   5

---

[37] Nótese el efecto órfico de la canción de Diana que, en labios de Sylvano, sirve como evocación para crear un halo maravilloso tanto sobre el pasado como sobre la deseada pastora. A la canción le puso música Ginés de Mo-
rata, maestro de capilla de la Casa ducal de Braganza, y figura en la colección
de música española polifónica del *Cancionero Musical de la Casa de Medinaceli*
(Madrid, Biblioteca de la Casa del Duque de Medinaceli, sing. 13230; transcripción moderna y estudio de M. Querol Gavaldá, Barcelona, 1949, I, 63-
66). (Cfr. B. M. Damiani, *Music and visual arts...*, págs. 8-9.)

[38] Este verso «Ojos que ya no veis quien os miraba» fue glosado por Pedro
de Padilla en el *Thesoro de varias poesías,* Madrid, 1580, fol. 290. (Cfr. A. Blecua,
«La transmisión poética española en el siglo xvi», en *BRABLM,* XXXII
[1967-68], pág. 121.)

llorad comigo el grave mal que siento.
Aquí me declaró su pensamiento,
    oíle yo cuitada
    más que serpiente airada,
    llamándole mil veces atrevido;   10
    y el trist' allí rendido,
    parece ques ahor', y que lo veo,
    y aun es' es mi deseo.
    ¡Ay si le viese yo, ay tiempo bueno!
    Riber' umbrosa, ¿qués del mi Sireno?[39].   15

Aquéll' es la riber', ést' es el prado[40],
    dallí parec' el soto, y valle umbroso,
    que yo con mi rebaño repastaba;
Veis el arroyo dulc' y sonoroso,
    a do pacía la siesta mi ganado   20
    cuando'l mi dulc' amigo aquí moraba;
Debajo aquella haya verd' estaba,
    y veis allí el otero
    a do[41] le vi primero,
    y a do me vio: dichoso fu' aquel día,   25
    si la desdicha mía
    un tiempo tan dichoso no 'cabara.
    ¡Oh haya, oh fuente clara!,

[39] H. Keniston comenta esta construcción de artículo seguido del posesivo y del nombre propio ejemplificando con el texto de la *Diana*: «Este uso del posesivo, todavía característico del italiano y el portugués, y común en el castellano primitivo, desaparece en el siglo xvi; de los treinta y cuatro ejemplos contabilizados, veintidós aparecen en textos de la primera mitad del siglo, y de los doce de la segunda mitad, once están en las cartas incluidas en la *Diana*.» El uso de esta construcción por Montemayor hay que considerarlo no como arcaísmo sino como lusismo. (Cfr. *The syntax of castilian prose. The sinteenth Century,* Chicago, 1937, pág. 246.)

[40] M. Menéndez Pelayo creyó ver petrarquismo de influencia directa, aunque no imitación servil, de la canción que comienza *Chiare, fresche e dolci acque* (*op. cit.,* pág. 271). Sin embargo M. J. Bayo considera que «los ecos de Petrarca no son directos sino a través de Garcilaso», pensando probablemente en la *Canción V* del poeta español. (Cfr. *op. cit.,* pág. 256.)

[41] «Igual que *adonde, ado* ha perdido la fuerza de la preposición *a*» y puede ser usado en el significado de *donde* y de *en donde. Ado* es la forma más frecuente de las que se basan en *do.* (Cfr. Keniston, *op. cit.,* pág. 155.)

todo 'st' aquí, mas no por quien yo peno;
riber' umbrosa, ¿ques del mi Sireno?   30

Aquí tengo un retrato que mengaña[42],
    pues veo a mi pastor cuando lo veo,
    aunqu' en mi alm' está mejor sacado.
Cuando de verle lleg' el gran deseo,
    de quien el tiempo luego desengaña,   35
    a aquella fuente voy, qu' está 'n el prado.
Arrímolo a aquel sauce, y a su lado
    me asiento (¡Ay amor ciego!);
    al agua miro luego,
    y veo a mí, y ál, como le vía,   40
    cuando él aquí vivía[43].
    Esta invención un rato me sustenta,
    después cayo 'n la cuenta,
    y dic' el corazón d' ansias lleno:
    Riber' umbrosa, ¿qu' es del mi Sireno?   45

Otras veces l' hablo, y no responde,
    y pienso que de mí se 'stá vengando,
    porqu' algún tiempo no le respondía;
Mas dígole yo trist' así llorando:
    Hablad Sireno, pues estáis adonde   50
    jamás imaginó mi fantasía.
No veis, decí, ¿qu' estáis nel alma mía?
    Y él todavía callado,
    y estars' allí a mi lado,
    en mi seso le ruego que me hable;   55
    ¡qu' engaño tan notable,
    pedir a una pintura lengua o seso!,

---

[42] Nueva escena en que se demuestra la necesidad del otro en la contemplación de uno mismo, según comenta R. El Saffar: «El retrato de Sireno por sí mismo no interesa a Diana, ni su simple imagen puede ser satisfactoria; sólo la conjunción del retrato del amado y el propio rostro de Diana reflejado en el río puede recoger el placer que la presencia de él había producido en ella» (art. cit., pág. 189).

[43] *Bebía* en la edición de Venecia, 1574. En la misma edición se lee, en el verso siguiente, *sostenta* en vez de *sustenta*.

¡Ay tiempo, qu' en un peso
está mi alma, y en poder ajeno!
Riber' umbrosa, ¿qu' es del mi Sireno?   60

No puedo jamás ir con mi ganado,
    cuando se pon' el sol a nuestr' aldea,
    ni desd' allá venir a la majada,
sino por dond' aunque quiera vea,
    la choza de mi bien tan deseado,   65
    ya por el suelo toda derribada.
Allí m' asiento un poco, y descuidada
    de ovejas y corderos,
    hasta que los vaqueros
    me dan voces diciendo: «Ah pastora,   70
    ¿en qué piensas ahora?
    ¿y el ganado paciendo los trigos?»[44]
Mis ojos son testigos,
    por quien la yerba crec' al valle ameno[45].
Ribera umbrosa, ¿qu' es del mi Sireno?   75

Razón fuera, Sireno, que hicieras
    a tu opinión más fuerz' en la partida,
    pues que sin ella t' entregué la mía;
¿Mas yo de quién me quejo? ¡Ay perdida!,
    ¿pudier' alguno hacer que no partieras,   80
    si el hado, la fortuna[46] lo quería?

---

[44] En la edición de Venecia, 1574 se añade un *por* que hace más correcta la medida del verso: «Y el ganado paciendo *por* los trigos?»

[45] M. Debax señala que *ameno* se aplica siempre a la naturaleza y con el sentido de *frondoso*. La derivación de sentido a partir del latín *amoenus* resulta interesante, pues muestra cómo a la idea de *agradable, placentero* en la descripción de la naturaleza se le añade ésta de verde, frondoso y fresco, motivada por el paisaje español «calciné et écrase de soleil» que hace concebir un oasis de frescor y verdura. De ahí la extensión de sentido de la palabra *ameno*. (Cfr. *op. cit.,* pág. 45.)

[46] Para M. Debax, Montemayor adopta aquí el sentido clásico de fortuna, dueña del desarrollo de la vida y de los sentimientos, inconstante y caprichosa; gobierna el amor o se asocia con él para bambolear al hombre, que es su juguete. Se alía también con el tiempo, cambiante e ineludible como ella. (Cfr. *op. cit.,* pág. 394.)

No fue la culpa tuya, ni podría
   creer que tú hicieses
   cosa, con qu' ofendieses
a est' amor tan llano, y tan sencillo,   85
   ni quiero presumillo,
aunque haya muchas muestras y señales;
   los hados desiguales
m' han añublado un cielo muy sereno.
Riber' umbrosa, ¿qués del mi Sireno?   90

Canción, mira que vayas donde digo,
   mas quédate comigo,
que puede ser te lleve la fortuna
a parte do te llamen importuna.»

Acabando Sylvano la amorosa canción de Diana, dijo a
Sireno, que como fuera de sí estaba oyendo los versos que
después de su partida la pastora había cantado: «Cuando
esta canción cantaba la hermosa Diana en mis lágrimas
pudieran ver si yo sentía las que ella por tu causa derramaba. Pues no queriendo yo della entender que la había entendido, disimulando lo mejor que pude, que no fue poco
podello hacer, lleguéme a donde estaba.»

Sireno entonces le atajó diciendo: «Ten punto Sylvano,
¿que un corazón que tales cosas sentía pudo mudarse? ¡Oh
constancia, oh firmeza, y cuán pocas veces hacéis asiento
sobre corazón de hembra, que cuanto más subjeta está a
quereros, tanto más prompta está para olvidaros![47]. Y bien
creía yo que en todas las mujeres había esta falta, mas en
mi señora Diana jamás pensé que naturaleza había dejado
cosa buena por hacer.»

Prosiguiendo, pues, Sylvano por su historia adelante, le
dijo: «Como yo me llegase más a donde Diana estaba, vi
que ponía los ojos en la clara fuente a donde prosiguiendo
su acostumbrado oficio, comenzó a decir: "¡Ay ojos, y

---

[47] F. López Estrada señala imitación de Ausias March en estos versos, citando el canto LXXXIII: «y busco en coraçón de hembra falsa / firmeza y
lealdad, que es imposible?» (ed. cit., pág. 27).

cuánto más presto se os acabarán las lágrimas que la ocasión de derramallas! ¡Ay mi Sireno! Plega a Dios que antes que el desabrido invierno desnude el verde prado de frescas y olorosas flores, y el valle ameno de la menuda yerba, y los árboles sombríos de su verde hoja, vean estos ojos tu presencia, tan deseada de mi alma, como de la tuya debo ser aborrecida." A este punto alzó el divino rostro, y me vido; trabajó por disimular el triste llanto, mas no lo pudo hacer de manera que las lágrimas no atajasen el paso a su disimulación. Levantóse a mí diciendo: "Siéntate aquí, Sylvano, que asaz vengado estás, y a costa mía. Bien paga esta desdichada lo que dices que a su causa sientes, si es verdad que es ella la causa." "¿Es posible, Diana —le respondí— que eso me quedaba por oír? En fin no me engaño en decir que nací para cada día descubrir nuevos géneros de tormentos; y tú para hacerme más sin razones de las que en tu pensamiento pueden caber. ¿Ahora dudas ser tú la causa de mi mal? Si tú no eres la causa dél, ¿quién sospechas que mereciese tan gran amor? O ¿qué corazón habría en el mundo si no fuese el tuyo a quien mis lágrimas no hubiesen ablandado?" Y a esto añadí otras muchas cosas de que ya no tengo memoria. Mas la cruel enemiga de mi descanso atajó mis razones diciendo: "Mira Sylvano, si otra vez tu lengua se atreve a tratar de cosa tuya, y a dejar de hablarme en[48] él mi Sireno, a tu placer te dejaré gozar de la clara fuente donde estamos sentados. ¿Y tú no sabes que toda cosa que de mi pastor no tratare me es aborrecible y enojosa? ¿Y que a la persona que quiere bien todo el tiempo que gasta en oír cosa fuera de sus amores le parece mal empleado?" Yo entonces, de miedo que mis palabras no fuesen causa de perder el descanso que su vista me ofrecía, puse silencio en ellas, y estuve allí un gran rato, gozando de ver aquella hermosura sobrehumana hasta que la noche

---

[48] E. Moreno Báez no cree justificado considerar lusismo a la expresión *hablar en* ya que es frecuente en español hasta el siglo XVII. En cambio F. López Estrada piensa que este empleo se explica por la influencia portuguesa, ya que es constante y nunca se alterna con *hablar de*. (Cfr. M. Debax, *op. cit.*, pág. 429.)

se dejó venir, con mayor presteza de lo que yo quisiera; y de allí nos fuimos los dos con nuestros ganados al aldea.»

Sireno sospirando le dijo: «Grandes cosas me has contado, Sylvano, y todas en daño mío, desdichado de mí, cuán presto vine a experimentar la poca constancia que en las mujeres hay, por lo que les debo me pesa. No quisiera yo, pastor, que en algún tiempo se oyera decir que en un vaso, donde tan gran hermosura y discreción juntó naturaleza, hubiera tan mala mixtura como es la inconstancia que conmigo ha usado. Y lo que más me llega al alma es que el tiempo le ha de dar a entender lo mal que conmigo lo ha hecho, lo cual no puede ser sino a costa de su descanso. ¿Cómo le va de contentamiento después de casada?»

Sylvano respondió: «Dícenme algunos que le va mal, y no me espanto, porque, como sabes, Delio su esposo, aunque es rico de los bienes de fortuna, no lo es de los de naturaleza[49], que en esto de la disposición ya ves cuán mal le va, pues de otras cosas de que los pastores nos preciamos como son tañer, cantar, luchar, jugar al cayado, bailar con las mozas el domingo, parece que Delio no ha nacido para más que mirallo.»

«Ahora, pastor —dijo Sireno— toma tu rabel y yo tomaré mi zampoña, que no hay mal que con la música no se pase, ni tristeza que con ella no se acreciente.» Y templando los dos pastores sus instrumentos, con mucha gracia y suavidad, comenzaron a cantar lo siguiente[50]:

---

[49] Aquí, como señala B. Wardropper, *fortuna* tiene un sentido distinto del habitual en el texto. Sin embargo sus poderes son también inapelables: la responsabilidad filial y la fortuna complican a menudo el amor de los pastores. (Cfr. art. cit., pág. 143.)

[50] Enjuicia así J. M. Bayo este poema: «Este "canto ameo" se desvía de la tradición Virgilio-Garcilaso aun cuando contiene resonancias que muestran el aire de familia, pero constituye un atentado contra los cánones de una forma literaria que exige rigurosa regularidad estrófica» (...) «Lo único que hay aquí de virgiliano —y sin embargo no directamente sino a través de Garcilaso— es la ausencia final de los tercetos encadenados que dicen Silvano y Sireno. No corresponde al final del canto ameo de la Égloga VII, sino al de la Égloga VI de Virgilio.» «Todo el "canto ameo" es un desacierto, porque Montemayor ha pretendido ignorar la nerviosa adversación de canto contra

Sylvano

«Sireno, ¿'n qué pensabas, que mirándote
  estaba desd' el soto, y condoliéndome
  de ver con el dolor questás quejándote?
Yo dejé[51] mi ganado allí atendiéndome,
  qu'encuanto'lclarosolnovaencubriéndose,   5
  bien puedo 'star contigo 'ntreteniéndome.
Tu mal me di, pastor, qu' el mal diciéndose
  se pas' a menos costa que callándolo,
  y la tristez' en fin va despidiéndose.
Mi mal contaría yo, pero contándolo   10
  se m' acrecient', y más en acordárseme
  de cuán en vano, ¡ay trist'!, estoy llorándolo.
La vid' a mi pesar veo alargárseme,
  mi triste corazón ño hay consolármele,
  y un desusado mal veo acercárseme.   15
De quien me dio 'speré, vino a quitármele,
  mas nunca l' esperé, porqu' esperándole
  pudiera con razón dejar de dármele.
Andaba mi pasión solicitándole[52],
  con medios no importunos, sino lícitos,   20
  y andab' el crudo amor allá 'storbándole.
Mis tristes pensamientos muy solícitos
  de un' a otra parte revolviéndose,
  huyendo 'n toda cos' el ser ilícitos,
Pedían[53] que, pudiéndose   25
  dar medio 'n tanto mal, y sin causártele,
  se diese, y fues' un trist' entreteniéndose.

---

canto, su contraposición. Silvano y Sireno dicen lo mismo y de la misma pastora Diana (...) Además está cargado de lastre conceptista que apesadumbra las estrofas (...) Por otra parte, estos tercetos están llenos de petrarquismo y conceptualismo a lo Ausias, que embarazan el dibujo que debería haber sido sencillo y afilado» (*op. cit.*, págs. 257-58).

[51] *Dejo* en la edición de Venecia, 1574.

[52] Rompiendo la medida del verso y el sentido de la estrofa en la edición de Venecia, 1574 se añade al principio del verso un *No*.

[53] *Pedían a Diana que* en la edición de Venecia, 1574. Se restituye así la medida del verso.

¿Pues qué hicieras, di, si en vez de dártele
    te le quitara? ¡Ay triste!, que pensándolo,
    callar quería mi mal, y no contártele.   30
Pero después, Sireno, imaginándolo[54],
    una pastora invocó hermosísima,
    y ansí v' a costa mía en fin pasándolo.»

Sireno

«Sylvano mío, un' afición[55] rarísima,
    una beldad[56] que ciega luego 'n viéndola,   35
    un seso y discreción excelentísima,
Con una dulce habla, qu' en oyéndola,
    las duras peñas muev' enterneciéndolas[57],
    ¿qué sentiría un amador perdiéndola?
Mis ovejuelas miro, y pienso 'n viéndolas,   40
    cuántas veces la vi repastándolas
    y con las suyas proprias recogéndolas.
Y ¿cuántas veces la topé, llevándolas
    al río por la siest' a do sentándose,
    con gran cuidado 'stab' allí contándolas?   45
Después si 'staba sola, destocándose,
    vieras el claro sol envidiosísimo
    de sus cabellos, y ella 'llí peinándose.

_____

54 B. Mujica ha resaltado la importancia que la imaginación y el imaginar
tienen a lo largo de toda la novela en la construcción de los caracteres: «El
contraste entre la felicidad imaginada y el presente problemático es lo que
hace surgir la melancolía. La imaginación fabrica lo auténtico, no lo inau-
téntico, porque a través de la voluntad se proyectan las imágenes del deseo.
La imaginación, entendida precisamente como proyección de la voluntad, es
precisamente la que manifiesta propósito, motivación, esperanza. En ese
sentido la _Diana_ puede ser considerada como una novela sicológica moderna» (_Iberian pastoral characters,_ Washington, 1986, págs. 124-26.

55 _Atractivo, encanto_ en este contexto (Cfr. M. Debax, _op. cit.,_ pág. 15).

56 «Vale hermosura, por otro nombre belleza, del latino _bellus_ tomado del
nombre toscano beltà» (Covarrubias). M. Morreale opina que en el siglo XVI
se utiliza como italianismo, lo mismo que _bello_» (M. Debax, _op. cit.,_ página 101).

57 Señala M. Debax los recuerdos órficos de este pasaje, transmitidos por
Garcilaso, como parecen indicar las expresiones «dulce habla» y «duras pe-
ñas» (_op. cit.,_ pág. XXVIII).

132

Pues, ¡oh Sylvano, amigo mío carísimo!,
    cuántas veces de súbito encontrándome,   50
    se l' encendí' aquel rostro hermosísimo;
Y con qué gracia 'staba preguntándome
    que cómo 'bía tardado, y aun riñéndome,
    si esto menfadaba, halagándome.   55
Pues cuántos días l' hallé atendiéndome
    en esta clara fuente, y yo buscándola
    por aquel soto 'speso, y deshaciéndome.
Como cualquier trabajo 'n encontrándola
    d' ovejas y corderos, lo 'lvidábamos   60
    hablando ella comigo, y yo mirándola.
Otras veces, Sylvano, concertábamos
    la zampoña y rabel, con que tañíamos
    y mis versos entonc' allí cantábamos.
Después la flecha y arco apercibíamos   65
    y otras veces la red, y ella siguiéndome,
    jamás sin caza 'nuestr' aldea volvíamos.
Así fortuna 'nduvo 'ntreteniéndome,
    que para mayor mal iba guardándome,
    el cual no terná fin, sino muriéndome.»   70

Sylvano

«Sireno, 'l crudo amor que lastimándome
    jamás cansó, no impid' el acordárseme
    de tanto mal, y muero 'n acordándome.
Miré a Diana, y vi luego abreviárseme[58]
    el placer y contento, 'n sólo viéndola,   75
    y a mi pesar la vida vi alargárseme.
¡Oh cuántas veces la hallé perdiéndola
    y cuántas veces la perdí hallándola!;
    ¿y yo callar, sufrir, morir sirviéndola?
La vida perdía yo, cuando topándola   80
    miraba aquellos ojos, qu' airadísimos

---

[58] Sin posible explicación, en la edición de Venecia, 1574, se lee
abrirseme.

volvía contra mí luego 'n hablándola:
Mas cuando los cabellos hermosísimos
descogía y peinaba, no sintiéndome,
se me me volvían los males sabrosísimos,   85
Y la cruel Diana 'n conociéndome,
volvía como fiera qu' encrespándose
arremet' al león, y deshaciéndome.
Un tiempo la 'speranz', así burlándome,
mantuvo 'l corazón entreteniéndole;   90
mas él mismo después desengañándose,
burló del esperar, y fue perdiéndole.»

No mucho después que los pastores dieron fin al triste
canto, vieron salir dentre el arboleda, que junto al río estaba, una pastora tañendo con una zampoña, y cantando con
tanta gracia y suavidad, como tristeza; la cual encubría
gran parte de su hermosura, que no era poca. Y pregun-
tando Sireno, como quien había mucho que no repastaba
por aquel valle, quién fuese, Sylvano le respondió: «Ésta es
una hermosa pastora que de pocos días acá apacienta por
estos prados, muy quejosa de amor, y según dicen con mucha razón, aunque otros quieren decir que ha mucho tiempo que se burla con el desengaño.»

«¿Por ventura —dijo Sireno— está en su mano el desengañarse?» «Sí —respondió Sylvano— porque no puedo yo creer que hay mujer en la vida que tanto quiera, que
la fuerza del amor le estorbe entender si es querida o no.»
«De contraria opinión soy.» «¿De contraria? —dijo Sylvano—. Pues no te irás alabando, que bien caro te cuesta haberte fiado en las palabras de Diana, pero no te doy culpa,
que así como no hay a quien venza su hermosura, así no
habrá a quien sus palabras no engañen.» «¿Cómo puedes tú
saber eso, pues ella jamás te engañó con palabras ni con
obras?» «Verdad es —dijo Sylvano— que siempre fui della desengañado, mas yo osaría jurar, por lo que después
acá ha sucedido, jamás me desengañó a mí sino por enga-
ñarte a ti. Pero dejemos esto, y oyamos esta pastora que es
gran amiga de Diana, y según lo que de su gracia y discreción me dicen, bien merece ser oída.» A este tiempo llega-

ba la hermosa pastora junto a la fuente cantando este
soneto:

Soneto

«Ya he visto yo a mis ojos más contento,
  ya he visto más alegr' el alma mía,
  triste de la qu' enfada, do 'lgún día
  con su vista causó contentamiento.
Mas como 'sta fortun' en un momento   5
  os corta la raíz del alegría:
  lo mismo qu' hay d' un es a un ser solía
  hay d' un gran placer a un gran tormento.
Tomaos allá con tiempos[59], con mudanzas,
  tomaos con movimientos desvariados,   10
  veréis el corazón cuán libr' os queda.
Entonce me fiaré yo 'n esperanzas,
  cuando los casos tengan sojuzgados,
  y echado un clavo al eje de la rueda.»

Después que la pastora acabó de cantar se vino derecha
a la fuente a donde los pastores estaban, y entre tanto que
venía, dijo Sylvano, medio riendo: «No hagas sino hacer
caso de aquellas palabras, y aceptar por testigo el ardiente
sospiro con que dio fin a su cantar.» «Deso no dudes
—respondió Sireno— que tan presto yo la quisiera bien,
como aunque me pese creyera todo lo que ella me quisiera
decir.» Pues estando ellos en esto llegó Selvagia[60], y cuando conoció a los pastores muy cortésmente los saludó, diciendo: «¿Qué hacéis, oh desamados pastores, en este verde y deleitoso prado?» «No dices mal, hermosa Selvagia,

---

[59] *Tiempo* en la edición de Venecia, 1574.
[60] B. M. Damiani observa que Montemayor atribuye a Selvagia nobles poderes de naturaleza, cualidades positivas en contraste con la connotación derivada del nombre, que parece subrayar los significados de «bosque» y «salvaje», como aparece en escritores medievales (Cino de Pistoia, por ejemplo,
quien alude así a la crueldad femenina). (Cfr. *Jorge de Montemayor*, ed. cit., pág.
101). Sin embargo hay que recordar que uno de los primeros pastores que
aparecen en *L'Arcadia* se llama *Selvaggio*.

en preguntar qué hacemos —dijo Sylvano—. Hacemos tan poco para lo que debíamos hacer, que jamás podemos concluir cosa que el amor nos haga desear.» «No te espantes deso —dijo Selvagia— que cosas hay que antes que se acaben, acaban ellas a quien las desea»[61]. Sylvano respondió: «A lo menos si hombre pone su descanso en manos de mujer, primero se acabará la vida que con ella se acabe cosa con que se espere recebille.» «Desdichadas destas mujeres —dijo Selvagia— que tan mal tratadas son de vuestras palabras.» «Más destos hombres —respondió Sylvano— que tanto peor lo son de vuestras obras. ¿Puede ser cosa más baja, ni de menos valor, que por la cosa más liviana del mundo olvidéis vosotras a quien más amor hayáis tenido? Pues ausentaos algún día de quien bien queréis, que a la vuelta habréis menester negociar de nuevo.»

«Dos cosas siento —dijo Selvagia— de lo que dices que verdaderamente me espantan, la una es que veo en tu lengua al revés de lo que de tu condición tuve entendido siempre, porque imaginaba yo cuando oía hablar en tus amores que eras en ellos un Fénix, y que ninguno de cuantos hasta hoy han querido bien, pudieron llegar al extremo que tú has tenido en querer a una pastora que yo conozco, causas harto suficientes para no tratar mal de mujeres, si la malicia no fuera más que los amores. La segunda es que hablas[62] en cosa que no entiendes, porque hablar en olvido quien jamás tuvo experiencia dél, más se debe atribuir a locura que a otra cosa. Si Diana jamás se acordó de ti, ¿cómo puedes tú quejarte de su olvido?»

«A ambas cosas —dijo Sylvano— pienso responderte, si no te cansas en oírme; plega a Dios que jamás me vea con más contento del que ahora tengo si nadie, por más ejemplos que me traiga, puede encarecer el poder que sobre mi alma tiene aquella desagradecida y desleal pastora

<hr />

[61] Analiza H. Keniston el caso particular de esta construcción «cosa hay *que... acaban ellas* a quien...» apuntando que la función del *que* está indicada por el pronombre personal, de tal modo que el uso aparentemente redundante de *ellas* señala su función de sujeto» (*op. cit.*, pág. 208).

[62] *Hablais* en la edición de Venecia, 1574.

(que tú conoces, y yo no quisiera conocer), pero cuanto mayor es el amor que le tengo tanto más me pesa que en ella haya cosa que pueda ser reprehendida; porque ahí está Sireno, que fue más favorecido de Diana que todos los del mundo lo han sido de sus señoras, y lo ha olvidado de la manera que todos sabemos. A lo que dices que no puedo hablar en mal de que no tengo experiencia, ¿bueno sería que el médico no supiese tratar de mal que él no hubiese tenido?[63]. Y de otra cosa Selvagia te quiero satishacer, no pienses que quiero mal a las mujeres, que no hay cosa en la vida a quien más desee servir, mas en pago de querer bien soy tratado mal, y de aquí nace decillo yo, de quien es su gloria causármele.»

Sireno, que había rato que callaba, dijo contra Selvagia: «Pastora si me oyeses no pornías culpa a mi competidor, o hablando más propriamente, a mi caro amigo Sylvano. Dime por qué causa sois tan movibles que en un punto derribáis a un pastor de lo más alto de su ventura a lo más bajo de su miseria. Pero, ¿sabéis a qué lo atribuyo? A que no tenéis verdadero conocimiento de lo que traéis entre manos. Tratáis de amor, no sois capaces dentendelle, ved ¿cómo sabréis aveniros con él?»

«Yo te digo, Sireno —dijo Selvagia— que la causa por que las pastoras olvidamos no es otra sino la misma por que de vosotros somos olvidadas. Son cosas que el amor hace y deshace; cosas que los tiempos, y los lugares las mueven, o les ponen silencio[64]. Mas no por defecto del entendimiento de las mujeres, de las cuales ha habido en el

---

[63] «Montemayor traduce así el Canto XXXV de Ausias March: No ay médico que pueda con su sciencia / sentir el mal quel triste enfermo siente / mas por señal de fuera en la presencia / conoscerá en que punto está el doliente. La influencia es, pues, directa» (F. López Estrada, ed. cit., pág. 38).

[64] Considera M. Debax este pasaje un interesante alegato en favor de la mujer, mostrando que su comportamiento se rige por las mismas leyes que el de los hombres (influencia del tiempo, del olvido...), y que si los hombres dicen tantas cosas malas de las mujeres es porque no quieren tenerlas por sus iguales, sino como vasallos que deben plegarse a su voluntad. Este pasaje, y en general toda la novela inscriben a Montemayor en un profeminismo poco corriente en la época. (Cfr. *op. cit.,* pág. XXXVIII.)

mundo infinitas que pudieran enseñar a vivir a los hombres, y aun los enseñaran a amar, si fuera el amor cosa que pudiera enseñarse. Mas con todo esto creo que no hay más bajo estado en la vida que el de las mujeres, porque si os hablan bien pensáis que están muertas de amores, si no os hablan, creéis que de alteradas y fantásticas lo hacen, si el recogimiento que tienen no hace a vuestro propósito tenéislo por hipocresía. No tienen desenvoltura que no os parezca demasiada, si callan decís que son necias, si hablan que son pesadas, y que no hay quien las sufra; si os quieren todo lo del mundo creéis que de malas lo hacen, si os olvidan y se apartan de las ocasiones de ser infamadas decís que de inconstantes y poco firmes en un propósito. Así que no está en más pareceros la mujer buena, o mala, que en acertar ella a no salir jamás de lo que pide vuestra inclinación.»

«Hermosa Selvagia —dijo Sireno— si todas tuviesen ese entendimiento y viveza de ingenio, bien creo yo que jamás darían ocasión que nosotros pudiésemos quejarnos de sus descuidos. Mas para que sepamos la razón que tienes de agraviarte de Amor, así Dios te dé el consuelo que para tan grave mal has menester, que nos cuentes la historia de tus amores, y todo lo que en ellos hasta ahora te ha sucedido (que de los nuestros tú sabes más de lo que nosotros te sabremos decir), por ver si las cosas que en él has pasado te dan licencia para hablar en ellos tan sueltamente. Que cierto tus palabras dan a entender ser tú la más experimentada en ello que otra jamás haya sido.»

Selvagia le respondió: «Si yo no fuera, Sireno, la más experimentada, seré la más mal tratada que nunca nadie pensó ser, y la que con más razón se puede quejar de sus desvariados efectos, cosa harto suficiente para poder hablar en él. Y porque entiendas, por lo que pase, lo que siento desta endiablada pasión, poned un poco vuestras desventuras en manos del silencio, y contaros he las mayores que jamás habéis oído:

En el valeroso e inexpugnable reino de los Lusitanos hay dos caudalosos ríos que, cansados de regar la mayor parte de nuestra España, no muy lejos el uno del otro entran en el mar océano. En medio de los cuales hay muchas y muy antig[u]as poblaciones, a causa de la fertilidad de la tierra ser tan grande, que en el universo no hay otra alguna que se le iguale. La vida de esta provincia es tan remota y apartada de cosas que puedan inquietar al pensamiento que si no es cuando Venus, por manos del ciego hijo, se quiere mostrar poderosa, no hay quien entienda en más que en sustentar una vida quieta, con suficiente medianía, en las cosas que para pasalla son menester[65]. Los ingenios de los hombres son aparejados para pasar la vida con asaz contento; y la hermosura de las muje[re]s para quitalla al que más confiado viviere. Hay muchas cosas[66] por entre las florestas sombrías, y deleitosos valles, el término de los cuales, siendo proveído de rocío del soberano cielo y cultivado con industria de los habitadores dellas, el gracioso verano tiene cuidado de ofrecelles el fruto de su trabajo y socorrelles a las necesidades de la vida humana. Yo vivía en una aldea que está junto al caudaloso Duero, que es uno de los dos ríos que os tengo dicho, a donde está el sumptuosísimo templo de la diosa Minerva, que en ciertos tiempos del año es visitado de todas, o las más pastoras y pastores que en aquella provincia viven.

Comenzando un día, ante de la célebre[67] fiesta, a solemnizalla las pastoras y ninfas con cantos e himnos muy suaves, y los pastores con desafíos de correr, saltar, luchar, y tirar la barra, poniendo por premio para el que victorioso saliere, cuáles una guirnalda de verde yedra, cuáles una dulce zampoña, o flauta, o un cayado desnudoso[68] fresno, y otras cosas de que los pastores se precian[69]; llegado pues

---

[65] Frente a la historia de Felismena, de contexto ciudadano, ésta de Selvagia desde su inicio remite al mundo rural, muy acorde con el pastoril al dibujarse también como ámbito *neutral* en el que sólo el amor es elemento dinámico y perturbador (Cfr. B. Wardropper, art. cit., pág. 130).

[66] *Casas* en la edición de Venecia, 1574.

[67] «Parece tener aquí el sentido etimológico de *frecuentado, concurrido*. No empleado antes de Nebrija según Corominas. Todavía cultismo» (M. Debax, *op. cit.,* pág. 162).

[68] *Del ñudoso* en la edición de Venecia, 1574.

[69] La referencia a deportes pastoriles es tópico del género. Sannazaro se refiere a ellos varias veces (Prosa I, XI, por ejemplo). Sin embargo, Monte-

el día en que la fiesta se celebraba, yo con otras pastoras amigas mías, dejando los serviles y bajos paños, y vistiéndonos de los mejores que teníamos, nos fuimos el día antes de la fiesta, determinadas de velar aquella noche en el templo, como otros años lo solíamos hacer. Estando, pues, como digo, en compañía destas amigas mías, vimos entrar por la puerta una compañía de hermosas pastoras a quien algunos pastores acompañaban; los cuales dejándolas dentro, y habiendo hecho su debida oración, se salieron al hermoso valle, porque la orden de aquella provincia era que ningún pastor pudiese entrar en el templo, a más que a dar la obediencia, y se volviese luego a salir hasta que el día siguiente pudiesen todas entrar a participar de las cerimonias y sacrificios que entonces hacían. Y la causa desto era porque las pastoras y ninfas quedasen solas, y sin ocasión de entender en otra cosa, sino celebrar la fiesta regocijándose unas con otras, cosa que otros muchos años solían hacer, y los pastores fuera del templo en un verde prado que allí estaba, al resplandor de la nocturna Diana. Pues habiendo entrado las pastoras que digo en el sumptuoso templo, después de hechas sus oraciones, y de haber ofrecido sus ofrendas delante del altar, junto a nosotras se asentaron. Y quiso mi ventura que junto a mí se sentase una dellas, para que yo fuese desventurada todos los días que su memoria me durase. Las pastoras venían disfrazadas, los rostros cubiertos con unos velos blancos, y presos en sus chapeletes de menuda paja, sutilísimamente labrados, con muchas guarniciones de lo mismo, tan bien hechas y entretejidas que de otro no les llevara ventaja.

Pues estando yo mirando la que junto a mí se había sentado, vi que no quitaba los ojos de los míos, y cuando yo la miraba, abajaba ella los suyos, fingiendo quererme ver sin que yo mirase en ello. Yo deseaba en extremo saber quién era, porque si hablase conmigo no cayese yo en algún yerro, a causa de no conocella. Y todavía todas las veces que yo me descuidaba la pastora no quitaba los ojos de mí, y

mayor apenas hace esta alusión de pasada y como ambientación secundaria, sin referirla a ningún personaje de la novela.

140

tanto que mil veces estuve por hablalla, enamorada de unos hermosos ojos que solamente tenía descubiertos. Pues estando yo con toda la atención posible, sacó la más hermosa y delicada mano que yo después acá he visto, y tomándome la mía, me la estuvo mirando un poco. Yo que estaba más enamorada della de lo que podría decir, le dije[70]:

"Hermosa y graciosa pastora, no es sola esa mano la que está aparejada para serviros, mas también lo está el corazón, y el pensamiento de cuya ella es." Ysmenia, que así se llamaba aquella que fue causa de toda la inquietud de mis pensamientos, teniendo ya imaginado hacerme la burla que adelante oiréis, me respondió muy bajo, que nadie lo oyese: "Graciosa pastora, soy tan vuestra que como tal me atreví a hacer lo que hice, suplícoos que no os escandalicéis porque en viendo vuestro hermoso rostro no tuve más poder en mí." Yo entonces muy contenta me llegué más a ella, y le dije medio riendo: "¿Cómo puede ser pastora que siendo vos tan hermosa os enamoréis de otra que tanto le falta para serlo, y más siendo mujer como vos?" "¡Ay pastora! —respondió ella— que el amor que menos veces se acaba es éste, y el que más consienten pasar los hados, sin que las vueltas de fortuna, ni las mudanzas del tiempo les vayan a la mano." Yo entonces respondí: "Si la naturaleza de mi estado me enseñara a responder a tan discretas palabras, no me lo estorbara el deseo que de serviros tengo, mas creedme, hermosa pastora, que el propósito de ser vuestra, la muerte no será parte para quitármele."

Y después de esto los abrazos fueron tantos, los amores que la una a la otra nos decíamos, y de mi parte tan verdaderos, que ni teníamos cuenta con los cantares de las pastoras, ni mirábamos las danzas de las ninfas, ni otros rego-

---

[70] M. Menéndez Pelayo se mostraba disgustado ante este relato de Selvagia: «La [historia] de Ismenia empieza con una extravagante y monstruosa escena de amor entre dos mujeres que velan juntas en el templo de Minerva, y aunque todo ello se resuelve en una mera burla es desagradable y recuerda los peores extravíos del arte pagano y del moderno decadente» (*op. cit.,* pág. 273).

141

cijos que en el templo se hacían. A este tiempo importunaba yo a Ysmenia que me dijese su nombre, y se quitase el rebozo, de lo cual ella con gran disimulación se excusaba, y con grandísima industria mudaba propósito. Mas siendo ya pasada medianoche, y estando yo con el mayor deseo del mundo de verle el rostro, y saber cómo se llamaba, y de adónde era, comencé a quejarme della, y a decir que no era posible que el amor que me tenía fuese tan grande como con sus palabras me manifestaba, pues habiéndole yo dicho mi nombre, me encubría el suyo, y que cómo podía yo vivir queriéndola como la quería si no supiese a quién quería, o a dónde había de saber nuevas de mis amores.

Y otras cosas dichas tan de veras que las lágrimas me ayudaron a mover el corazón de la cautelosa Ysmenia. De manera que ella se levantó, y tomándome por la mano me apartó hacia una parte, donde no había quien impedirnos pudiese; y comenzó a decirme estas palabras, fingiendo que del alma le salían: "Hermosa pastora, nacida para inquietud de un espíritu que hasta ahora ha vivido tan exento cuanto ha sido posible, ¿quién podrá dejar de decirte lo que pides habiéndote hecho señora de su libertad? Desdichado de mí, que la mudanza del hábito te tiene engañada, aunque el engaño ya resulta en daño mío. El rebozo que quieres que yo quite, veslo aquí donde lo quito; decirte mi nombre no te hace mucho al caso, pues aunque yo no quiera me verás más veces de las que tú podrás sufrir." Y diciendo esto, y quitándose el rebozo, vieron mis ojos un rostro, que aunque el aspecto fuese un poco varonil, su hermosura era tan grande que me espantó.

Y prosiguiendo Ysmenia su plática dijo: "Y porque, pastora, sepas el mal que tu hermosura me ha hecho, y que las palabras que entre las dos como de burlas han pasado son de veras, sabe que soy hombre y no mujer como antes pensabas[71]. Estas pastoras que aquí vees, por reírse conmi-

---

[71] La historia de Ysmenia que se hace pasar por varón, y luego resulta tener un primo tan parecido a ella que su sustitución crea el enredo amoroso, recuerda a la historia de Julieta-Julio del Canto X de *El Crótalon,* otro de los

go (que son todas mis parientas) me han vestido desta manera, que de otra no pudiera quedar en el templo a causa de la orden que en esto se tiene." Cuando yo entendí lo que Ysmenia me había dicho y le vi, como digo, en el rostro, no aquella blandura ni en los ojos aquel reposo que las doncellas, por la mayor parte, solemos tener, creí que era verdad lo que me decía, y quedé tan fuera de mí que no supe qué respondelle.

Todavía contemplaba aquella hermosura tan extremada, miraba a aquellas palabras que me decía con tanta disimulación, que jamás supo nadie hacer cierto de lo fingido como aquella cautelosa pastora. Vime aquella hora tan presa de sus amores, y tan contenta de entender que ella lo estaba de mí, que no sabría encarecello. Y puesto caso que de semejante pasión yo hasta aquel punto no tuviese experiencia, causa harto suficiente para no saber decilla, todavía esforzándome lo mejor que pude, le hablé desta manera: "Hermosa pastora, que para hacerme quedar sin libertad, o para lo que la fortuna se sabe, tomaste el hábito de aquella quel de amor a causa tuya ha profesado, bastara el tuyo mismo para vencerme, sin que con mis armas propias me hubieras rendido. Mas ¿quién podrá huir de lo que su fortuna le tiene solicitado? Dichosa me pudiera llamar si hubieras hecho de industria lo que acaso heciste: porque a mudarte el hábito natural para sólo verme, y decirme lo que deseabas, atribuyéralo yo a merecimiento mío, y a grande afición tuya, mas ver que la intención fue otra, aunque el efecto haya sido el que tenemos delante, me hace estar no tan contenta, como lo estuviera a ser de la manera que dijo[72]. Y no te espantes, ni te pese de este deseo, que no hay mayor señal de una persona querer todo lo que puede, que desear ser querida de aquel a quien ha en-

---

raros relatos de amor homosexual en la narrativa española del siglo de oro (cfr. mi edición de esta obra, Madrid, 1982, págs. 248-59). Para B. M. Damiani la escena podría tener un correlato pictórico en el cuadro de Nicolas Poussin, *Ofrenda floral a Himeneo, dios del matrimonio* (en *Music and Visual art...*, ed. cit., pág. 41).

[72] *Digo* en la edición de Venecia, 1574.

tregado su libertad. De lo que me has oído podrás sacar cuál me tiene tu vista. Pleg[u]e[73] a Dios que uses tan bien del poder que sobre mí has tomado, que pueda yo sustentar el tenerme por dichosa hasta la fin de nuestros amores, los cuales de mi parte no le ternán en cuanto la vida me durare."

La cautelosa Ysmenia me supo tan bien responder a lo que dije, y fingir las palabras que para nuestra conversación eran necesarias que nadie pudiera huir del engaño en que yo caí, si la fortuna de tan dificultoso laberintio con el hilo de prudencia no le sacara. Y así estuvimos hasta que amaneció, hablando en lo que podría imaginar quien por estos desvariados casos de amor ha pasado. Díjome que su nombre era Alanio, su tierra Galia, tres millas de nuestra aldea. Quedamos concertados de vernos muchas veces.

La mañana se vino, y las dos nos apartamos con más abrazos, lágrimas, sospiros de lo que ahora sabré decir. Ella se partió de mí, yo volviendo atrás la cabeza por verla, y por ver si me miraba, vi que se iba medio riendo, mas creí que los ojos me habían engañado. Fuese con la compañía que había traído, mas yo volví con mucha más porque llevaba en la imaginación los ojos del fingido Alanio, las palabras con que su vano amor me había manifestado, los abrazos que dél había recebido, y el crudo mal de que hasta entonces no tenía experiencia.

Ahora habéis de saber, pastores, que esta falsa y cautelosa Ysmenia tenía un primo que se llamaba Alanio a quien ella más que a sí quería, porque en el rostro y ojos, y todo lo demás se le parecía, tanto que, si no fueran[74] los dos de género diferente, no hubiera quien no juzgara el uno por el otro. Y era tanto el amor que le tenía que cuando yo a ella en el templo le pregunté su mismo nombre, habiéndome de decir nombre de pastor, el primero que me supo nombrar fue Alanio, porque no hay cosa más cierta que en las cosas súbitas[75] encontrarse la lengua con lo que está en el

[73] *Plega* en la edición de Venecia, 1574.
[74] *Fueren* en la edición de Venecia, 1574.
[75] *Supitas* en la edición de Venecia, 1574.

corazón. El pastor la quería bien, mas no tanto como ella a él. Pues cuando las pastoras salieron del templo para volverse a su aldea, Ysmenia se halló con Alanio su primo, y él por usar de la cortesía que a tan grande amor como el de Ysmenia era debida, dejando la compañía de los mancebos de su aldea, determinó de acompañarla, como lo hizo, de que no poco contentamiento recibió Ysmenia; y por dársele a él en alguna cosa, sin mirar lo que hacía, le contó lo que conmigo había pasado, diciéndoselo muy particularmente, y con grandísima risa de los dos. Y también le dijo cómo yo quedaba, pensando que ella fuese hombre, muy presa de sus amores. Alanio cuando aquello oyó, disimuló lo mejor que él pudo, diciendo que había sido grandísimo donaire. Y sacándole todo lo que conmigo había pasado, que no faltó cosa, llegaron a su aldea.

Y de ahí a ocho días, que para mí fueron ocho mil años, el traidor de Alanio (que así lo puedo llamar, con más razón que él ha tenido de olvidarme) se vino a mi lugar, y se puso en parte donde yo pudiese verle, al tiempo que pasaba con otras zagalas a la fuente, que cerca del lugar estaba. Y como yo lo viese, fue tanto el contentamiento que recebí que no se puede encarecer, pensando que él era el mismo que en hábito de pastora había hablado en el templo. Y luego le hice señas que se viniese hacia la fuente, a donde yo iba, y no fue menester mucho para entendellas. Él se vino, y allí estuvimos hablando todo lo que el tiempo nos dio lugar, y el amor quedó, a lo menos de mi parte, tan confirmado que, aunque el engaño se descubriera, como de ahí a pocos días se descubrió, no fuera parte para apartarme de mi pensamiento. Alanio también creo que me quería bien, y que desde aquella hora quedó preso de mis amores, pero no lo mostró por la obra tanto como debía.

Así que algunos días se trataron nuestros amores con el mayor secreto que pudimos, pero no fue tan grande que la cautelosa Ysmenia no lo supiese, y viendo que ella tenía la culpa, no sólo en haberme engañado, mas aun en haber dado causa a que Alanio descubriéndole lo que pasaba me amase a mí, y pusiese a ella en olvido, estuvo para perder el seso, mas consolóse con parecelle que, en sabiendo yo la verdad, al punto lo olvidaría. Y engañábase en ello, que después le quise mucho más, y con muy mayor obligación. Pues determinada Ysmenia de deshacer el engaño, que por su mal había hecho, me escrib[i]ó esta carta:

Carta de Ysmenia para Selvagia

"Selvagia, si a los que nos quieren tenemos obligación de quererlos, no hay cosa en la vida a quien más deba que a ti; pero si las que son causa que seamos olvidadas, deben ser aborrecidas, a tu discreción lo dejo. Querríate poner alguna culpa de haber puesto los ojos en el mi Alanio, mas ¿qué haré, desdichada que toda la culpa tengo yo de mi desventura? Por mi mal te vi, oh Selvagia; bien pudiera yo excusar lo que pasé contigo, mas en fin desenvolturas demasiadas, las menos veces suceden bien. Por reír una hora con el mi Alanio contándole lo que había pasado, lloraré toda mi vida, si tú no te dueles della. Suplícote cuanto puedo que baste este desengaño, para que Alanio sea de ti olvidado, y esta pastora restituida en lo que pudieres, que no podrás poco, si amor te da lugar a hacer lo que te suplico."

Cuando yo esta carta vi, ya Alanio me había desengañado de la burla que Ysmenia me había hecho; pero no me había contado los amores que entre los dos había, de lo cual yo no hice mucho caso, porque estaba tan confiada en el amor que mostraba tenerme que no creyera jamás que pensamientos pasados, ni por venir, podría ser parte para que él me dejase. Y porque Ysmenia no me tuviese por descomedida, respondí a su carta desta manera:

Carta de Selvagia para Ysmenia

"No sé, hermosa Ysmenia, si me queje de ti, o si te dé gracias por haberme puesto en tal pensamiento; ni creo sabría determinar cuál destas cosas hacer, hasta que el suceso de mis amores me lo aconseje. Por una parte me duele tu mal, por otra veo que tú saliste al camino a recebille. Libre estaba Selvagia al tiempo que en el templo la engañaste, y otra está subjeta a la voluntad de aquel a quien tú quesiste entregalla. Dícesme que deje de querer a Alanio, con lo que tú en ese caso harías puedo responderte. Una cosa me duele en extremo, y es ver que tienes mal de que no puedes quejarte, el cual da muy mayor pena a quien lo padece. Considero aquellos ojos con que me viste, y aquel rostro que después de muy importunada me mostraste, y pésame que cosa tan parecida al mi Alanio padezca tan extraño descontento. Mira qué remedio este para poder habello en tu mal. Por la liberalidad que conmigo has usado, en dar-me la más preciosa joya que tenías, te beso las manos. Dios quiera que en algo te lo pueda servir. Si vieres allá el mi Alanio, dile la razón que tiene de quererme, que ya él sabe la que tiene de olvidarte. Y Dios te dé el contentamiento que deseas, con que no sea a costa del que yo recibo en ver-me tan bien empleada.»

No pudo Ysmenia acabar de leer esta carta, porque al medio della fueron tantos los sospiros y lágrimas que por sus ojos derramaba, que pensó perder la vida llorando. Trabajaba cuanto podía porque Alanio dejase de querer, y buscaba para esto tantos remedios como él para apartarse donde pudiese verla. No porque le quería mal, mas por pa-recelle que con esto me pagaba algo de lo mucho que me debía. Todos los días que en este propósito vivió, no hubo alguno que yo dejase de verle, porque el camino que de su lugar al mío había jamás dejaba de ser por él paseado. To-dos los trabajos tenía en poco si con ellos le parecía que yo tomaba contento. Ysmenia los días que por él preguntaba, y le decían que estaba en mi aldea, no tenía paciencia para sufrillo. Y con todo esto no había cosa que más contento le diese que hablalle en él.

Pues como la necesidad sea tan ingeniosa que venga a sacar remedios donde nadie pensó hallarlos, la desamada Ysmenia se aventuró a tomar uno, cual pluguiera a Dios que por el pensamiento no le pasara, y fue fingir que quería bien a otro pastor, llamado Montano[76], de quien mucho tiempo había sido requerida. Y era el pastor con quien Alanio peor estaba. Y como lo determinó así lo puso por obra, por ver si con esta súbita mudanza podría atraer a Alanio a lo que deseaba, porque no hay cosa que las personas tengan por segura, aunque lo tengan en poco, que si de súbito la pierden, no les llegue al alma el perdella.

Pues como viese Montano que su señora Ysmenia tenía por bien de corresponder al amor que él tanto tiempo le había tenido, ¡ya veis lo que sentiría! Fue tanto el gozo que recibió, tantos los servicios que le hizo, tantos los trabajos en que por causa suya se puso, que fueron parte, juntamente con las sin razones que Alanio le había hecho, para que saliese verdadero lo que fingido la pastora había comenzado. Y puso Ysmenia su amor en el pastor Montano con tanta firmeza que ya no había cosa a quien más quisiese que a él, ni que menos deseasse ver que al mi Alanio. Y esto le dio ella a entender lo más presto que pudo, pareciéndole que en ello se vengaba de su olvido, y de haber puesto en mí el pensamiento. Alanio aunque sintió en extremo el ver a Ysmenia perdida por pastor con quien él tan mal estaba, era tanto el amor que me tenía, que no daba a entenderlo cuanto ello era[77].

Mas andando algunos días, y considerando que él era causa de que su enemigo fuese tan favorecido de Ysmenia, y que la pastora ya huía de velle, muriéndose no mucho antes cuando no le veía, estuvo para perder el seso de enojo, y determinó de estorbar esta buena fortuna de Monta-

---

[76] «Al parecer Montano llegó a la pastoral desde la tradición latina por vía de Boccaccio (*Montanus*, Eclogue IV) y en unión del *Tirrenus* de Petrarca ilustra la continuidad de la pastoral desde el triunvirato del siglo XIV hasta Sannazaro, (*Arcadia*, Prosa II, III, IX, XI). A través de Sannazaro aparece naturalmente en infinidad de lugares» (H. Iventosh, *Los nombres bucólicos en Sannazaro y en la pastoral española*, Valencia, 1975, pág. 72).

[77] Este despropósito y este continuo e inexplicado cambio de pareja amorosa son propios de la novela de caballerías al modo de Feliciano de Silva; en su *Amadís de Grecia* se refieren semejantes enamoramientos súbitos y enredos triangulares en los pasajes pastoriles precisamente. (Cfr. S. P. Cravens, *op. cit.*, pág. 56.)

no. Para lo cual comenzó nuevamente de mirar a Ysmenia, y de no venir a verme tan público como solía, ni faltar tantas veces en su aldea, porque Ysmenia no lo supiese. Los amores entre ella y Montano iban muy adelante, y los míos con el mi Alanio se quedaban atrás todo lo que podían; no de mi parte, pues sola la mu[e]rte podrá apartarme de mi propósito, mas de la suya, que jamás pensé ver cosa tan mudable. Porque como estaba tan encendido en cólera con Montano, la cual no podía ser ejecutada, sino con amor en la su Ysmenia, y para esto las venidas a mi aldea eran gran impedimento, y como el estar ausente de mí le causase olvido, y la presencia de la su Ysmenia grandísimo amor, él volvió a su pensamiento primero, y yo quedé burlada del mío. Mas con todos los servicios que a Ysmenia hacía, los recaudos que le enviaba, las quejas que formaba della, jamás la pudo mover de su propósito, ni hubo cosa que fuese parte para hacelle perder un punto del amor que a Montano tenía.

Pues estando yo perdida por Alanio, Alanio por Ysmenia, Ysmenia por Montano, sucedió que a mi padre se le ofreciesen ciertos negocios sobre las dehesas del extremo con Phileno, padre del pastor Montano, para lo cual los dos vinieron muchas veces a mi aldea, y en tiempo que Montano, o por los sobrados favores que Ysmenia le hacía, que en algunos hombres de bajo espíritu causan fastidio, o porque también tenía celos de las diligencias de Alanio, andaba ya un poco frío en sus amores. Finalmente que él me vio traer mis ovejas a la majada, y en viéndome comenzó a quererme, de manera, según lo que cada día iba mostrando, que ni yo a Alanio, ni Alanio a Ysmenia, ni Ysmenia a él, no era posible tener mayor. afición.

Ved qué extraño embuste de amor, si por ventura Ysmenia iba al campo, Alanio tras ella. Si Montano iba al ganado, Ysmenia tras él. Si yo andaba en el monte con mis ovejas, Montano tras mí. Y si yo sabía que Alanio estaba en un bosque, donde solía repastar, allá me iba tras él. Era la más nueva cosa del mundo oír cómo decía Alanio sospirando «¡Ay Ysmenia!», y cómo Ysmenia decía «¡Ay Montano!», y cómo Montano decía «¡Ay Selvagia!», y cómo la triste de Selvagia decía «¡Ay mi Alanio!»[78].

Sucedió que un día nos juntamos los cuatro en una floresta, que en medio de los dos lugares había, y la causa fue que Ysmenia había ido a visitar unas pastoras amigas suyas, que cerca de allí moraban; y cuando Alanio lo supo, forzado de su mudable pensamiento, se fue en busca della, y la halló junto a un arroyo peinando sus dorados cabellos. Yo siendo avisada por un pastor mi vecino, que Alanio iba a la floresta del valle, que así se llamaba, tomando delante de mí unas cabras[79], que en un corral junto a mi casa estaban encerradas, por no ir sin alguna ocasión, me fui donde mi deseo me encaminaba, y le hallé a él llorando su desventura, y a la pastora riéndose de sus excusadas lágrimas, y burlando de sus ardientes sospiros. Cuando Ysmenia me vio no poco se holgó conmigo, aunque yo no con ella, mas antes le puse delante las razones que tenía para agraviarme del engaño pasado, de las cuales ella supo excusarse tan discretamente que pensando yo que me debía la satisfacción de tantos trabajos, me dio con sus bien ordenadas razones a entender que yo era la que estaba obligada, porque si ella me había hecho una burla, yo me había satisfecho también, que no tan solamente le había quitado a Alanio su primo, a quien ella había querido más que a sí, mas que aun ahora también le traía al su Montano muy fuera de lo que solía ser.

---

[78] Este curioso episodio de la «cadena de amantes», que tanto juego narrativo como posibilidades de inclusión de poemas ofrece, parece tener antecedentes literarios, aunque no se puede asegurar ninguno en concreto. B. M. Damiani, siguiendo a M. I. Gerhard (*La pastorale. Essai d'analyse litteraire,* Assen, 1950, pág. 177) indica relación con el *Auto pastoril portugués* de Gil Vicente, considerando también un posible origen en el *Idilio* sexto de Mosco (cfr. *Jorge de Montemayor,* ed. cit., pág. 74). S. P. Cravens subraya, por otro lado, que situaciones parecidas se producen en las novelas de Feliciano de Silva, «dando lugar también a los diálogos y soliloquios que elaboran los temas del amor y del sufrimiento» (en *op. cit.,* pág. 67).

[79] Se equivoca M. Debax al afirmar que las cabras sólo aparecen en los episodios de ámbito campesino (historia de Belisa y de los pastores portugueses), y nunca en los propiamente pastoriles, pues aquí están acompañando a Selvagia. Oveja y cabra, aunque la primera sea más *bucólica,* son intercambiables. (Cfr. *op. cit.,* pág. 133.)

En esto llegó Montano, que de una pastora amiga mía, llamada Solisa, había sido avisado que con mis cabras venía a la floresta del valle. Y cuando allí los cuatro discordantes amadores nos hallamos no se puede decir lo que sentimos, porque cada uno miraba a quien no quería que le mirase. Yo preguntaba al mi Alanio la causa de su olvido, él pedía misericordia a la cautelosa Ysmenia, Ysmenia quejábase de la tibieza de Montano, Montano de la crueldad de Selvagia. Pues estando de la manera que oís, cada uno perdido por quien no le quería, Alanio al son de su rabel comenzó a cantar lo siguiente:

«No más Ninfa cruel, ya' stás vengada,
    no pruebes tu furor en un rendido;
    la culp' a costa mía está pagada,
    ablanda ya ese pecho 'ndurecido.
Y resucit' un alma sepultada   5
    en la tiniebl' escura de tu olvido,
    que no cab' en tu ser valor y suerte,
    qu' un pastor como yo pued' ofenderte.
Si l' ovejuela simple va huyendo
    de su pastor colérico y airado,   10
    y con temor acá y allá corriendo,
    a su pesar s' aleja del ganado:
Mas ya que no la siguen, conociendo
    qu' es más peligr' habers' así alejado,
    balando vuelv' al hato temerosa,   15
    ¿será no recebilla justa cosa?
Levanta ya esos ojos, qu' algún día,
    Ysmenia, por mirarme levantabas;
    la libertad me vuelve qu' era mía
    y un blando corazón que m' entregabas.   20
Mira, Ninfa, que entonce no sentía
    aquel sencill' amor que me mostrabas;
    ya triste lo conozco y pienso 'n ello,
    aunqu' ha llegado tard' el conocello.
¿Cómo que fue posible, di enemiga,   25
    que siendo tú muy más que yo culpada,
    con título cruel, con nueva liga

mudases fe tan pur' y extremada?
¿Qué hado Ysmenia 's este que t' obliga
a amar do no 's posible ser amada?   30
Perdona mi señora ya esta culpa,
pues l' ocasión que diste me disculpa[80].
¿Qué honra ganas, di, d' haber vengado
un yerro a causa tuya cometido?,
¿qu' exceso hice yo que no he pagado?,   35
¿qué tengo por sufrir que no he sufrido?
¿Qu' ánimo cruel, qué pecho airado,
qué corazón de fiera 'ndurecido,
tan insufrible mal no ablandaría,
sino 'l de la cruel pastora mía?   40

Si como yo he sentido las razones
que tienes, o has tenido d' olvidarme:
las penas, los trabajos, las pasiones,
al no querer oírme, n' aun mirarme;
Llegases a sentir las ocasiones,   45
que sin buscallas yo quisiste darme:
ni tú ternías que darme más tormento,
n' aun yo más que pagar mi atrevimiento.»

Así acabó mi Alanio el suave canto, y aun yo quisiera
que entonce se me acabara la vida, y con mucha razón,
porque no podía llegar a más la desventura que a ver yo
delante mis ojos aquel que más que a mí quería, tan perdido por otra, y tan olvidado de mí. Mas como yo en estas
desventuras no fuese sola, disimulé por entonces, y también porque la hermosa Ysmenia, puestos los ojos en el su
Montano, comenzaba a cantar lo siguiente:

«¡Cuán fuera' stoy de pensar
en lágrimas excusadas,
siendo tan aparejadas
las presentes para dar
muy poco por las pasadas!   5

---

[80] *Desculpa* en la edición de Venecia, 1574.

Que s' algún tiempo trataba
d' amores d' alguna suerte,
no pud' en ello 'fenderte,
porqu' entonce me ensayaba,
Montano, para quererte.   10

Enseñábam' a querer,
sufría no ser querida,
sospechaba cuán rendida,
Montano, t' había de ser,
y cuán mal agradecida.   15
Ensayéme como digo
a sufrir el mal d' amor:
desengáñes' el pastor
que compitiere[81] contigo,
porqu' en bald' es su dolor.   20

Nadie se queje de mí,
si le quise y no 's querido,
que yo jamás he podido
querer otro, sino 'ti,
y aun fuera tiempo perdido.   25
Y s' algún tiempo miré,
miraba pero no vía,
que yo, pastor, no podía
dar a ninguno mi fe,
pues para ti la tenía.   30

Vayan sospiros a cuentos,
vuélvanse los ojos fuentes,
resusciten accidentes,
que pasados pensamientos
no dañarán los presentes.   35
Vay' el mal por donde va,
y el bien por donde quisiera,
que iré por donde fuere,
pues ni el mal m' espantará,

[81] *Competiere* en la edición de Venecia, 1574.

Vengado me había Ysmenia del cruel y desleal Alanio[82], si en el amor que yo le tenía cupiera algún deseo de venganza, mas no tardó mucho Alanio en castigar a Ysmenia, poniendo los ojos en mí, y cantando este antiguo cantar[83]:

> «Amor loco, ¡ay amor loco!,
> yo por vos, y vos por otro.
>
> Ser yo loco es manifiesto,
> ¿por vos quién no lo será?,
> que mayor locur' está   5
> en no ser loco por esto,
> mas con todo no 's honesto
> qu' ande loco,
> por quien es loca por otro.
>
> Ya que viendo's, no me veis,   10
> y morís porque no muero,
> comed or' a mí qu' os quiero
> con salsa del que queréis,
> y con esto me haréis
> ser tan loco   15
> como vos loca por otro.»

---

[82] J. J. Reynolds cree que hay un error al atribuir la acción a Alanio, ya que debería corresponder a Montano, a pesar de constatar que en casi todas las ediciones antiguas aparece nombrado el primero; sólo las de Madrid, 1795 y Barcelona, 1886 ofrecen la lectura de Montano. «Two conclusions emerge then from this analysis of the question raised in the title of my note: (1) the definitive text of *La Diana* when established should read *Montano* in the cited case, and (2) the use of *Alanio* or *Montano* in this passage may be an important clue to the filiaton of the numerous editions of Montemayor's celebrated novel» («Alanio or Montano: A note on Montemayor's *Diana*» en *MLN,* LXXXVII [1972], págs. 315-17).

[83] «Varios versos de la *Diana* tuvieron un éxito poco frecuente como demuestran las glosas que suscitaron: Lope de Vega le atribuía ya la paternidad de los versos "Amor loco, amor loco / yo por vos y vos por otro" (*La bella malmaridada,* ed. Ac t. III, pág. 612a) aunque ya habían aparecido, antes que en la *Diana,* en Castillejo y Lucas Fernández, y que fueron glosados con cierta frecuencia a lo largo del siglo» (A. Blecua, art. cit., pág. 121).

Cuando acabó de cantar esta postrera copla, la extraña agonía en que todos estábamos[84] no pudo estorbar que muy de gana no nos riyésemos[85], en ver que Montano quería que engañase yo el gusto de miralle con salsa de su competidor Alanio; como si en mi pensamiento cupiera dejarse engañar con apariencia de otra cosa. A esta hora comencé yo con gran confianza de tocar mi zampoña, cantando la canción que oiréis, porque a lo menos en ella pensaba mostrar, como lo mostré, cuánto mejor me había yo habido en los amores que ninguno de los que allí estaban:

> «Pues no puedo descansar,
>   a trueque de ser culpada,
>   guárdeme Dios d' olvidar,
>   más que de ser olvidada.
>
> No sólo dond' hay olvido   5
>   no hay amor, ni pued' habello,
>   mas dond' hay sospecha dello
>   no hay querer sino fingido.
> Muy grande mal es amar
>   do 'speranz' es excusada,   10
>   mas guárdeos Dios d' olvidar,
>   qu' es aire ser olvidada.
>
> Si yo quiero, ¿por qué quiero
>   para dejar de querer?,
>   ¿qué más honra puede ser   15

---

[84] «El sistema crea una triple perspectiva, pues la "extraña agonía en que todos estábamos" y los efectos de risa o de llanto causados por los versos de la historia de Selvagia, apelan además a los propios sentimientos de Sylvano y Sireno que la escuchan y como consecuencia, a los lectores de la *Diana*. El uso del estilo enfático, y directo, cargado de afectividad, el empleo de las hipérboles y el punto de mira femenino predisponen a tan amplio auditorio a favor de la narradora de esta historia. El final de la misma queda en suspenso y trae al presente la voz de Selvagia, confirmando las causas que han motivado su estado actual de soledad» (A. Egido, «Contar en la *Diana*», en *Formas breves del relato,* Zaragoza, 1986, pág. 146).

[85] *Riessemos* en la edición de Venecia, 1574.

que morir del mal que muero?[86].
El vivir par' olvidar,
es vida tan afrentada,
que m' está mejor amar,
hasta morir d' olvidada.»   20

Acabada mi canción, las lágrimas de los pastores fueron
tantas, especialmente las de la pastora Ysmenia, que por
fuerza me hicieron participar de su tristeza, cosa que yo
pudiera bien excusar, pues no se me podía atribuir culpa
alguna de mi desventura, como los que allí estaban sabían
muy bien. Luego a la hora nos fuimos cada uno a su lugar,
porque no era cosa que a nuestra honestidad convenía estar a horas sospechosas fuera dél.

Y al otro día mi padre, sin decirme la causa, me sacó de
nuestra aldea, y me ha traído a la vuestra, en casa de Albania mi tía, y su hermana, que vosotros muy bien conocéis,
donde estoy algunos días ha, sin saber qué haya sido la causa de mi destierro. Después acá entendí que Montano se
había casado con Ysmenia, y que Alanio se pensaba casar
con otra hermana[87] suya llamada Sylvia. Plega a Dios que
ya que no fue mi ventura podelle yo gozar, que con la nueva esposa se goce como yo deseo, que no será poco, porque
el amor que yo le tengo no sufre menos, sino deselle todo
el contento del mundo.»

Acabado de decir esto la hermosa Selvagia comenzó a
derramar muchas lágrimas, y los pastores le ayudaron a
ello por ser un oficio de que tenían gran experiencia.
Y después de haber gastado algún tiempo en esto, Sireno le
dijo: «Hermosa Selvagia, grandísimo es tu mal, pero por
muy mayor tengo tu discreción. Toma ejemplo en males

---

86 A B. Gracián le gustaron estos versos como concretización de la «agudeza por contradicción y repugnancia en los afectos y sentimientos del ánimo» comentando: «Más propia es ésta que exprime mucho el sentimiento del
ánimo con su repugnancia» (en *Agudeza y arte de ingenio*, t. II, ed. de E. Correa
Calderón, Madrid, 1959, pág. 115).

87 *Germana* en la edición de Venecia, 1574. B. M. Damiani señala el origen
floral del nombre de Silvia, que funde la figura humana con la belleza y fe-
cundidad de la naturaleza (en *Jorge de Montemayor*, ed. cit., pág. 101).

ajenos si quieres sobrellevar los tuyos; y porque ya se hace tarde, nos vamos al aldea y mañana se pase la siesta junto a esta clara fuente donde todos nos juntaremos.» «Sea así como lo dices —dijo Selvagia— mas porque haya daquí al lugar algún entretenimiento, cada uno cante una canción, según el estado en que le tiene sus amores.» Los pastores respondieron que diese ella principio con la suya, lo cual Selvagia comenzó a hacer, yéndose todos su paso a paso hacia laldea[88].

«Zagal, ¿quién podrá pasar[89]
    vida tan trist' y amarga,
    que para vivir es larga,
    y corta para llorar?

Gasto sospiros en vano,   5
    perdida la confianza:
    siento qu' está mi' speranza
    con la candela 'n la mano[90].
Qué tiempo para esperar,
    qu' esperanza tan amarga,   10
    donde la vid' es tan larga,
    cuan corta para llorar.

Este mal en que me veo,
    yo le merezco, ¡ay perdida!,
    pues vengo'poner la vida   15
    en las manos del deseo.
Jamás ces' el lamentar,

---

[88] *Hacia el aldea* en la edición de Venecia, 1574.

[89] Utiliza B. Gracián estos versos para ejemplificar cómo «de la misma contrariedad se puede hacer razón y salida para la propuesta». Es una de las posibilidades que Gracián considera en el Discurso XLII sobre la agudeza «por contradicción y repugnancia en los afectos y sentimientos del ánimo» (en *op. cit.,* pág. 117).

[90] «Estar con la candela en la mano: estar expirando» (Covarrubias). B. M. Damiani subraya esta imagen de la presencia de la muerte, ya desde la primera historia relatada, en relación anticipatoria con las candelas de plata que adornan el sarcófago de una noble castellana en el cementerio del palacio de Felicia. (Cfr. *«Et in Arcadia ego»...,* en *loc. cit.,* pág. 9).

                        qu' aunque la vida s' alarga,
                        no's para vivir tan larga
                        cuan corta para llorar.»   20

   Con un ardiente sospiro, que del alma le salía, acabó
Selvagia su canción diciendo: «Desventurada de la que se
vee sepultada entre celos y desconfianzas, que en fin le
pornán la vida a tal recaudo, como dellos se espera.» Luego el olvidado Sireno comenzó a cantar al son de su rabel
esta canción:

                   «Ojos tristes, no lloréis,
                       y si llorades, pensad,
                       que no's dijeron verdad,
                       y quizá descansaréis.

                   Pues que l' imaginación   5
                       hace caus' en todo 'stado,
                       pensá qu' aún sois bien amado,
                       y ternéis menos pasión:
                   S' algún descanso queréis,
                       mis ojos, imaginad   10
                       que no's dijeron verdad,
                       y quizá descansaréis.

                   Pensad que sois tan queridos[91]
                       como 'lgún tiempo lo fuistes,
                       mas no's remedio de tristes,   15
                       imaginar lo qu'ha sido.
                   Pues, ¿qué remedio ternéis?
                       Ojos, alguno pensad,
                       si no lo pensáis, llorad,
                       o acabá y descansaréis.»   20

_____

   [91] B. Gracián, utilizando estos versos como ejemplo de las «suspensiones,
dubitaciones y reflexiones conceptuosas», comenta que «la reflexión es un re-
parar y volver sobre lo que se va diciendo que arguye sutileza y da ponderación; acontece por muchos modos, ya corrigiéndose, como éste, por una sentencia: Pensáis que sois tan querido / Como algún tiempo lo fuistes, / _Mas no
es remedio de tristes_ / Imaginar lo que ha sido» (en _op. cit.,_ pág. 131).

Después que con muchas lágrimas el triste pastor Sireno acabó su canción, el desamado Sylvano desta manera dio principio a la suya:

> «Perderse por ti la vida,
>   zagala, será forzado,
>   mas no que pierd' el cuidado
>   después de verla perdida.
>
> Mal que con muerte se cura   5
>   muy cerca tien' el remedio,
>   mas no aquel que tien' el medio
>   en manos de la ventura.
> Y s' este mal con la vida
>   no puede ser acabado,   10
>   ¿qu' aprovech' a un desdichado
>   verla ganad' o perdida?
>
> Todo 's uno para mí,
>   esperanz' o no tenella,
>   que si hoy me muero por vella   15
>   mañana porque la vi.
> Regalara yo la vida[92],
>   para dar fin al cuidado,
>   s' a mí me fuer' otorgado
>   perdella 'n siendo perdida.»   20

Desta manera se fueron los dos pastores en compañía de Selvagia, dejando concertado de verse al día siguiente en el mismo lugar. Y aquí hace fin el primero libro de la hermosa Diana.

FIN DEL PRIMERO LIBRO DE DIANA

---

[92] Son estos versos elegidos por B. Gracián como ejemplo de las ponderaciones imposibles que son «semejantes a las de contradicción, y aunque incluyen repugnancia, exprimen con grande sutileza los afectos. Era extremado en esto Jorge de Montemayor» (en *op. cit.*, pág. 164).

LIBRO SEGUNDO DE LA DIANA DE JORGE DE MONTEMAYOR

Ya los pastores, que por los campos del caudaloso Ezla apacentaban sus ganados, se comenzaban a mostrar cada uno con su rebaño por la orilla de sus cristalinas aguas, tomando el pasto antes que el sol saliese, y advirtiendo[1] el mejor lugar para después pasar la calorosa siesta, cuando la hermosa pastora Selvagia[2], por la cuesta que de la aldea bajaba al espeso bosque, venía trayendo delante de sí sus mansas ovejuelas. Y después de habellas metido entre los árboles bajos y espesos, de que allí había mucha abundancia, y verlas ocupadas en alcanzar las más bajuelas ramas, satisfaciendo la hambre que traían, la pastora se fue derecha a la fuente de los alisos, donde el día antes con los dos pastores había pasado la siesta.

Y como vio el lugar tan aparejado para tristes imaginaciones, se quiso aprovechar del tiempo, sentándose cabe la fuente, cuya agua con la de sus ojos acrecentaba[3]. Y des-

---

[1] *Advertiendo.* Lusismo de la forma (M. Debax, *op. cit.,* pág. 14).

[2] *Hermosa Selvagia* en la edición de Venecia, 1574.

[3] Pasaje que recuerda a Garcilaso: «Yo hago con mis ojos / crecer, llorando, el fruto miserable» (*Égloga Primera,* vv. 308-09). Pero en este texto las lágrimas aumentan la fuente, en imagen semejante a la que M. Bataillon considera característica de los poetas peninsulares: «Los ríos... han sido para los poetas peninsulares parte de su paisaje de elegía en que las aguas se acrecientan con las lágrimas de los hombres», y cita como ejemplo la versión de Montemayor de *Super flumina Babylonis* (Ps 137): «Sobre los ríos tristes nos sentamos / de Babilonia, a quien con nuestro ojos / la impetuosa corriente acrecentamos / (...) / No vimos de los ríos la corriente, / no del alta arboleda la verdura / que a la tristeza vimos solamente» (en «¿Melancolía renacentista o

pués de haber gran rato imaginado, comenzó a decir: «Por ventura, Alanio, ¿eres tú aquel cuyos ojos nunca ante los míos vi enjutos de lágrimas? ¿Eres tú el que tantas veces a mis pies vi rendido, pidiéndome con razones amorosas la clemencia de que yo por mi mal usé contigo? Dime pastor, y el más falso que se puede imaginar en la vida, ¿es verdad que me querías para cansarte tan presto de quererme? Debías imaginar que no estaba en más olvidarte yo que en saber que era de ti olvidada; que oficio es de hombres que no tratan los amores como deben tratarse, pensar que lo mismo podrán acabar sus damas consigo que ellos han acabado. Aunque otros vienen a tomallo por remedio, para que en ellas se acreciente el amor; y otros porque los celos, que las más veces fingen, vengan a subjetar a sus damas, de manera que no sepan, ni puedan, poner los ojos en otra parte; y los más vienen poco a poco a manifestar lo que de antes fingían, por donde más claramente descubren su deslealdad. Y vienen todos estos extremos a resultar en daño de las tristes, que sin mirar los fines de las cosas nos venimos a aficionar, para jamás dejar de quereros, ni vosotros de pagárnoslo tan mal, como tú me pagas lo que te quise y quiero. Así que cuál destos hayas sido no puedo entendello. Y no te espantes que en los casos de desamor entienda poco, quien en los de amor está tan ejercitada. Siempre me mostraste gran honestidad en tus palabras, por donde nunca menos esperé de tus obras. Pensé que en un amor, en el cual me dabas a entender que tu deseo no se extendía a querer de mí más que quererme, jamás tuviera fin porque si a otra parte encaminaras tus deseos, no sospechara firmeza en tus amores. ¡Ay triste de mí, que por temprano que vine a entenderte, ha sido para mí tarde! Venid vos acá mi zampoña, y pasaré con vos el tiempo, que si yo con sola vos lo hubiera pasado, fuera de mayor contento para mí.»

---

melancolía judía?», en *Varia lección de clásicos españoles,* Madrid, 1964, pág. 47). Sylvano exclama del mismo modo: «Lágrimas ¿aún hacéis crecer los ríos?»

Y tomando su zampoña, comenzó a cantar la siguiente canción[4]:

«Aguas, que de lo alto desta sierra
    bajáis con tal ruido al hondo valle,
    ¿por qué no imagináis las que del alma
    destilan siempre mis cansados ojos?
    y ¿qu' es la caus' el infelice[5] tiempo   5
    en que fortuna me robó mi gloria?

Amor me dio 'speranza de tal gloria,
    que no hay pastora 'lguna 'n esta sierra,
    qu' así pensase d' alabar el tiempo;
    pero despés me puso 'n este valle   10
    de lágrimas, a do lloran mis ojos,
    no ver lo qu' están viendo los del alma.

En tanta soledad, ¿qu' hace un alma,
    qu' en fin llego a saber qué cos' es gloria,
    o adónde volveré mis tristes ojos,   15
    s' el prado, el bosque, 'l monte, 'l soto, y sierra,
    el arboleda, y fuentes d' este valle,
    no hacen olvidar tan dulce tiempo?

¿Quién nunca imaginó que fuera'l tiempo
    verdugo tan cruel para mi alma;   20
    o qué fortuna m' apartó[6] d' un valle,

---

[4] A. Prieto estudia el significado que tiene la inclusión de la sextina en la novela pastoril, y explica que si «no es un elemento estructural que *destaca* en la armonía de *L'Arcadia*» viene a convertirse, por ser «una práctica poética noble» y por «la consideración de los preceptistas», en «un elemento estructural demostrativo del logro de un estado noble proporcionado por la *mezura* pastoril». Funciona, por tanto, como un «signo del *estado* pastoril conseguido por el yo narrativo y es a la vez un signo que simboliza y se corresponde con la *forma* de la novela pastoril (...): la sextina se realiza en variaciones de un mismo motivo como signo de las variaciones de un mismo tema que forma la pastoril» (en «La sextina provenzal en la estructura narrativa» en *Ensayo semiológico de sistemas literarios*, Barcelona, 1972, págs. 124-26).

[5] *Felice* en la edición de Venecia, 1574.

[6] *Aporto* en la edición de Venecia, 1574.

que toda cos' en él me daba gloria?
Hast' el hambriento lobo qu' a la sierra
subía er' agradabl' ante mis ojos.

Mas ¿qué podrán fortuna ver los ojos,   25
que vían su pastor en algún tiempo
bajar con sus corderos d' una sierra,
cuya memoria siempr' está'n mi alma?
¡Oh fortun' enemiga de mi gloria,
cómo me cans' est' enfadoso valle!   30

Mas ¿cuándo tan ameno y fresco valle
no 's agradabl' a mis cansados ojos,
ni en él puedo hallar contento, o gloria,
ni espero ya tenell' en algún tiempo?
Ved en qu' extremo deb' estar mi alma.   35
¡Oh quién volvies' a aquella dulce sierra!

Oh alta sierr', ameno y fresco valle
do descanso mi alma, y estos ojos,
decid, ¿verme algún tiempo 'n tanta gloria?»

A este tiempo Sylvano estaba con su ganado entre unos mirtos que cerca de la fuente había, metido en sus tristes imaginaciones, y cuando la voz de Selvagia oyó, despierta como de un sueño, y muy atento estuvo a los versos que cantaba. Pues como este pastor fuese tan mal tratado de amor, y tan desfavorecido de Diana, mil veces la pasión le hacía salir de seso, de manera que hoy daba en decir mal de amor, mañana en alaballe; un día en estar ledo, y otro en estar más triste que todos los tristes; hoy en decir mal de mujeres, mañana en encarecellas sobre todas las cosas. Y así vivía el triste una vida que sería gran trabajo dalla a entender, y más a personas libres. Pues habiendo oído el dulce canto de Selvagia, y salido de sus tristes imaginaciones, tomó su rabel, y comenzó a cantar lo siguiente[7]:

------
[7] El lamento de Sylvano dirigido a la naturaleza recuerda, para B. M. Damiani, las palabras de Ergasto en la Égloga Primera de *L'Arcadia:* «Ya las

«Cansado está d' oírm' el claro río,
    el valle y soto tengo importunados;
    y están d' oír mis quejas, ¡oh amor mío!,
    alisos, hayas, olmos ya cansados.
Invierno, primaver', otoño, estío,   5
    con lágrimas regando estos collados,
    estoy a causa tuya, ¡oh cruda fiera!,
    ¿no habrí' en esa boca un no siquiera?

De libre me heciste ser cativo,
    de hombre de razón, quien no la siente;   10
    quesísteme hacer de muerto vivo,
    y allí de vivo, muerto'n continente.
D' afable me heciste ser esquivo,
    de conversabl' aborrecer la gente;
    solía tener ojos, y estoy ciego;   15
    hombre de carne fui, ya soy de fuego.

¿Qu' es esto corazón, no 'stáis cansado?,
    ¿aún hay más que llorar, decí, ojos míos?,
    mi alma, ¿no bastab' el mal pasado?,
    lágrimas, ¿aún hacéis crecer los ríos?   20
Entendimiento, ¿vos no 'stáis turbado?,
    sentido, ¿no 's turbaron sus desvíos?,
    pues, ¿cómo 'ntiendo, lloro, veo, y siento,
    si todo lo ha gastado ya 'l tormento?

Quien hizo a mi pastora, ¡ay perdido!,   25
    aquel cabello doro, y no dorado,
    el rostro de cristal tan escogido,
    la boca d' un rubí muy extremado,
El cuello d' alabastro y el sentido
    muy más qu' otra ninguna levantado,   30
    ¿por qué su corazón no hizo ante
    de cera, que de mármol y diamante?

---

aves van cantando / la fe con que yo la amo / los bosques van ya gustando /
que sospirando y llorando / sin esperanzas la llamo» (Ed. Toledo, 1547).
(Cfr. *Jorge de Montemayor,* ed. cit., págs. 70-71.)

Un día 'stoy conform' a mi fortuna,
   y al mal que m' ha causado mi Diana,
   el otro 'l mal m' aflige y importuna,   35
   cruel la llamo, fiera y inhumana.
Y así no hay en mi mal orden alguna,
   lo qu' hoy afirmo, niégolo mañana;
   todo's así, y paso así una vida,
   que presto vean mis ojos consumida.»   40

Cuando la hermosa Selvagia en la voz conoció al pastor Sylvano, se fue luego a él, y recibiéndose los dos con palabras de grande amistad se asentaron a la sombra de un espeso mirto que en medio dejaba un pequeño pradecillo, más agradable por las doradas flores de que estaba matizado de lo que sus tristes pensamientos pudieran desear.

Y Sylvano comenzó a hablar desta manera: «No sin grandísima compasión se debe considerar, hermosa Selvagia, la diversidad de tantos y tan desusados infortunios, como suceden a los tristes que queremos bien. Mas entre todos ellos ninguno me parece que tanto se debe temer, como aquel que sucede después de haberse visto la persona en un buen estado. Y esto, como tú ayer me decías, nunca llegué a sabello por experiencia. Mas como la vida que paso es tan ajena de descanso, y tan entregada a tristezas, infinitas veces estoy buscando invenciones, para engañar el gusto. Para lo cual me vengo a imaginar muy querido de mi señora, y sin abrir mano desta imaginación me estoy todo lo que puedo; pero después que llego a la verdad de mi estado, quedo tan confuso que no sé decillo, porque sin yo querello me viene a faltar la paciencia. Y pues la imaginación no es cosa que se pueda sufrir, ved ¿qué haría la verdad?»

Selvagia le respondió: «Quisiera yo Sylvano estar libre desta pasión, para saber hablar en ella como en tal manera sería menester; que no quieras mayor señal de ser el amor mucho o poco, la pasión pequeña o grande, que oílla decir al que la siente. Porque nunca pasión bien sentida pudo ser bien manifestada con la lengua del que la padece: así que estando yo tan subjeta a mi desventura, y tan quejosa de la sinrazón que Alanio me hace, no podré decir lo mucho que desto siento[8]. A tu discreción lo dejo, como a cosa de que me puedo muy bien fiar.»

Sylvano dijo sospirando: «Ahora yo Selvagia no sé qué diga, ni qué remedio podría haber en nuestro mal. ¿Tú, por dicha, sabes alguno?» Selvagia respondió: «Y cómo ahora lo sé. ¿Sabes qué remedio, pastor? Dejar de querer.» «¿Y esto podrías tú acaballo contigo?» dijo Sylvano. «Como la fortuna, o el tiempo lo[9] ordenase» respondió Selvagia. «Ahora te digo —dijo Sylvano muy admirado— que no te haría agravio en no haber mancilla de tu mal, porque amor que está subjeto al tiempo, y a la fortuna, no puede ser tanto que dé trabajo a quien lo padece.» Selvagia le respondió: «¿Y podrías tú pastor negarme que sería posible haber fin en tus amores, o por muerte, o por ausencia, o por ser favorecido en otra parte, y tenidos en más tus servicios?» «No me quiero —dijo Sylvano— hacer tan hipócrita en amor que no entienda lo que me dices ser posible, mas no en mí. Y malhaya el amador que, aunque a otros vea sucedelles de la manera que me dices, tuviera tan poca constancia en los amores que piense podelle a él suceder cosa tan contraria a su fe.» «Yo mujer soy —dijo Selvagia— y en mí verás si quiero todo lo que se puede querer. Pero no me estorba esto imaginar que en todas las cosas podría haber fin. Por más firmes que sean, porque oficio es del tiempo y de la fortuna andar en estos movimientos tan ligeros, como ellos lo han sido siempre. Y no pienses pastor que me hace decir esto el pensamiento de olvidar aquel que tan sin causa me tiene olvidada, sino lo que desta pasión tengo experimentado.» A este tiempo oyeron un pastor que por el prado adelante venía cantando, y lue-

<hr />

[8] *Siente* en la edición de Venecia, 1574. Aunque es un tópico de la poesía cancioneril y de la novela sentimental el que el amante manifieste la dificultad que siente para expresar su amor, F. López Estrada, siguiendo a Pagès, prefiere considerar una influencia de A. March: «El amador que es mudo sea creydo / señora, y todo aquel quel color pierda», canto XXVIII (ed. cit., pág. 69).

[9] *Le* en la edición de Venecia, 1574.

go fue conocido dellos ser el olvidado Sireno, el cual venía
al son de su rabel cantando estos versos:

> «Andad, mis pensamiento, do 'lgún día
> os íbades de vos muy confiados[10],
> veréis horas y tiempos ya mudados,
> veréis que vuestro bien pasó, solía;
> Veréis qu' en el espejo ' do me vía,   5
> y en el lugar do fuistes estimados,
> se mira por mi suert', y tristes hados
> aquel que n' aun pensallo merecía;
> Veréis también cómo' ntregué la vida,
> a quien sin caus' alguna la desecha,   10
> y aun qu' es ya sin remedio 'l grave daño,
> Decilde si podéis a la partida,
> qu' allá profetizaba mi sospecha,
> lo qu' ha cumplido 'cá su desengaño.»

Después que Sireno puso fin a su canto, vido como hacia él venía la hermosa Selvagia, y el pastor Sylvano, de
que no recibió pequeño contentamiento, y después de haberse recebido[11], determinaron ir a la fuente de los alisos,
donde el día antes habían estado. Y primero que allá llegasen, dijo Sylvano: «Escucha, Selvagia, ¿no oyes cantar?»
«Sí oyo —dijo Selvagia—, y aun parece más de una voz».
«¿A dónde será?» dijo Sireno. «Paréceme —respondió Selvagia— que es en el prado de los laureles, por donde pasa
el arroyo que corre de esta clara fuente. Bien será que nos
lleguemos allá, y de manera que no nos sientan los que
cantan, porque no interrompamos la música. Vamos» dijo
Selvagia. Y así su paso a paso se fueron hacia aquella parte
donde las voces se oían, y escondiéndose entre unos árboles que estaban junto al arroyo, vieron sobre las doradas
flores asentadas tres ninfas, tan hermosas que parecía ha-

---

10 *Cansados* en la edición de Venecia, 1574.
11 *Recibido* en la edición de Venecia, 1574.

ber en ellas dado la naturaleza muy clara muestra de lo que puede[12].

Venían vestidas de unas ropas blancas, labradas por encima de follajes de oro, sus cabellos que los rayos del sol escurecían, revueltos a la cabeza, y tomados con sendos hilos de orientales perlas, con que encima de la cristalina frente se hacía una lazada, y en medio della estaba una águila de oro, que entre las uñas tenía un muy hermoso diamante. Todas tres de concierto tañían sus instrumentos tan suavemente que junto con las divinas voces no parecieron sino música celestial, y la primera cosa que cantaron fue este villancico:

> «Contentamientos d' amor
> que tan cansados llegáis,
> ¿si venís, para qu' os vais?
>
> Aún no 'cabáis de venir
> después de muy deseados,   5
> cuando 'stáis determinados
> de madrugar y partir;
> si tan presto 's habéis de ir,

---

[12] Las ninfas, personajes paganos, son elemento consustancial del ámbito arcádico. Montemayor las introduce con una apariencia entre maravillosa (vestidas de blanco con hilos de orientales, perlas en su cabello...) y celestial, dedicadas a la música y ajenas al amor, y por tanto a la fortuna y al tiempo. Sin embargo no sólo se mezclan con los pastores, sino que este nombre de *ninfa* es atribuido en varios contextos a la pastora amada. Estas tres que aparecen individualizadas como Polydora, Cinthia y Dórida caminan hacia su encarnación mortal según guían a los pastores al palacio de Felicia, de la que dicen ser servidoras. Y así J. Subirats cree ver en ellas transmutación literaria de las damas que servían en el palacio de Binche, cuyo episodio real trasladaría Montemayor en el libro cuarto («La *Diana* de Montemayor, roman à clef?», en *Études Iberiques et latino-américaines,* París, 1968, págs. 112-13). En una lectura simbólica, y teniendo en cuenta el inmediato suceso con los salvajes, las ninfas significan la *castidad,* virtud que además sostiene el palacio de Felicia. Para B. M. Damiani tampoco carece de simbolismo el que sean tres, encarnando el tiempo (pasado, presente y futuro), o a las tres gracias en connotación de Concordia y Amistad, Castidad y Pulcritud, e incluso las tres virtudes teologales, similares a las que aparecen en la *Divina Comedia, Purgatorio,* XXXI, 91-111 (en «Journey to Felicia...», ed. cit., pág. 62).

> y tan triste me dejáis,
> placeres no me veáis.   10
>
> Los contentos huyo d' ellos,
> pues no me vienen a ver
> más que por darm' a entender
> lo que se pierd' en perdellos;
> y pues ya no quiero vellos,   15
> descontentos no 's partáis,
> pues volvéis después qu' os vais.»

Después que hubieron cantado, dijo la una, que Dórida se llamaba: «Hermana Cinthia, ¿es esta la ribera a donde un pastor llamado Sireno anduvo perdido por la hermosa pastora Diana?» La otra le respondió: «Ésta sin duda debe ser, porque junto a una fuente que está cerca deste prado me dicen que fue la despedida de los dos, digna de ser para siempre celebrada, según las amorosas razones que entre ellos pasaron.» Cuando Sireno esto oyó quedó fuera de sí en ver que las tres ninfas tuviesen noticia de sus desventuras.

Y prosiguiendo Cinthia dijo: «En esta ribera hay otras muy hermosas pastoras, y otros pastores enamorados, a donde el amor ha mostrado grandísimos efectos, y algunos muy al contrario de lo que se esperaba.» La tercera, que Polydora se llamaba, le respondió: «Cosa es ésta de que yo no me espantaría, porque no hay suceso en amor, por avieso que sea, que ponga espanto a los que por estas cosas han pasado. Mas dime, Dórida, ¿cómo sabes tú de esa despedida?» «Sélo —dijo Dórida—. Porque al tiempo que se despidieron junto a la fuente que digo, lo oyó Celio que desde encima de un roble los estaba acechando, y la puso toda al pie de la letra en verso, de la misma manera que ella pasó; por eso si me escucháis al son de mi instrumento pienso cantalla.» Cinthia le respondió: «Hermosa Dórida, los hados te sean tan favorables como nos es alegre tu gracia y hermosura, y no menos será oírte cantar cosa tanto para

saber»[13]. Y tomando Dórida su arpa, comenza a cantar
desta manera:

Canto de la Ninfa[14]

«Junto ' una verde ribera,
    d' arboleda singular,
    donde para s' alegrar,
  otro que más libre fuera,
    hallara tiempo y lugar,   5
Sireno, un triste pastor,
    recogía su ganado,
    tan de veras lastimado
  cuanto burlando ' l amor
    descans' el enamorado.   10

Este pastor se moría[15]
    por amores de Diana,
    una pastora lozana,
  cuy' hermosur' excedía
    la naturalez' humana.   15

---

[13] «El testimonio de Dórida, que conoce la historia de Diana y Sireno, porque un transcriptor de excepción, Celio, la tomó de coro, subido en lo alto de un roble, hace que el texto escrito "al pie de la letra", y en verso, se inserta por entero en la narración. Pero se hace gracias a la memoria de la ninfa, convertida en actriz de doble voz, impostándola para recrear ya las palabras de Diana, ya las de Sireno, mientras los pastores, en segundo plano, y las ninfas en primero, escuchan admirados su canción dialogada. Otro punto de mira se obtiene así sobre los sufrimientos del "pastor lastimado"» (A. Egido, art. cit., págs. 146-47).

[14] Como sugiere A. Solé-Leris este canto de la ninfa, que resume lo fundamental de la historia de Sireno y Diana, constituye en sí una pequeña égloga, con reminiscencias garcilasianas, y resalta además el acierto del relato retrospectivo revivido en un recitado (*The spanish pastoral novel,* Boston, 1980, pág. 48).

[15] Esta décima se encuentra imitada en el poema *Sireine* de Honoré d'Urfé: «Ce berger qu'amour devoroit / Des longtemps mourant adoroit / Des beautés la beauté plus belle / Une Diane estoit son coeur, / Mais la servant il eut tant d'heur / Que l'aimant il fut aimé d'elle / Naissant ceste fille avoit eu / Tant de beauté, tant de vertu, / Et puis devint si parfaite / que son ŋom n'eust jamais esté / Discrette, Faute de beauté, / Ni belle, pour n'estre discrette». (Cfr. W. Fischer, art. cit., pág. 167.)

La cual jamás tuvo cosa
  qu' en sí no fues' extremada,
  pues ni pudo ser llamada
  discreta por no hermosa,
  ni hermosa por no avisada.   20

No era desfavorecido,
  qu' a serlo quizá pudiera,
  con el uso que tuviera,
  sufrir, después de partido,
  lo que d' ausencia sintiera,   25
Qu' el corazón desusado,
  de sufrir pen' o tormento,
  si no sobra 'ntendimiento,
  cualquier pequeño cuidado
  le cautiv' el sufrimiento.   30

Cab' un río caudaloso,
  Ezla, por nombre llamado,
  andab' el pastor cuitado,
  d' ausencia muy temeroso,
  repastando su ganado.   35
Y a su pastora 'guardando
  está con grave pasión,
  qu' estab' aquella sazón
  su ganado apacentando
  en los montes de León.   40

Estab' el triste pastor,
  en cuanto no parecía,
  imaginando aquel día
  en qu' el falso dios d' Amor
  dio principio a su alegría.   45
Y dice viéndose tal:
  «El bien qu' el amor m' ha dado
  imagino yo cuitado,
  porqu' éste cercano mal
  lo sienta después doblado.»   50

El sol, por ser sobre tarde[16],
  con su fuego no l' ofende,
  mas el que d' amor depende,
  y en él su corazón arde,
  mayores llamas enciende.   55
La pasión lo convidaba,
  l' arboleda le movía,
  el río parar hacía,
  el ruiseñor ayudaba
  a estos versos que decía: 60

Canción de Sireno

"Al partir llama partida
  el que no sabe d' amor,
  mas yo le llamo un dolor
  que s' acaba con la vida.

Y quiera Dios que yo pueda   65
  esta vida sustentar,
  hasta que lleg' al lugar
  dond' el corazón me queda,
  porqu' el pensar en partida
  me pene[17] tan gran pavor,   70
  qu' a la fuerza del dolor
  no podrá 'sperar la vida."

Esto Sireno cantaba,
  y con su rabel tañía,
  tan ajeno d' alegría   75
  qu' el llorar no le dejaba

---

[16] «Lo último de la tarde, antes del anochecer» (*Diccionario de Autoridades*). E. Moreno Báez indica que aunque se utiliza en español, es más frecuente en portugués. Este pasaje fue también imitado por Honoré d'Urfé en su *Sireine:* «Alors le soleil qui baissoit / Le berger guere n'offensoit: / Mais d'Amour la chaleur plus forte / Vivante au milieu de son coeur / Par un beau soleil son vaincoeur / Le brusloit bien d'une autre sorte». (Cfr. M. Fischer, art. cit., pág. 168).

[17] *Pone* en la edición de Venecia, 1574.

pronunciar lo que decía.
Y por no caer en mengua[18],
    si le estorba su pasión,
    acento, o pronunciación,   80
    lo que empezaba la lengua,
    acabab' el corazón.

Ya despúes qu' hubo cantado,
    Diana vio que venía,
    tan hermosa que vestía   85
    de nueva color el prado
    donde sus ojos ponía.
Su rostro como una flor,
    tan triste que es locura
    pensar qu' humana criatura   90
    juzgue cuál era mayor,
    la tristez' o hermosura.

Muchas veces se paraba
    vueltos los ojos al suelo,
    y con tan gran desconsuelo   95
    otras veces los alzaba,
    que los hincab' en el cielo.
Diciendo, con más dolor
    que cab' en entendimiento:
    pues el bien trae tal descuento,   100
    d' hoy más bien puedes, amor,
    guardar tu contentamiento.

La causa de sus enojos
    muy claro 'llí la mostraba,
    si lágrimas derramaba   105
    pregúntenlo a aquellos ojos
    con qu' a Sireno mataba.

---

[18] Aduce B. Gracián estos versos como ejemplo de «un sutil modo de amplificar lo que se va ponderando; y teniendo por común lo mediato, se pasa a lo sumo. Conceptuosamente, como siempre» (*Agudeza y arte de ingenio,* ed. cit., pág. 162).

174

Si su amor era sin par
   su calor no lo 'ncubría,
   y si l' ausencia temía   110
   pregúntenlo a este cantar,
   que con lágrimas decía:

              Canción de Diana

"No me dist', ¡oh crudo amor![19],
   el bien que tuv' en presencia,
   sino porqu' el mal d' ausencia   115
   me parezca muy mayor.

Das descanso, das reposo,
   no por dar contentamiento,
   mas porqu' est' el sufrimiento,
   algunos tiempos ocioso.   120
Ved qu' invenciones d' amor,
   darme contento 'n presencia,
   porque no teng' en ausencia
   reparo contr' el dolor."

Siendo Diana llegada   125
   donde sus amores vio,
   quiso hablar, mas no habló,
   y el triste no dijo nada
   aunqu' el hablar cometió[20].
Cuanto había que hablar   130
   en los ojos lo mostraban,
   mostrando lo que callaban
   con aquel blando[21] mirar
   con qu' otras veces hablaban.

---

[19] B. Gracián propone el inicio de esta canción como ejemplo de « inge-
niosas trasposiciones» diciendo: «Convirtió el contento en pesar, con ingeniosa ponderación el raro así en el concepto como en el afecto Jorge de Montemayor. Era portugués y dijo: No me diste, ¡Oh crudo amor! / El bien que
tuve en presencia, / Sino porque mal de ausencia, / Me pareciese mayor» (*op.
cit.*, tomo I, pág. 184).

[20] *Começo* en la edición de Venecia, 1574.

[21] *Ablando* en la edición de Venecia, 1574.

Ambos juntos se sentaron 135
   debajo un mirto florido,
   cad' uno d' otro vencido
   por las manos se tomaron,
   casi fuera de sentido,
porqu' el placer de mirarse, 140
   y el pensar presto no verse,
   los hacen enternecerse,
   de manera qu' a hablarse
   ninguno pudo atreverse.

Otras veces se topaban 145
   en esta verde ribera,
   pero muy d' otra manera
   el toparse celebraban
   qu' ésta que fue la postrera.
Extraño efecto d' amor, 150
   verse dos que se querían
   todo cuanto ellos podían,
   y recebir más dolor
   qu' al tiempo que no se vían.

Vía Sireno llegar 155
   el grave dolor d' ausencia,
   ni allí le basta paciencia,
   ni alcanza para hablar
   de sus lágrimas licencia.
A su pastora miraba, 160
   su pastora mir' a él,
   y con un dolor crüel
   la habló, mas no hablaba,
   qu' el dolor habla por él:

"Ay Diana, ¡quién dijera 165
   que cuando yo más penara,
   que ninguno imaginara
   en la hora que te viera
   mi alma no descansara?
En qué tiempo y qué sazón 170

creyera, señora mía,
qu' alguna cosa podría
causarme mayor pasión
que tu presenci' alegría.

¿Quién pensara qu' esos ojos   175
algún tiempo me mirasen,
que, señora, no atajasen
todos los males y enojos
que mis males me causasen?
Mira señora mi suerte   180
si ha traído buen rodeo,
que si antes mi deseo
me hizo morir por verte,
ya muero porque te veo.

Y no 's por falta d' amarte,   185
pues nadi' estuvo tan firme,
mas porque suelo venirme
a estos prados a mirarte,
y ora vengo a despedirme.
Hoy diera por no te ver,   190
aunque no tengo 'tra vida,
est' alma de ti vencida,
sólo por entretener
el dolor de la partida.

Pastora, dame licencia,   195
que diga que mi cuidado
sientes en el mismo grado,
que no 's mucho 'n tu presencia
mostrarme tan confiado.
Pues Diana, si es así,   200
¿cómo puedo yo partirme?,
¿o tú cómo dejas irme?,
¿o cómo vengo yo aquí,
sin empacho, a despedirme?

¡Ay dios, ay pastora mía! 205
  ¿cómo no hay razón que dar,
  para de ti me quejar?
  ¿y cómo tú cada día
  la ternás de m' olvidar?
No me haces tú partir, 210
  esto también lo diré,
  ni menos lo hace mi fe;
  y si quisiese decir
  quién lo hace: no lo sé."

Lleno de lágrimas tristes, 215
  y a menudo sospirando,
  estab' el pastor hablando
  estas palabras qu' oístes,
  y ella las oye llorando.
A responder s' ofreció: 220
  mil veces lo[22] cometía,
  mas de triste no podía
  y por ella respondió
  el amor que le tenía:

"A tiempo ' stoy, ¡oh Sireno!, 225
  que diré más que quisiera,
  qu' aunque mi mal sentendiera
  tuviera, pastor, por bueno
  el callarlo, si pudiera.
Mas ¡ay de mí, desdichada!, 230
  vengo a tiempo a descubrillo,
  que n' aprovecha decillo
  par' excusar mi jornada[23],
  ni para yo despedillo.

[22] *La* en la edición de Venecia, 1574.
[23] M. Debax propone la lectura de *tu jornada* por *mi jornada* porque Diana se dirige a Sireno que acaba de despedirse y comprende que ella no puede impedirle la partida (*op. cit.,* pág. 481).

¿Por qué te vas, di pastor,   235
  por qué me quieres dejar?
  ¿dónd' el tiempo y el lugar,
  y el gozo de nuestro amor,
  no se me podr' olvidar?
¿Qué sentiré desdichada   240
  llegando a este vall' ameno,
  cuando dig', a tiempo bueno,
  aquí 'stuve yo sentada
  hablando con mi Sireno?

Mira si será tristeza,   245
  no vert' y ver este prado
  d' árboles tan adornado,
  y mi nombr' en su corteza,
  por tus manos señalado.
¡Oh si habrá igual dolor,   250
  qu' el lugar a do me viste,
  velle tan solo y tan triste,
  donde con tu gran temor
  tu pena me descubriste!

S' ese duro corazón   255
  s' ablanda para llorar,
  ¿no se podrí' ablandar
  para ver la sinrazón
  qué haces en me dejar?
¡Oh, no llores, mi pastor,   260
  que son lágrimas en vano,
  y no 'st' el seso muy sano
  d' aquel que llor' el dolor
  si 'l remedio 'st' en su mano!

Perdóname, mi Sireno,   265
  si t' ofendo 'n lo que digo,
  déjame hablar contigo
  en aqueste vall' ameno,
  do no me dejas comigo,
Que no quiero n' aun burlando   270

verm' apartada de ti.
No te vayas, ¿quieres?, di,
duélat' ahora ver llorando
los ojos con que te vi."

Volvió Sireno a hablar;   275
   dijo: "Ya debes sentir
   si yo me quisiera ir,
   mas tú me mandas quedar
   y mi ventura partir.
Viendo tu gran hermosura[24],   280
   estoy señora obligado
   a obedecerte de grado,
   mas triste, qu' a mi ventura
   he d' obedecer forzado.

Es la partida forzada,   285
   pero no por causa mía,
   que cualquier bien dejaría
   por vert' en esta majada,
   do ' vi el fin de mi alegría.
Mi amo, aquel gran pastor[25],   290
   es quien me hace partir:
   a quien presto vea venir
   tan lastimado d' amor
   como yo me siento ir.

¡Ojalá 'stuvies' ahora,   295
   porque tú fueras servida,

_____

[24] Observa M. Debax que esta palabra _hermosura_ se aplica siempre a las pastoras y a las damas, y suele ser acompañada de algún elemento que refuerza su sentido (_op. cit.,_ pág. 445).

[25] F. López Estrada y J. R. Jones creen que «gran pastor» debe identificarse con Felipe II. Para el primero «los últimos versos» aluden al deseo del pastor de que resulte bien concertado el matrimonio de Isabel y Felipe que aún no se conocían (ed. cit., pág. 82). J. R. Jones insiste en que la marcha de Sireno es trasunto autobiográfico (art. cit., pág. 141). Sin embargo eso supone identificar también a Montemayor con Sireno, identificación difícil de probar e incluso de admitir como ya señalaba M. Menéndez Pelayo (_op. cit.,_ página 246-49).

en mi mano la partida
como 'n la tuya, señora,
está mi muert' y mi vida!
Mas créeme ques muy en vano,   300
según contino me siento,
pasarte por pensamiento
que pued' estar en mi mano
cosa que me dé contento.

Bien podría yo dejar   305
mi rebaño y mi pastor,
y buscar otro señor;
mas s' el fin voy a mirar,
no convien' a nuestro amor,
Que dejando 'ste rebaño,   310
y tomando 'tro cualquiera,
dime tú, ¿de qué manera
podré venir sin tu daño
por esta verde ribera?

Si la fuerza desta llama   315
me detien', es argumento
que pongo 'n ti 'l pensamiento,
y vengo ' vender tu fama,
señora, por mi contento.
Si dicen que mi querer   320
en ti lo pued' emplear,
a ti te vien' a dañar,
que yo ¿qué puedo perder
o tú qué puedes ganar?"

La pastora a esta sazón   325
respondió con gran dolor:
"Para dejarme, pastor,
¿cómo has hallado razón,
pues que no l'hay en amor?
Mala señal es hallarse,   330
pues vemos por experiencia,
qu'aquel que sab'en presencia

                    dar desculpa d'ausentarse,
                    sabrá sufrir el ausencia.

                ¡Ay triste, que pues te vas,   335
                    no sé qué será de ti,
                    ni sé qué será de mí,
                    ni s'allá t'acordarás
                    que me vist', o que me[26] vi!
                Ni sé si recibo'ngaño   340
                    en haberte descubierto
                    este dolor que m'ha muerto,
                    mas lo que fuer'en mi daño,
                    esto será lo más cierto.

                No te duelan mis enojos[27],   345
                    vete, pastor, a embarcar,
                    pasa de presto la mar,
                    pues que por la de mis ojos
                    tan presto puedes pasar.
                Guárdete Dios de tormenta,   350
                    Sireno, mi dulc'amigo,
                    y tenga siempre contigo,
                    la fortuna, mejor cuenta
                    que tú la tienes comigo.

                Muero'n ver que se despiden   355
                    mis ojos de su alegría,
                    y es tan grand'el agonía
                    qu'estas lágrimas m'impiden
                    decirte lo que querría.
                Estos mis ojos, zagal,   360
                    antes que cerrados sean

_____

[26] *Te* en la edición de Venecia, 1574.
[27] B. Gracián considera esta quintilla un caso de *argumento conceptuoso* ejemplificando: «Al contrario se arguye con igual artificio de lo menos a lo más que es aquel argumento llamado *a minori ad majus*. El afectuoso Jorge de Montemayor dijo: «No te duelan mis enojos, / vete, Sireno a embarcar. / Pasa de presto la mar, / Pues que por la de mis ojos, / Tan presto puedes pasar» (*op. cit.*, pág. 82).

ruego yo a Dios que te vean,
qu'aunque tú causas su mal
ellos no te lo dessean."

Respondió: "Señora mía,   365
nunca viene solo un mal,
y un dolor, aunque mortal,
siempre tiene compañía
con otro más principal;
Y así, verme yo partir   370
de tu vista y de mi vida,
no's pena tan desmedida
como vert'a ti sentir
tan de veras mi partida.

Mas si yo acaso'lvidare   375
los ojos en que me vi,
olvídese Dios de mí,
o si en cosa imaginare,
mi señora, si no'n ti.
Y si ajena hermosura   380
causare'n mí movimiento,
por un'hora de contento
me traiga mi desventura
cien[28] mil años de tormento.

Y si mudare mi fe   385
por otro nuevo cuidado,
caiga del mejor estado
que la fortuna me dé
en el más desesperado.
No m'encargues la venida,   390
muy dulce señora mía,
porqu'asaz de mal sería
tener yo'n algo la vida
fuera de tu compañía."

---

[28] *Bien* en la edición de Venecia, 1574. En la misma se añade un *mi* en el verso siguiente («Y si *mi* madura la fe»), que carece de sentido.

Respondióle: "¡Oh mi Sireno!,   395
    si algún tiempo t'olvidare,
    las yerbas que yo pisare
    por aqueste vall'ameno
    se sequen cuando pasare;
Y si el pensamento[29] mío   400
    en otra parte pusiere,
    suplico' Dios que si fuere
    con mis ovejas al río
    se seque cuando me viere.

Toma pastor un cordón   405
    que hice de mis cabellos,
    porque se t'acuerd'en vellos
    que tomaste posesión
    de mi corazón y dellos.
Y est'anillo has de llevar   410
    do'stán dos manos asidas,
    qu'aunque s'acaben las vidas
    no se pueden apartar
    dos almas qu'están unidas."

Y él dijo: "Que te dejar   415
    no tengo; si este cayado
    y este mi rabel preciado,
    con que tañer y cantar
    me vías por este prado,
Al son dél, pastora mía,   420
    te cantaba mis canciones,
    contando tus perficiones,
    y lo que d'amor sentía
    en dulces lamentaciones."

Ambos a dos s'abrazaron;   425
    y ésta fue la vez primera,
    y pienso fue la postrera,

---

29 *Pensamiento* en la edición de Venecia, 1574.

porque los tiempos mudaron
el amor d'otra manera.
Y aunqu'a Diana le dio   430
pena rabios'y mortal
la ausencia de su zagal,
en ella misma halló
el remedio de su mal.»

Acabó la hermosa Dórida el suave canto dejando admiradas a Cinthia y Polydora, en ver que una pastora fuese vaso donde amor tan encendido pudiese caber. Pero también lo quedaron de imaginar cómo el tiempo había curado su mal, pareciendo en la despedida sin remedio. Pues el sin ventura Sireno en cuanto la pastora con el dulce canto manifestaba sus antiguas cuitas y sospiros, no dejaba de dallos tan a menudo que Selvagia y Sylvano eran poca parte para consolalle, porque no menos lastimado estaba entonces que al tiempo que por él habían pasado. Y espantóse mucho de ver que tan particularmente se supiese lo que con Diana pasado había; pues no menos admiradas estaban Selvagia y Sylvano de la gracia con que Dórida cantaba y tañía.

A este tiempo las hermosas ninfas, tomando cada una su instrumento, se iban por el verde prado adelante, bien fuera de sospecha de podelles acaecer lo que ahora oiréis. Y fue que, habiéndose alejado muy poco de adonde los pastores estaban, salieron de entre unas retamas altas, a mano derecha del bosque, tres salvajes[30], de extraña grandeza y

---

[30] El *salvaje* que pudo tener un origen mítico en la antigüedad, ligada a faunos, centauros y Pan, encarnando en primera instancia «todo lo que es de la montaña» según definición de Covarrubias, vino a simbolizar «ciertos impulsos del subconsciente donde el individuo busca el rompimiento con toda regla que lo ata a normas ortodoxas, con el fin de buscar el curso de acción que ofrezca suficiente libertad y satisfacción a sus necesidades y sentimientos elementales». (Cfr. J. Madrigal, *El salvaje y la mitología, el arte y la religión,* Miami, 1975, págs. 30-32.) Durante la Edad Media y el Renacimiento el salvaje funcionó como contrapunto del caballero convirtiéndose en su enemigo en las novelas de caballerías (A. Avalle-Arce, *La novela pastoril española,* Madrid, 1974, pág. 86), y significando los vicios inherentes al estado incivilizado, en especial la lujuria (J. M. Gómez Tabanera, «La conseja del hombre-salvaje»,

fealdad; venían armados de coseletes, y celadas de cuero de tigre. Eran de tan fea catadura que ponían espanto los coseletes, traían por brazales unas bocas de serpientes, por donde sacaban los brazos, que gruesos y vellosos parecían; y las celadas venían a hacer encima de la frente unas espantables cabezas de leones; lo demás traían desnudo, cubierto despeso y largo vello[31], unos bastones herrados de muy agudas púas de acero; al cuello traían sus arcos y flechas; los escudos eran de unas conchas de pescado muy fuerte. Y con una increíble ligereza arremeten a ellas diciendo:

«A tiempo estáis, oh ingratas y desamoradas ninfas, que os obligara la fuerza a lo que el amor no os ha podido obligar, que no era justo que la fortuna hiciese tan grande agravio a nuestros cativos corazones, como era dilatalles tanto su remedio. En fin tenemos en la mano el galardón de los sospiros, con que a causa vuestra importunábamos las aves y animales de la escura y encantada selva do habitamos; y de las ardientes lágrimas con que hacíamos crecer el impetuoso y turbio río que sus temerosos campos va regando. Y pues para que quedéis con las vidas, no tenéis otro reme-

---

en *Homenaje a Julio Caro Baroja,* Madrid, 1978, págs. 471-509). Así en la Sala de los Reyes de la Alhambra hay representado un caballero matando a un salvaje en combate durante una misión de rescate a una doncella, pudiendo simbolizar el «rescate de la dama de los peligros del mundo» (J. M. Azcárate, «El tema iconográfico del salvaje», en *Archivo Español de Arte,* XXXI [1948], pág. 84); mientras en la *Cárcel de Amor* de Diego de San Pedro representa al *Deseo* que le sale al paso al protagonista. El salvaje era ya personaje que le llegó a Montemayor en la doble vertiente de la significación caballeresca y la sentimental.

[31] La apariencia de los salvajes era tópico más o menos estereotipado. Ya Montemayor se refiere a ella como *catadura* que Covarrubias define diciendo: «Se toma siempre en mala parte y dezimos tener uno mala catadura conviene a saber rostro fiero.» Su principal característica es estar «cubiertos de pelo de la cabeza a los pies», lo cual les vincula al pecado, ya que los paganos e incluso los demonios eran representados como peludos (J. D. Willians, «The savage in sixteenth century spanish prose fiction», en *Kentucky Foreign Language Quarterly,* 3 [1956]). Vestimenta y rostro son, pues, manifestaciones de su significado primigenio, bestial y vicioso (Cfr. A. Egido, «El vestido de salvaje en los autos sacramentales de Calderón», en *Serta Philologica F. Lázaro Carreter,* Madrid, 1983, pág. 173; y B. M. Damiani, *Music and Visual Arts...,* ed. cit., págs. 50-52, que proporciona ejemplos iconográficos de salvajes).

dio sino dalle a nuestro mal, no deis lugar a que nuestras crueles manos tomen venganza de la que de nuestros afligidos corazones habéis tomado»[32].

Las ninfas con el súbito sobresalto, quedaron tan fuera de sí que no supieron responder a las soberbias palabras que oían, sino con lágrimas. Mas la hermosa Dórida, que más en sí estaba que las otras, respondió:

«Nunca yo pensé[33] que el amor pudiera traer a tal extremo a un amante que viniese a las manos con la persona amada. Costumbre es de cobardes tomar armas contra las mujeres, y en un campo donde no hay quien por nosotras pueda responder, si no es nuestra razón. Mas de una cosa, ¡oh crueles!, podéis estar seguros, y es que vuestras amenazas no nos harán[34] perder un punto de lo que a nuestra honestidad debemos; y que más fácilmente os dejaremos la vida en las manos que la honra.»

«Dórida —dijo uno dellos— a quien de maltratarnos ha tenido tan poca razón, no es menester escuchalle alguna.»

Y sacando el cordel al arco que al cuello traía, le tomó sus hermosas manos, y muy descomedidamente se las ató;

---

[32] El episodio de los salvajes violentando a las ninfas es uno de los más famosos de *La Diana*, y ha sido interpretado desde múltiples perspectivas. J. D. Williams ha señalado que apenas hay una diferencia de grado entre el sirviente «peloso molto e rusticissimo uomo, Ursacchio» que aparece en *L'Arcadia*, con lo que sería personaje propio del mundo pastoril, y la escena estaría perfectamente integrada en él (art. cit., pág. 44); mientras que para C. B. Johnson son los salvajes los que introducen el primer elemento real que aleja la narración de la égloga («Montemayor's *Diana*: a novel pastoral», en *BHS*, XLVIII [1971], pág. 25), en la misma lectura de W. Wardropper, para quien los salvajes no sólo violentan la belleza sino también el estado pastoril idílico (art. cit., pág. 141). Puede también ser interpretado desde la ideología neoplatónica: no sólo hay un juego estético para contraponer Belleza/Fealdad, sino que entendiendo *La Diana* como «una presentación de casos de amor regidos por los principios neoplatónicos» el presentarnos «uno anormal, uno que queda al margen del código aceptado y el desenlace ejemplar (...), los salvajes al buscar satisfacción de su apetito bestial, recurren a la fuerza y quebrantan así la armonía universal (...), su muerte se puede considerar como un holocausto a la casuística neoplatónica» (J. B. Avalle-Arce, *op. cit.*, págs. 88-89).

[33] *Penso* en la edición de Venecia, 1574.

[34] *Harian* en la edición de Venecia, 1574.

y lo mismo hicieron sus compañeros a Cinthia y a Polydora. Los dos pastores y la pastora Selvagia, que atónitos estaban de lo que los salvajes hacían, viendo la crueldad con que a las hermosas ninfas trataban, y no pudiendo sufrillo, determinaron de morir o defendellas. Y sacando todos tres sus hondas, proveídos sus zurrones de piedras, salieron al verde prado, y comienzan a tirar a los salvajes con tanta maña y esfuerzo, como si en ello les fuera la vida. Y pensando ocupar a los salvajes de manera que en cuanto ellos se defendían, las ninfas se pusiesen en salvo, les daban la mayor priesa que podían; mas los salvajes, recelosos de lo que los pastores imaginaban, quedando el uno en guarda de las prisioneras, los dos procuraban herirlos, ganando tierra. Pero las piedras eran tantas y tan espesas que se lo defendían; de manera que en cuanto las piedras les duraron los salvajes lo pasaban mal, pero como después los pastores se ocuparon en bajarse por ellas, los salvajes se les allegaban con sus pesados alfanjes en las manos, tanto que ya ellos estaban sin esperanza de remedio[35].

Mas no tardó mucho que de entre la espesura del bosque, junto a la fuente donde cantaban, salió una pastora de tan grande hermosura y disposición[36] que los que la vieron quedaron admirados. Su arco tenía colgado del brazo izquierdo, y una aljaba de saetas al hombro, en las manos un bastón de silvestre encina, en el cabo del cual había una muy larga punta de acero[37]. Pues como así viese las tres

---

[35] En cuanto episodio novelesco éste de los salvajes tiene clara vinculación con los que aparecen en las novelas de caballerías. El desarrollo narrativo tanto en la descripción estática (armas, actitudes...), como en la acción, es similar a cualquier batalla entre gigantes o monstruos y caballeros. (Cfr. P. Ilie, «Grotesque Elements in the Pastoral Novel», en *HWLF*, Madrid, 1971, pág. 325). S. P. Cravens considera ciertos pasajes del *Florisel de Niquea* de Feliciano de Silva como antecedente de éste de *La Diana* (*op. cit.*, págs. 65 y 88). E. Moreno Báez indica también relación con los salvajes que aparecen en *Menina e moça* de B. Ribeiro (ed. cit., pág. XLII). En cambio A. Prieto señala un posible origen pastoril, remitiendo al encuentro de las ninfas con los sátiros en la *Prosa Tercera* de *L'Arcadia* (*Morfología de la novela,* ed. cit., pág. 346).

[36] *Desposición* en la edición de Venecia, 1574.

[37] Felismena, que por lo que se desprende después en el texto viene *disfrazada* de pastora, pues es dama, lleva sobre su disfraz las armas que la identifi-

ninfas, y la contienda entre los dos salvajes y los pastores, que ya no esperaban sino la muerte, poniendo con gran presteza una aguda saeta en su arco, con tan grandísima fuerza y destreza la despidió que al uno de los salvajes se la dejó escondida en el duro pecho; de manera que la de amor quel corazón le traspasaba perdió su fuerza y el salvaje la vida, a vueltas della. Y no fue perezosa en poner otra saeta en su arco, ni menos diestra en tiralla, pues fue de manera que acabó con ella las pasiones enamoradas del segundo salvaje, como las del primero había acabado. Y queriendo tirar al tercero que en guarda de las tres ninfas estaba no pudo tan presto hacello que él no se viniese a juntar con ella, queriéndole herir con su pesado alfange[38]. La hermosa pastora alzó el bastón y, como el golpe descargase sobre las barras del fino acero que tenía, el alfange fue hecho dos pedazos, y la hermosa pastora le dio tan gran golpe con su bastón por encima de la cabeza que le hizo arrodillar, y apuntándole con la acerada punta a los ojos, con tan gran fuerza le apretó que por medio de los sesos se lo pasó a la otra parte, y el feroz salvaje, dando un espantable grito, cayó muerto en el suelo[39].

Las ninfas, viéndose libres de tan gran fuerza, y los pastores y pastoras de la muerte, de la cual muy cerca estaban, y viendo cómo por el gran esfuerzo de aquella pastora, así unos como otros habían escapado, no podían juzgarla por cosa humana. A esta hora, llegándose la gran pastora a ellas[40], las comenzó a desatar las manos diciéndoles:

---

can con la diosa Diana: arco, flechas y aljaba. Esta es atributo de Diana cazadora, y en la novela tan sólo llevan aljaba Felismena, la ninfa Polydora, la propia diosa Diana y Cupido. (Cfr. M. Debax, *op. cit.,* págs. 32-33).

[38] Señala M. Debax que esta arma que se atribuye a los salvajes es propia de los turcos, lo que contribuye a dar a aquéllos un carácter misterioso, insólito y perturbador *(op. cit.,* pág. 30).

[39] El tema de la muerte en la Arcadia tiene representación gráfica, según B. M. Damiani, en el cuadro Giovanni Francesco Guercino, *Et in Arcadia ego,* pintado en Roma entre 1621 y 1623. Y una representación pictórica relacionable con el episodio de los salvajes sería la de Alberto Durero, datada en 1503, en la cual aparece un salvaje abrazando a una mujer, con un símbolo de la muerte del hombre en la calavera *(Music and visual arts...,* ed. cit., pág. 54).

[40] Resulta curiosa esta denominación de pastora referida a Felismena

«No merecían menos pena que la que tienen, oh hermosas ninfas, quien tan lindas manos osaba atar; que más son ellas para atar corazones que para ser atadas. ¡Mal hayan hombres tan soberbios y de tan mal conocimiento!, mas ellos, señoras, tienen su pago, y yo también le tengo en haberos hecho este pequeño servicio, y en haber llegado a tiempo que a tan gran sinrazón pudiese dar remedio, aunque a estos animosos pastores y hermosa pastora, no en menos se debe tener lo que han hecho, pero ellos y yo estamos muy bien pagados, aunque en ello perdiéramos la vida, pues por tal causa se aventuraba»[41].

Las ninfas quedaron tan admiradas de su hermosura y discreción, como del esfuerzo que en su defensa había mostrado, y Dórida con un gracioso semblante le respondió:

«Por cierto, hermosa pastora, si vos, según el ánimo y valentía que hoy mostrastes, no sois hija del fiero Marte, según la hermosura lo debéis ser de la deesa Venus y del hermoso Adonis, y si de ninguno destos, no podéis dejallo de ser de la discreta Minerva, que tan gran discreción no puede proceder de otra parte; aunque lo más cierto debe ser haberos dado naturaleza lo principal de todos ellos. Y para tan nueva y tan grande merced, como es la que habemos recebido, nuevos y grandes habían de ser los servicios

---

cuando ha hecho su entrada en escena como auténtica heroína caballeresca, cercana a las del *Orlando Furioso* de Ariosto. Por debajo Felismena viste disfraz de pastora, siendo dama de corte. Este juego de apariencias por el vestido, esta posibilidad de trasponer diferentes ámbitos con el simple cambio de atributos, parece derivado de la novela caballeresca, aparte de su origen remoto en la griega. Así, en el *Florisel de Niquea* de Feliciano de Silva, Florisel, por el amor a Silvia, se disfraza de pastor, y se integra en este ámbito estableciendo competencia con el pastor Darinel. S. P. Cravens considera antecedente de este episodio la *Égloga en recuesta de unos amores* de Juan del Encina, en la que «un escudero se enamora de la pastora Pascuala y para poder casarse con ella, se transforma en pastor» (*op. cit.*, págs. 57-58).

[41] Este comentario de Felismena lo interpreta F. Vigier como certificación de que lo que realmente se dirime en este episodio es la necesaria muerte de los salvajes, a causa de haber roto el vínculo entre el *amor* y la *razón*; y concluye «ainsi même l'amour / raison est vu comme une passion effrénée qui porte en soi la déraison et la folie» (en *loc. cit.*, págs. 119-20).

con que debía ser satisfecha. Mas podría ser que algún tiempo se ofreciese ocasión en que se conociese la voluntad que de servir tan señalada merced tenemos. Y porque parece que estáis cansada, vamos a la fuente de los alisos que está junto al bosque, y allí descansaréis.»

«Vamos, señora —dijo la pastora— que no tanto por descansar del trabajo del cuerpo lo deseo, cuanto por hablar en otro, en que consiste el descanso de mi ánima y todo mi contentamiento.» «Ése se os procura aquí con toda la diligencia posible —dijo Polydora— porque no hay a quien con más razón procurar se daba»[42].

Pues la hermosa Cinthia se volvió a los pastores diciendo: «Hermosa pastora y animosos pastores, la deuda y obligación en que nos habéis puesto, ya la veis, ¡plega a Dios que algún tiempo la podamos satisfacer, según que es nuestro deseo!»

Selvagia respondió: «A estos dos pastores se deben, hermosas ninfas, esas ofertas, que yo no hice más que desear la libertad que tanta razón era que todo el mundo desease.» «Entonces —dijo Polydora— ¿es éste el pastor Sireno tan querido algún tiempo como ahora olvidado de la hermosa Diana, y esotro, su competidor Sylvano?» «Sí» —dijo Selvagia.

«Mucho me huelgo —dijo Polydora— que seáis personas a quien podamos en algo satisfacer lo que por nosotras habéis hecho.» Dórida, muy espantada, dijo: «¿Qué cierto es éste Sireno? Muy contenta estoy en hallarte, y en haberme tú dado ocasión a que yo busque a tu mal algún remedio, que no será poco.» «Ni aun para tanto mal bastaría, siendo poco» dijo Sireno. «Ahora, vamos a la fuente —dijo Polydora— que allá hablaremos más largo.»

Llegados que fueron a la fuente, llevando las ninfas en medio a la pastora, se asentaron en torno della, y los pastores, a petición de las ninfas, se fueron a la aldea a buscar de comer, porque ya era tarde y todos lo habían menester. Pues quedando las tres ninfas solas con la pastora, la hermosa Dórida comenzó a hablar desta manera:

---

[42] *Deba* en la edición de Venecia, 1574.

«Esforzada y hermosa pastora, es cosa para nosotras tan extraña ver una persona de tanto valor y suerte en estos valles y bosques apartados del concurso de las gentes, como para ti será ver tres ninfas solas y sin compañía que defendellas pueda de semejantes fuerzas. Pues para que podamos saber de ti lo que tanto deseamos, forzado será merecello primero con decirte quién somos; y para esto sabrás, esforzada pastora, que esta ninfa se llama Polydora, y aquella Cinthia, y yo, Dórida[43]; vivimos en la selva de Diana, a donde habita la sabia Felicia, cuyo oficio es dar remedio a pasiones enamoradas; y viniendo nosotras de visitar a una ninfa su parienta, que vive desta otra parte de los puertos Galicianos, llegamos a este valle umbroso y ameno; y pareciéndonos el lugar conveniente para pasar la calorosa[44] siesta, a la sombra de estos alisos y verdes lauros[45], envidiosas de la armonía que este impetuoso arroyo por medio del verde prado lleva, tomando nuestros instrumentos quesimos imitalla, y nuestra ventura, o por mejor decir su desventura, quiso que estos salvajes, que según ellos decían muchos días ha que de nuestros amores estaban presos, vinieron acaso por aquí, y habiendo muchas veces sido importunadas por sus bestiales razones que nuestro amor les otorgásemos, y viendo ellos que por ninguna vía les dábamos esperanza de remedio, determinaron poner el negocio a las manos y, hallándonos aquí solas, hicieron lo que vistes, al tiempo que con vuestro socorro fuimos libres.»

La pastora, que oyó lo que la hermosa Polydora había

---

43 En la edición de Venecia, 1574 se invierten los nombres: «Se llama Dórida y aquella Cinthia y yo Polydora», lo que parece contradecir el inicio del párrafo («La hermosa Dórida comenzó a hablar...»), pero está en consonancia con el final: «La pastora que oyó lo que la hermosa Polydora había dicho.» En ambas ediciones hay confusión de ninfas.

44 *Calurosa* en la edición de Venecia, 1574. B. M. Damiani resalta la importancia de que todo el suceso de los salvajes haya transcurrido al mediodía. Resulta pertinente por la tradicional asociación entre las horas calurosas del día y las acciones ligadas al vicio y al pecado, como ocurre en la expulsión del Paraíso (Ps. 90: 3-6) (en «Journey to Felicia..., en *loc. cit.*, pág. 64).

45 *Laureles* en la edición de Venecia, 1574.

dicho, las lágrimas dieron testimonio de lo que su afligido corazón sentía, y volviéndose a las ninfas, les comenzó a hablar desta manera:

«No es el amor de manera, hermosas ninfas de la casta diosa, que pueda el que lo tiene tener respecto a la razón, ni la razón es parte para que un enamorado corazón deje el camino por do sus fieros destinos le guiaren. Y que esto sea verdad en la mano tenemos la experiencia, que puesto caso que fuésedes amadas destos salvajes fieros, y el derecho del buen amor no daba lugar a que fuésedes dellos ofendidas, por otra parte, vino aquella desorden con que sus varios efectos hace a dar tal industria que los mismos que os habían de servir, os ofendiesen. Y porque sepáis que no me muevo solamente por lo que en este valle os ha sucedido, os diré lo que no pensé decir sino a quien entregué mi libertad, si el tiempo o la fortuna dieren lugar a que mis ojos le vean, y entonces veréis cómo en la escuela de mis desventuras deprendí a hablar en los malos sucesos de amor, y en lo que este traidor hace en los tristes corazones que subjectos le están[46].

Sabréis pues, hermosas ninfas, que mi naturaleza es la gran Vandalia, provincia no muy remota de ésta adonde estamos, nacida en una ciudad llamada Soldina[47]; mi madre se llamó Delia, y mi padre Andronio, en linaje y bienes de fortuna los más principales de toda aquella provincia.

---

[46] El relato de Felismena, como viene señalándose desde que M. Menéndez Pelayo lo advirtiera, alabándole por encima de las otras historias de Selvagia y Belisa, procede de una *novella* de Bandello, la que hace el número 36 de la segunda parte, la historia de *Nicuola, innamorata di Lattanzio, va a servirlo vestita di paggio* (*op. cit.,* págs. 272-73). Montemayor sólo toma de ésta algunos elementos y recursos, que sin embargo utiliza de diferente modo, como el de que Felismena tenga un hermano gemelo que Montemayor desecha como elemento de la trama; en cambio intensifica el relato sentimental del proceso interior de Felismena, convirtiéndola en narradora protagonista, todo gira alrededor, y adquiere sentido, de su pasión amorosa. La aventura y la enmarcación apenas son los necesarios soportes para la manifestación de un caso ejemplar de fidelidad amorosa. Por ello mismo queda plenamente integrada en una novela pastoril; y con ello abre Montemayor las puertas a la construcción de un nuevo género.

[47] *Soldina* de *Vandalia* es probablemente *Sevilla* según sugiere N. Alonso Cortés (art. cit., pág. 197).

Acaeció, pues, que como mi madre, habiendo muchos años que era casada no tuviese hijos, y a causa desto viviese tan descontenta que no tuviese un día de descanso, con lágrimas y sospiros cada hora importunaba el cielo, y haciendo mil ofrendas y sacrificios, suplicaba a Dios le diese lo que tanto deseaba, el cual fue servido, vistos sus continuos ruegos y oraciones, que siendo ya pasada la mayor parte de su edad se hiciese preñada. El alegría que dello recibió júzguelo quien después de muy deseada una cosa la ventura se la pone en las manos. Y no menos participó mi padre Andronio deste contentamiento, porque lo tuvo tan grande, que sería imposible podello encarecer[48].

Era Delia, mi señora, aficionada a leer historias antiguas en tanto extremo, que si enfermedades o negocios de grande importancia no se lo estorbaban, jamás pasaba el tiempo en otra cosa. Y acaeció que estando, como digo, preñada, y hallándose una noche mal dispuesta, rogó a mi padre que le leyese alguna cosa para que ocupando en ella el pensamiento no sintiese el mal que la[49] fatigaba. Mi padre, que en otra cosa no entendía, sino en dalle todo el contentamiento posible, le comenzó a leer aquella historia de Paris, cuando las tres deesas[50] se pusieron a juicio delante dél sobre la manzana de la discordia. Pues como mi madre tuviese que Paris había dado aquella sentencia apasionadamente, y no como debía, dijo que sin duda él no había mirado bien la razón de la diosa de las batallas, porque procediendo[51] las armas a todas las otras cualidades, era

---

[48] La historia de Felismena nos remite de nuevo al citado Canto Décimo de *El Crótalon,* con el que guarda relación, por su común influencia italiana, no sólo por la confusión amorosa que conlleva la heroína disfrazada de varón, sino también por el principio del relato: «Sabréis, señores, que en este ducado de Bravante fue en un tiempo un bienaventurado señor, el cual tuvo una virtuosa y agraciada dueña por muger, los cuales siendo algún tiempo casados y conformes en amor y voluntad sin haber generación; y después en oraciones y ruegos que hizieron a Dios suçedió que vino la buena dueña a se empreñar y de un parto parió dos hijos, el uno varón y el otro hembra, los cuales ambos en hermosura no tenían en el mundo par» (ed. cit., pág. 248).

[49] *Le* en la edición de Venecia, 1574.

[50] *Deas* en la edición de Venecia, 1574.

[51] *Precediendo* en la edición de Venecia, 1574.

justa cosa que se le diese. Mi señor respondió que la manzana se había de dar a la más hermosa, y que Venus lo era más que otra ninguna, por lo cual Paris había sentenciado muy bien, si después no le sucediera mal. A esto respondió mi madre que puesto caso que en la manzana estuviese escrito "Dése a la más hermosa", que esta hermosura no se entendía corporal, sino del ánima[52], y que pues la fortaleza era una de las cosas que más hermosura le daban, y el ejercicio de las armas era un acto exterior desta virtud, que a la diosa de las batallas se debía dar la manzana si Paris juzgara como hombre prudente y desapasionado. Así que, hermosas ninfas, en esta porfía estuvieron gran rato de la noche cada uno alegando las razones más a su propósito que podía. Estando en esto vino el sueño a vencer a quien las razones de su marido no pudieron, de manera que estando muy metida en su disputa, se dejó dormir. Mi padre entonces se fue a su aposento, y a mi señora le pareció, estando durmiendo, que la Diosa Venus venía a ella con un rostro tan airado como hermoso, y le decía: "Delia, no sé quién te ha movido ser tan contraria de quien jamás lo ha sido tuya. Si memoria tuvieses del tiempo que del amor de Andronio tu marido fuiste presa, no me pagarías tan mal lo mucho que me debes; pero no quedarás sin galardón, que yo te hago saber que parirás un hijo y una hija, cuyo parto no te costará menos que la vida y a ellos costará el contentamiento lo que en mi daño has hablado, porque te certifico que serán los más desdichados en amores que hasta su tiempo se hayan visto." Y dicho esto, desapareció; y luego se le figuró a mi señora madre que venía a ella la diosa Palas, y con rostro muy alegre le decía: "Discreta y dichosa Delia, ¿con qué te podré pagar lo que en mi favor contra la opinión de tu marido esta noche has alegado, sino con hacerte saber que parirás un hijo y una hija los más venturosos en armas que hasta su tiempo haya habido?" Dicho

---

[52] B. M. Damiani comenta el evidente sentido moral de esta sentencia, considerando que esta interpretación del famoso juicio de Paris se encuentra en la misma línea que los emblemas y la lírica didáctica del Renacimiento (*Music and visual arts...*, ed. cit., págs. 63-64).

esto luego desapareció, despertando mi madre con el mayor sobresalto del mundo[53]. Y de ahí a un mes, poco más o menos, parió a mí y a otro hermano mío, y ella murió de parto, y mi padre, del grandísimo pesar que hubo, murió de ahí a pocos días. Y porque sepáis, hermosas ninfas, el extremo en que amor me ha puesto, sabed que siendo yo mujer de la cualidad que habéis oído, mi desventura me ha forzado que deje mi hábito natural, y mi libertad y el débito que a mi honra debo, por quien por ventura pensará que la pierde en ser de mí bien amado. Ved qué cosa tan excusada para una mujer ser dichosa en las armas, como si para ellas se hubiesen hecho; debía ser porque yo, hermosas ninfas, os pudiese hacer este pequeño servicio contra aquellos perversos, que no lo tengo en menos que si la fortuna me comenzase a satisfacer algún agravio de los muchos que me ha hecho.»

Tan espantadas quedaron las ninfas de lo que oían, que no le pudieron responder, ni repreguntar cosa de las que la pastora decía. Y prosiguiendo su historia les dijo:

«Pues como mi hermano y yo nos criásemos en un monesterio de monjas, donde una tía mea[54] era abadesa, hasta ser de edad de doce años, y habiéndolos cumplidos nos sacasen de allí, a él llevaron a la corte del magnánimo e invencible rey de los Lusitanos, cuya fama e increíbre[55] bondad tan esparcida está por el universo, a donde, siendo en edad de tomar armas, le sucedieron por ellas cosas tan aventajadas y de tan gran esfuerzo, como tristes y desventuradas por sus amores. Y con todo eso fue mi hermano tan amado de aquel invictísimo rey, que nunca jamás le consintió salir de su corte.

---

[53] R. G. Keightley señala la correspondencia de este sueño de repercusión para la niña nacida después con la experiencia prenatal con el personaje de Cariclea en la *Historia Etiópica* de Heliodoro, que nace blanca siendo hija de padres negros debido a la extraña experiencia de su madre en la contemplación de una diosa, lo cual desencadena una vida azarosa y aventurera. (Cfr. «Narrative perspectives in spanish pastoral fiction», en *Journal of the Australasian Universities Languages and literature Association,* XLIV [1975], pág. 219.)

[54] *Mía* en la edición de Venecia, 1574.

[55] *Increíble* en la edición de Venecia, 1574.

La desdichada de mí, que para mayores desventuras me guardaban mis hados, fui llevada en casa de una agüela mía, que no debiera, pues fue causa de vivir con tan gran tristeza, cual nunca mujer padeció. Y porque, hermosas ninfas, no hay cosa que no me sea forzado decírosla, así por la gran virtud de que vuestra extremada hermosura da testimonio, como porque el alma me da que habéis de ser gran parte de mi consuelo, sabed que como yo estuviese en casa de mi agüela y fuese ya de cuasi decisiete años, se enamoró de mí un caballero que no vivía tan lejos de nuestra posada que desde un terrado que en la suya había no se viese un jardín adonde yo pasaba las tardes del verano. Pues como de allí el desagradecido Felis viese a la desdichada Felismena, que éste es el nombre de la triste que sus desventuras os está contando, se enamoró de mí o se fingió enamorado. No sé cuál me crea, pero sé que quien menos en este estado creyere, más acertará.

Muchos días fueron los que Felis gastó en darme a entender su pena, y mucho más gasté yo en no[56] darme por hallada que él por mí la padeciese. Y no sé cómo el amor tardó tanto en hacerme fuerza que le quisiese[57], debió tardar para después venir con mayor ímpetu. Pues como yo por señales y por paseos, y por músicas y torneos que delante de mi puerta muchas veces se hacían, no mostrase entender que de mi amor estaba preso, aunque desde el primero[58] día lo entendí, determinó de escrebirme[59]. Y hablando con una criada mía, a quien muchas veces había hablado, y aun con muchas dádivas ganada la voluntad, le dio una carta para mí. Pues ver las salvas que Rosina, que así se llamaba, me hizo primero que me la diese, los juramentos que me juró, las cautelosas palabras que me dijo porque no me enojase, cierto fue cosa de espanto. Y con todo eso, se la volví arrojar a los ojos, diciendo: "Si no mi-

---

[56] En la edición de Venecia se prescinde del *No:* «Gaste yo en darme por hallada.»

[57] *Quesiese* en la edición de Venecia, 1574.

[58] *Primer* en la edición de Venecia, 1574.

[59] *Escribirme* en la edición de Venecia, 1574.

rase a quien soy y lo que se podría decir, ese rostro que tan poca vergüenza tiene, yo le haría señalar de manera que fuese entre todos conocido. Mas porque es la primera vez, baste lo hecho, y avisaros que os guardéis de la segunda." Paréceme que estoy ahora viendo —decía la hermosa Felismena— cómo aquella traidora de Rosina supo callar disimulando lo que de mi enojo sentía, porque la viérades, oh hermosas ninfas, fingir una risa tan disimulada diciendo: "¡Iesús!, señora, yo para que riésemos con ella la di a vuestra merced, que no para que se enojase desa manera; que plega a Dios si mi intención ha sido dalle enojo, que Dios me le dé el mayor que hija de madre haya tenido." Y a esto añadió otras muchas palabras como ella las sabía decir, para amansar el enojo que yo de las suyas había recebido; y tomando su carta, se me quitó de delante. Yo, después de pasado esto, comencé de imaginar en lo que allí podría venir, y tras esto parece que el amor me iba poniendo deseo de ver la carta, pero también la vergüenza me estorbaba a tornalla a pedir a mi criada, habiendo pasado con ella lo que os he contado. Y así pasé aquel día hasta la noche en muchas variedades de piensamientos[60]; y cuando Rosina entró a desnudarme, al tiempo que me quería acostar, Dios sabe si yo quisiera que me volviera a importunar sobre que recibiese la carta, mas nunca me quiso hablar, ni por pensamiento en ella. Yo, por ver si saliéndole al camino aprovecharía algo, le dije: "¿Así, Rosina, que el señor Felis, sin mirar más se atreve a escribirme?" Ella, muy secamente, me respondió: "Señora, son cosas que el amor trae consigo. Suplico a vuestra merced me perdone, que si yo pensara que en ello le enojaba, antes me sacara los ojos." Cuál yo entonces quedé Dios lo sabe, pero con todo eso disimulé, y me dejé quedar aquella noche con mi deseo y con la ocasión de no dormir. Y así fue que verdaderamente ella fue para mí la más trabajosa y larga que hasta entonces había pasado. Pues viniendo el día, y más tarde de lo que yo quisiera, la discreta Rosina entró a darme de vestir y se dejó adrede caer la carta en el suelo. Yo como la vi, le dije:

---

[60] *Pensamientos* en la edición de Venecia, 1574.

"Qué es eso que cayó ahí? Muéstrala[61] acá." "No es nada, señora", dijo ella. "Ora muéstralo acá —dije yo— no me enojes, o dime lo que es." "¡Iesús!, señora —dijo ella— ¿para qué lo quiere ver? la carta de ayer es." "No es por cierto —dije yo— muéstralo acá por ver si mientes." Aún yo no lo hube dicho, cuando ella me la puso en las manos diciendo: "Mal me haga Dios, si es otra cosa." Yo, aunque la conocí muy bien, dije: "En verdad que no es ésta, que yo la conozco, y de algún tu enamorado debe ser. Yo quiero leella por ver las nescedades que te escribe." Abriéndola vi que decía desta manera:

"Señora, siempre imaginé que vuestra discreción me quitara el miedo de escrebiros, entendiendo sin carta lo que os quiero; mas ella misma ha sabido tan bien disimular que allí estuvo el daño, donde pensé que el remedio estuviese. Si como quien sois, juzgáis mi atrevimiento, bien sé que no tengo una hora de vida, pero si lo tomáis según lo que amor suele hacer, no trocaré por ella mi esperanza. Suplícoos, señora, no os enoje mi carta ni me pongáis culpa por el escrebiros hasta que experimentéis si puedo dejar de hacello. Y que me tengáis en posesión de vuestro, pues todo lo que puede ser de mí está en vuestras manos, las cuales beso mil veces"[62].

Pues como yo viese la carta de don Felis, o porque la leí en tiempo que mostraba en ella quererme más que a sí, o porque de parte de esta ánima cansada había disposición para imprimirse en ella el amor de quien me escriba[63], yo comencé a querelle bien, y por mi mal yo lo comencé, pues había de ser causa de tanta desventura. Y luego pidiendo perdón a Rosina de lo que había pasado, como quien menester la había para lo de adelante, y encomen-

[61] *Muéstralo* en la edición de Venecia, 1574.
[62] Según H. Keniston el adjetivo posesivo se encuentra aquí usado en una expresión partitiva, por lo que debe ser considerado neutro en esta construcción» (*op. cit.*, pág. 255).
[63] *Escribía* en la edición de Venecia, 1574.

dándole el secreto de mis amores, volví otra vez a leer la carta, parando a cada palabra un poco, y bien poco debió ser pues tan presto me determiné, aunque no estaba en mi mano el no determinarme. Y tomando papel y tinta, le respondí desta manera:

"No tengas en tan poco, don Felis, mi honra que con palabras fingidas pienses perjudicalla. Bien sé quién eres y vales, y aún creo que desto te habrá nacido el atreverte y no de la fuerza que dices que el amor te ha hecho. Y si es así, como me afirma mi sospecha, tan en vano es tu traba-jo, como tu valor y suerte, si piensan[64] hacerme ir contra lo que a la mía debo. Suplícote que mires cuán pocas veces suceden bien las cosas que debajo de cautela se comienzan, y que no es de caballero entendellas de una manera y deci-llas de otra. Dícesme que te tenga en posesión de cosa mía; soy tan mal acondicionada que aun de la experiencia de las cosas no me fío, cuanto más de tus palabras. Mas con todo eso tengo en mucho lo que en la tuya me dices, que bien me basta ser desconfiada, sin ser también desagradecida.»

Esta carta lenvié, que no debiera, pues fue ocasión de todo mi mal, porque luego comenzó a cobrar osadía para me declarar más su pensamiento, y a tener ocasión para me pedir que le hablase. En fin, hermosas ninfas, que al-gunos días se gastaron en demandas[65] y en respuestas, en los cuales el falso amor hacía en mí su acostumbrado ofi-cio, pues cada hora tomaba más posesión desta desdicha-da. Los torneos se volvieron a renovar, las músicas de no-che jamás cesaban, las cartas, los motes nunca dejaban de ir de una parte a otra, y así pasó casi un año, al[66] cabo del cual, yo me vi tan presa de sus amores que no fui parte

---

[64] *Piensas* en la edición de Venecia, 1574.
[65] Tiene también el significado de *lucha interior:* «Se usa también para expli-car la batalla que alguna persona padece en su imaginación culpando y dis-culpando el caso que le ha sucedido, en el cual se culpa y disculpa a sí misma» (*Dicc. Autoridades*). (Cfr. M. Debax, *óp. cit.*, pág. 255.)
[66] *En* en la edición de Venecia, 1574.

para dejar de manifestalle mi pensamiento, cosa que él deseaba más que su propria vida.

Quiso, pues, mi desventura que al tiempo en que nuestros amores más encendidos andaban, su padre lo supiese, y quien se lo dijo se lo supo encarecer de manera que, temiendo no se casase conmigo, lo envió a la corte de la gran princesa Augusta Cesarina[67], diciendo que no era justo que un caballero mozo y de linaje tan principal, gastase la mocedad en casa de su padre, donde no se podían aprender sino los vicios de que la ociosidad es maestra. Él se partió tan triste que su mucha tristeza le estorbó avisarme de su partida; yo quedé tal, cuando lo supe, cual puede imaginar quien algún tiempo se vio tan presa de amor como yo por mi desdicha lo estoy. Decir yo agora la vida que pasaba en su ausencia, la tristeza, los sospiros, las lágrimas que por estos cansados ojos cada día derramaba, no sé si podré; qué pena es la mía que aun decir no se puede, ved cómo podrá sufrirse.

Pues estando yo en medio de mi desventura, y de las ansias que la ausencia de don Felis me hacía sentir, pareciéndome que mi mal era sin remedio, y que después que en la corte se viese, a causa de otras damas de más hermosura y cualidad, también de la ausencia que es capital enemiga del amor, yo había de ser olvidada, yo determiné aventurarme a hacer lo que nunca mujer pensó. Y fue vestirme en hábito de hombre, e irme a la corte por ver aquel en cuya vista estaba toda mi esperanza; y como lo pensé, así lo puse por obra, no dándome el amor lugar a que mirase lo que a mí propria debía[68]. Para lo cual no me faltó indus-

---

[67] J. Subirats sugiere que «la corte de la gran princesa Augusta Cesarina», que para M. Menéndez Pelayo era identificable con la de doña Juana, y para F. López Estrada con la de España, podría ser la flamenca de María de Hungría (art. cit., pág. 113).

[68] La mujer disfrazada de varón es personaje característico de la novela del siglo de oro. Procedente de la novela griega, donde es elemento funcional para crear el suspense de la trama, y no ajena tampoco a la de caballerías, se convierte en uno de los recursos de la *novella,* que más eco tuvieron en España. Felismena (junto con la Julieta del Canto Décimo de *El Crótalon*) es uno de los primeros ejemplos, luego seguido por las heroínas de la novela cortesa-

tria, porque con ayuda de una grandísima amiga mía y tesorera de mis secretos, que me compró los vestidos que yo le mandé y un caballo en que me fuese, me partí de mi tierra y aun de mi reputación, pues no puedo creer que jamás pueda cobralla, y así me fui derecha a la corte, pasando por el camino cosas que si el tiempo me diera lugar para contallas, no fueran poco gustosas de oír. Veinte días tardé en llegar, en cabo de los cuales llegando donde deseaba, me fui a posar a una casa, la más apartada de conversación que yo pude. Y el grande deseo que llevaba de ver aquel destruidor de mi alegría, no me dejaba imaginar en otra cosa, sino en cómo, o de dónde podía velle. Preguntar por él a mi huésped no osaba, porque quizá no se descubriese mi venida. Ni tampoco me parecía bien ir yo a buscalle, porque no me sucediese alguna desdicha a causa de ser conocida.

En esta confusión pasé todo aquel día hasta la noche, la cual cada hora se me hacía un año; y siendo poco más de media noche, el huésped llamó a la puerta de mi aposento, y me dijo que si quería gozar de una música que en la calle se daba, que me levantase de presto y abriese una ventana. Lo que yo hice luego, y parándome en ella, oí en la calle un paje de don Felis, que se llamaba Fabio, el cual luego en la habla conocí cómo decía a otros que con él iban: "Ahora, señores, es tiempo, que la dama está en el corredor sobre la huerta, tomando el frescor de la noche." Y no lo hubo dicho, cuando comenzaron a tocar tres cornetas y un sacabuche[69], con tan gran concierto que parecía una músi-

_____

na especialmente, de María de Zayas, de Lope de Vega... Asimismo se hizo característico de las comedias; en este género teatral ha sido estudiado por C. Bravo Villasante, _La mujer vestida de hombre en el teatro español (siglos XVI y XVII)_, Madrid, 1976.

[69] B. M. Damiani señala la importancia de estos instrumentos como característicos del Renacimiento e indispensables entonces en cualquier ceremonia cortesana: torneos, coronaciones, matrimonios, bautismos, etc. Los mencionados en _La Diana_ son parecidos a la «trompeta bastarda» o «trompeta española», con uso artístico en contraste con la trompeta italiana de uso militar. Los instrumentos corresponden al diseño del personaje de don Félix, en consonancia con su lujosa y cortesana vestimenta. (_Music and visual arts..._, ed. cit., pág. 15.)

ca celestial. Y luego comenzó una voz que cantaba a mi parecer lo mejor que nadie podría pensar. Y aunque estuve suspensa en oír a Fabio, y aquel tiempo ocurrieron muchas imaginaciones y todas contrarias a mi descanso, no dejé de advertir a lo que se cantaba, porque no lo hacían de manera que cosa alguna impidiera el gusto que de oíllo se recebía. Y lo que se cantó primero fue este romance[70]:

Oídme, señora mía,
   si acaso's duele mi mal,
   y aunque nos duel'el oílle
   no me dejéis descuchar;
   dadm'este breve descanso   5
   porque me fuerc'a penar.
   ¿No's doléis de mis sospiros
   ni os enternec'el llorar,
   ni cosa mí'os da pena
   ni la pensáis remediar?;   10
   ¿hasta cuándo, mi señora,
   tanto mal ha de durar?
   No'st'el remedio'n la muerte,
   si no'n vuestra voluntad,
   que los males qu'ella cura   15
   ligeros son de pasar.
   No's fatigan mis fatigas
   ni os esperan fatigar;
   de voluntad tan exenta
   ¿qué medio s'ha d'esperar?,   20
   ¿y ese corazón de piedra
   cómo lo podr'ablandar?
   Volved, señora, esos ojos[71]

---

[70] «Fue glosado por Gregorio Silvestre» (A. Blecua, art. cit., pág. 121).

[71] B. Gracián en su *Agudeza y arte de ingenio* incluye estos versos como ejemplo de «las suspensiones, dubitaciones y reflexiones conceptuosas» (Discurso XLIV) comentando: «otra manera de dubitaciones hay que se dan más de parte del objeto y se ponderan más en él que en el concepto (...) Por encarecimiento usa muchas veces destas ponderadas dudas don Luis de Góngora, con mucha arte (...). Éstas se ponderan en el objeto, pero aquéllas consisten en el mismo discurrir que arguye mayor sutileza. Desta suerte Jorge de Montema-

que en el mundo no hay su par,
mas no los volváis airados   25
si no me queréis matar,
aunque d'una y d'otra suerte
matáis con sólo'l mirar.

Después que con el primero concierto de música hubieron cantado este romance, oí tañer una dulzaina y una
arpa, y la voz del mi don Felis. El contento que me dio el
oílle no hay quien lo pueda imaginar, porque se me figuró
que lo estaba oyendo en aquel dichoso tiempo de nuestros
amores. Pero después que se desengañó la imaginación,
viendo que la música se la daba a otra, y no a mí, sabe Dios
si quisiera más pasar por la muerte. Y con un ansia que lá-
nima[72] me arrancaba, pregunté al huésped si sabía a quién
aquella música se daba. Él me respondió que no podía
pensar a quién se diese, aunque en aquel barrio vivían muchas damas y muy principales. Y cuando vi que no me
daba razón de lo que le preguntaba, volví a oír al mi don
Felis, el cual entonce comenzaba al son de una arpa[73] que
muy dulcemente tañía, a cantar este soneto:

SONETO

Gastando fu'el amor mis tristes años,
en vanas esperanzas y excusadas;
fortuna, de mis lágrimas cansadas,
ejemplos puso'l mundo muy extraños.

_____

yor introduce uno que no acierta a determinarse: "Volved, señora, los ojos /
Que en el mundo no hay su par, / Mas no los volváis airados, / Si no me
queréis matar, / Aunque de una y otra suerte / Matáis con sólo mirar"» (ed.
cit., pág. 130).

[72] *La anima* en la edición de Venecia, 1574.

[73] Cree B. M. Damiani que este arpa es un modelo ligero de clavicordio,
tipo creado por Domenico da Pesaro (Venecia, 1543), mientras que Orfeo
(en el libro cuarto) toca otro modelo, que se usaba desde la segunda mitad del
siglo XIII. (*Music and visual arts...*, ed. cit., págs. 46-47.)

El tiempo, como autor de desengaños,   5
   tal rastro dej'en él de mis pisadas
   que no habrá confianzas engañadas[74],
   ni quien de hoy más se queje de sus daños.
Aquell'a quien amé cuanto debía,
   enseñ'a conocer en sus amores   10
   lo qu'entender no pude hast'ahora.
E yo digo gritando noch'y día:
   ¿no veis qu'os desengañ', ¡oh amadores!,
   amor, fortun', el tiempo y mi señora?

Acabado de cantar este soneto, pararon un poco tañendo cuatro vihuelas de arco, y un clavicordio[75] tan concertadamente que no sé si en el mundo pudiera haber cosa más para oír, ni qué mayor contento diera a quien la tristeza no tuviera tan sojuzgada como a mí; y luego comenzaron cuatro voces muy acordadas a cantar esta canción:

CANCIÓN

No me quejo yo del daño
   que tu vista me causó,
   quéjome porque llegó
   a mal tiempo el desengaño.

---

[74] *Engañosas* en la edición de Venecia, 1574. Rompe la rima.

[75] La importancia de la vihuela en la época de Montemayor se debe a Luis de Narváez, autor de *Los seys libros del Delphin de musica, de cifras para tañer vihuela* (Valladolid, 1538) y compañero suyo en la corte. Existían en el siglo XVI tres tipos de vihuelas, la de mano, la de arco y la de plectrum. La más común era la primera, tocada con los dedos y puesta de moda a principios de siglo, mientras que la de arco era más antigua. El clavicordio era también un instrumento de la época, ya que el primero que conocemos data de 1537, siendo la *Diana* de Montemayor uno de los primeros textos donde se menciona; se le consideraba instrumento «dulce y de voz tranquila» y Ángelo Gardaro, en 1549, se refiere a él como «istromento perfetto» (B. M. Damiani, *Music and visual arts...*, págs. 12-14). Ambos son instrumentos de cuerdas, el clavicordio las tiene de alambre, que Montemayor hace sonar sin ser tocadas por la mano: la vihuela con un arco, el clavicordio con clavetes o plumillas (según define Covarrubias).

Jamás vi peor estado   5
    qu'es el no atrever y osar,
    y entr'el callar y hablar,
    vers'un hombre sepultado.

Y así no quejo del daño
    por ser tú quien lo causó,   10
    sino por ver que llegó
    a mal tiempo el desengaño.

Siempre me temo saber
    cualquiera cosa encubierta,
    porque sé que la más cierta   15
    más mi contrari'ha de ser.

Y en sabella no'st'el daño,
    pero sesa[76] tiempos yo
    que nunca jamás sirvió
    de remedio', l desengaño.   20

Acabada esta canción, comenzaron a sonar muchas diversidades de instrumentos, y voces muy excelentes concertadas con ellos, con tanta suavidad que no dejaran de dar grandísimo contentamiento a quien no estuviera tan fuera dél como yo. La música se acabó muy cerca del alba, trabajé de ver a mi don Felis, mas la escuridad de la noche me lo estorbó. Y viendo cómo eran idos, me volví acostar llorando mi desventura, que no era poco de llorar viendo que aquel[77] que yo más quería, me tenía tan olvidada como sus músicas daban testimonio. Y siendo ya hora de levantarme, sin otra consideración me salí de casa, y me fui derecha al gran palacio de la princesa, adonde me pareció que podría ver lo que tanto deseaba, determinando de llamarme Valerio si mi nombre me preguntasen[78].

[76] *Sela* en la edición de Venecia, 1574.
[77] *Aquello* en la edición de Venecia, 1574.
[78] Comenta A. Egido en cuanto a la función de Felismena como narradora: «La ambigüedad (provocada por el disfraz de la protagonista en las esce-

Pues llegando yo a una plaza que delante del palacio había, comencé a mirar las ventanas y corredores, donde vi muchas damas tan hermosas que ni yo sabría ahora encarecello, ni entonces supe más que espantarme de su gran hermosura, y de los atavíos de joyas e invenciones de vestidos y tocados que traían. Por la plaza se paseaban muchos caballeros muy ricamente vestidos, y en muy hermosos caballos, mirando cada uno a aquella parte donde tenía el pensamiento. Dios sabe si quisiera yo ver por allí a mi don Felis y que sus amores fueran en aquel celebrado palacio, porque a lo menos estuviera yo segura de que él jamás alcanzara otro galardón de sus servicios sino mirar y ser mirado, y algunas veces hablar a la dama a quien sirviese, delante de cien mil ojos que no dan lugar a más que esto. Mas quiso mi ventura que sus amores fuesen en parte donde no se pudiese tener esta seguridad. Pues estando yo junto a la puerta del gran palacio, vi un paje de don Felis, llamado Fabio, que yo muy bien conocía, el cual entró muy de priesa en el gran palacio, y hablando con el portero que a la segunda puerta estaba, se volvió por el mismo camino. Yo sospeché que había venido a saber si era hora que don Felis viniese a algún negocio de los que de su padre en la corte tenía, y que no podría dejar de venir presto por allí.

Y estando yo imaginando la gran alegría que con su vista se me aparejaba, le vi venir muy acompañado de criados, todos muy ricamente vestidos con una librea de un paño de color de cielo, y fajas de terciopelo amarillo, bordadas por encima de cordoncillo de plata, las plumas azules, y blancas y amarillas. El mi don Felis traía calzas de terciopelo blanco, recamadas, aforradas en tela de oro azul; el jubón era de raso blanco recamado de oro de cañutillo y una cuera de terciopelo de las mismas colores y recamo, una ropilla suelta de terciopelo negro, bordada de oro y aforrada en raso azul raspado, espada, daga y talabar-

---

nas con Celia) desdobla su voz en el masculino de "Valerio" y en el femenino que le es propio, suscitando alternancias de estilo directo e indirecto como en la historia de Selvagia» (en «Contar en *La Diana*», en *loc. cit.,* pág. 149).

te de oro, una gorra muy bien aderezada de unas estrellas de oro, y en medio de cada una engastado un grano de aljófar grueso; las plumas eran azules, amarillas y blancas; en todo el vestido traía sembrados muchos botones de perlas[79]. Venía en un hermoso caballo rucio rodado, con unas guarniciones azules, y de oro y mucho aljófar. Pues cuando yo así le vi, quedé tan suspensa en velle y tan fuera de mí con la súbita alegría, que no sé cómo lo sepa decir. Verdad es que no pude dejar de dar con las lágrimas de mis ojos alguna muestra de lo que su vista me hacía sentir, pero la vergüenza de los que allí estaban, me lo estorbó por entonces.

Pues como don Felis, llegando a palacio, se apease y subiese por una escalera por donde iban al aposiento[80] de la gran princesa, yo llegué a donde sus criados estaban, y viendo entre ellos a Fabio, que era el que de antes había visto, le aparté diciéndole: "Señor ¿quién es este caballero que aquí se apeó, porque me parece mucho a otro[81] que yo he visto bien lejos de aquí?" Fabio entonces me respondió: "¿Tan nuevo sois en la corte que no conocéis a don Felis? Pues no creo yo que hay caballero en ella tan conocido." "No dudo deso —le respondí—, mas yo diré cuán nuevo soy en la corte que ayer fue el primer día que en ella entré." "Luego no hay que culparos —dijo Fabio—. Sabed que este caballero se llama don Felis, natural de Vandalia,

---

[79] J. de Montemayor le concede un significativo valor a la vestimenta, en que se detiene de manera detallística y con posible lectura alegórica cuando se trata de D. Felis y, en el cuarto libro, de Felismena; A. Solé Leris comenta la importancia que Montemayor concede al vestuario, a pesar de la dificultad que ofrece el mundo pastoril para ello: Belisa, Felismena, Felis y las ninfas son objeto de minuciosa descripción evidenciando un gusto cortesano refinado y brillante en los personajes centrales (*op. cit.,* pág. 45). M. Menéndez Pelayo ya lo había señalado (*op. cit.,* págs. 267-69).
Cuera es «sayete corto de cuero» y *daga* es «arma corta y assí se puede traer secreta, por lo cual es vedada trayéndose sola», según explica Covarrubias.

[80] *Aposento* en la edición de Venecia, 1574. También el texto de la edición de E. Moreno Báez trae la doble posibilidad *aposento/aposiento,* demostrando una fluctuación sin regla.

[81] Según E. Moreno Báez esta construcción es un lusismo que parece significar «se parece mucho a mis ojos» (M. Debax, *op. cit.,* pág. 627).

y tiene su casa en la antigua Soldina; está en esta corte en negocios suyos y de su padre." Yo entonces le dije: "Suplícoos me digáis por qué causa trae la librea destas colores." "Si la causa no fuera tan pública yo lo callara —dijo Fabio— mas porque no hay persona que no lo sepa ni llegaréis a nadie que no os lo pueda decir, creo que no dejo de hacer lo que debo en decíroslo. Sabed que él sirve aquí a una dama que se llama Celia, y por eso trae librea de azul, que es color del cielo, y lo blanco y amarillo, que son colores de la misma dama." Cuando esto le oí, ya sabréis cuál quedaría, mas disimulando mi desventura le respondí: "Por cierto, esa dama le debe mucho, pues no se contenta con traer sus colores, mas aún su nombre proprio quiere traer por librea. ¡Hermosa debe de ser!" "Sí es por cierto —dijo Fabio— aunque harto más lo era otra a quien él en nuestra tierra servía, y aún era más favorecido de ella, que de ésta[82] lo es. Mas esta bellaca de ausencia deshace las cosas que hombre piensa que están más firmes."

Cuando yo esto le oí, fueme forzado tener cuenta con las lágrimas, que a no tenella, no pudiera Fabio dejar de sospechar alguna cosa que a mí no me estuviera bien. Y luego el paje me preguntó cúyo era, y mi nombre, y adónde era mi tierra. Al cual, yo respondí que mi tierra era Vandalia, mi nombre, Valerio, y que hasta entonces no vivía con nadie. "Pues desa manera —dijo él— todos somos de una tierra y aun podríamos ser de una casa si vos quisiésedes, porque don Felis, mi señor, me mandó que le buscase un paje. Por eso si vos queréis servirle, vedlo; que comer, y beber, y vestir y cuatro reales para jugar, no os faltarán, pues mozas como unas reinas haylas en nuestra calle, y vos, que sois gentil hombre, no habría[83] ninguna que no se pierda por vos. Y aunque sé yo una criada de un canónigo viejo harto bonita[84], que para que fuésemos los dos bien

---

[82] En la edición de Venecia, 1574 se mantienen las dos contracciones *della* y *desta* de esta frase.

[83] *Habra* en la edición de Venecia, 1574.

[84] Resalta M. Debax que este adjetivo *bonito-a* sólo aparece una vez en el texto y en boca de un criado para calificar a una criada (*op. cit.,* páginas 116-17).

proveídos de pañizuelos y torreznos y, vino de Sanct Martín, no habríades menester más que de servirla."

Cuando yo esto le oí, no pude dejar de reírme en ver cuán naturales palabras de paje eran las que me decía. Y porque me pareció que ninguna cosa me convenía más para mi descanso que lo que Fabio me aconsejaba, le respondí: "Yo a la verdad no tenía determinado de servir a nadie, mas ya que la fortuna me ha traído a tiempo que no puedo hacer otra cosa, paréceme que lo mejor sería vivir con vuestro señor, porque debe ser caballero más afable y amigo de sus criados que otros." "Mal lo sabéis —me respondió Fabio—. Yo os prometo, a fe de hijo dalgo, porque lo soy, que mi padre es de los Cachopines de Laredo[85], que tiene don Felis, mi señor, de las mejores condiciones que habéis visto en vuestra vida y que nos hace el mejor tratamiento que nadie hace a sus pajes, si no fuesen estos juegos, amores[86] que nos hacen pasear más de lo que querríamos y dormir menos de lo que hemos menester, no habría tal señor." Finalmente, hermosas ninfas, que Fabio habló a su señor don Felis en saliendo, y él mandó que aquella tarde me fuese a su posada. Yo me fui y él me recibió por su paje, haciéndome el mejor tratamiento del mundo y ansí estuve algunos días, viendo llevar y traer recados[87] de una parte a otra, cosa que era para mí sacarme el alma y perder cada hora la paciencia.

Pasado un mes vino don Felis a estar tan bien conmigo, que abiertamente me descubrió sus amores, y me dijo desdel principio dellos hasta el estado en que entonces estaban, encargándome el secreto de lo que en ellos pasaba, diciéndome cómo había sido bien tratado della al principio

---

[85] Expresa aquí el criado una presunción de poco fundamento, mostrando Montemayor una ironía similar a la de Cervantes: «Aunque el mío [linaje] es de los Cachopines de Laredo, respondió el caminante, no lo osaré yo poner con el del Toboso de la Mancha» (*Quijote*, I, cap. XIII).

[86] *Negros amores* en la edición de Venecia, 1574. M. Debax propone añadirle un *de* para que tenga sentido: «juegos de amores» (*Op. cit.*, pág. 590). Por respetar el texto añado simplemente una coma dando un sentido de aposición a la frase que empieza entonces con *amores*.

[87] *Recaudos* en la edición de Venecia, 1574.

y después se había cansado de favorecelle. Y la causa dello había sido que no sabía quién le había dicho de unos amores que él había tenido en su tierra, y que los amores que con ella tenía no era sino por entretenerse en cuanto los negocios que en la corte hacía no se acababan. "Y no hay duda —me decía el mismo don Felis— sino que yo los comencé como ella dice, mas ahora, Dios sabe si hay cosa en la vida a quien tanto quiera." Cuando yo esto le oí decir, ya sentiréis, hermosas ninfas, lo que podría sentir. Mas con toda la disimulación posible respondí: "Mejor fuera, señor, que la dama se quejara con causa y que eso fuera así, porque si esa otra a quien antes servíades, no os mereció que la olvidásedes, grandísimo agravio le hacéis." Don Felis me respondió: "No me da el amor que yo a mi Celia tengo lugar para entendello así, mas antes me parece que me le hice muy mayor en haber puesto el amor primero en otra parte que en ella." "Desos agravios —le respondí— yo bien sé quién se lleva lo peor." Y sacando el desleal caballero una carta del seno que a aquella hora había recebido de su señora, me la leyó, pensando que me hacía mucha fiesta, la cual decía desta manera:

Carta de Celia a don Felis

«Nunca cosa que yo sospechase de vuestros amores dio tan lejos de la verdad que me diese ocasión de no creer más veces a mi sospecha, que a vuestra disculpa[88], y si en esto os hago agravio, poneldo a cuenta de vuestro descuido, que bien pudiérades negar los amores pasados, y no dar ocasión a que vuestra confesión os condenase. Decís que fui causa que olvidásedes los amores primeros; consolaos con que no faltará otra que lo sea de los segundos. Y aseguraos, señor don Felis, porque os certifico que no hay cosa que peor esté a un caballero, que hallar en cualquier dama ocasión de perderse por ella. Y no diré más porque en males sin remedio, el no procurárselo es lo mejor.»

---

[88] *Desculpa* en la edición de Venecia, 1574.

Después que hubo acabado de leer la carta, me dijo: "¿Qué te parecen, Valerio, estas palabras?" "Paréceme —le respondí— que se muestran en ellas tus obras." "Acaba", dijo don Felis. "Señor —le respondí yo— parecerme han según ellas os parecieren, porque las palabras de los que quieren bien, nadie las sabe tan bien juzgar como ellos mismos. Mas lo que yo siento de la carta, es que esa dama quisiera ser la primera, a la cual no debe la fortuna tratalla de manera que nadie pueda haber envidia de su estado." "Pues ¿qué me aconsejarías?", dijo don Felis. "Si tu mal sufre consejo —le respondí yo— parecer me hía que el pensamiento no se dividiese en esta segunda pasión, pues a la primera se debe tanto." Don Felis me respondió sospirando y dándome una palmada en el hombro: "Oh Valerio, ¡qué discreto eres! ¡Cuán buen consejo me das, si yo pudiese tomalle! Entrémonos a comer, que, en acabando, quiero que lleves una carta mía a la señora Celia, y verás si merece que a trueque de pensar en ella, se olvide otro cualquier pensamiento." Palabras fueron éstas que a Felismena llegaron al alma, mas como tenía delante sus ojos aquel a quien más que a sí quería, solamente miralle era el remedio de la pena que cualquiera destas cosas me hacía sentir. Después que hubimos comido, don Felis me llamó y haciéndome grandísimo cargo de lo que debía por haberme dado parte de su mal, y haber puesto el remedio en mis manos, me rogó le llevase una carta que escrita le tenía, la cual él primero me leyó y decía desta manera:

Carta de don Felis para Celia

«Déjase tan bien entender el pensamiento que busca ocasiones para olvidar a quien desea, que sin trabajar mucho la imaginación se viene en conocimiento dello. No me tengas en tanto, señora, que busque remedio para desculparte de lo que conmigo piensas usar, pues nunca yo llegué a valer tanto contigo que en menores cosas quisiese hacello. Yo confesé[89] que había querido bien porque el

---

[89] *Confieso* en la edición de Venecia, 1574.

amor, cuando es verdadero, no sufre cosa encubierta y tú pones por ocasión de olvidarme de lo que había de ser de quererme. No me puedo dar a entender que te tienes en tan poco que creas de mí poderte olvidar por ninguna cosa que sea o haya sido; mas antes me escribes otra cosa de lo que de mi fe tienes experimentado. De todas las cosas que en perjuicio de lo que te quiero imaginas, me asegura mi pensamiento, el cual bastará ser mal galardonado sin ser también mal agradecido.»

Después que don Felis me leyó la carta que a su dama tenía escrita, me preguntó si la respuesta me parecía conforme a las palabras que la señora Celia le había dicho en la suya, y que si había algo en ella que emendar. A lo cual yo le respondí: "No creo, señor, que es menester hacer la emienda a esa carta, ni a la dama a quien se envía sino a la que con ella ofendes. Digo esto porque soy tan aficionado a los amores primeros que en esta vida he tenido, que no habría en ella cosa que me hiciese mudar el pensamiento." «La mayor razón tienes del mundo —dijo don Felis—. Si yo pudiese acabar conmigo otra cosa de lo que hago; mas, ¿qué quieres si la ausencia enfrió[90] ese amor y encendió estotro?" "Desa manera —respondí yo— con razón se puede llamar engañada aquella a quien primero quesiste, porque amor sobre que ausencia tiene poder, ni es amor ni nadie me podrá dar a entender que lo haya sido."

Esto decía yo con más disimulación de lo que podía porque sentía tanto verme olvidada de quien tanta razón tenía de quererme y yo tanto quería, que hacía más de lo que nadie piensa en no darme a entender. Y tomando la carta y informándome de lo que había de hacer, me fui en casa de la señora Celia, imaginando el estado triste a que mis amores me habían traído, pues yo misma me hacía la guerra, siéndome forzado ser intercesora de cosa tan contraria a mi contentamiento. Pues llegando en casa de Celia, y hallando un paje suyo a la puerta, le pregunté si podía hablar a su señora. Y el paje, informado de mí cúyo era, lo

[90] *Enfría* en la edición de Venecia, 1574.

dijo a Celia, alabándole[91] mucho mi hermosura y disposición, y diciéndole que nuevamente don Felis me había recebido. La señora Celia le dijo: "¿Pues a hombre recebido de nuevo descubre luego don Felis sus pensamientos? Alguna grande ocasión debe haber para ello. Dile que entre y sepamos lo que quiere."

Yo entré luego donde la enemiga de mi bien estaba, y con el acatamiento debido le besé las manos y le puse en ellas la carta de don Felis. La señora Celia la tomó y puso los ojos en mí, de manera que yo le sentí la alteración que mi vista le había causado, porque ella estuvo tan fuera de sí, que palabra no me dijo por entonces. Pero después volviendo un poco sobre sí, me dijo: "¿Qué ventura te ha traído a esta corte para que don Felis la tuviera tan buena como es tenerte por criado?" "Señora —le respondí yo— la ventura que a esta corte me ha traído no puede dejar de ser muy mejor de lo que nunca pensé, pues ha sido causa que yo viese tan gran perfición y hermosura como la que delante mis ojos tengo; y si antes me dolían las ansias, los sospiros y los continuos desasosiegos de don Felis, mi señor, agora que he visto la causa de su mal, se me ha convertido en envidia la mancilla que dél tenía. Mas si es verdad, hermosa señora, que mi venida te es agradable, suplícote por lo que debes al gran amor que él te tiene, que tu respuesta también lo sea." "No hay cosa —me respondió Celia— que yo deje de hacer por ti, aunque estaba determinada de no querer bien a quien ha dejado otra por mí, que grandísima discreción es saber la persona aprovecharse de casos ajenos para poderse valer en los suyos." Y entonces le respondí: "No creas, señora, que habría cosa en la vida por qué don Felis te olvidase. Y si ha olvidado a otra dama por causa tuya, no te espantes, que tu hermosura y discreción es tanta, y la de la otra dama, tan poca, que no hay para qué imaginar que por haberla olvidado a causa tuya, te olvidara a ti a causa de otra." "¡Y cómo! —dijo Celia— ¿conociste tú a Felismena, la dama a quien tu se-

[91] En la edición de Venecia, 1574 esta frase tiene dos variantes: *le* dije a Celia, hablandole mucho».

ñor en su tierra servía?" "Sí conocí —dije yo— aunque no
tan bien como fuera necesario para excusar tantas desventuras. Verdad es que era vecina de la casa de mi padre,
pero visto tu gran hermosura[92], acompañada de tanta gracia y discreción, no hay por qué culpar a don Felis de haber olvidado los primeros amores." A esto me respondió
Celia ledamente y riyendo[93]: "Presto has aprendido de tu
amo a saber lisonjear." "A saberte bien servir —le respondí— querría yo poder aprender, que adonde tanta causa
hay para lo que se dice, no puede caber lisonja." La señora
Celia tornó muy de veras a preguntarme le dijese qué cosa
era Felismena, a lo cual yo respondí: "Cuanto a su hermosura, algunos hay que la tienen por muy hermosa, mas a
mí jamás me lo pareció, porque la principal parte que para
serlo es menester muchos días ha que le falta." "¿Qué parte
es ésa?" preguntó Celia. "Es el contentamiento —dije
yo— porque nunca adonde él no está puede haber perfecta hermosura." "La mayor razón del mundo tienes —dijo
ella— mas yo he visto algunas damas que les está tan bien
el estar tristes, y a otras el estar enojadas, que es cosa extraña; y verdaderamente que el enojo y la tristeza las hace más
hermosas de lo que son." Y entonces le respondí: "Desdichada de hermosura que ha de tener por maestro el enojo o
la tristeza; a mí poco se me entienden estas cosas, pero la
dama que ha menester industrias, movimientos o pasiones
para parecer bien, ni la tengo por hermosa, ni hay para
qué contarla entre las que lo son." "Muy gran razón tienes
—dijo la señora Celia— y no habrá cosa en que no la tengas, según eres discreto." "Caro me cuesta —respondí
yo— tenelle en tantas cosas. Suplícote, señora, respondas
a la carta porque también la tenga don Felis, mi señor, de
recibir este contentamiento por mi mano." "Soy contenta
—me dijo Celia— mas primero me has de decir cómo está
Felismena en esto de la discreción, ¿es muy avisada?" Yo

---

[92] «Visto tu gran hermosura» es señalado como concordancia interesante
por H. Keniston (*op. cit.,* pág. 562), E. Moreno Báez (ed. cit., pág. 114) y
M. Debax (*op. cit.,* pág. 896).
[93] *Riendo* en la edición de Venecia, 1574.

entonces respondí: "Nunca mujer ha sido más avisada que ella porque ha muchos días que grandes desaventuras la avisan[94], mas nunca ella se avisa, que si así como ha sido avisada, ella se avisase, no habría venido a ser tan contraria a sí misma." "Hablas tan discretamente en todas las cosas —dijo Celia— que ninguna haría de mejor[95] gana que estarte oyendo siempre." "Mas antes —le respondí yo— no deben ser, señora, mis razones manjar para tan subtil[96] entendimiento como el tuyo, y esto sólo creo que es lo que no entiendo mal." "¡No habrá cosa —respondió Celia— que dejes de entender, mas porque no gastes tan mal el tiempo en alabarme como tu amo en servirme, quiero leer la carta y decirte lo que has de decir." Y descogiéndola, comenzó a leerla entre sí estando yo muy atenta en cuanto la leía a los movimientos que hacía con el rostro, que las más veces dan a entender lo que el corazón siente. Y habiéndola acabado de leer, me dijo: "Di a tu señor que quien tan bien sabe decir lo que siente, que no debe sentillo tan bien como lo dice." Y llegándose a mí me dijo, la voz algo más baja[97]: "Y esto por amor de ti, Valerio, que no porque yo lo deba a lo que quiero a don Felis, porque veas que eres tú el que le favoreces." "Y aun de ahí nacido[98] todo mi mal" dije yo entre mí.

Y besándole las manos por la merced que me hacía, me fui a don Felis con la respuesta, que no pequeña alegría recibió con ella, cosa que a mí era otra muerte y muchas veces decía yo entre mí, cuando acaso llevaba o traía algún recado: "¡Oh desdichada de ti, Felismena, que con tus proprias armas te vengas a sacar el alma!, ¡y que vengas a granjear favores para quien tan poco caso hizo de los tuyos!" Y

---

[94] Juego de palabras que H. Hatzfeld llama «amontonamientos forzados», y que Cervantes utiliza con valor chistoso. «Son en su diversidad y en su inagotabilidad también estos "calambours" un resultado del humor..., aunque para nosotros hoy día no revelan humor particular» (en El Quijote como obra de arte del lenguaje, Madrid, 1949, pág. 174).

[95] Mayor en la edición de Venecia, 1574.

[96] Sotil en la edición de Venecia, 1574.

[97] Bajo en la edición de Venecia, 1574.

[98] Nascio en la edición de Venecia, 1574.

así pasaba la vida con tan grave tormento que si con la vista del mi don Felis no se remediara, no pudiera dejar de perdella. Más de dos meses me encubrió Celia lo que me quería, aunque no de manera que yo no viniese[99] a entendello, de que no recibí poco alivio para el mal que tan importunamente me seguía, por parecerme que sería bastante causa para que don Felis no fuese querido y que podría ser le acaeciese como a muchos, que fuerza de disfavores los derriba de su pensamiento. Mas no le acaeció así a don Felis, porque cuanto más entendía que su dama le olvidaba, tanto mayores ansias le sacaban el alma. Y así vivía la más triste vida que nadie podría imaginar; de la cual no me llevaba yo la menor parte. Y para remedio desto, sacaba la triste de Felismena, a fuerza de brazos[100], los favores de la señora Celia, poniéndolos ella todas las veces que por mí se los enviaba a mi cuenta. Y si acaso por otro criado suyo le enviaba algún recado, era tan mal recebido que ya él estaba sobre el aviso de no enviar otro allá, sino a mí, por tener entendido lo mal que le sucedía siendo de otra manera; y a mí, Dios sabe si me costaba lágrimas, porque fueron tantas las que yo delante de Celia derramé, suplicándole no tratase mal a quien tanto la[101] quería, que bastara esto para que don Felis me tuviera la mayor obligación que nunca hombre tuvo a mujer. A Celia le llegaban[102] al alma mis lágrimas, así porque yo las derramaba como por parecelle que si yo le quisiera lo que a su amor debía, no solicitara con tanta diligencia favores para otro, y así lo decía ella muchas veces con un ansia que parecía que el alma se le quería despedir.

Yo vivía en la mayor confusión del mundo porque tenía entendido que si no mostraba quererla como a mí, me ponía a riesgo que Celia volviese a los amores de don Felis, y que volviendo a ellos, los míos no podrían haber buen fin;

99 *Veniese* en la edición de Venecia, 1574.
100 «Acabar un negocio a fuerça de braços averle hecho con mucho afán y trabajo» (Covarrubias).
101 *Le* en la edición de Venecia, 1574.
102 *Llegaron* en la edición de Venecia, 1574.

y si también fingía estar perdida por ella, sería causa que ella desfavoreciese al mi don Felis, de manera que a fuerza de disfavores, perdiese el contentamiento y tras él la vida. Y por estorbar la menor cosa destas, diera yo cien mil de las mías, si tantas tuviera.

Deste modo se pasaron muchos días que le servía de tercera, a grandísima costa de mi contentamiento, al cabo de los cuales los amores de los dos iban de mal en peor, porque era tanto lo que Celia me quería que la gran fuerza de amor la hizo a lo que debía a sí misma. Y un día, después de haberle llevado y traído muchos recaudos, y de haberle yo fingido algunos, por no ver triste a quien tanto quería, estando suplicando a la señora Celia, con todo el acatamiento posible, que se doliese de tan triste vida como don Felis a causa suya pasaba y que mirase que en no favorecelle, iba contra lo que a sí misma debía, lo cual yo hacía por verle tal que no se esperaba otra cosa sino la muerta[103] del gran mal que su pensamiento le hacía sentir. Ella, con lágrimas en los ojos y con muchos sospiros, me respondió: «Desdichada de mí, oh Valerio, que en fin acabo de entender cómo engañada vivo contigo. No creía yo hasta agora que me pedías favores para tu señor, sino por gozar de mi vista el tiempo que gastabas en pedírmelos. Mas ya conozco que los pides de veras, y que pues gustas de que yo agora le trate bien, sin duda no debes quererme. ¡Oh cuán mal me pagas lo que te quiero, y lo que por ti dejo de querer! Plega a Dios que el tiempo me vengue de ti, pues el amor no ha sido parte para ello, que no puedo yo creer que la fortuna me sea tan contraria que no te dé el pago de no habella[104] conocido. Y di a tu señor don Felis que si viva me quiere ver, que no me vea, y tú, traidor enemigo de mi descanso, no parezcas más delante de estos cansados ojos, pues sus lágrimas no han sido parte para darte a entender lo mucho que me debes.» Y con esto se me quitó delante[105] con tantas lágrimas que las mías no fueron parte para dete-

---

[103] *Muerte* en la edición de Venecia, 1574.
[104] *Habello* en la edición de Venecia, 1574.
[105] *De delante* en la edición de Venecia, 1574.

nella, porque con grandísima priesa se metió en un aposento, y cerrando tras sí la puerta, ni bastó llamar suplicándole con mis amorosas palabras que me abriese y tomase de mí la satisfación que fuese servida, ni decille otras muchas cosas en que le mostraba la poca razón que había tenido en enojarse para que quisiese abrirme. Mas antes, desde allá dentro, me dijo con una furia extraña: "Ingrato y desagradecido Valerio, el más que mis ojos pensaron ver, no me veas ni me hables, que no hay satisfación para tan grande desamor, ni quiero otro remedio para el mal que me heciste, sino la muerte, la cual yo con mis proprias manos tomaré en satisfación de la que tú me mereces."

Y yo viendo esto me vine a casa del mi don Felis con más tristeza de la que pude disimular, y le dije que no había podido hablar a Celia por cierta visita en que estaba ocupada. Mas otro día de mañana supimos, y aún se supo en toda la ciudad, que aquella noche le había tomado un desmayo con que había dado el alma, que no poco espanto puso en toda la corte. Pues lo que don Felis sintió su muerte, y cuánto le llegó al ánima, no se puede decir, ni hay entendimiento humano que alcanzallo pueda, porque las cosas que decía, las lástimas, las lágrimas, los ardientes sospiros eran sin número. Pues de mí no digo nada porque de una parte, la desastrada muerte de Celia me llegaba al ánima, y de otra las lágrimas de don Felis me traspasaban el corazón. Aunque esto no fue nada, según lo que después sentí porque, como don Felis supo su muerte, la misma noche desapareció de casa sin que criado suyo ni otra persona supiese dél. Ya veis, hermosas ninfas, lo que yo sentiría[106]; pluguiera a Dios que yo fuera la muerta, y no me sucediera tan gran desdicha, que cansada debía estar la fortuna de las de hasta allí. Pues como no bastase la diligencia que en saber del mi don Felis se puso, que no fue pequeña, yo determiné ponerme en este hábito en que me veis, en el cual ha más de dos años que he andado buscándole por

---

[106] Uso del condicional para expresar una consecuencia pasada. Está tan generalizado que se encuentra tanto en cláusulas de discurso directo como en cláusulas después de un verbo en presente. H. Keniston, *op. cit.,* pág. 439.

muchas partes, y mi fortuna me ha estorbado hallalle, aunque no le debo poco, pues me ha traído a tiempo que este pequeño servicio pudiese haceros. Y creedme, hermosas ninfas, que lo tengo, después de la vida de aquel en quien puse toda mi esperanza, por el mayor contento que en ella pudiera recebir.»

Cuando las ninfas acabaron de oír a la hermosa Felismena, y entendieron que era mujer tan principal, y que el amor le había hecho dejar su hábito natural y tomar el de pastora, quedaron tan espantadas de su firmeza como del gran poder de aquel tirano que tan absolutamente se hace servir de tantas libertades. Y no pequeña lástima tuvieron de ver las lágrimas, y los ardientes sospiros con que la hermosa doncella solemnizaba la historia de sus amores. Pues Dórida, a quien más había llegado al alma el mal de Felismena, y más aficionada le estaba que a persona a quien toda su vida hubiese conservado[107], tomó la mano de respondelle y comenzó a hablar desta manera:

«¿Qué haremos, hermosa señora, a los golpes de la fortuna? ¿Qué casa[108] fuerte habrá adonde la persona pueda estar segura de las mudanzas del tiempo? ¿Qué arnés[109] hay tan fuerte, de tan fino acero que pueda a nadie defender de las fuerzas deste tirano que tan injustamente llaman Amor? ¿Y qué corazón hay, aunque más duro sea que mármol, que un pensamiento enamorado no le ablande? No es por cierto esa hermosura, no ese valor, no esa discreción para que merezca ser olvidada de quien una vez pueda verla, pero estamos a tiempo, que merecer la cosa es principal parte para no alcanzalla. Y es el crudo amor de condición tan extraña que reparte sus contentamientos sin orden ni concierto alguno, y allí da mayores cosas donde en menos son estimadas, medicina podría ser para tantos males como son los que este tirano es causa, la discreción y valor

---

[107] Se lee en la edición seguida (Barcelona, 1561) *conservado*. En la de Venecia, 1574 se corrige por *conversado*.

[108] *Cosa* en la edición de Venecia, 1574.

[109] *Arnés*. «Es vocablo estrangero de que usa el francés, el alemán, el flamenco y el inglés quasi guarnés» (Covarrubias).

de la persona que los padece. Pero ¿a quién la deja ella tan libre que le pueda aprovechar para remedio, o quién podrá tanto consigo en semejante pasión que en causas ajenas sepa dar consejo cuanto más tomalle en las suyas proprias? Mas con todo eso, hermosa señora, te suplico pongas delante los ojos quién eres, que si las personas de tanta suerte y valor como tú no bastaren a sufrir sus adversidades ¿cómo las podrían sufrir las que no lo son? Y demás desto, de parte destas ninfas y de la mía te suplico en nuestra compañía te vayas en casa de la gran sabia Felicia que no es tan lejos de aquí que mañana, a estas horas, no estemos allá. A donde tengo por averiguado que hallarás grandísimo remedio para estas angustias como lo han hallado muchas personas que no lo merecían. Demás de su ciencia, a la cual persona humana en nuestros tiempos no se halla que pueda igualar, su condición y su bondad no menos la engrandece y hace que todas las del mundo deseen su compañía.»

Felismena respondió: «No sé, hermosas ninfas, quien a tan grave mal pueda dar remedio, si no fuese el propio que lo causa. Mas con todo eso, no dejaré de hacer vuestro mandado, que pues vuestra compañía es para mi pena tan gran alivio, injusta cosa sería desechar el consuelo en tiempo que tanto lo he menester.»

«¡No me espanto yo —dijo Cinthia— sino cómo don Felis, en el tiempo que le servías, no te conoció en ese rostro, y en la gracia y el mirar de tan hermosos ojos!»[110].

Felismena entonces respondió: «Tan apartada tenía la memoria de lo que en mí había visto, y tan puesto en lo que veía en su señora Celia, que no había lugar para ese conocimiento.»

Y estando en esto oyeron cantar los pastores que en compañía de la discreta Selvagia, iban por una cuesta abajo, los más antiguos cantares que cada uno sabía, o que su mal le inspiraba, y cada cual buscaba el villancico que más

---

[110] «Felismena responderá que él [Felis] sólo veía por los ojos de Celia, argumento neoplatónico cuya verdad se apoya en el contexto y en la tradición convencional, culta y folklórica del travestismo» (art. cit., pág. 149).

hacía a su propósito. Y el primero que comenzó a cantar
fue Sylvano, el cual cantó lo siguiente:

«Desdeñado soy d'amor,
guárd'os Dios de tal dolor.

Soy del amor desdeñado,
de fortuna perseguido,
ni temo verme perdido,   5
n'aún espero ser ganado;
un cuidado a otro cuidado
m'añade siempr'el amor:
guárd'os Dios de tal dolor.

En quejas m'entretenía,   10
¡ved qué triste pasatiempo!,
imaginaba qu' un tiempo
tras otro tiempo venía,
mas la desventura mía
mudól'en otro peor: 15
guárd'os Dios de tal dolor.»

Selvagia que no tenía menos amor, o menos presumpción de tenelle al su Alanio que Sylvano a la hermosa Diana, ni tampoco se tenía por menos agraviada por la mudanza que en sus amores había hecho que Sylvano en haber tanto perseverado en su daño, mudando el primero[111]
verso a este villancico pastoril antiguo, lo comenzó a cantar aplicándolo a su propósito desta manera:

«Di ¿quién t'ha hecho, pastora,
sin gasajo y sin placer,
que tú alegre solías ser?

---

[111] *Primer* en la edición de Venecia, 1574. B. M. Damiani señala que este
villancico «Quien te hizo, Juan, pastor...» es presentado como «diálogo para
cantar» por Lucas Fernández, y que aparece en tres voces por Sánchez de Badajoz en el *Cancionero de Barbieri,* y acompañado de vihuela por Esteban Daza
en *El Parnaso,* Valladolid, 1576. Montemayor también glosa este villancico

Memoria del bien pasado
en medio del mal presente,   5
¡ay del alma que lo siente,
s'está mucho'n tal estado!,
después qu'el tiempo ha mudado
a un pastor, por m'ofender,
jamás he visto'l placer.»   10

A Sireno bastara la canción de Selvagia para dar a entender su mal, si ella y Sylvano se lo consintieran, mas per-
suadiéndole que él también eligiese alguno de los cantares
que más a su propósito hobiese[112] oído, comenzó a cantar
lo siguiente:

«Olvidásteme, señora;
   mucho más os quiero agora.

Sin ventura yo'olvidado
   me veo, no sé por qué;
   ved a quién distes la fe,   5
   ¿y de quién l'habéis quitado?
   Él no's ama, siendo amado,
   yo desamado, señora,
   mucho más os quiero agora.

Paréceme qu'estoy viendo   10
   los ojos en que me vi,
   y vos por no verm'así
   el rostro'stáis escondiendo,
   y que yo's estoy diciendo:
   alza los ojos, señora,   15
   que muy más os quiero agora.»

Las ninfas estuvieron muy atentas a las canciones de los
pastores y con gran contentamiento de oíllos, mas a la her-

---

en su *Cancionero,* Zaragoza, 1561. Aquí, en *La Diana,* Sylvano cambia el primer verso del poema. *(Music and visual arts...,* ed. cit., págs. 16-17.)
    [112] *Hubiese* en la edición de Venecia, 1574.

mosa pastora no le dejaron los sospiros estar ociosa en cuanto los pastores cantaban. Llegados que fueron a la fuente y hecho su debido acatamiento, pusieron sobre la yerba la mesa, y lo que del aldea habían traído, y se asentaron luego a comer aquellos a quien sus pensamientos les daban lugar, y los que no, importunados de los que más libres se sentían, lo hubieron de hacer. Y después de haber comido, Polydora dijo ansí:

«Desamados pastores, si es lícito llamaros el nombre que a vuestro pesar la fortuna os ha puesto, el remedio de vuestro mal está en manos de la discreta Felicia[113], a la cual dio naturaleza lo que a nosotras ha negado. Y pues veis lo que os importa ir a visitarla, pídoos de parte destas ninfas a quien este día tanto servicio habéis hecho, que no rehuséis nuestra compañía, pues no de otra manera podéis recebir el premio de vuestro trabajo; que lo mismo hará esta pastora, la cual no menos que vosotros lo ha menester. Y tú, Sireno, que de un tiempo tan dichoso a otro tan desdichado te ha traído la fortuna, no te desconsueles, que si tu dama tuviese tan cerca el remedio de la mala vida que tiene, como tú de lo que ella te hace pasar, no sería pequeño alivio para los desgustos y desabrimientos que yo sé que pasa cada día.»

Sireno respondió: «Hermosa Polydora, ninguna cosa me da la hora de agora mayor descontento que haberse Diana vengado de mí tan a costa suya, porque amar ella a quien no la tiene en lo que merece, y estar por fuerza en su

---

[113] Felicia significa desde esta primera referencia lo sobrenatural y se ofrece ya como meta ideal adonde han de tender los pastores y pastoras enamorados. Puede tener así un valor puramente alegórico, «A highly intellectualized order that never manages to occult the imperfection inherent in human existence» (B. Mújica, *op. cit.,* págs. 139-40). Según T. A. Perry, Felicia alegoriza el deseo de felicidad («Ideal love and human reality in Montemayor's *La Diana»*, en *PMLA,* LXXXIV [1969], págs. 227-34). En cuanto personaje puede tener antecedente en la sabia Melissa del *Orlando Furioso,* según E. Moreno Báez (ed. cit., pág. XXVII), hipótesis rebatida por M. Chevalier (*L'Arioste en Espagne,* Burdeos, 1966, pág. 276); o en Enareto, sacerdote mayoral de los pastores en *L'Arcadia* de Sannazaro (Cfr. H. Iventosch, *op. cit.,* pág. 34). J. R. Jones propone, en cambio, a Urganda la Desconocida (en *RN,* X [1968], pág. 146).

compañía, veis lo que le debe costar; y buscar yo remedio a mi mal, hacello ya si el tiempo, la fortuna me lo permitiese; mas veo que todos los caminos son tomados y no sé por dónde tú y estas ninfas pensáis llevarme a buscalle. Pero sea como fuere, nosotros os seguiremos, y creo que Sylvano y Selvagia harán lo mismo, si no son de tan mal conocimiento que no entiendan la merced que a ellos y a mí se nos hace.»

Y remitiéndose los pastores a lo que Sireno había respondido, y encomendando sus ganados a otros que no muy lejos estaban de allí hasta la vuelta, se fueron todos juntos por donde las tres ninfas lo[114] guiaban.

Fin del segundo libro de la Diana

---

[114] *Los* en la edición de Venecia, 1574.

LIBRO TERCERO DE LA DIANA DE JORGE DE MONTEMAYOR

Con muy gran contentamiento caminaban las hermosas ninfas con su compañía por medio de un espeso bosque, ya quel sol se quería poner salieron a un muy hermoso valle, por medio del cual iba un impetuoso arroyo, de una parte y otra adornado de muy espesos salces y alisos, entre los cuales había otros muchos géneros de árboles más pequeños que, enredándose a los mayores, entretejiéndose las doradas flores de los unos por entre las verdes ramas de los otros, daban con su vista gran contentamiento.

Las ninfas y pastores tomaron una senda que por entre el arroyo y la hermosa arboleda se hacía, y no anduvieron mucho espacio cuando llegaron a un verde prado muy espacioso a donde estaba un muy hermoso estanque de agua, del cual procedía el arroyo que por el valle con grande ímpetu corría. En medio del estanque estaba una pequeña isleta a donde había algunos árboles, por entre los cuales se devisaba una choza de pastores; alrededor della andaba un rebaño de ovejas paciendo la verde yerba.

Pues como a las ninfas pareciese aquel lugar aparejado para pasar la noche que ya muy cerca venía, por unas piedras que del prado a la isleta estaban por medio del estanque puestas en orden, pasaron todas, y se fueron derechas a la choza que en la isla parecía. Y como Polydora, entrando primero dentro, se adelantase un poco, aún no hubo entrado cuando con gran priesa volvió a salir y, volviendo el rostro a su compañía, puso un dedo encima de su her-

mosa boca haciéndoles señas[1] que entrasen sin ruido.
Como aquello viesen las ninfas y los pastores, con el menor rumor que pudieron entraron en la choza y mirando a una parte y a otra, vieron a un rincón un lecho, no de otra cosa sino de los ramos de aquellos salces que en torno de la choza estaban y de la verde yerba que junto al estanque se criaba. Encima de la cual vieron una pastora durmiendo, cuya hermosura no menos admiración les puso que si la hermosa Diana vieran delante de sus ojos. Tenía una saya azul clara, un jubón de una tela tan delicada que mostraba la perfición y compás del blanco pecho, porque el sayuelo que del mismo color de la saya era, le tenía suelto de manera que aquel gracioso bulto se podía bien divisar. Tenía los cabellos que más rubios que el sol parecían, sueltos y sin orden alguna, mas nunca orden tanto adornó hermosura como la desorden que ellos tenían; y con el descuido del sueño, el blanco pie descalzo, fuera de la saya se le parecía, mas no tanto que a los ojos de los que lo miraban pareciese deshonesto[2]. Y según parecía por muchas lágrimas que aun durmiendo por sus hermosas mejillas derramaba, no le debía el sueño impedir sus tristes imaginaciones[3].

Las ninfas y pastores estaban tan admirados de su hermosura y de la tristeza que en ella conocían, que no sabían qué se decir, sino derramar lágrimas de piedad de las que a la hermosa pastora veían derramar; la cual, estando ellos mirando, se volvió hacia un lado diciendo con un sospiro que del alma le salía: «¡Ay, desdichada de ti, Belisa, que no está tu mal en otra cosa sino en valer tan poco tu vida que con ella no puedas pagar las que por causa tuya son perdidas!»

Y luego con tan grande sobresalto despertó, que pareció tener el fin de sus días presente; mas como viese las tres

---

[1] *Señal* en la edición de Venecia, 1574.

[2] La descripción de Belisa durmiendo es considerada por B. Mujica como el único pasaje de alcance erótico. A diferencia de *L'Arcadia* de Sannazaro en la que existen varias descripciones sensuales o de connotación erótica, la novela de Montemayor pretende un constante realce de la castidad, sublimando todo deseo erótico. (Cfr. *op. cit.*, pág. 117.)

[3] *Impidir* en la edición de Venecia, 1574.

ninfas y las hermosas dos pastoras, juntamente con los dos pastores, quedó tan espantada que estuvo un rato sin volver en sí. Volviendo a mirallos, sin dejar de derramar muchas lágrimas, ni poner silencio a los ardientes sospiros que de lastimado corazón enviaba, comenzó a hablar desta manera:

«Muy gran consuelo sería para tan desconsolado corazón como éste mío, estar segura de que nadie con palabras ni con obras pretendiese dármele[4] porque la gran razón, oh hermosas ninfas, que tengo de vivir tan envuelta en tristezas, como vivo, ha puesto enemistad entre mí y el consuelo de mi mal; de manera que si pensase en algún tiempo tenelle, yo misma me daría la muerte. Y no os espantéis prevenirme yo deste remedio, pues no hay otro que me deje de agravar del sobresalto que recebí en veros en esta choza, lugar aparejado no para otra cosa sino para llorar males sin remedio. Y esto sea aviso para que cualquiera que a su tormento le esperare[5], se salga dél, porque infortunios de amor le tienen cerrado de manera que jamás dejan entrar aquí alguna esperanza de consuelo. Mas ¿qué ventura ha guiado tan hermosa compañía a do jamás se vio cosa que diese contento? ¿Quién pensáis que hace crecer la verde yerba desta isla y acrecentar las aguas que la cercan sino mis lágrimas? ¿Quién pensáis que menea los árboles deste hermoso valle sino la vos[6] de mis sospiros tristes que inflando el aire, hacen aquello que él por sí no haría? ¿Por qué pensáis que cantan los dulces pájaros por entre las matas cuando el dorado Phebo está en toda su fuerza, sino para ayudar a llorar mis desventuras? ¿A qué pensáis que las temerosas fieras salen al verde prado, sino a

---

4 M. Debax señala que la actitud de Belisa, anclada en su sufrimiento, y expresándose con un juego conceptuoso de palabras, se acerca bastante a la de los personajes de la novela sentimental, y de la *Cárcel de amor* en particular (*op. cit.*, pág. 198). H. Keniston reconstruye el sentido de esta frase indicando que por la presencia de *nadie* y de *mí* existe implicación negativa en *segura*, por lo que se muestra de manera indirecta la incertidumbre. (Cfr. *op. cit.*, página 392).

5 *Desesperare* en la edición de Venecia, 1574.

6 *Voz* en la edición de Venecia, 1574.

oír mis continuas quejas?[7]. ¡Ay, hermosas ninfas!, no quiera Dios que os haya traído a este lugar vuestra fortuna para lo que yo vine a él porque cierto parece, según lo que en él pasó, no habelle hecho naturaleza para otra cosa, sino para que en él pasen su triste vida los incurables de amor. Por eso si alguno de vosotros lo es, no pase más adelante, y si no lo es, váyase presto de aquí, que no sería mucho que la naturaleza del lugar le hiciese fuerza.»

Con tantas lágrimas decía esto la hermosa pastora que no había ninguno de los que allí estaban que las suyas detener pudiese. Todos estaban espantados de ver el espíritu que con el rostro y movimientos daba a lo que decía, que cierto bien parecían sus palabras salidas del alma; y no se sufría menos que esto, porque el triste suceso de sus amores, quitaba la sospecha de ser fingido lo que mostraba. Y la hermosa Dórida le habló desta manera:

«Hermosa pastora ¿qué causa ha sido la que tu gran hermosura ha puesto en tal extremo? ¿Qué mal tan extraño te pudo hacer amor, que haya sido parte para tantas lágrimas acompañadas de tan triste y tan sola vida, como en este lugar debes hacer? Mas ¿qué pregunto yo, pues en verte quejosa de amor, me dices más de lo que yo preguntarte puedo? ¿Quesiste asegurar cuando aquí entramos, de que nadie te consolase? No te pongo culpa, que oficio es de personas tristes no solamente aborrecer al consuelo, mas aún a quien piensa que por alguna vía puede dársele. Decir que yo podría darle a tu mal, ¿qué aprovecha si él mismo no te da licencia que me creas? Decir que te aproveches de tu juicio y discreción, bien sé que no lo tienes tan libre, que puedas hacello. Pues ¿qué podría yo hacer para darte algún alivio, si tu determinación me ha de salir al encuentro? De una cosa puedes estar certificada y es que no habría remedio en la vida para que la tuya no fuese tan triste que yo dejase de dártele, si en mi mano fuese. Y si esta voluntad alguna cosa merece, yo te pido de parte de los que presentes

    7 M. Debax observa en este recuerdo del mito órfico reminiscencias garcilasianas: «Las aves que me escuchan, cuando cantan / con diferente voz se condolecen...» (Égloga Primera, vv. 200-201). (Op. cit., pág. 641.)

están y de la mía, la causa de tu mal nos cuentes, porque algunos de los que en mi compañía vienen están con tan gran necesidad de remedio, y los tiene amor en tanto estrecho que si la fortuna no los socorre, no sé que será de sus vidas.»

La pastora que desta manera vio hablar a la hermosa Dórida, saliéndose de la choza y tomándola por la mano, la llevó cerca de una fuente que en un verde pradecillo estaba no muy apartado de allí, y las ninfas y los pastores se fueron tras ellas, y juntos se asentaron en torno de la fuente, habiendo el dorado Phebo dado fin a su jornada y la nocturna Diana principio a la suya, con tanta claridad como si en medio del día fuera. Y estando de la manera que habéis oído, la hermosa pastora le comenzó a decir lo que oiréis[8]:

«Al tiempo, oh hermosas ninfas de la casta diosa, que yo estaba libre de amor, oí decir una cosa de que después me desengañó la experiencia, hallándola muy al revés de lo que me certificaban. Decíanme que no había mal que decillo no fuese algún alivio para el que lo padecía, y hallo que no hay cosa que más mi desventura acreciente que pasalla por la memoria y contalla a quien libre de ella se vee, porque si yo otra cosa entendiese, no me atrevería a contaros la historia de mis males[9]. Pero pues que es verdad, que contárosla no será[10] causa alguna de consuelo a mi descon-

[8] El relato de Belisa funciona, a diferencia del de Selvagia, como un monólogo. Así lo ha apuntado R. El Saffar: Belisa no se interrumpe para dirigirse a los pastores que la escuchan ni éstos cortan su narración, su relato está claramente orientado hacia sí misma y no hacia su audiencia. Puede así también establecerse un contraste con *La Galatea* de Cervantes en la que las historias intercaladas son regularmente interrumpidas por los acontecimientos del presente y por las preguntas y comentarios de los otros pastores. (Cfr. art. cit., pág. 192.)

[9] Belisa repite desde el inicio de su relato el mismo esquema de las historias de Selvagia y Felismena: mujer enamorada, se encuentra en soledad y se debate entre mantener su aislamiento, que preserva su interioridad, su pureza, o asumir su propia situación exterior, lo cual le produce congoja. «The despairing state becomes so identified with the self as to be desirable in itself and to be preserved though songs and narrations» (R. El Saffar, art. cit., pág. 191).

[10] *Sería* en la edición de Venecia, 1574.

suelo que son las dos cosas que de mí son más aborrecidas, estad atentas y oiréis el más desastrado caso que jamás en amor ha sucedido[11]. No muy lejos deste valle, hacia la parte donde el sol se pone, está un aldea en medio de una floresta, cerca de dos ríos que con sus aguas riegan los árboles amenos, cuya espesura es tanta que desde una casa la otra no se parece. Cada una dellas tiene su término redondo, adonde los jardines en verano se visten de olorosas flores, de más de la abundancia de la hortaliza que allí la naturaleza produce, ayudada de la industria de los moradores, los cuales son de los que en la gran España llaman libres, por el antigüedad de sus casas y linajes.

En este lugar nació la desdichada Belisa, que este nombre saqué de la pila adonde pluguiera a Dios dejara el ánima. Aquí pues vivía un pastor de los principales en hacienda y linaje que en toda esta provincia se hallaba, cuyo nombre era Arsenio, el cual fue casado con una zagala, la más hermosa de su tiempo; mas la presurosa muerte, o porque los hados lo permitieron o por evitar otras muchas que su hermosura pudiera causar, le cortó el hilo de la vida pocos años después de casada. Fue tanto lo que Arsenio sintió la muerte de su amada Florinda que estuvo muy cerca de perder la vida, pero consolábase con un hijo que le quedaba, llamado Arsileo[12], cuya hermosura fue tanta que competía con la de Florinda, su madre. Y con todo eso, Arsenio vivía la más sola y triste vida que nadie podría

----

[11] A. Egido resalta el recurso de Belisa, propio del relator folklórico, para encarecer su historia, según los esquemas retóricos del *iudicem attentum parare*. Y enjuicia toda la narración: «La relación de Belisa y sus amores con Arsenio provoca el juego consabido del paso de la primera a la tercera persona, así como la integración de descripciones, diálogo, una carta en verso y varios poemas cantados. Montemayor impone, sin embargo, variaciones en el terreno de la fábula y parece llevar *in crecendo* el interés de los oyentes y lectores por la inclusión de historias cada vez más nuevas y extrañas» (en art. cit., págs. 149-50).

[12] *Arsileo* recuerda el nombre de *Archileo,* con el que el príncipe Rogel de Grecia se transforma en pastor en la novela *Florisel de Niquea* de Feliciano de Silva. En ella el nombre pretende recordar una antigua hazaña del héroe que mató un león, pero resulta poco pastoril. (Cfr. S. P. Cravens, *op. cit.,* pág. 81.)

232

imaginar. Pues viendo su hijo ya en edad convenible para ponelle en algún ejercicio virtuoso, teniendo entendido que la ociosidad en los mozos es maestra de vicios y enemiga de virtud, determinó envialle a la academia salmantina con intención que se ejercitase en aprender lo que a los hombres sube a mayor grado que de hombres, y así lo puso por obra.

Pues siendo ya quince años pasados que su mujer era muerta, saliendo yo un día con otras vecinas a un mercado que en nuestro lugar se hacía, el desdichado de Arsenio me vio y por su mal, y aun por el mío y de su desdichado hijo[13]. Esta vista causó en él tan grande amor, como de allí adelante se pareció. Y esto me dio él a entender muchas veces, que ahora en el campo yendo a llevar de comer a los pastores, ahora yendo con mis paños al río, ahora por agua a la fuente, se hacía encontradizo conmigo. Yo, que de amores aquel tiempo sabía poco, aunque por oídas alcanzase alguna cosa de sus desvariados efectos, unas veces hacía que no lo entendía, otras veces lo echaba en burlas, otras me enojaba de vello tan importuno. Mas ni mis palabras bastaban a defenderme dél, ni el grande amor que él me tenía le daba lugar a dejar de seguirme. Y desta manera se pasaron más de cuatro años que ni él dejaba su porfía, ni yo podía acabar conmigo de dalle el más pequeño favor de la vida. A este tiempo vino el desdichado de su hijo Arsileo del estudio, el cual entre otras ciencias que había estudiado había florecido de tal manera en la poesía y en la música que a todos los de su tiempo hacía ventaja. Su padre se alegró tanto con él que no hay quien lo pueda encarecer, y con gran razón porque Arsileo era tal que no sólo de su padre que como a hijo debía amalle, mas de todos los del mundo merecía ser amado. Y así en nuestro lugar era tan querido de los principales dél y del común, que no se trataba entre ellos sino de la discreción, gracia, gentileza y otras buenas partes de que su mocedad era adornada. Arse-

---

[13] Caso señalado por H. Keniston pues el artículo, que funcionaría como pronombre [el de], ha sido omitido. Es un uso frecuente (*op. cit.*, pág. 116).

nio se encubría de su hijo, de manera que por ninguna vía pudiese entender sus amores, y aunque Arsileo algún día le viese triste, nunca echó de ver la causa, mas antes pensaba que eran reliquias que de la muerte de su madre le habían quedado. Pues deseando Arsenio, como su hijo fuese tan excelente poeta, de haber de su mano una carta para enviarme, y por hacerlo de manera que él no sintiese para quién era, tomó por remedio descubrirse a un grande amigo suyo natural de nuestro pueblo llamado Argasto, rogándole muy encarecidamente, como cosa que para sí había menester, pidiese a su hijo Arsileo una carta hecha de su mano y que se dijese que era para enviar lejos de allí a una pastora a quien servía, y no le quería aceptar por suyo. Y así le dijo otras cosas que en la carta había de decir de las que más hacían a su propósito. Ergasto[14] puso tan buena diligencia en lo que le rogó que hubo de Arsileo la carta, importunado de sus ruegos, de la misma manera que el otro pastor se la pidió. Pues como Arsenio la hubiese muy al propósito de lo que él deseaba, tuvo manera cómo viniese a mis manos y por ciertos medios que de su parte hubo, yo la recebí, aunque contra mi voluntad, y vi que decía desta manera:

CARTA DE ARSENIO

Pastora, cuya ventura
Dios quiera que sea tal,
que no veng'a emplear mal

---

[14] *Argasto* en la edición de Venecia, 1574. «Ergasto fue pensado, sin duda, para reflejar el propio título de la obra de Hesiodo *Ergon kai nemera* (Los trabajos y los días) Ergasto es el primer pastor que hace su aparición en *L'Arcadia* (Prosa I)» y vuelve a aparecer en la Prosa V donde entona un lamento por el muerto Androgeo, repitiéndose su presencia con cierta frecuencia. «Se tranforma en *Argasto* en *Diana* de Montemayor porque el español es menos escrupuloso o sabe menos griego (probablemente esto último) pero *Ergasto* aparece intacto en otras muchas pastorales españolas» (H. Ivantosch, *op. cit.*, pág. 55). A. Cortés lo considera anagrama del Marqués de Astorga (en «Sobre Montemayor y la *Diana*», en *BRAE,* XVII [1930], pág. 359).

tanta gracia y hermosura;
Y cuyos mansos corderos,   5
    y ovejuelas almagradas,
    veas crecer a manadas
    por cima destos oteros.

Oye a un pastor desdichado,
    tan enemigo de sí   10
    cuanto'n perderse por ti
    se halla bien empleado;
Vuelve tus sordos oídos,
    ablanda tu condición,
    y pon ya ese corazón   15
    en manos de los sentidos.

Vuelv'esos crueles ojos
    a este pastor desdichado,
    descuídate del ganado,
    piens'un poco'n mis enojos.   20
Haz hor'algún movimiento
    y dej'el pensar en ál,
    no de remediar mi mal,
    mas de ver cómo lo siento.

¡Cuántas veces has venido   25
    al campo con tu ganado!,
    ¡y cuántas veces al prado
    los corderos has traído!
¡Que no te dig'el dolor
    que por ti me vuelve loco!   30
    Mas válem'esto tan poco
    que encubrillo es lo mejor.

¿Con qué palabras diré
    lo que por tu causa siento?,
    o con qué conocimiento   35
    se conocerá mi fe?
Qué sentido bastará,
    aunque yo mejor lo diga,

para sentir la fatiga
qu'a tu caus'amor me da? 40

¿Por qué t'escondes de mí,
pues conoces claramente,
qu'estoy, cuando'stoy presente,
muy más absente de ti?
Cuanto a mí por suspenderme, 45
estando'donde tú'stés,
cuanto a ti porque me ves
y estás muy lejos de verme.

Sábesme tan bien mostrar,
cuando'ngañarme pretendes, 50
al revés de lo qu' entiendes
qu'al fin me dejo'ngañar.
Mira si hay que querer más,
o hay d'amor más fundamento,
que vivir mi entendimiento 55
con lo qu'a entender le das.

Mir' el extremo'n qu' esto
viendo mi bien tan dudoso,
que vengo a ser envidioso
de cosas menos que yo: 60
Al ave que lleva'l viento,
al pesc'en la tempestad,
por sola su libertad
daré yo mi entendimiento.

Veo mil tiempos mudados 65
cada día y novedades,
múdanse las voluntades
reviven los olvidados.
En toda cos' hay mudanza
y en ti no la vi jamás, 70
y en esto sólo verás
cuán en bald'es mi'speranza.

Pasabas el otro día
    por el monte repastando:
    sospiré imaginando   75
    qu'en ello no t'ofendía;
Al sospiro, alzó un cordero
    la cabeza lastimado[15]
    y arrojástel'el cayado,
    ¡ved qué corazón d'acero!   80

¿No podrías[16], te pregunto,
    tras mil años de matarme
    sól'un día remediarme,
    o s'es mucho un solo punto?
Hazlo por ver cómo pruebo,   85
    o por ver si con favores
    trato mejor los amores;
    después mátame[17]de nuevo.

Deseo mudar estado:
    no d'amor a desamor,   90
    mas de dolor a dolor,
    y todo'n un mismo grado
Y aunque fuese d'una suerte
    el mal, cuanto a la substancia,
    qu'en sola la circunstancia   95
    fuese más, o menos fuerte;

Que podría ser, señora,
    qu'una circunstancia[18] nueva
    te dies'amor más prueba
    que t'he dado hast'agora   100
Y a quien no le duel'un mal,

---

[15] *Lastimando* en la edición de Venecia, 1574.

[16] *Pudieras* en la edición de Venecia, 1574.

[17] *Matarme* en la edición de Venecia, 1574.

[18] M. Debax considera esta palabra como latinismo tomado del lenguaje religioso. Explica que *circunstancia* pasó del vocabulario religioso al vocabulario del amor por la influencia italianizante de *El Cortesano*, ya que se encuentra en la versión italiana y Boscán la respeta. (Cfr. *op. cit.*, págs. 170-71.)

ni abland'un firme querer,
podría quizá doler
otro que no fuese tal.

Vas al río, vas al prado,   105
  y otras veces a la fuente;
  yo pienso muy diligente:
  ¿si es ya ida o si ha tornado?
¿Si s' enojará, si voy,
  si se burlará, si quedo?;   110
  todo me lo'storb'el miedo,
  ved el extremo'n qu'estoy.

A Sylvia tu gran amiga
  vo a buscar medio mortal,
  por si a dicha de mi mal   115
  l'has dicho algo me lo diga;
Mas como no habl'en ti
  digo: «¿Qu'esta cruda fiera,
  no dic'a su compañera
  ninguna cosa de mí?»   120

Otras veces, acechando,
  de noche te veo'star,
  con gracia muy singular,
  mil cantarcillos cantando,
Pero buscas los peores   125
  pues los oyo uno a uno,
  y jamás t'oyo ninguno
  que trate cosa d'amores.

Vite'star el otro día
  hablando con Madalena;   130
  contábat'ella su pena,
  ¡ojalá fuera la mía!
Penso que de su dolor
  consolaras a la triste,
  y riendo respondiste: 135
  «Es burla, no hay mal d'amor.»

Tú la dejaste llorando,
    yo lleguéme luego allí,
    quejósem'ella de ti,
    respondíle[19] sospirando: 140
«No t'espantes desta fiera,
    porque no'stá su placer
    en sólo ella no querer
    sino'n que ninguna quiera.»

Otras veces te veo yo   145
    hablar con otras zagalas,
    todo's en fiestas y galas,
    en quién bien o mal bailó:
«Fulano tiene buen aire,
    fulano es zapateador.»   150
    Si te tocan en amor
    échaslo luego'n donaire.

Pues guarte y vive con tiento[20],
    que d'amor y de ventura
    no hay cosa menos segura   155
    qu'el corazón más exempto.
Y podría ser, ansí,
    qu'el crudo amor t'entregase
    a pastor que te tratase
    como me tratas a mí.   160

Mas no quiera Dios que sea
    si ha de ser a costa tuya,
    y mi vida se destruya
    primero qu'en tal te vea.

---

[19] *Respondílo* en la edición de Venecia, 1574.

[20] Según M. Debax *guarte* no debe considerarse lusismo como hace F. López Estrada puesto que es una forma popular que se encuentra en proverbios, como opina también E. Moreno Báez (*Op. cit.,* pág. 424). Por otro lado, tampoco es correcta la lectura que F. López Estrada propone de este verso «Pues guarte y vive contento», ya que no sólo es innecesaria esta corrección, sino que vacía de sentido la estrofa.

Que un corazón qu'en mi pecho
est'ardiendo'n fuego 'xtraño,
más temor tien'a tu daño
que respecto a su provecho.»

Con grandísimas muestras de tristeza y de corazón muy
de veras lastimado, relataba la pastora a[21] Belisa la carta de
Arsenio, o por mejor decir, de Arsileo su hijo, parando en
muchos versos y diciendo algunos dellos dos veces, y a
otros volviendo los ojos al cielo, con una ansia que parecía
que el corazón se le arrancaba. Y prosiguiendo la historia
triste de sus amores, les decía:

«Ésta carta, oh hermosas ninfas, fue principio de todo el
mal del triste que la compuso y fin de todo el descanso de
la desdichada a quien se escribió, porque habiéndola yo
leído por cierta diligencia que en mí sospecha me hizo poner, entendí que la carta había procedido más del entendimiento del hijo que de la afición del padre. Y porque el
tiempo se llegaba en que el amor me había de tomar cuenta de la poca que hasta entonces de sus efectos había hecho, o porque en fin había de ser, yo me sentí un poco más
blanda que deantes, y no tan poco que no diese lugar a que
amor tomase posesión de mi libertad. Y fue la mayor novedad que jamás nadie vio en amores lo que este tirano
hizo en mí, pues no solamente me hizo amar a Arsileo,
mas aun a Arsenio, su padre. Verdad es que al padre amaba yo por pagarle en esto[22] el amor que me tenía, y al hijo
por entregalle mi libertad, como desde aquella hora se la
entregué. De manera que al uno amaba por no ser ingrata,
y al otro por no ser más en mi mano.

Pues como Arsenio me sintiese[23] algo más blanda, cosa
que él tantos días había que deseaba, no hubo cosa en la
vida que no la hiciese por darme contento, porque los presentes eran tantos, las joyas y otras muchas cosas, que a mí
me pesaba verme puesta en tanta obligación. Con cada

---

[21] Esta *a* que carece de sentido no existe en la edición de Venecia, 1574.
[22] *En extremo* en la edición de Venecia, 1574.
[23] *Sentiese* en la edición de Venecia, 1574.

cosa que me enviaba, venía un recaudo tan enamorado como él lo estaba. Yo le respondía no mostrándole señales de gran amor, ni tampoco me mostraba tan esquiva como solía. Mas el amor de Arsileo cada día se arraigaba más en mi corazón, y de manera me ocupaba los sentidos que no dejaba en mi ánima lugar ocioso.

Sucedió, pues, que una noche del verano, estando en conversación Arsenio y Arsileo con algunos vecinos suyos, debajo de un fresno muy grande que en una plazuela estaba defrente de mi posada, comenzó Arsenio a loar mucho el tañer y cantar de su hijo Arsileo, por dar ocasión a los que con él estaban le rogasen que enviase por una arpa a casa, y que allí tañese y cantase, porque estaba en parte que yo por fuerza había de gozar de la música. Y como él lo pensó, ansí le vino a suceder, porque siendo de los presentes importunado, enviaron por la arpa y la música se comenzó. Cuando yo oí a Arsileo y sentí la melodía con que tañía, la soberana gracia con que cantaba, luego estuve al cabo de lo que podía ser, entendiendo que su padre me quería dar música y enamorarme con las gracias del hijo[24]. Y dije entre mí: "¡Ay, Arsenio, que no menos te engañas en mandar a tu hijo que cante para que le oiga, que en enviarme carta escrita de su mano! A lo menos, si lo que dello te ha de suceder tú supieses, bien podrías amonestar de hoy más a todos los enamorados que ninguno fuese osado de enamorar a su dama con gracias ajenas, porque algunas veces suele acontecer enamorarse más la dama del que tiene la gracia, que del que se aprovecha de ella, no siendo suya." A este tiempo, el mi Arsileo, con una gracia nunca oída, comenzó a cantar estos versos:

---

[24] El motivo del enamoramiento por la música aparece ya en las novelas de Feliciano de Silva. «No es solamente la belleza física de Archisidea la que enamora a Archileo. Él es atraído también por la hermosa voz de la emperatriz. Al oírla cantar un romance, el pastor disfrazado queda suspenso, como por una fuerza sobrenatural (*Florisel*, IV, 1.º fol. 14ra). El estudio de Nelson sobre los tratados de amor italianos revela que muchos tratadistas conceden importancia a la facultad auditiva como participante segunda a la visual en el enamoramiento (...). Más tarde será un motivo esencial en algunas novelas pastoriles.» También en *La Galatea* es la voz de Artidoro lo que atrae a Teolinda (I, 69). (S. P. Cravens, *op. cit.,* pág. 85.)

Soneto

En ese claro sol que resplandece,
   en esa perfición sobre natura,
   en es'alma gentil, esa figura
   qu'alegra nuestra edad y la 'nriquece,
Hay luz que ciega, rostro que enmudece   5
   pequeña pïedad, gran hermosura,
   palabras blandas, condición muy dura,
   mirar qu' alegra y vista qu' entristece.
Por esto 'stoy, señora, retirado,
   por eso temo ver lo que deseo,   10
   por eso paso 'l tiempo 'n contemplarte.
Extraño caso, efecto no pensado,
   que vea 'l mayor bien, cuando te veo,
   y tema 'l mayor mal, si vo a mirarte[25].

Después que hubo cantado el soneto que os he dicho, comenzó a cantar esta canción con gracia tan extremada que a todos los que le oían, tenía suspensos, y a la triste de mí más presa de sus amores que nunca nadie lo estuvo:

Alcé los ojos por veros,
   bajélos después qu'os vi,
   porque no hay pasar d'allí,
   ni otro bien, sino quereros.

¿Qué más gloria que miraros,   5
   si os entiend'el qu'os miró?
   Porque nadi'os entendió
   que canse de contemplaros.
Y aunque no pueda'ntenderos,
   como yo no's entendí,   10

---

[25] S. P. Cravens indica que esta relación entre la hermosura y el dolor es lugar común de la poesía cancioneril y del amor cortés en general, pero que es Feliciano de Silva quien la incorpora a la novela en los versos introductorios de la *Cuarta Parte del Florisel de Niquea (op. cit.,* pág. 102).

estará fuera de sí
cuando no muera por veros.

Si mi pluma otras loaba
 ensayós'en lo menor,
 pues todas son borrador   15
 de lo qu'en vos trasladaba.
Y si antes de quereros
 por otr'alguna'screbí
 cred[26] que no's porque la vi
 mas porqu'esperaba veros.   20

Mostrós'en vos tan subtil,
 naturalez', y tan diestra,
 qu'una sola fación vuestra
 hará hermosas cien mil.
La que lleg'a pareceros   25
 en lo menos qu'en vos vi,
 ni puede pasar d'allí
 ni el qu'os mira sin quereros.

Quien vee cual os hizo Dios,
 y vee otra muy hermosa,   30
 parece que vee una cosa
 qu'en algo quiso ser vos.
Mas si os vee como ha de veros,
 y como, señora, os vi,
 no hay comparación allí,   35
 ni gloria, sino quereros.

No fue sólo esto lo que Arsileo aquella noche al son de
su arpa cantó, que así como Orpheo al tiempo que fue en
demanda de su ninfa Eurídice con el suave canto enterneció las furias infernales, suspendiendo por gran espacio la
pena de los dañados, así el mal logrado mancebo Arsileo
suspendía y ablandaba no solamente los corazones de los
que presentes estaban, mas aun a la desdichada Belisa que

---

[26] *Creed* en la edición de Venecia, 1574.

desde una azotea alta de mi posada le estaba con grande atención oyendo[27]. Y así agradaba al cielo, estrellas y a la clara luna, que entonces en su vigor y fuerza estaba, que en cualquiera parte que yo entonces ponía los ojos, parece que me amonestaba que le quisiese más que a mi vida. Mas no era menester amonestármelo nadie, porque si yo entonces de todo el mundo fuera señora, me parecía muy poco para ser suya. Y desde allí, propuse de tenelle encubierta esta voluntad lo menos que yo pudiese. Toda aquella noche estuve pensando el modo que ternía en descubrille mi mal, de suerte que la vergüenza no recibiese daño, aunque cuando éste no hallara, no me estorbara el de la muerte. Y como cuando ella ha de venir, las ocasiones tengan tan gran cuidado de quitar los medios que podrían impedilla, el otro día adelante con otras doncellas, mis vecinas, me fue forzado ir a un bosque espeso, en medio del cual había una clara fuente adonde las más de las siestas llevábamos las vacas, así porque allí paciesen, como para que, venida la sabrosa y fresca tarde, cogiésemos la leche de aquel día siguiente, con que las mantecas, natas y quesos se habían de hacer. Pues estando yo y mis compañeras asentadas en torno de la fuente, y nuestras vacas[28] echadas a la sombra de los umbrosos y silvestres árboles de aquel soto, lamiendo los pequeñuelos becerrillos que juntos a

---

[27] Se encuentra de nuevo una relación de los personajes con los poderes órficos, ya atribuidos a Diana, y a Belisa, cuyo dolor ejerce conmiseración de la naturaleza. Aquí la referencia es explícita, preparando la aparición del propio Orfeo en el libro siguiente. Pero no encuentro sustentable la interpretación que B. M. Damiani hace de este pasaje considerándolo una alusión a los cantores *castrati*: «It may add an important historical and artistic dimension to the novel, heretofore unnoticed, making *Diana* one of the firts literary works to allude to that type of voice, which emerged only in the middle of the sixteenth century» (*Music and visual art...*, ed. cit., pág. 19).

[28] M. Debax cree ver un cierto rasgo diferenciador de ambientes atribuyéndole sólo a Belisa el pastoreo de vacas. Si a Montemayor no le interesa demasiado el cuadro pastoril hace un esfuerzo por adecuar sus personajes mínimamente a una distinción circunstancial: Belisa caracterizada como aldeana o semicampesina se acompaña de vacas, mientras que los auténticamente pastoriles (Sireno, Sylvano, Diana) lo hacen de ovejas. (Cfr. *op. cit.*, pág. 857.)

ellas estaban tendidos, una de aquellas amigas mías, bien descuidada del amor que entonces a mí me hacía la guerra, me importunó, so pena de jamás ser hecha cosa de que yo gustase, que tuviese por bien de entretener el tiempo, cantando una canción. Poco me valieron excusas, ni decilles que los tiempos y ocasiones no eran todos unos para que dejase de hacer lo que con tan grande instancia me rogaban; y al son de una zampoña que la una dellas comenzó a tañer, yo triste comencé a cantar estos versos[29]:

> Pasab'amor, su arco desarmado;
>   los ojos bajos, blando y muy modesto,
>   dejábame ya atrás, muy descuidado.
> ¡Cuán poco'spacio pude gozar esto!
>   Fortuna d'envidiosa dijo luego: 5
>   «¡Reneos, amor! ¿por qué pasáis tan presto?»
> Volvió de presto a mí el niño ciego,
>   muy enojado'n verse reprehendido,
>   que no hay reprehensión, do'stá su fuego.
> Estaba ciego amor, mas bien me vido;   10
>   tan ciego le vea yo, qu'a nadie vea,
>   qu'así cegó mi alma y mi sentido.
> Vengada me vea yo de quien desea
>   a todos tanto mal, que no consiente
>   un sólo corazón que libre sea.   15
> El arco armó'l traidor muy brevemente;
>   no me tiró con jara'nerbolada
>   que luego puso'n él su flech'ardiente.
> Tomóme la fortuna desarmada,

---

[29] *Versos siguientes* en la edición de Venecia, 1574. Respecto al poema se puede recordar que «desde Boccaccio el terceto encadenado o "terza rima" es propio de las composiciones pastoriles. Común en *L'Arcadia* de Sannazaro (Égloga undécima)» (P. Fernández de Greenwood, *op. cit.,* pág. 77). Estos tercetos «se hallan glosados por un anónimo en el ms. 372 de la B. N. de París, fol. 203; por Lucas Rodríguez (?) en el *Romancero historiado,* ed. Clerc, Madrid, 1875, pág. 361; y contrahechos por Pedro de Padilla, *Thesoro de varias poesías,* Madrid, 1580, fol. 354. Los tercetos ya se habían difundido al margen de la *Diana,* aislados, porque los publicó Timoneda en el *Billete de amor* (1565?)» (A. Blecua, art. cit., pág. 121).

que nunca suel'amor hacer su hecho   20
    sino'n la más exenta y descuidada.
Rompió con su saeta un duro pecho,
    rompió una libertad jamás subjeta,
    quedé rendida y él muy satisfecho.
¡Ay vida libre, sola y muy quieta!   25
    ¡ay prado visto con tan libres ojos!
    ¡mal hay'amor, su arco y su saeta!
Seguid amor, seguilde sus antojos,
    vení de gran descuido a un gran cuidado,
    pasad d'un gran descanso a mil enojos.   30
Veréis cuál qued'un corazón cuitado,
    que no ha mucho qu'estuvo sin sospecha
    de ser d'un tal tirano sojuzgado.
¡Ay alma mí'en lágrimas deshecha!
    sabed sufrir, pues que mirar supistes[30];   35
    mas si fortuna quiso, ¿qu'aprovecha?
¡Ay tristes ojos!, si el llamaros tristes
    no'fend'en cos'algun'el que mirastes,
    ¿dó'stá mi libertad, dó la pusistes?
¡Ay prados, bosques, selvas que criastes   40
    tan libre corazón como er'el mío,
    ¿por qué tan grande mal no l'estorbastes?
¡Oh apresurado arroyo y claro río!
    adonde beber suele mi ganado,

---

[30] La expresión «ojos del alma» o su correlato «alma que mira» como aparece en este pasaje remiten a Castiglione: «... Tras la guía que le llevará al término de la verdadera bienaventuranza, y así en lugar de salirse de sí mismo con el pensamiento, como es necesario que lo haga el que quiere imaginar la hermosura corporal, vuélvase a sí mismo por contemplar aquella otra hermosura que se vee con los ojos del alma.» M. Debax saca conclusiones de esta comparación: «Es interesante ver cómo Montemayor retoma el mismo vocabulario "ojos del alma" pero con otra perspectiva. Para Castiglione siguiendo la teoría de origen platónico los "ojos del alma" es el grado supremo de "la verdadera bienaventuranza"; mientras que en Montemayor se nota el apego al objeto sensible, el principio esencial es el del "dolorido querer", tomado de Ausias March en particular. No hay solución feliz posible ni siquiera en la sublimación» (*op. cit.*, pág. 35).

invierno, primavera, otoño, estío!,   45
¿Por qué m'has puesto, di, a tan mal recado,
pues sólo'n ti ponía mis amores
y en este vall'ameno y verde prado?
Aquí burlaba yo de mil pastores,
que burlarán de mí cuando supieren   50
qu'a experimentar comenzo sus dolores.
No son males d'amor los que me hieren,
qu' a ser de solo amor pasallos hía,
como'tros mil qu'en fin d'amores mueren.
Fortuna es quien m'aflige y me desvía   55
los medios, los caminos y ocasiones
para poder mostrar la pena mía.
¿Cómo podrá quien causa mis pasiones,
si no las sabe, dar remedio a ellas?,
Mas no hay amor do faltan sinrazones.   60
¡A cuánto mal fortuna trae aquellas
que hace amar, pues no hay quien no l'enfade[31]
ni mar, ni tierra, luna, sol, ni'strellas!
Sino a quien ama, no hay cosa qu'agrade;
todo es así y así fui yo mezquina,   65
a quien el tiempo'storba y persuade.
Cesad mis versos ya, qu'amor se indigna[32],
en ver cuán presto dél m'estoy quejando,
y pido ya en mis males medicina.
Quejad, mas ha de ser de cuando'n cuando,   70
ahora callad vos, pues veis que callo,
y cuando veis qu'amor se va enfadando
cesad, que no's remedio'l enfadallo.»

A las ninfas y pastores parecieron muy bien los versos
de la pastora Belisa, la cual con muchas lágrimas decía
prosiguiendo la historia de sus males:

«No estaba muy lejos de allí Arsileo cuando yo estos versos cantaba, que habiendo aquel día salido a caza y estando

---

[31] Este verso en la edición de Venecia, 1574 aparece como «que hace
amor, pues no hay quien le enfada».
[32] *Indina* en la edición de Venecia, 1574, respetando la rima.

en lo más espeso del bosque pasando la siesta, parece que nos oyó y como hombre aficionado a la música, se fue su paso a paso entre una espesura de árboles que junto a la fuente estaban, porque de allí mejor nos pudiese oír. Pues habiendo cesado nuestra música, él se vino a la fuente, cosa de que no poco sobresalto recebí. Y esto no es de maravillar porque de la misma manera se sobresalta un corazón enamorado con un súbito contentamiento que con una tristeza no pensada. Él se llegó donde estábamos sentadas y nos saludó con todo el comedimiento posible, y con toda la buena crianza que se puede imaginar, que verdaderamente, hermosas ninfas, cuando me paro a pensar la discreción, gracia y gentileza del sin ventura Arsileo, no me parece que fueron sus hados y mi fortuna causa de que la muerte me le quitase tan presto delante los ojos, mas antes fue no merecer el mundo gozar más tiempo de un mozo a quien la naturaleza había dotado de tantas y tan buenas partes.

Después que como digo, nos hubo saludado y tuvo licencia de nosotras, la cual muy comedidamente nos pidió para pasar la siesta en nuestra compañía; puso los ojos en mí, que no debiera, y quedó tan preso de mis amores como después se pareció en las señales con que manifestaba su mal. Desdichada de mí, que no hube menester yo miralle para querelle, que tan presa de sus amores estaba antes que le viese[33] como él estuvo después de haberme visto. Mas con todo eso, alcé los ojos para miralle, al tiempo que alzaba los suyos para verme, cosa que cada uno quisiera dejar de haber hecho; yo, porque la vergüenza me castigó y él, porque el temor no le dejó sin castigo. Y para disimular su nuevo mal, comenzó a hablarme en cosas bien diferentes de las que él me quisiera decir. Yo le respondí a algunas dellas, pero más cuidado tenía yo entonces de mirar si en los movimientos del rostro o en la blandura de las palabras mostraba señales de amor que en respondelle a lo que me preguntaba. Así deseaba yo entonces velle sospirar por me confirmar en mi sospecha, como si no le quisiera más que

---

33 *Estaba ante que lo viese* en la edición de Venecia, 1574.

a mí. Y al fin, no deseaba ver en él alguna señal que no la viese. Pues lo que con la lengua allí no me pudo decir, con los ojos me lo dio bien a entender.

Estando en esto las dos pastoras que conmigo estaban, se levantaron a ordeñar sus vacas; yo les rogué que excusasen el trabajo con las mías porque no me sentía buena. Y no fue menester rogárseles más ni a Arsileo mayor ocasión para decirme su mal; y no sé si se engañó, imaginando la ocasión por que yo quería estar sin compañía, pero sé que determinó de aprovecharse de ella. Las pastoras andaban ocupadas con sus vacas, atándoles sus mansos becerrillos a los pies y dejándose ellas engañar de la industria humana, como Arsileo también nuevamente preso de amor se dejaba ligar de manera que otro que la presurosa muerte, no pudiera dalle libertad. Pues viendo yo claramente que cuatro o cinco veces había cometido el hablar y le había salido en vano su cometimiento, porque el miedo de enojarme se le había puesto delante, quise hablarle en otro propósito, aunque no tan lejos del suyo, que no pudiese sin salir dél, decirme lo que deseaba. Y así le dije: "Arsileo ¿hállaste bien en esta tierra que, según en la que hasta agora has estado, habrá sido el entretenimiento y conversación diferente del nuestro? Extraño te debes hallar en ella." Él entonces me respondió: "No tengo tanto poder en mí, ni tiene tanta libertad mi entendimiento que pueda responder a esa pregunta." Y mudándole el propósito, por mostralle el camino con las ocasiones, le volví a decir: "Hanme dicho que hay por allá muy hermosas pastoras y si esto es así, ¡cuán mal te debemos parecer las de por acá!" "De mal conocimiento sería yo —respondió Arsileo— si tal confesase, que puesto caso que allá las haya tan hermosas como te han dicho, acá las hay tan aventajadas como yo las he visto." "Lisonja es ésa en todo el mundo —dije yo medio riendo— mas con todo eso, no me pesa que las naturales estén tan adelante en tu opinión por ser yo una de ellas." Arsileo respondió: "Y aun ésa sería harto bastante causa, cuando otra no hubiese para decir lo que digo."

Así que, de palabra en palabra, me vino a decir lo que yo deseaba oílle, aunque por entonces no quise dárselo a entender, mas antes le rogué que atajase el paso a su pensamiento. Pero recelóse que estas palabras no fuesen causa de resfriarse en el amor, como muchas veces acaece que el desfavorecer en los principios de los amores es atajar los pasos a los que comienzan a querer bien, volví a templar el desabrimiento de mi respuesta, diciéndole: "Y si fuere tanto el amor, oh Arsileo, que no te dé lugar a dejar de quererme, tenlo secreto; porque de los hombres de semejante discreción que la tuya, es tenello aun en las cosas que poco importan. Y no te digo esto porque de una ni de otra manera te ha de provechar demás que de quedarte yo en obligación, si mi consejo en este caso tomares." Esto decía la lengua, mas otra cosa decían los ojos con que yo le miraba y algún sospiro que sin mi licencia daba testimonio de lo que yo sentía, lo cual entendiera muy bien Arsileo, si el amor le diera lugar. Desta manera nos despedimos.

Y después me habló muchas veces y me escribió muchas cartas y vi muchos sonetos de su mano, y aun las más de las noches me decía cantando, al son de su arpa, lo que yo llorando le escuchaba. Finalmente, que venimos cada uno a estar bien certificados del amor que el uno al otro tenía. A este tiempo, su padre Arsenio me importunaba de manera con sus recaudos y presentes, que yo no sabía el medio que tuviese para defenderme dél. Y era la más extraña cosa que se vio jamás, pues así como se iba más acrecentando el amor con el hijo, así con el padre se iba más extendido el afición, aunque no era todo de un metal. Y esto no me daba lugar a desfavorecelle, ni a dejar de recebir sus recaudos.

Pues viviendo yo con todo el contentamiento del mundo, viéndome tan de veras amada de Arsileo, a quien yo tanto quería, parece que la fortuna determinó de dar fin a mis amores con el más desdichado suceso que jamás en ellos se ha visto, y fue desta manera: que habiendo yo concertado de hablar con mi Arsileo una noche, que bien noche fue ella para mí, pues nunca supe después acá qué cosa era día, concertamos que él entrase en una huerta de mi padre, y yo desde una ventana de mi aposento, que caía enfrente de un moral, donde él se podía subir por estar más cerca, nos hablaríamos, ¡ay desdichada de mí!, que no acabo de entender a qué propósito lo puse en este peligro, pues todos los días, ahora en el campo, ahora en el río, ahora en el soto, llevando a él mis vacas, ahora al tiempo que las traía a la majada, me pudiera él muy bien hablar, y me hablaba los más de los días. Mi desventura fue causa que la fortuna se pagase del contento que hasta entonces me había dado, con hacerme que toda la vida viviese sin él.

Pues venida la hora del concierto, y del fin de sus días y principio de mi desconsuelo, vino Arsileo al tiempo y al lugar concertado, y estando los dos hablando en lo que puede considerar quien algún tiempo ha querido bien, el desventurado de Arsenio su padre, las más de las noches me rondaba la calle, que aun si esto se me acordara (mas quitómelo mi desdicha de la memoria), no le consintiera yo ponerse en tal peligro; pero así se me olvidó como si yo no lo supiera. Al fin, que él acertó a venir aquella hora por allí, y sin que nosotros pudiésemos velle ni oílle, nos vio él y conoció ser yo la que a la ventana estaba, mas no entendió que era su hijo el que estaba en el moral ni aun pudo sospechar quién fuese, que ésta fue la causa principal de su mal suceso. Y fue tan grande su enojo que, sin sentido alguno, se fue a su posada, y armando una ballesta y poniéndole una saeta muy llena de venenosa yerba, se vino al lugar donde estábamos, y supo tan bien acertar a su hijo, como si no lo fuera; porque la saeta le dio en el corazón y luego cayó muerto del árbol abajo, diciendo: "¡Ay Belisa, cuán poco lugar me da la fortuna para servirte como yo deseaba!" Y aun esto no pudo acabar de decir. El desdichado padre que con estas palabras conoció ser homicida de Arsileo su hijo, dijo con una voz como de hombre desesperado: "¡Desdichado de mí, si eres mi hijo Arsileo, que en la voz no pareces otro!" Y como llegase a él y, con la luna que en el rostro le daba, le devisase bien y le hallase que había expirado, dijo: "¡Oh cruel Belisa, pues que el sin ventura hijo, por tu causa a mis manos ha sido muerto, no es justo que el desaventurado padre quede con la vida!" Y sacando su misma espada, se dio por el corazón de manera que en un punto fue muerto[34].

¡Oh desdichado caso! ¡Oh cosa jamás oída ni vista! ¡Oh escándalo grande para los oídos que mi desdichada historia oyeren!; ¡oh desventurada Belisa que tal pudieron ver tus ojos y no tomar el camino que padre y hijo por tu causa tomaron! No pareciera mal tu sangre mixturada con la de aquellos que tanto deseaban servirte. Pues como yo mezquina vi el desaventurado caso, sin más pensar, como mujer sin sentido, me salí de casa de mis padres y me vine importunando con quejas el alto cielo, y inflamando el aire con sospiros, a este triste lugar, quejándome de mi fortuna, maldiciendo la muerte que tan en breve me había enseñado a sufrir sus tiros[35], adonde ha seis meses que estoy sin haber visto ni hablado con persona alguna, ni procurado verla.»

Acabando la hermosa Belisa de contar su infelice historia, comenzó a llorar tan amargamente que ninguno de los que allí estaban pudieron dejar de ayudalle con sus lágrimas. Y ella, prosiguiendo, decía: «Ésta es, hermosas ninfas, la triste historia de mis amores y el desdichado suceso dellos, ¡ved si este mal es de los que el tiempo puede curar! ¡Ay Arsileo, cuántas veces temí sin pensar lo que temía!, mas quien a su temor no quiere creer no se espante cuando vea lo que ha temido, que bien sabía yo que no podíades dejar de encontraros, y que mi alegría no había de durar más que hasta que tu padre Arsenio sintiese nuestros amores. Pluguiera a Dios que así fuera que el mayor mal que por eso me pudiera hacer fuera desterrarte; y mal que con el tiempo se cura, con poca dificultad puede sufrirse. ¡Ay, Arsenio, que no me estorba la muerte de tu hijo dolerme la tuya, que el amor que contino me mostraste, la bondad y

---

[34] B. M. Damiani indica relación de esta escena de muerte con la historia de Píramo y Tisbe (Ovidio, *Metamorfosis,* IV:55:166): Píramo se suicida cuando cree ver muerta a Tisbe. En ambas historias el engaño a la vista es motivo esencial, ya que Arsenio y Arsileo resultarán falsamente muertos (Libro quinto). (Cfr. *Music and visual art...,* ed. cit., pág. 64.)

[35] *Trabajos* en la edición de Venecia, 1574.

limpieza con que me quesiste, las malas noches que a causa mía pasaste, no sufre menos sino dolerme de tu desastrado fin; que ésta es la hora que yo fuera casada contigo, si tu hijo a esta tierra no viniera! Decir yo que entonces no te quería bien sería engañar el mundo, que en fin no hay mujer que entienda que es verdaderamente amada, que no quiera poco o mucho, aunque de otra manera lo dé a entender: ¡ay lengua mía callad, que más habéis dicho de lo que os han preguntado! ¡Oh hermosas ninfas!, perdonad si os he sido importuna, que tan grande desventura como la mía no se puede contar con pocas palabras.»

En cuanto la pastora contaba lo que habéis oído, Sireno, Sylvano, Selvagia y la hermosa Felismena y aun las tres ninfas, fueron poca parte para oílla sin lágrimas; aunque las ninfas, como las que de amor no habían sido tocadas, sintieron como mujeres su mal, mas no las circunstancias dél. Pues la hermosa Dórida, viendo que la desconsolada pastora no dejaba el amargo llanto, la comenzó a hablar diciendo:

«Cesen, hermosa Belisa, tus lágrimas, pues vees el poco remedio dellas; mira que dos ojos no bastan a llorar tan grave mal. Mas ¿qué dolor puede haber que no se acabe o acabe al mismo que lo padece? Y no me tengas por tan loca que piense consolarte, mas a lo menos podría mostrarte el camino por donde pudieses algún poco aliviar tu pena. Y para esto te ruego que vengas en nuestra compañía, así porque no es cosa justa que tan mal gastes la vida, como porque adonde te llevaremos, podrás escoger la que quisieres y no habrá persona que estorballa pueda.»

La pastora respondió: «Lugar me parecía éste harto conveniente para llorar mi mal y acabar en él la vida; la cual, si el tiempo no me hace más agravios de los hechos, no debe ser muy largo[36]. Mas ya que tu voluntad es ésa, no determino salir della en un solo punto; y de hoy más podéis, hermosas ninfas, usar de la mía, según a las vuestras les pareciere.»

---

[36] *Larga* en la edición de Venecia, 1574.

Mucho le agradecieron todos habelles concedido de irse en su compañía. Y porque ya eran más de tres horas de la noche, aunque la luna era tan clara que no echaban menos el día, cenaron de lo que en sus zurrones los pastores traían y después de haber cenado, cada uno escogió el lugar de que más se contentó para pasar lo que de la noche les quedaba, la cual los enamorados pasaron con más lágrimas que sueño, y los que no lo eran, reposaron del cansancio del día[37].

FIN DEL TERCERO LIBRO DE LA DIANA

---

[37] *Día pasado* en la edición de Venecia, 1574.

LIBRO CUARTO DE LA DIANA DE JORGE
DE MONTEMAYOR

Ya la estrella del alba comenzaba a dar su acostumbrado resplandor, y con su luz los dulces ruiseñores enviaban a las nubes el suave canto[1], cuando las tres ninfas con su enamorada compañía se partieron de la isleta, donde Belisa su triste vida pasaba; la cual, aunque fuese más consolada en conversación de las pastoras y pastores enamorados, todavía le apremiaba el mal, de manera que no hallaba remedio para dejar de sentillo. Cada pastor le contaba su mal, las pastoras le daban cuenta de sus amores por ver si sería parte para ablandar su pena; mas todo consuelo es excusado, cuando los males son sin remedio. La dama disimulada iba tan contenta de la hermosura y buena gracia de Belisa que no se hartaba de preguntalle cosa, aunque Belisa se hartaba de responderle a ellas. Y era tanta la conversación de las dos que casi ponía envidia a los pastores y pastoras.

Mas no hubieron andado mucho cuando llegaron a un espeso bosque, y tan lleno de silvestres y espesos árboles,

---

[1] E. C. Riley estudia el tópico del alba, señalando su incidencia en la pastoril en correspondencia a un lenguaje poético. Montemayor es eslabón de una cadena que pasa también por Gil Polo, Cervantes y Lope de Vega; el tópico se encuentra ya en *L'Arcadia* de Sannazaro: «Era ya por el trasmontar del sol todo el occidente sembrado de nuves de mil variedades de colores: unos violados / y otros azules: algunos sanguinos: otros entre amarillo y negro: y algunos ansí reluzientes por la repercussión de los rayos / que de bruñido y finíssimo oro parescían.» (Inicio de la Prosa Quinta, ed. cit., Toledo, 1547). (Cfr. «"El alba bella que las perlas cría": Dawn description in the novels of Cervantes», en *BHS,* XXXIII [1956], págs. 130-31.)

que a no ser de las tres ninfas guiados, no pudieran dejar de perderse en él. Ellas iban delante por una muy angosta senda por donde no podían ir dos personas juntas[2]. Y habiendo ido cuando[3] media legua por la espesura del bosque, salieron a un muy grande y espacioso llano en medio de dos caudalosos ríos, ambos cercados de muy alta y verde arboleda. En medio dél parecía una gran casa de tan altos y soberbios edificios que ponían gran contentamiento a los que los miraban, porque los chapiteles que por encima de los árboles sobrepujaban, daban de sí tan gran resplandor que parecían hechos de un finísimo cristal[4]. Antes que al gran palacio llegasen, vieron salir dél muchas ninfas de gran hermosura, que sería imposible podello decir. Todas venían vestidas[5] de telillas blancas muy delicadas,

---

[2] El «sendero estrecho y tortuoso» no sólo es tópico literario que refleja un paisaje pastoril por lo campestre (como en *L'Arcadia*) sino metáfora de paisaje moral. Es el camino de la virtud, y por tanto de los bienaventurados («¡qué estrecha la entrada y qué angosto el camino que lleva a la vida, y pocos son los que la encuentran!» *Mt*, 7:14): y conduce, en lectura mística, a la contemplación de Dios. (Cfr. R. Senabre, *Tres estudios sobre fray Luis de León*, Salamanca, 1979, págs. 14-18.) Tiene aquí, en *La Diana*, realizando una trasposición, una posible lectura: la senda estrecha y escondida es la de la castidad y fidelidad del amante, la meta; el mundo mágico y sobrenatural de Felicia, donde se encuentra la recompensa con la felicidad en el amor.

[3] *Cuanto* en la edición de Venecia, 1574.

[4] J. Subirats considera este pasaje desde su inicio como una trasposición del palacio de Binche rodeado de espeso bosque y situado entre dos brazos de agua que forma un meandro muy cerrado de la Haine (art. cit., pág. 109). Pero la descripción resulta en realidad tópica y puede compararse también, por ejemplo, con la del castillo de Saxe contemplado desde lejos y cuya magnificencia asombra al relator que se va acercando a él: «Y ansí casi media hora antes que se pusiesse el sol llegamos a un muy apazible valle donde parecía que se augmentaba más la floresta con muchos jazmines altos y muy graciosos naranjos, que comunicaban en aquel tiempo su oloroso azahar y otras flores de suave y apazible olor, en medio del cual valle se mostró un fuerte y hermoso castillo que mostraba ser el paraíso terrenal. Era edificado de muy altas y agraciadas torres de muy labrada cantería, era labrado de muy relumbrante mármol y de jaspes muy finos y del alabastro y otras piedras de mucha estima, había musaico y moçárabes muy perfectos» (*El Crótalon*, ed. cit., pág. 168).

[5] *Vistidas* en la edición de Venecia, 1574. B. R. Damiani concede también a la apariencia de las ninfas («telillas blancas», «dorados cabellos», «guirnaldas de flores») un significado religioso («Journey to Felicia...», en *loc. cit.*, pág. 67).

tejidas con plata y oro sotilísimamente, sus guirnaldas de flores sobre los dorados cabellos, que sueltos traían. Detrás dellas venía una dueña que, según la gravedad y arte de su persona, parecía mujer de grandísimo respeto, vestida de raso negro, arrimada a una ninfa muy más hermosa que todas[6]. Cuando nuestras ninfas llegaron, fueron de las otras recebidas con muchos abrazos y con gran contentamiento. Como la dueña llegase, las tres ninfas le besaron con grandísima humildad las manos y ella la[7] recibió, mostrando muy gran contento de su venida. Y antes que las ninfas le dijesen cosa[8] de las que habían pasado, la sabia Felicia, que así se llamaba la dueña, dijo contra Felismena:

«Hermosa pastora, lo que por estas tres ninfas habéis hecho no se puede pagar con menos que con tenerme obligada siempre ser en vuestro favor, que no será poco, según menester lo habéis, y pues yo, sin estar informada de nadie, sé quién sois y adónde os llevan vuestros pensamien-

---

6 Al aparecer en escena, a la sabia Felicia se la denomina *dueña,* que «en lengua castellana antigua vale señora anciana viuda» (Covarrubias). Símbolo anticipativo del valor sobrenatural de su palacio, recibe a los pastores con la cortesía propia de la época, dando paso a un nuevo rumbo de la novela, que Cervantes criticó («que se le quite todo aquello que trata de la sabia Felicia»), y que puede considerarse como una pequeña ruptura de la postura amorosa de los pastores y su posible evolución sicológica (Cfr. R. El Saffar, art. cit., pág. 183). Al relacionarse con el inmediatamente anterior episodio de los salvajes, cobra su significado caballeresco, pudiendo establecerse parentesco con los castillos y los amos tal y como aparecen en ese género, en los relatos de origen también seudocaballeresco, como el de la bella Saxe en *El Crótalon:* en el canto quinto de esta obra el protagonista es conducido por un desconocido que se encuentra en el camino al palacio de la bruja Saxe, que les recibe transfigurada en hermosísima mujer. Muchos detalles, que se reseñan en notas sucesivas, establecen importantes concomitancias entre ambos textos, *El Crótalon* y *La Diana,* porque los dos tienen como fondo la novella italiana y el *Orlando Furioso* de Ariosto: mundo semimágico, palacio descrito como maravilloso trasmundo, vida cortesana de traslación contemporánea, así como la alabanza de hazañas de héroes coetáneos. Aunque más sobrio, se acerca también a la descripción del palacio del Duque al que acceden Clareo e Isea en *Historia de Clareo y Florisea* de A. Núñez de Reinoso (ed. Madrid, 1963, B.A.E., tomo III, págs. 442-43).

7 *Las* en la edición de Venecia, 1574.

8 *Cosas* en la edición de Venecia, 1574.

tos, con todo lo que hasta ahora os ha sucedido, ya entenderéis si os puedo aprovechar en algo. Pues tened ánimo firme, que si yo vivo, vos veréis lo que deseáis y aunque hayáis pasado algunos trabajos, no hay cosa que sin ellos alcanzar se pueda.»

La hermosa Felismena se maravilló de las palabras de Felicia, y queriendo dalle las gracias que a tan gran promesa se debían, respondió: «Discreta señora mía, pues en fin lo habéis de ser de mi remedio, cuando de mi parte no haya merecimiento donde pueda caber la merced que pensáis hacerme, poned los ojos en lo que a vos misma debéis y yo quedaré sin deuda y vos, muy bien pagada.» «Para tan grande merecimiento como el vuestro —dijo Felicia— y tan extremada hermosura como naturaleza os ha concedido, todo lo que por vos se puede hacer es poco.»

La dama se abajó entonces por besalle las manos, y Felicia la abrazó con grandísimo amor y volviéndose a los pastores y pastoras les dijo: «Animosos pastores y discretas pastoras, no tengáis miedo a la perseverancia de vuestros males, pues yo tengo cuenta con el remedio dellos.»

Las pastoras y pastores le besaron las manos, y todos juntos se fueron al sumptuoso palacio, delante del cual estaba una gran plaza cercada de altos acipreses[9], todos puestos muy por orden, y toda la plaza era enlosada con losas de alabastro y mármol negro, a manera de jedrez[10]. En medio della había una fuente de mármol jaspeado, sobre cuatro muy grandes leones de bronzo. En medio de la fuente, estaba una columna de jaspe, sobre la cual cuatro ninfas de mármol blanco tenían sus asientos; los brazos tenían alzados en alto, y en las manos sendos vasos, hechos a la romana, de los cuales, por unas bocas de leones que en ellos ha-

---

[9] La utilización de esta forma *aciprés* por *ciprés* la explica M. Debax siguiendo a Corominas por una «pintoresca etimología popular»: «Se relacionó popularmente a este árbol de iglesias y cementerios con la palabra arcipreste» *(op. cit.,* pág. 9).

[10] Señala M. Debax que esta forma *jedrez* no aparece como castellana según Corominas, y que en cambio es forma normal en portugués; por lo cual la considera lusismo a pesar de que E. Moreno Báez cite un ejemplo castellano de 1503 *(op. cit.,* pág. 898).

bía, echaban agua. La portada del palacio era de mármol serrado con todas las basas y chapiteles de las columnas dorados, y así mismo las vestiduras de las imágines que en ello había. Toda la casa parecía hecha de reluciente jaspe con muchas almenas, y en ellas esculpidas algunas figuras de emperadores, matronas romanas y otras antiguallas[11] semejantes. Eran todas las ventanas cada una de dos arcos; las cerraduras y clavazón de plata; todas las puertas, de cedro. La casa era cuadrada y a cada cantón había una muy alta y artificiosa torre[12].

En llegando a la portada, se pararon a mirar su extraña hechura, y las imágines que en ella había, que más parecía obra de naturaleza que de arte[13], ni aun industria humana,

---

[11] Para M. Debax *antiguallas* es un italianismo, ya que Corominas lo documenta por vez primera en el *Palmerín,* 1548 *(op. cit.,* pág. 63). Covarrubias lo define como «las cosas muy antiguas y viejas del otro tiempo».

[12] El significado del palacio de Felicia ha sido interpretado desde distintos enfoques. Parece reunir los elementos propios de los suntuosos palacios renacentistas («suma de las experiencias de Montemayor durante su vida cortesana») a los que ha dotado de una trascendencia alegórica, típica de la literatura erótica medieval (Avalle-Arce, *op. cit.,* pág. 78), con «aire de mitológica sobrenaturalidad» como visión de ultramundo de características exóticas, preciosistas y artificiosas, impartiendo una sensación de maravilla (G. Correa, «El templo de Diana en la novela de Jorge de Montemayor» en *Th,* XVI [1961], pág. 66). Llega incluso a permitir una lectura religiosa de «paraíso terranal» o «tierra prometida» como meta de la peregrinación, relacionable con la *Exposición moral sobre el salmo LXXXVI* de Montemayor (B. M. Damiani, «Journey to Felicia...», *loc. cit.,* pág. 70). Por otro lado, J. Subirats resalta los detalles de la fuente, de las portada y de las ventanas como coincidencias expresivas con el palacio de Binche, que tenía igualmente una fuente de Helicón decorada con musas de mármol blanco, dos columnas a la entrada de mármol blanco y basas y capiteles dorados, así como ventanas más pequeñas, estando las de abajo divididas por medio *(loc. cit.,* pág. 111). A pesar de estas coincidencias la descripción global remite a un mundo literario que va desde la novela de caballerías (M. Debax ha señalado la cercanía con el castillo de la Ínsola Firme del *Amadís de Gaula,* lib. IV, cap. LXXXIV, en *op. cit.,* pág. XLV), a las obras italianas como el *Orlando Furioso* de Ariosto, que inspira el palacio de Saxe en *El Crótalon:* «Fueron abiertas las puertas con mucha liberalidad, y entramos a un ancho patio del cual cada cuadro tenía seis columnas de forma jónica, de fino mármol, con sus arcos de la mesma piedra, con unas medallas entre arco y arco que no les faltaba sino el alma para hablar» (ed. cit., págs. 168-69).

[13] El constante juego comparativo de la obra de naturaleza con la obra humana, siendo uno y otro términos de confrontación intercambiables, de-

entre las cuales había dos ninfas de plata que encima de los chapiteles de las columnas estaban, y cada una de su parte tenían una tabla de arambre con unas letras de oro que decían desta manera:

«Quien entra, mire bien cómo ha vivido,
y el don de castidad, si l'ha guardado,
y la que quiere bien o l'ha querido
mire s'a causa d'otro s'ha mudado.
Y si la fe primera no ha perdido,   5
y aquel primero amor ha conservado,
entrar puede'n el templo de Diana,
cuya virtud y gracia es sobrehumana.»

Cuando esto hubo leído la hermosa Felismena, dijo contra las pastoras Belisa y Selvagia: «¡Bien seguras me parece que podemos entrar en este sumptuoso palacio de ir contra las leyes que aquel letrero nos pone!»[14].

Sireno se atravesó diciendo: «Eso no pudiera hacer la hermosa Diana, según ha ido contra ellas, y aun contra todas las que el buen amor manda guardar.» Felicia dijo: «No

---

muestra su inextricable imbricación, convirtiéndose en tópicas fórmulas de encarecimiento: «Since nature and art are both seeking perfection of form, their finished products will resemble each other to such a degree that human vision will find it difficult to distinguish just where nature left off and art began» (D. H. Darst, «Renaissance platonism and the Spanish pastoral novel», en *Hisp. W,* LII [1969], pág. 385). El entramado del arte natural y humano sirve para crear ámbitos semimágicos, sumándose lo natural y sencillo a lo artificial propio de las novelas de caballerías de Feliciano de Silva. (Cfr. S. P. Cravens, *op. cit.,* pág. 78.)

[14] A la entrada del palacio de Saxe se encuentra también alusión al Amor mediante un emblema; en ambos pasajes se determina así la inherente asociación entre el espacio descrito y el amor: «Por el friso de los arcos del patio iba una gruesa cadena dorada que salía relevada en la cantería, y una letra que dezía: "cuantos van en derredor / son prisioneros de amor" (ed. cit., pág. 169). Parece elemento propio de la novela sentimental por su cierto valor alegórico. B. M. Damiani le concede un significado religioso: funciona como prueba penitencial, como rito que recuerda al pecador la prohibición de entrar en el reino de los cielos, salvo tras una demostración de pureza («Journey to Felicia...», en *loc. cit.,* pág. 71).

te congojes, pastor, que antes de muchos días te espantarás de haberte congojado tanto por esa causa.»

Y trabados de las manos se entraron en el aposento de la sabia Felicia, que muy ricamente estaba aderezado de paños de oro y seda de grandísimo valor. Y luego que fueron entradas, la cena se aparejó, las mesas fueron puestas, y cada uno por su orden, se asentaron: junto a la gran sabia, la pastora Felismena, y las ninfas tomaron entre sí a los pastores y pastoras, cuya conversación les era en extremo agradable. Allí las ricas mesas eran de fino cedro y los asientos de marfil con paños de brocado[15], muchas tazas y copas hechas de diversa forma y todas de grandísimo precio, las unas, de vidrio artificiosamente labrado, otras de fino cristal con los pies y asas de oro, otras de plata, y entre ellas engastadas piedras preciosas de grandísimo valor[16]. Fueron servidos de tanta diversidad y abundancia de manjares, que es imposible podello decir. Después de alzadas las mesas, entraron tres ninfas por una sala, una de las cuales tañía un laúd[17], otra una arpa y la otra un salterio. Venían todas tocando sus instrumentos con tan grande concierto y melodía, que los presentes estaban como fuera de

---

[15] *Brocado* es italianismo según M. Debax (*op. cit.*, pág. 121).

[16] La alabanza de la mesa y la vajillería es muy parecida a la que aparece en *El Crótalon*: «Fueron allí servidos en oro y plata todos los manjares que la tierra produce, y los que el aire y el mar crían (...) Servían a las manos en fuentes de cristal, agua rosada y azahar de ángeles, y el vino en perlas cavadas muy grandes (...). Eran las mesas de cedro coxido del Líbano y del çiprés oloroso, asentadas sobre peanas de marfil. Los estrados y sillas en que estábamos sentados al comer eran labradas a manera de taraçes de gemas y jaspes finos, los asientos y respaldares eran de brocado y de muy fino carmesí de Tiro» (ed. cit., pág. 174).

[17] Comenta B. M. Damiani acerca del laúd, que fue el instrumento universal del Renacimiento solo o con acompañamiento de cantores; los *Cancioneros* del siglo XV incluyen poemas para laúd como «música acordado», y era usado frecuentemente en banquetes, fiestas, bailes y funciones públicas. Mencionado a menudo en conjunción con la vihuela, Montemayor es uno de los primeros escritores que lo mencionan como empleado en un concierto en un contexto novelístico, en adaptación de un estilo polifónico. «Suave música y armonía», «dulce armonía», «concertado canto», «grande concierto y melodía» son reminiscencias del vocabulario de los músicos polifónicos. (*Music and visual arts...,* ed. cit., págs. 20-21.)

sí. Pusiéronse a una parte de la sala y los dos pastores y pastoras, importunados de las tres ninfas y rogados de la sabia Felicia, se pusieron a la otra parte con sus rabeles y una zampoña que Selvagia muy dulcemente tañía; y las ninfas comenzaron a cantar esta canción[18], y los pastores a respondelles de la manera que oiréis:

Ninfas

Amor y la fortuna[19],
 autores de trabajo y sinrazones,
 más altas que la luna
 pornán las aficiones,
 y en ese mismo extremo las pasiones.   5

Pastores

No's menos desdichado
 aquel que jamás tuvo mal d'amores
 qu'el más enamorado
 faltándole favores,
 pues los que sufren más, son los mejores[20].   10

---

[18] En *El Crótalon* el orden de los agasajos cortesanos es inverso: primero se realiza el baile y la música y después la cena: «... y luego fue lleno todo el estrado de graçiosas damas y caballeros, y començando mucha música de menestriles se començó un divino sarao. Y después que todos aquellos galanes hubieron dançado con sus damas muy a su contento, y yo con la mía dançé, entraron en la sala muchos pajes con muy galanas libreas, con hachas en sus manos, que los guiaba un maestresala que nos llamó a la cena». Se describen asimismo diversiones y entretenimientos semejantes a éstos de *La Diana*, aunque no se traslade ninguna poesía ni conversación concreta: «Todos aquellos caballeros entendían con sus damas en mucho regoçijo y palaçio, en motejarse y en discantar donaires y motes y sonetos de amores, notándose unos a otros de algunos graçiosos descuidos en las leyes del amor» (ed. cit., págs. 173-75).

[19] «En la *Diana* son los caprichos de Fortuna los que proveen los incidentes al hacer cambiar a los hombres de estado y condición con las vueltas inesperadas de su rueda. Pero aunque así Fortuna sonría y detenga momentáneamente su rueda, sus halagos son de menor estima que los dones de la naturaleza, ya que lo consustancial es siempre superior a lo advenedizo» (J. B. Avalle-Arce, *op. cit.*, pág. 84).

[20] Esta frase, «los que sufren más son los mejores», sintetiza una de las

262

Ninfas

Si el mal d'amor no fuera
  contrario a la razón, como lo vemos,
quizá qu'os lo creyera,
  mas viendo sus extremos
  dichosas las que dél huir podemos.   15

Pastores

Lo más dificultoso
  cometen las personas animosas,
y lo qu'está dudoso
  las fuerzas generosas,
  que no's honr'acabar pequeñas cosas.   20

Ninfas

Bien vee'l enamorado
  qu'el crudo amor no'stá en cometimientos,
no en ánimo esforzado,
  está en unos tormentos
  do los que penan más son[21] contentos.   25

Pastores

S'algún contentamiento
  del grave mal d'amor se nos recrece,

---

dialécticas que soportan la dinámica de la novela. Por un lado «el tormento amoroso equivale a la ejecución de hazañas notables y en tal virtud adquiere una dimensión de heroicidad» (G. Correa, art. cit., pág. 72), por otro la pasión amorosa, que no se entiende ni por estudio ni por experiencia, manifiesta su sin razón en el sufrimiento masoquista (E. Wardropper, art. cit., pág. 136). Ambos aspectos se conjugan perfectamente: bajo el signo de la socialización del amor, las dificultades que viven los amantes son paradójicamente necesarias para la existencia del amor como práctica de la virtud; la irracionalidad del amor, su alianza a la fortuna y al tiempo parecen plantear historias heroicas de imposible resolución feliz (T. A. Perry, art. cit., pág. 231).

[21] *Son más contentos* en la edición de Venecia, 1574.

no's malo'l pensamiento
   qu'a su pasión s'ofrece,
   mas antes es mejor quien más padece.   30

Ninfas

El más felic'estado
   en que pone el amor al que bien ama,
   en fin trae un cuidado,
   qu'al servidor o dama
   enciend'allá en secreto viva llama.   35

Y el más favorecido
   en un momento no's el que solía,
   qu'el disfavor y olvido,
   el cual ya no temía,
   silencio ponen luego'n su alegría.   40

Pastores

Caer d'un buen estado
   es una grave pena y importuna,
   mas no's amor culpado,
   la culp'es de fortuna,
   que no sab'exceptar persona'lguna.   45

Si amor promete vida,
   injust'es esta muert'en que nos mete,
   si muerte conocida,
   ningún yerro comete,
   qu'en fin nos vien'a dar lo que promete.   50

Ninfas

Al fiero amor disculpan[22]
   los que se hallan dél más sojuzgados,
   y los exentos culpan,

---

[22] *Desculpan* en la edición de Venecia, 1574.

mas destos dos estados
cualquier'escogerá'l de los culpados.   55

Pastores

El libre y el cativo
hablar sólo un lenguaje's excusado,
veréis qu'el muerto, el vivo,
amado o desamado,
cad'uno habla, en fin, según su'stado.   60

La sabia Felicia y la pastora Felismena estuvieron muy
atentas a la música de las ninfas y pastores, y así mismo a
las opiniones que cada uno mostraba tener. Y riéndose Felicia contra[23] Felismena, le dijo al oído: «¿Quién creerá,
hermosa pastora, que las más destas palabras no os han tocado en el alma?» Y ella con mucha gracia le respondió:
«Han sido las palabras tales que el alma a quien no tocaren
no debe estar tan tocada de amor como la mía.»

Felicia entonces, alzando un poco la voz, le dijo: «En estos casos de amor tengo yo una regla que siempre la he hallado muy verdadera, y es que el ánimo generoso y el entendimiento delicado en esto del querer bien lleva grandísima ventaja al que no lo es, porque como el amor sea virtud, y la virtud siempre haga asiento en el mejor lugar, está
claro que las personas de suerte serán muy mejor enamoradas que aquellas en quien ésta falta.» Los pastores y pastoras se sintieron de lo que Felicia dijo, y a Sylvano le pareció no dejalla[24] sin respuesta y así le dijo: «¿En qué consiste, señora, ser el ánimo generoso y el entendimiento delicado?»

Felicia, que entendió adonde tiraba la pregunta del pastor, por no descontentarle respondió: «No está en otra

---

[23] M. Debax se cuestiona la posibilidad de que esta expresión de «reír contra» sea una extensión de la de «decir contra», considerada lusismo, con el
sentido de «en la dirección de» (*op. cit.*, pág. 206). Parece un ejemplo de reflejo escénico.

[24] *Dejallo* en la edición de Venecia, 1574.

cosa sino en la propria virtud del hombre, como es en tener el juicio vivo, el pensamiento inclinado a cosas altas y otras virtudes que nacen con ellos mismos.»

«Satisfecho estoy —dijo Sylvano— y también lo deben estar estos pastores porque imaginábamos que tomabas, ¡oh discreta Felicia!, el valor y virtud de más atrás de la persona misma. Dígolo porque asaz desfavorecido de los bienes de naturaleza está el que los va a buscar en sus pasados.»

Todas las pastoras y pastores mostraron gran contentamiento de lo que Sylvano había respondido, y las ninfas se rieron[25] mucho de cómo los pastores se iban corriendo de la proposición de la sabia Felicia, la cual, tomando a Felismena por la mano, la metió en una cámara sola, adonde era su aposento. Y después de haber pasado con ella muchas cosas, le dio grandísima esperanza de conseguir su deseo y el virtuoso fin de sus amores con alcanzar por marido a don Felis. Aunque también le dijo que esto no podía ser sin primero pasar por algunos trabajos, los cuales la dama tenía muy en poco, viendo el galardón que dellos esperaba.

Felicia le dijo que los vestidos de pastora se quitase por entonces hasta que fuese tiempo de volver a ellos; y llamando a las tres ninfas que en su compañía habían venido, hizo que la vistiesen en su traje natural[26]. No fueron las

---

[25] *Riyeron* en la edición de Venecia, 1574.

[26] Compara S. P. Cravens la minuciosa descripción de la vestimenta de Felismena con las que aparecen en la obra de Feliciano de Silva, como la de Archisidea: «Una ropa de muchos pliegues muy larga y ceñida de raso blanco, y por cima de cada pliegue un cayrel de oro, sembrado de gruessas perlas, y lo llano de la ropa golpeado sobre tela de fino oro, y en cada manga se hazían tres ruecas que yvan desminuyendo, desde los hombros hasta las muñecas, por do salían muchos tufos de camisa, con collar y cinta de mucha pedrería. En la cabeça traýa un tocado hecho de sus hermosos cabellos sobre dos alcartazes de oro, cubiertos de diamantes, que a los lados por cima de las orejas se hazían, que pendían una redezilla de oro, de mucha pedrería, que en lo alto de la cabeza estava.» Concluye Cravens: «Por su delectación en las telas finas, los metales y las piedras preciosas, Silva antecede a Montemayor (...), en este aspecto "preciosista" del estilo de Silva se nota un verdadero afán por reflejar un ambiente cortesano brillante y refinado» *(op. cit.,* págs. 77-78).

ninfas perezosas en hacello, ni Felismena desobediente a lo que Felicia le mandó. Y tomándose de las manos, se entraron en una recámara, a una parte de la cual estaba una puerta y, abriendo la hermosa Dórida, bajaron por una escalera de alabastro a una hermosa sala que en medio de ella[27] había un estanque de una clarísima agua adonde todas aquellas ninfas se bañaban. Y desnudándose así ellas como Felismena, se bañaron y peinaron después sus hermosos cabellos y se subieron a la recámara de la sabia Felicia, donde después de haberse vestido las ninfas, vistieron ellas mismas a Felismena una ropa y basquiña de fina grana, recamada de oro de cañutillo y aljófar y una cuera y mangas de tela de plata emprensada. En la basquiña y ropa había sembrados a trechos unos plumajes de oro, en las puntas de los cuales había muy gruesas perlas[28]. Y tomándole los cabellos con una cinta encarnada, se los revolvieron a la cabeza, poniéndole un escofión de redecilla de oro muy subtil, y en cada lazo de la red, asentado con gran artificio, un finísimo rubí; en dos guedellas[29] de cabellos que los lados de la cristalina frente adornaban, le fueron puestos dos joyeles, engastados en ellos muy hermosas esmeraldas y zafires de grandísimo precio[30]; y de cada uno colga-

---

Aunque sea posible que Montemayor se inspire en estas escenas de F. de Silva, o al menos le sugieran las posibilidades narrativas que encierran, la descripción minuciosa de la vestimenta de Felismena, colocada precisamente en la mitad de la novela, en el contexto semimágico del palacio de Felicia tiene sin duda un alto valor simbólico de exaltación del personaje, valor que se corrobora por la utilización de las piedras preciosas de lectura alegórica, como ha estudiado F. Márquez Villanueva («Los joyeles de Felismena», en *Revue de litterature comparée*, 52 [1978]). Montemayor, cuyo padre era joyero, no sólo conocía este oculto significado de las piedras, sino que las combina en descripción de posibles joyas reales.

[27] *Della* en la edición de Venecia, 1574.

[28] «La tradición oriental atribuye, en efecto, a la perla una virtud de despertar amor hacia quien la lleva» (F. Márquez Villanueva, *loc. cit.,* pág. 271).

[29] *Guedejas* en la edición de Venecia, 1574. «El mechón de cabellos díxose quasi vedexa, que es nombre diminutivo de bellón» (Covarrubias).

[30] La esmeralda «como decía Gaspar de Morales (...) significa el ánima justa, resplandeciente, siempre con la verde esperanza del cielo»; se consideraba en general indicada «para passiones del coraçon» y «más aún era capaz

ban tres perlas orientales, hechas a manera de bellotas. Las arracadas eran dos navecillas de esmeraldas con todas las jarcias de cristal[31]. Al cuello le pusieron un collar de oro fino, hecho a manera de culebra enroscada[32], que de la boca tenía colgada una águila[33] que entre las uñas tenía un rubí grande de infinito precio[34]. Cuando las tres ninfas de

de discernir la verdad o falsedad de los juramentos amorosos, así como enemiga de la lujuria, por donde venía a alzarse también en atributo de virginidad». El zafiro «piedra de color azul, no podía menos de igualarse con el firmamento, por lo cual pasaba a significar moralmente los valores de fijeza e inmutabilidad, tan enaltecidos por la lealtad amorosa de Felismena, en contraste con la inconstancia de Diana. Además el zafiro inducía castidad y hacía esforzados a los que lo llevaban consigo» (F. Márquez Villanueva, *loc. cit.*, pág. 272).

[31] La composición de la joya, «naves de esmeralda y jarcias de cristal», tiene un simbolismo complejo por cada uno de los componentes y por su conjunción: «El cristal de roca se consideraba símbolo común del espíritu (...). Claro está que el espíritu aquí invocado para Felismena no es sino una equívoca versión laica de la pureza del alma en gracia de Dios.» «Una nave impulsada por la pureza del espíritu es ya una consideración que cuadra muy bien a la historia de Felismena, (...) a partir de Horacio la nave ha sido núcleo de un rico tratamiento lírico, entre cuyas facetas destaca una, muy clara, de simbolizar la esperanza.» «Felismena es así el personaje que encarna en *La Diana* el ideal de la esperanza heroica, si recordamos ahora que el casco de las navecillas está hecho precisamente de esmeraldas, con la inequívoca alusión al color verde, el simbolismo de estos joyeles se vuelve muy obvio» (F. Márquez Villanueva, *loc. cit.*, págs. 269-71).

[32] El «collar de serpiente» «conduce a un terreno de carácter algo más esotérico». «No se conserva, al parecer, ninguna pieza de este tipo que sea posible fechar en el siglo XVI, pero sí el famoso retrato de Simonetta Vespucci por Piero di Cossimo, en que ésta aparece con un áspid en torno al cuello y acerca de cuyo simbolismo no ha habido acuerdo posible desde Vasari para acá» (F. Márquez Villanueva, *loc. cit.*, págs. 273-74).

[33] «El águila triunfadora en lucha con la serpiente constituye un mito de difusión universal e infinitamente representado. Su simbolismo es a grandes rasgos el del predominio del Bien sobre el Mal, pero en *La Diana* el motivo se hallaría invertido, pues la serpiente, caso inaudito, parece llevar allí la mayor parte. Es inadmisible que a través de Felismena se haya pretendido sugerir ninguna derrota del Bien (...). La serpiente circular ha sido desde siempre uno de los signos más comunes en la talismánica, y ahora también un idiograma favorito de los humanistas. Se trata de un *ouroboros*, jeroglífico obstruso por efecto de su misma profusión. Pero en la época a que nos referimos no hay en esto ningún grave problema: la serpiente circular significa repetida y enfáticamente *eternidad* en la literatura emblemática que ahora empieza a tomar altura» (F. Márquez Villanueva, *loc. cit.*, pág. 274).

[34] «El águila acumula una máxima suma de significados nobles: imperio,

aquella suerte la vieron, quedaron admiradas de su hermosura; luego salieron con ella a la sala, donde las otras ninfas y pastores estaban y, como hasta entonces fuese tenida por pastora, quedaron tan admirados que no sabían qué decir.

La sabia Felicia mandó luego a sus ninfas que llevasen a la hermosa Felismena y a su compañía a ver la casa y templo adonde estaban, lo cual fue luego puesto por obra, y la sabia Felicia se quedó en su aposento. Pues tomando Polydora y Cinthia en medio a Felismena, y las otras ninfas a los pastores y pastoras, que por su discreción eran dellas muy estimados, se salieron en un gran patio[35], cuyos arcos y columnas eran de mármol jaspeado, y las basas y capiteles de alabastro con muchos follajes a la romana, dorados en algunas partes; todas las paredes eran labradas de obra mosaica[36]; las columnas estaban asentadas sobre leones,

---

virtud, orgullo, valor, rejuvenecimiento, clarividencia, generosidad. De entre todos ellos hay dos soberanamente adecuados a Felismena: el de la elevación del pensamiento (...) y también, una vez más, el de la esperanza, que es sin duda el signo de conjunto bajo el que Montemayor ha situado toda esta serie temática de las joyas.» «Considerado entonces como la más excelente de las gemas con las virtudes de todas las demás y el privilegio de disipar las tinieblas, el rubí o carbunclo revistió un prestigio casi sacro y llegó a convertirse en una maravillosa encrucijada alegórica (...). Detentador de las propiedades del fuego (...), el rubí surgía como símbolo perfecto del corazón enamorado» (F. Márquez Villanueva, *loc. cit.*, pág. 275). J. Subirats indica que también las ninfas, al aparecer en el libro segundo, llevan enmedio de la frente «una águila de oro que entre las uñas tenía un hermoso diamante», y lo relaciona con la casa de Austria y la decoración que se hizo del palacio de Binche (art. cit., pág. 114). «Montemayor pudo recordar incluso un fastuoso joyel aquiliforme que poseyó Juana de Austria, hija de Carlos V, a quien sirvió el poeta cuando fue reina de Portugal y que sin duda era admiradora suya, pues una buena colección de *Dianas* figura entre los escasos libros profanos de su rica biblioteca privada» (F. Márquez Villanueva, *loc. cit.*, pág. 268).

[35] *Patio* es sustituido por *Palatio* cada vez que aparece en la edición de Venecia, 1574.

[36] Obsérvese que la decoración con mosaico no era muy común en la época. Funciona como elemento propio de estos palacios semimaravillosos. Aparece también en el castillo de Saxe en *El Crótalon* (ed. cit., pág. 168), y en el *Viaje de Turquía* se explica qué es, manifestando su rareza: «Antiguamente, que agora no se haze, usaban hazer çiertas figuras todas de piedreçitas quadradas como dados y del mismo tamaño, unas doradas, otras de colores

onzas, tigres de arambre y tan al vivo que parecía que querían arremeter a los que allí entraban. En medio del patio había un padrón ochavado de bronzo[37] tan alto como diez codos, encima del cual estaba armado de todas armas a la manera antigua el fiero Marte, aquel a quien los gentiles llamaban el Dios de las batallas[38]. En este padrón, con gran artificio, estaban figurados los superbos escuadrones romanos a una parte, y a otra los cartaginenses; delante el uno estaba el bravo Aníbal, y del otro el valeroso Scipión Africano, que primero que la edad y los años le acompañasen, naturaleza mostró en él gran ejemplo de virtud y esfuerzo. A la otra parte, estaba el gran Marco Furio Camilo[39], combatiendo en el alto Capitolio por poner en liber-

conforme a como era menester» (ed. de F. García Salinero, Madrid, 1980, págs. 356-57).

[37] Señala M. Debax que V. H. Terlingen considera esta forma *bronzo* como un italianismo. Se encuentra esta forma en la traducción de *El Cortesano* por Boscán, en *La Diana* y en la *Descripción de la galera real* de J. de Mal Lara (*op. cit.*, pág. 121).

[38] M. Chevalier establece la relación de estas estatuas de héroes con las de nobles italianos que se describen en el *Orlando Furioso*, como motivo decorativo de la fuente de Merlín, delante del castillo del señor de Mantua que Renaud contempla. Sin embargo la relación parece indirecta, a través de Feliciano de Silva, quien gusta de la descripción de pinturas murales en *Amadís de Grecia* (ed. Lisboa, 1596, II parte, cap. LXXVI, fol. 168) y en la *Parte tercera de la Crónica de... Don Florisel* (Évora, s. d., cap. LXXXVIII, fol. 145). (*L'Arioste en Espagne*, Burdeos, 1966, págs. 276-77.) Igualmente en *El Crótalon* todo el conjunto donde se encuentran las escenas de hazañas de Carlos V viene sostenido por una columna: «Era el techo de artesones de oro maçiço, y de moçárabes cargados de riquezas; tenía las vigas metidas en grueso canto de oro, y el mármol, marfil, jaspe, oro y plata, no tenía solamente la sobrehaz y cubierta del preçiado metal y obra rica, pero la coluna era entera y maçiça, que con su groseça y fortaleça, sustentaba el edefiçio» (ed. cit., pág. 183).

[39] Todos estos personajes históricos, así como las mujeres que se alaban en el canto de Orfeo, han sido objeto de excelentes notas aclaratorias de E. Moreno Báez en su edición de *Los siete libros de la Diana*. Sigo estas notas aclaratorias citando *EMB* y la página en que se encuentran. Así sobre L. Furio Camillo explica: «Lucio Furio Camilo, y no Marco Furio como erróneamente dice Montemayor, fue desterrado de Roma por haber repartido indebidamente los despojos cogidos a los veyos. Durante su destierro, Roma fue atacada por los galos, al mando de Brenno. Elegido dicatador, derrotó a los galos y libertó a Roma. Fue cinco veces dictador y celebró cuatro triunfos. Vencedor de los hérnicos, de los volscos, de los latinos y de los etruscos, murió a los ochenta años de edad en el 365 A.J.» (*EMB*, págs. 167-68).

tad la patria, de donde él había sido desterrado. Allí estaba Horacio, Mucio Scévola, el venturoso Cónsul Marco Varrón[40], César, Pompeyo, con el magno Alexandro y todos aquellos que por las armas acabaron grandes hechos, con letreros en que se declaraban sus nombres y las cosas en que cada uno más se había señalado. Un poco más arriba destos estaba un caballero armado de todas armas con una espada desnuda en la mano, muchas cabezas de moros debajo de sus pies, con un letrero que decía:

Soy el Cid, honra d'España,
s'alguno pudo ser más
en mis obras lo verás.

A la otra parte estaba otro caballero español, armado de la misma manera, alzada la sobrevista y con este letrero:

El conde fui primero de Castilla,
    Fernán González, alto y señalado;
    soy honra y prez de l'española silla,
    pues con mis hechos tanto la he'nsalzado.
Mi gran virtud sabrá muy bien decilla   5
    la fama que la vio, pues ha juzgado
    mis altos hechos dignos de memoria,
    como's dirá la castellan'historia[41].

---

[40] «Mucio Escévola es otro héroe romano que, en la misma guerra contra el rey etrusco Porsenna, que trataba de restaurar en Roma a Tarquino, se introdujo en su campamento para matarle; pero habiendo matado por error a su secretario, viéndose cogido se quemó la mano en un altar que estaba encendido delante del rey, para probar a éste su fortaleza, asegurándole que había otros trescientos romanos dispuestos a intentar lo que él no había logrado; con lo que Porsenna levantó el sitio y se alejó de Roma.» «Llama venturoso a Marco Varrón porque al ser derrotado por Aníbal en Cannas, donde cometió graves errores estratégicos, y comunicar su derrota al senado, retirándose con los restos del ejército que mandaba a Canusio, el Senado le dio las gracias por haberle presentado batalla a Aníbal sin desesperar del futuro de la república» (*EMB*, pág. 168).

[41] Como en el ejemplar de la Biblioteca Nacional de Madrid utilizado (sig. R/13394) faltan algunas páginas, desde «Junto a éste...» hasta el poema de D. Luis de Vilanova, sigo el texto de la edición de Venecia, 1574.

Junto a éste, estaba otro caballero de gran disposición y esfuerzo, según en su aspecto lo mostraba, armado en blanco, y por las armas sembrados muchos leones y castillos, en el rostro mostraba cierta braveza que casi ponía pavor en los que lo miraban y el letrero decía ansí:

> Bernardo del Carpio soy,
>   espanto de los paganos,
>   honra y prez de los cristianos,
>   pues que de mi esfuerzo doy
>   tal ejemplo con mis manos.   5
> Fama, no es bien que las calles
>   mis hazañas singulares,
>   y si acaso las callares
>   pregunten a Roncesvalles
>   qué fue de los doce pares.   10

A la otra parte, estaba un valeroso capitán, armado de unas armas doradas, con seis bandas sangrientas por medio del escudo[42] y por otra parte muchas banderas y un rey, preso con una cadena, cuyo letrero decía desta manera:

> Mis grandes hechos verán,
>   los que no los han sabido,
>   en que sólo he merecido
>   nombre de Gran Capitán.
> Y tuve tan gran renombre,   5
>   en nuestras tierras y extrañas,
>   que se tienen mis hazañas
>   por mayores que mi nombre.

---

[42] «Las armas de los Fernández de Córdoba, familia a la que pertenecía el Gran Capitán, eran originariamente de oro con tres fajas o bandas de gules y no con seis, como erróneamente dice Montemayor. Después que en 1483 Boabdil el Chico fue hecho prisionero en la batalla de Lucena por don Diego Fernández de Córdoba, Conde de Cabra, y por el Alcaide de los Donceles, don Martín Fernández de Córdoba, el rey Católico les partió el escudo, poniéndoles en la parte superior las anteriores armas y en la inferior, de plata, al rey Moro con cadena al cuello y moviéndose del flanco siniestro, rodeado todo por bordura de plata con esta leyenda en letras de sable: Omnia per ipso facta sunt.» (*EMB,* págs. 169-70.)

Junto a este valeroso capitán, estaba un caballero, armado en blanco, y por las armas, sembradas muchas estrellas, y de la otra parte un rey con tres flordelises en su escudo, delante del cual él rasgaba ciertos papeles[43] y un letrero que decía:

> Soy Fonseca, cuya historia
> en Europa es tan sabida
> que, aunque se acabó la vida
> no se acaba la memoria.
> Fui servidor de mi rey,   5
> a mi patria tuve amor,
> jamás dejé por temor
> de guardar aquella ley
> qu'el siervo debe al señor.

En otro cuadro del padrón, estaba un caballero armado, y por las armas sembrados muchos escudos pequeños de oro, el cual en el valor de su persona, daba bien a entender el alta sangre de a do procedía. Los ojos, puestos en otros muchos caballeros de su antiguo linaje; el letrero que a sus pies tenía, decía desta manera:

> Don Luis de Vilanova[44] soy llamado,
> del gran Marqués de Trans he procedido,
> mi antigüedad, valor muy señalado,
> en Francia, Italia, Españ'es conocido.

---

[43] Antonio de Fonseca fue enviado por los Reyes Católicos como embajador para advertir al rey de Francia Carlos VIII que si no desistía de hacer la guerra al rey de Nápoles, ellos romperían la concordia que habían firmado en 1473. Como Carlos VIII se negase a abandonar la empresa de Nápoles, en su presencia Fonseca rompió las capitulaciones (*EMB*, págs. 170-71).

[44] Luis de Vilanova, padre de Juan de Vilanova, al que se dedica *La Diana,* llamado el Antiguo, Señor de Bicorb o Bicorp, Quesada y Castellá. «El deseo de dar a su linaje el mayor lustre y antigüedad llevó a estos caballeros a suponerse descendientes del Marqués de Trans, pariente de Carlomagno, por quien se decía había sido enviado a combatir en Cataluña contra los moros. En la trova 530 de Jaume Febrer se describe su escudo de armas del siguiente modo: Centelles de blau, formant linees de or, / e en cada centella escudet daurat» (*EMB,* págs. 1 y 171).

Bicorbe, antigua casa, es el estado 5
que la fortuna ahor'ha concedido,
y un corazón tan alto, y sin segundo,
que poco's para él mandar el mundo.

Después de haber particularmente mirado el padrón, estos y otros muchos caballeros que en él estaban esculpidos, entraron en una rica sala, lo alto de la cual era todo de marfil, maravillosamente labrado: las paredes de alabastro y en ellas esculpidas muchas historias antiguas, tan al natural que verdaderamente parecía que Lucrecia[45] acababa allí de darse la muerte, y que la cautelosa Medea deshacía su tela en la isla de Íthaca[46], y que la ilustre romana se entregaba a la Parca por no ofender su honestidad con la vista del horrible monstruo, y que la mujer de Mauseolo estaba con grandísima agonía entendiendo en que el sepulcro de su marido fuese contado por una de las siete maravillas del mundo. Y otras muchas historias y ejemplos de mujeres castísimas y dignas de ser su fama por todo el mundo esparcida, porque no tan solamente a alguna dellas parecía haber con su vida dado muy claro ejemplo de castidad, mas otras que con la muerte dieron muy grande testimonio de su limpieza, entre las cuales estaba la grande española Coronel[47], que quiso más entregarse al fuego que dejarse vencer de un deshonesto apetito.

---

[45] La referencia a Lucrecia como mujer ejemplar es tópica en la literatura española del Siglo de Oro: obligada, para salvar su fama, a entregarse a Sexto, hijo del rey Tarquino, llamó al día siguiente a su padre y a su marido, y después de contarles lo sucedido se dio muerte con una daga.

[46] Erróneamente confunde Montemayor a Medea por Penélope. J. Subirats se pregunta si se tratará de un *lapsus calami*, e intenta explicar tan sorprendente equivocación relacionando a Medea con la casa de Borgoña de la que María, hermana de Carlos V, era heredera directa, por lo cual sería entonces un intencionado desliz para la lectura en clave. (Art. cit., pág. 111.)

[47] *Española Doña María Coronel* en la edición de Venecia, 1574. Esta mujer, «fundadora del convento de Santa Inés, donde se conserva su cuerpo incorrupto» es mencionada también por Juan de Mena, en la estrofa 70 de su *Laberinto de Fortuna*. El Brocense lo comenta así: «Esta historia de doña María Coronel se cuenta de dos maneras. Unos dizen que don Alonso Fernández Coronel, criado del rey don Alonso, que gañó algezira, casó esta hija con don Juan de la Cerda, nieto del infante don Hernando de la Cerda, y estando el

274

Después de haber visto cada una las figuras y varias historias, que por las paredes de la sala estaban, entraron en otra cuadra más adentro, que según su riqueza les pareció que todo lo que habían visto era aire en su comparación, porque todas las paredes eran cubiertas de oro fino, y el pavimiento de piedras preciosas; en torno de la rica cuadra estaban muchas figuras de damas españolas y de otras naciones, y en lo muy alto la diosa Diana de la misma estatura que ella era, hecha de metal corintio, con ropas de cazadora, engastadas por ellas muchas piedras y perlas de grandísimo valor, con su arco en la mano y su aljaba al cuello, rodeada de ninfas, más hermosas que el sol[48]. En tan grande admiración puso a los pastores y pastoras las cosas que allí veían, que no sabían qué decir, porque la riqueza de la casa era tan grande, las figuras que allí estaban, tan naturales, el artificio de la cuadra, y la orden que las damas que allí había retratadas tenían, que no les parecía poderse imaginar en el mundo cosa más perfecta.

A una parte de la cuadra[49], estaban cuatro laureles de oro, esmaltados de verde, tan naturales que los del campo no lo eran más, y junto a ellos, una pequeña fuente, toda de fina plata, en medio de la cual estaba una ninfa de oro que por los hermosos pechos una agua muy clara echaba; y

---

marido ausente, vínole tan grande tentación de la carne que determinó de morir por guardar la lealtad matrimonial, y metióse un tizón ardiendo por su natura, de que vino a morir. Otros dizen que esta señora fue muger de don Alonso de Guzmán, en tiempo del rey don Sancho el quarto, y que estando él cercado de moros en Tarifa, ella estava en Sevilla, y allí vino la dicha tentación.» (Cfr. *EMB,* pág. 173.)

[48] Descripción canónica de la diosa Diana que coincide con la larga tradición: «E dávase a andar a caça por lo qual los antiguos la pintaron con arco e carcax» (Álvaro de Luna, *Libro de las claras e virtuosas mugeres,* cap. XXXVIII, ed. de M. Castillo, París, 1909, pág. 157). La presencia de la diosa Diana simboliza la castidad que preside cuantos actos se celebran en el palacio de Felicia, absolutamente contrarios a los que solían narrarse en los relatos caballerescos o en las novellas en los que aparecían lugares semejantes. El palacio de Saxe, por ejemplo, es centro de lujuria y lascivia *(El Crótalon,* ed. cit., págs. 176-78).

[49] Cuadra es «la pieça en la casa que está más adentro y por la forma que tiene, de ordinario quadrada, se llamó quadra» (Covarrubias).

junto a la fuente sentado el celebrado Orpheo[50], encantado de la edad que era al tiempo que su Eurídice fue del importuno Aristeo requerida[51]. Tenía vestida una cuera de tela de plata, guarnecida de perlas, las mangas le llegaban a medios brazos solamente, y de allí adelante desnudos; tenía unas calzas hechas a la antigua, cortadas en la rodilla, de tela de plata, sembradas en ellas unas cítaras de oro; los cabellos eran largos y muy dorados, sobre los cuales tenía una muy hermosa guirnalda de laurel. En llegando a él las hermosas ninfas, comenzó a tañer en una arpa que en las manos tenía muy dulcemente, de manera que los que lo

---

[50] La presencia de Orfeo en el palacio de Felicia ha sido interpretada por la crítica desde distintos puntos de vista, resaltando siempre un extremo significativo. Para J. Subirats el episodio es el modo de transportar parte de las fiestas que se celebraron en el palacio de Binche: el personaje refleja los *phebos* que con vihuelas intervinieron en el festejo real (*loc. cit.*, pág. 119). Resalta, por otro lado, G. Correa su funcionamiento como «tercer esquema configurativo de la Fama», prescindiendo de «cantar la historia de su gran amor frustrado para exaltar en forma épica los atributos de perfección, valor, gracia y belleza de numerosas mujeres españolas» (Art. cit., pág. 69). B. M. Damiani señala la posible perspectiva religiosa de una identificación Orfeo-Cristo si se acepta la de Felicia con Dios y la del agua mágica con el bautismo (*«La Diana» of Montemayor as social and religious teaching*, Lexington, 1983, págs. 93 y 103). Y teniendo en cuenta que Orfeo es figura recurrente en Montemayor con una significación no sólo de primer cantor y poeta extraordinario, sino también de teólogo, hace hincapié en el valor sobrenatural de Orfeo, resucitador de amor, guía de almas antes de la muerte, lo cual se concertaría con la importante relación de Felicia con Apolo, dios de quien era hijo Orfeo. (Cfr. «Orphée dans le roman pastoral de Montemayor», en *Criticón*, 17 [1962], págs. 6-11.)

[51] Es notoria la falta de una formación clásica en Montemayor, reconocida por él mismo («De ciencia allí alcance mui poca parte / I por sola esta parte juzgo el todo / De mi ciencia i estilo, ingenio i arte. / En música gasté mi tiempo todo»). Lo cual explica uno de los rasgos que separan *La Diana* de *L'Arcadia*, inmersa en un mundo de citas y referencias clásicas (Cfr. M. I. Gerhard, *op. cit.*, pág. 186, o A. M. Pianca, *loc. cit.*, pág. 26). De ahí el valor que tienen estas pocas referencias mitológicas situadas precisamente en el palacio de Felicia y en torno a la presencia de Orfeo. En cuanto a esta primera cita, Montemayor se refiere a que «Eurídice, casada con Orfeo, al huir de la persecución de Aristeo (hijo de otra ninfa, Cirene, y de Apolo) muere de la mordedura de un hidro o serpiente acuática» (A. Ruiz de Elvira, *Mitología clásica*, Madrid, 1975, pág. 95). Coincide por tanto este pasaje aludido con las historias de las mujeres antes citadas (Lucrecia, María Coronel).

oían estaban tan ajenos de sí, que a nadie se le acordaba de cosa que por él hubiese pasado.

Felismena se sentó en un estrado que en la hermosa cuadra estaba todo cubierto de paños de brocado, y las ninfas y pastoras en torno della; los pastores se arrimaron a la clara fuente. De la misma manera estaban todos oyendo al celebrado Orpheo, que al tiempo que en la tierra de los Ciconios cantaba, cuando Cipariso fue convertido en ciprés, y Atis en pino[52]. Luego comenzó el enamorado Orpheo al son de su arpa a cantar dulcemente, que no hay sabello decir. Y volviendo el rostro a la hermosa Felismena, dio principio a los versos siguientes[53]:

---

[52] «Según Virgilio, *Geórgicas,* IV, 520 y Ovidio, *Metamorfosis,* X, 83 y XV, 313, fueron las mujeres del país de los ciconios, situado en la Tracia, orillas del Hebro, quienes en el furor de la fiesta de Baco mataron a Orfeo, que las había desdeñado, arrojando a este río su cabeza, que aún llamaba a Eurídice» (*EMB,* pág. 175). «Cuenta Ovidio la metamorfosis de Cipariso y Jacinto, amados ambos de Apolo. Cipariso mata sin querer, clavándole por imprudencia una jabalina, a un ciervo que le era muy querido, y es tan grande su pena que pide a los dioses guardar luto por todos los tiempos, los dioses lo transforman en ciprés y Apolo decide que éste sea el árbol de los lutos y los cementerios.» «En Ovidio, *Fastos,* la castración de Atis es impuesta por Cibeles, que enamorada de Atis le obliga a prometer que permanecerá virgen. Atis falta a su promesa uniéndose a la ninfa Sagarítida, y enloquecido se castra. En *Metamorfosis* cuenta Ovidio muy brevemente una metamorfosis en pino de la que no hay otra noticia» (A. Ruiz de Elvira, *op. cit.,* págs. 458-59 y 104, respectivamente).

[53] Comenta B. M. Damiani del canto de Orfeo su vinculación a la tradición cancioneril del XV como exaltación de las nobles cualidades de cuarenta y cuatro mujeres del pasado y del presente, elevando un material histórico-legendario a motivos nacionales y patrióticos. Estas mujeres, que representan virtudes morales, son evocadas en términos metafóricos que se refieren a cuerpos celestes: «resplandor del sol», «luz que al orbe inflama», «estrella que ciega», «sol que alumbra el mundo»; de este modo sirven, simbólicamente, de faros, iluminando el camino de la vida de estos pastores y pastoras, muchas veces invitados a prestar atención (con «mirad», «veréis», «veis», «alçad los ojos») al esplendor virtuoso de estas mujeres ejemplares («Orphée dans le roman pastoral de Montemayor», en *loc. cit.,* pág. 9). En cuanto a la forma señala M. J. Bayo: «Conviene insinuar la sospecha de influencia del viejo verso de arte mayor castellano en las octavas y en la técnica estática, de retrato, que hay en los elogios a las mujeres de España en el *Canto de Orfeo*» (*Op. cit.,* pág. 261). El poema sufrió variaciones, y a partir de la edición de Milán (1560?) se añadieron cuatro damas más, de las cuales tres son italianas.

*Texto
cortesano*

Escucha, oh Felismena 'l dulce canto
d'Orpheo, cuyo amor tan alto ha sido;
suspende tu dolor, Selvagia, en tanto
que cant'un amador d'amor vencido[54],
Olvida ya, Belisa'l triste llanto;   5
oíd a un triste, ¡oh ninfas!, qu'ha perdido
sus ojos por mirar, y vos pastores
dejad un poco'star el mal d'amores.

No quiero yo cantar, ni Dios lo quiera,
aquel proceso largo de mis males,   10
ni cuando yo cantaba de manera
qu'a mí traía las plantas y animales;
Ni cuando a Plutón vi, que no debiera,
y suspendí las penas infernales,
ni cómo volví'l rostro a mi señora,   15
cuyo tormento aún vive hast'agora.

Mas cantaré con voz suave y pura,
la grande perfición, la graci'extraña,
el ser, valor, beldad sobre natura,
de las qu'hoy dan valor ilustr'a España.   20
Mirad pues, ninfas, ya la hermosura
de nuestra gran Diana y su compaña,
qu'allí'stá el fin, allí veréis la suma
de lo que contar puede lengua y pluma.

Los ojos levantad mirando aquella   25
qu'en la suprema sill'está sentada,
el cetro y la corona junto a ella,
y d'otra parte la fortun'airada.

_____

54 Comenta J. R. Cuervo, señalando cómo esta edición realiza elisiones incluso entre vocales distintas, más allá de la simple sinalefa: «Aquí se ve el cuidado con que se procura conservar la forma de las palabras prominentes y evitar confusiones: *alto a* no podría convertirse ni en *alta* ni en *alto* sin perjuicio de la claridad, ni *canta un* en *cantan*.» («Disquisiciones sobre antigua ortografía y pronunciación castellana», II, en *RHi,* V (1898), págs. 307-13.)

Ést'es la luz d'España y clar'estrella,
con cuy'absenci'está tan eclipsada;   30
su nombre, ¡oh ninfas!, es doña María,
gran reina de Bohemia, d'Austria, Ungría[55].

L' otra junta a ella es doña Joana
de Portugal Princes', y de Castilla
Infanta[56], a quien quitó fortun'insana   35
el cetro, la corona y alta silla,
Y a quien la muerte fue tan inhumana
qu'aun ell'así s'espanta y maravilla
de ver cuán presto'nsangrentó sus manos,
en quien fu'espejo y luz de lusitanos.   40

Mirad, ninfas, la gran doña María

---

[55] J. Subirats apunta como muy significativo que el primer elogio sea para María de Hungría, precedido únicamente por el de Diana, y sugiere la posibilidad de identificación de ambas. El detalle es utilizado para corroborar la lectura de este libro cuarto como trasposición de las fiestas de Binche (art. cit., págs. 114-15). «Doña María de Austria, primogénita del emperador Carlos V y de Isabel de Portugal, a cuyo servicio estuvo Montemayor como cantor y a la que dedicó su *Exposición moral sobre el psalmo LXXXVI del real profeta David,* Alcalá, 1548, se casó este mismo año con el futuro emperador Maximiliano II, hijo de don Fernando, rey de Romanos por aquellas fechas y Emperador en 1556. Al subir Maximiliano al trono de Bohemia en 1551, el matrimonio salió de España, lo que explica el verso 6.º de la estrofa. Emperatriz en 1564, doña María regresó a España al quedar viuda en 1576 y profesó en las Descalzas Reales de Madrid, donde murió el año de 1603 y donde está enterrada» *(EMB,* pág. 176).

[56] Doña Juana de Austria, infanta de Castilla por ser hija de Carlos V, y princesa de Portugal por su casamiento con el heredero de don Juan III, del que quedó viudo en 1554, fue protectora de Montemayor. Nació en Madrid en 1536, y se casó en 1552; viuda en 1554, apenas hubo dado a luz al futuro rey don Sebastián, volvió a Castilla a hacerse cargo del gobierno del resto de la Península durante la ausencia de su padre y hermano, que aquel año pasó a Inglaterra. Gobernó en nombre del Emperador y de Felipe II después (1556) hasta 1559; fundó el convento de las Descalzas Reales en Madrid, donde está enterrada, y murió a los treinta y ocho años en El Escorial en 1573. «Recordemos que Montemayor fue primero cantor y luego aposentador de doña Juana, con la que regresó a Portugal al ir ella a casarse, y que a doña Juana y a su marido está dedicada la primera edición de sus obras poéticas, impresa en Amberes 1554» *(EMB,* pág. 100).

de Portugal, infanta soberana[57],
cuy'hermosura y gracia sube hoy día
a do llegar no puede vista humana;
Mirad qu'aunque fortuna'llí porfía,   45
la venc'el gran valor que della mana,
y no son parte el hado, tiempo y muerte,
para vencer su gran bondad y suerte.

Aquellas dos que tien'allí a su lado,
y el resplandor del sol han suspendido,   50
las mangas d'oro, sayas de brocado,
de perlas y esmeraldas guarnecido,
Cabellos d'oro fino, crespo, ondado[58],
sobre los hombros, suelto y esparcido,
son hijas del infante lusitano,   55
Duarte, valeroso y gran cristiano[59].

Aquellas dos duquesas señaladas,
por luz de hermosura en nuestr'España,
qu'allí veis tan al vivo debujadas,
con una perfición y graci'extraña,   60
De Nájara[60] y de Sesa[61] son llamadas,
de quien la gran Diana s'acompaña

---

[57] «La infanta doña María de Portugal, hija de don Manuel el Afortunado
y de doña Leonor de Austria, su tercera mujer, casada luego en segundas nupcias con el rey de Francia, Francisco I, nació en 1521 y murió soltera en
1577. El verso 7.º de esta estrofa parece referirse a la muerte de la reina doña
Leonor en 1558» (*EMB*, pág. 177).

[58] M. Debax corrobora la opinión de E. Moreno Báez que considera *ondado* como lusismo, afirmando que el término no aparece en los diccionarios
españoles (*op. cit.,* pág. 612).

[59] «El infante don Duarte de Portugal, hijo del rey don Manuel el Afortunado y de doña María de Aragón, tuvo dos hijas de su matrimonio con doña
Isabel de Braganza: doña María, casada con Alejandro Farnesio, Duque de
Parma, y doña Catalina, que casó con don Juan, Duque de Braganza. Tanto
el viudo de doña María, en nombre de sus hijos, como doña Catalina y su marido fueron pretendientes a la corona de Portugal al morir en 1580 el rey don
Enrique» (*EMB*, pág. 177).

[60] «Doña Luisa de Acuña, hija de don Enrique, cuarto conde de Valencia
de don Juan, y de su segunda esposa, doña Aldonza Manuel, nació en 1507,

por su bondad, valor y hermosura,
saber y discreción sobre natura.

¿Veis un valor no visto'n otr'alguna,   65
veis una perfición jamás oída,
veis una discreción cual fue ninguna
de hermosura y gracia guarnecida?
¿Veis la qu'está domando a la fortuna
y a su pesar la tien'allí rendida?:   70
la gran doña Leonor Manuel se llama,
de Lusitania luz qu'al orbe inflama[62].

Doña Luisa Carrillo, qu'en España
la sangre de Mendoza ha'sclarecido[63],
de cuya hermosura y graci'extraña   75
el mismo amor, d'amor está vencido,
Es la qu'a nuestra Dea así acompaña,
que de la vista nunca l'ha perdido,
d'honestas y hermosas claro ejemplo,
espejo y clara luz de nuestro templo.   80

---

casó en 1529, en circunstancias muy novelescas, con don Manrique de Lara,
Conde de Treviño, y luego, por muerte de su padre, tercer Duque de Nájera.
Viuda desde 1558, murió en 1570 en el monasterio de Calabanzos.» «Nájara,
en vez de Nájera es un latinismo» (*EMB*, pág. 178).

[61] «Se trata de doña María Sarmiento de Mendoza, hija de don Francisco
de los Cobos, secretario del Emperador, y de doña María, condesa de Rivadavia, cuyo apellido ella iba a tomar. Casó con don Gonzalo Fernández de Córdoba, tercer duque de Sessa, Terranova y Sant'Angelo, primer duque de Bae-
na y quinto conde de Cabra; y fundó en Granada el convento de Nuestra Señora de la Piedad» (*EMB*, pág. 178).

[62] «Doña Leonor Manuel, dama portuguesa que fue camarera mayor de la
princesa doña Juana, era hija de don Diego de Mello y Figueiredo, caballeri-
zo mayor de la emperatriz doña Isabel. Casó con don Pedro Luis Garcerán de
Borja, Marqués de Navarra, maestre de Montesa y virrey de Cataluña,
hermano de S. Francisco de Borja. Murió en el año de 1586» (*EMB*,
pág. 179).

[63] «Hija de don Luis de Mendoza y Ayala, Conde de Priego, llamado otras
veces don Luis Carrillo y vulgarmente el Conde del Milagro, y de doña Este-
fanía de Villarreal, y mujer de don Juan Vázquez de Molina, alférez mayor de
Úbeda, donde fundaron doña Luisa y él el convento de Madre de Dios, Comendador de Guadalcanal en la Orden de Santiago y Secretario del Emperador» (*EMB*, pág. 179).

¿Veis una perfición tan acabada,
    de quien la misma fama está'nvidiosa?
¿Veis una hermosura más fundada
    en gracia y discreción qu'en otra cosa;
Que con razón oblig'a ser amada   85
    porqu'es lo menos d'ella el ser hermosa?:
es doña Eufrasia del Guzmán su nombre[64],
digna de inmortal fama y gran renombre.

Aquella hermosura peregrina
    no vista'n otr'alguna, sino'n ella,   90
    qu'a cualquier seso aprenda y desatina
    y no hay poder d'amor qu'apremie'l della,
De carmesí vestida, y muy más fina
    de su rostro el color que no el d'aquélla,
doña María d'Aragón se llama[65],   95
en quien s'ocupará d'hoy más la fama.

¿Sabéis quién es aquella que señala
    Diana, y nos la muestra con la mano,
    qu'en gracia y discreción a ella iguala
    y sobrepuja 'todo ingenio humano;   100
Y aun igualalla en arte, en ser y en gala,

---

[64] «Doña Eufrasia, dama de la princesa doña Juana, que fue hija de don
Gonzalo Franco de Guzmán, señor de Préjano y Villafuente y ayo del futuro
emperador Fernando I, y de doña Marina de Porres, dama de la emperatriz
doña Isabel. Casó en 1564 con don Antonio de Leyva, tercer príncipe de As-
culi, del que quedó viuda el mismo año. Murió en Valladolid en 1604.» «Una
doña Eufragia (sic), que debe ser ésta, está mencionada en la poesía de Montemayor "A unos galanes que se sentaron en una arca delante de las damas",
págs. 502-05 de la ed. de su *Cancionero* de A. González Palencia, Madrid,
1932» (*EMB,* pág. 180).

[65] «Hija de don Alonso Felipe de Aragón, conde de Ribagorza y duque de
Luna, y de doña Ana Sarmiento, su tercera mujer. Por su casamiento con
don Antonio Roger de Eril fue doña María Baronesa de Eril.» A. González
de Amezúa (*Isabel de Valois, Reina de España (1546-1568),* t. I, Madrid, 1949,
pág. 123) menciona a doña María de Aragón como la dama más hermosa y
mejor ataviada de las que bailaron en el sarao con que el 29 de enero de 1560
se celebraron las bodas de Felipe II con doña Isabel de Valois. También es
mencionada doña María en la poesía de Montemayor *A unos galanes que se sentaron en un arca delante de las damas* (*EMB,* págs. 180-81).

sería —según es— trabajo'n vano?:
doña Ysabel Manrique y de Padilla[66],
qu'al fiero Marte vence y maravilla.

Doña María Manuel[67], y doña Joana   105
    Osorio[68] son las dos qu'estáis mirando,
    cuy'hermosura y gracia sobr'humana
    al mismo amor d'amor está matando.
Y está nuestra Dea muy ufana
    de ver a tales dos de vuestro bando,   110
    loallas, según son, es excusado;
    la fama y la razón ternán cuidado.

---

[66] «Se trata de una hija de don Antonio Manrique, Adelantado Mayor de Castilla y de doña Luisa de Padilla, que fue dama de la princesa doña Juana, y mujer de don Juan de Mendoza, segundo marqués de Castil de Vayuela.» La menciona A. Gónzalez de Amezúa en la *op. cit.,* págs. 622-25, como asistente a la boda antes referida; y Montemayor también la cita en la poesía mencionada *(EMB,* pág. 181).

[67] «Son varias las damas de aquella época que nos encontramos en los nobiliarios con este nombre. Una doña María Manuel, que era hija de don Francisco de Benavides, quinto conde de Santisteban del Puerto y de doña Isabel de la Cueva, fue la segunda mujer de don Álvaro de Bazán, primer marqués de Santacruz. Otra doña María Manuel que fue hija de don Juan Manuel de Villena, tercer Señor de Cheles y de doña Isabel de Mendoza, y que casó con dos Cristóbal Portocarreño, primer Señor de Montijo, parece ligeramente anterior, ya que se nos dice de ella que fue dama de la emperatriz Isabel. También lo parece la doña María Manuel, hija de Cristóbal de Fonseca y de doña Beatriz Manuel de Solís, que había casado con don Felipe de Ocampo. En el testamento de la princesa doña Juana, de que ya hemos hablado, hay también una manda de 100.000 maravedís anuales por toda su vida a favor de "doña María Manuel, mi dama, por el mucho tiempo que ha que me sirve. Está esta dama mencionada, junto con doña María de Aragón, en la pág. 123 del t. I de la *op. cit.* de A. González de Amezúa; junto con ella y con doña Isabel Manrique en la *Relación verdadera de algunas cosas que han acontecido en las bodas de nuestro muy alto y poderoso señor don Felipe, rey de España, Nuestro Señor,* etc.; y junto con doña Eufrasia de Guzmán, doña María de Aragón, doña Isabel Manrique y doña Juana Osorio, en la poesía de Montemayor citada en las notas anteriores» *(EMB,* págs. 181-82).

[68] «Con el nombre de doña Juana Osorio he encontrado a dos damas: una, hija de don Felipe de Ocampo y doña María Osorio, que fue segunda mujer de don Juan Alonso Milán, tercer Conde de Albaiada; otra, hija de don Pedro Osorio de Saavedra y de doña Leonor de Nicuesa, que casó con don Francisco Zapata, Caballero de Santiago» *(EMB,* pág. 182).

Aquellas dos hermanas tan nombradas
cad'una es una sola y sin segundo;
su hermosura y gracias extremadas   115
son hoy en día un sol qu'alumbra'l mundo.
Al vivo me parecen trasladadas
de la qu'a buscar fui hasta'l profundo;
doña Beatriz Sarmiento y Castro's una
con la hermos'hermana cual ninguna[69].   120

El claro sol que veis resplandeciendo,
y acá y allá sus rayos va mostrando,
la que del mal d'amor sestá riendo,
del arco, aljab' y flechas no curando,
Cuyo divino rostro'stá diciendo   125
muy más que yo sabré decir loando,
doña Joan' es de Zárate'n quien vemos
de hermosura y gracia los extremos.

Doñ'Ana Osorio y Castro'stá cab'ella[70],
de gran valor y graci'acompañada,   130
ni dej'entre las bellas de ser bella,
ni en toda perfición muy señalada;
Mas su infelice hado usó con ella
d'una crueldad no vista ni pensada,
porqu'al valor, linaje y hermosura,   135
no fuese igual la suerte y la ventura.

Aquella hermosura guarnecida
d'honestidad, y gracia sobre humana,
que con razón y causa fue'scogida
por honr'y prez del templo de Diana;   140

[69] «Hija de don Diego de Mendoza Sarmiento, tercer Conde de Rivadavia y de doña Leonor de Castro y Portugal, que a su vez lo era de los Condes de Lemos. Según los García Carrafa doña Beatriz tuvo una hermana, llamada María que casó con don Diego Mesía de Ovando, primer Conde de Uceda» (*EMB*, pág. 182).

[70] «Hija de don Álvaro Osorio y de doña Beatriz de Castro, condesa de Lemos, y por tanto tía de la doña Beatriz antes mencionada; casó con don Luis Colón y Toledo, segundo duque de Veragua» (*EMB*, pág. 183).

Contino vencedora y no vencida,
su nombre, ¡oh ninfas!, es doña Juliana
d'aquel gran duque nieta y condestable[71]
de quien yo callaré, la fama hable.

Mira del'otra parte l'hermosura   145
de las ilustres damas de Valencia,
a quien pluma ya d'hoy más procura
perpetuar su fama y su excelencia.
Aquí fuente Helicon'el agua pura
otorga, y tú, Minerva, empresta ciencia,   150
para saber decir quién son aquéllas,
que no hay cosa que ver después de vellas.

Las cuatro'strellas ved resplandecientes,
de quien la fama tal valor pregona
de tres insignes reinos descendientes,   155
y del'antigua casa de Cardona;
Del'una parte duques excelentes,
d'otra el trono, el cetro y la corona,
del de Segorbe hijas[72], cuya fama
del Bórea al Austro, al Euro se derrama.   160

---

[71] «Según A. de Burgos, *op. cit.,* t. III, pág. 45, don Íñigo Fernández de Velasco, cuarto duque de Frías y Condestable de Castilla, y doña Ana de Guzmán, su mujer, tuvieron una hija, llamada Juliana, la cual era nieta *lato sensu,* en realidad bisnieta, del famoso don Íñigo, segundo Duque y Gobernador del Reino de Castilla, junto con el cardenal Adriano y el almirante don Enrique Enríquez, durante la guerra de las Comunidades» *(EMB,* págs. 183-84).

[72] «Don Alonso de Aragón, segundo duque de Segorbe y Virrey de Valencia en la época en que se publica allí la *Diana,* estaba casado con doña Juana Folch de Cardona, tercera duquesa de Cardona. Por ser él bisnieto de don Fernando el de Antequera, rey de Aragón, y por remontar el fabuloso origen de los Cardona a una hermana de Carlomagno, las hijas del Duque podían considerarse descendientes de reyes de Castilla, Aragón y de Francia. De las cuatro que aquí se mencionan, doña Ana casó con Vespasiano Gonzaga, duque de Sabioneta y de Trajeto, doña Beatriz y doña Francisca murieron sin tomar estado, y doña Magdalena casó con don Diego Hurtado de Mendoza, príncipe de Mélito, duque de Francavila y Virrey de Aragón y de Cataluña» *(EMB,* pág. 184).

La luz del orbe, y la flor d'España,
  el fin de la beldad y hermosura,
  el corazón real que l'acompaña,
  el ser, valor, bondad sobrenatura,
Aquel mirar qu'en verlo desengaña   165
  de no poder llegar allí criatura,
  doñ'Ana d'Aragón se nombra y llama,
  a do paró'l amor, cansó la fama.

Doña Beatriz su hermana junto d'ella
  veréis, si tanta luz podéis miralla;   170
  quien no podré alabar es sola ella,
  pues no hay podello hacer, sin agravialla;
Aquel pintor que tanto hizo'n ella
  se queda'l cargo de poder loalla,
  qu'a do no llega'ntendimiento humano   175
  llegar mi flaco ingenio, es muy en vano.

Doña Francisca Daragón quisiera
  mostraros, pero siempre'stá'scondida
  su vista soberana es de manera
  qu'a nadie que la vee deja con vida;   180
Por eso no parece. ¡Oh quién pudiera
  mostraros esa luz, qu'al mundo'lvida!,
  porqu'el pintor que tanto hizo'n ella,
  los pasos l'atajó de merecella.

A doña Madalena'stáis mirando,   185
  hermana de las tres qu'os he mostrado,
  miralda bien, veréis qu'está robando
  a quien la mira y vive descuidado;
Su grande hermosura'menazando
  está, y el fiero Amor el arco armado,   190
  porque no pueda nadie n'aun miralla,
  que no le rinda o mate sin batalla.

Aquellos dos luceros qu'a porfía,
  acá y allá sus rayos van mostrando,
  y al'excelente casa de Gandía   195

por tan insigne y alta señalando;
Su hermosura y suerte sube hoy día
    muy más que nadie sube imaginando,
¿quién vee tal Margarita y Madalena[73]
que no tema d'amor l'horrible pena?   200

¿Queréis, hermosas ninfas, ver la cosa,
    qu'el seso más admira y desatina?:
mirá una ninfa más quel sol hermosa,
    pues quien es ella o él, jamás se atina;
El nombre desta fénix tan famosa,   205
    es en Valencia doña Catalina
Milán[74], y en todo'l mundo es hoy llamada
la más discreta, hermosa y señalada.

Alzad los ojos y veréis de frente
    del caudaloso río y su ribera,   210
peinando sus cabellos, la'xcelente
    doña María Pejón y Zanoguera[75],
Cuya hermosura y gracia es evidente,
    y en discreción la prima y la primera,
mirad los ojos, rostro cristalino,   215
y aquí pued'hacer fin vuestro camino.

---

[73] «Se trata de dos hijas de don Juan de Borja, tercer duque de Gandía, y de doña Francisca de Castro y Pinos, su segunda mujer. Fueron por tanto hermanas de S. Francisco de Borja, y cuñadas de doña Leonor Manuel, marquesa de Navarrés, también celebrada en el *Canto de Orfeo.* Doña Margarita, que había nacido en 1538, casó con Fadrique de Portugal, Comendador de los Santos de la Orden de Santiago; doña Magadalena Clara, nacida en 1536 ó 1537, casó con don Fernando de Próxita, quinto conde de Almenara y fue también, andando los años, marquesa de Navarrés» (*EMB,* pág. 185).

[74] «Doña Catalina de Milá o Milán fue hija de don Marco Antonio de Milá y de doña Mariana Carroz, y mujer de don Jerónimo de Cavanilles, Villarrasa y Borja, sexto Señor de Benisanó, que había estado casado en primeras nupcias con doña Elena de Borja» (*EMB,* pág. 186).

[75] «Los Çanoguera o Zanoguera fueron también una linajuda familia valenciana. Recuérdese que en el *Quijote,* I, 39 se habla de un don Juan Zanoguera, caballero valenciano que defendió uno de los fuertes de La Goleta y que, según nota de Clemencín, había participado en 1568, en la toma del peñón de los Vélez» (*EMB,* pág. 186).

Las dos mirad qu'están sobrepujando
  a toda discreción y entendimiento,
  y entre las más hermosas señalando
  se van por solo un par, sin par ni cuento; 220
Los ojos que las miran sojuzgando,
  pues nadie las miró que viva exento;
  ¡ved qué dira quien alabar promete
  las dos Beatrices, Vique[76] y Fenollete![77]

Al tiempo que se puso'llí Diana 225
  con su divino rostro y excelente,
  salió un lucero, luego una mañana
  de mayo, muy serena y refulgente;
Sus ojos matan y su vista sana,
  despunt'allí'l amor su flech'ardiente, 230
  su hermosura habl'y testifique
  ser sola y sin igual doñ'Ana Vique[78].

Volved, ninfas, veréis doña Theodora
  Carroz[79], que del valor y hermosura
  la hace'l tiempo reina y gran señora 235
  de toda discreción y gracia pura;
Cualquiera casa suy'os enamora,
  ninguna cosa vuestr'os asegura
  para tomar tan grand'atrevimiento
  como es poner en ella'l pensamiento. 240

---

[76] «Doña Beatriz Vique o Vich casó en 1562 con don Juan Zanoguera y Peixó; viuda en 1570, contrajo segundo matrimonio con don Andrés Soler, vecino de Orihuela» (*EMB,* pág. 186).

[77] «Doña Beatriz Fenollete o Fenollet fue hija de don Francisco Fenollet, Baile de Játiva, y de doña Francisca Ferrer. Casó con don Juan Ramírez de Arellano» (*EMB,* pág. 187).

[78] «Doña Ana Vique o Vich fue hija de don Luis de Vich, señor de las baronías de Laurín y Matada, camarero de Carlos V y embajador en Roma, y de doña Mencía Manrique de Lara, mujer de don Gaspar Marradas, señor de Sallent» (*EMB,* pág. 187).

[79] «Hija de don Galcerán Carroz de Vilaragut, tercer barón de Toga y de doña Laudomia Burguerino, y mujer de don Jerónimo Arteps» (*EMB,* pág. 187).

Doñ' Ángela de Borja[80] contemplando
veréis qu'está, pastores, en Diana[81],
y en ella la gran Dea'stá mirando
la gracia y hermosura soberana;
Cupido all'a sus pies está llorando,   245
y la hermosa ninfa muy ufana
de ver delante della'star rendido
aquel tirano fuerte y tan temido.

D'aquella ilustre cepa Zanoguera
salió una flor tan extremad'y pura   250
que siendo de su edad la primavera
ninguna se l'iguala'n hermosura;
De la'xcelente madre's heredera
en todo cuanto pudo dar natura,
y así doña Hierónyma[82] ha llegado   255
en gracia y discreción al sumo grado.

¿Queréis quedar, oh ninfas, admiradas
y ver lo qu'a ninguna dio ventura?
¿queréis al puro extremo ver llegadas
valor, saber, bondad y hermosura?   260
Mirad doña Verónica Marradas[83],

[80] E. Moreno Báez encuentra difícil precisar con exactitud de quién se trata ya que «fue muy frecuente el nombre de Ángela entre las damas de este apellido, sobre todo en la rama de los Lanzol de Romaní». Nombra seis distintas de las cuales hay que descartar a las que se casaron pues «de lo que de ella nos dice Montemayor parece deducirse que se metió monja». Podría ser,' por tanto, únicamente «la hija de don Francisco de Borja Lanzol de Romaní, barón de Anna, y de doña María de Aguilar, de la que no se dice que se casara» (*EMB*, págs. 187-88).

[81] Señala M. Debax que *contemplar en* no se encuentra atestiguado en ninguna parte, por lo que lo propone como posible lusismo (*op. cit.*, pág. 200).

[82] «Aunque la doña Jerónima Çanoguera o Zanoguera que casó en 1593 con don Francisco Fenollet no puede ser la que aquí celebra Montemayor, ella por lo menos atestigua la existencia de este nombre de pila entre las damas de su apellido» (*EMB*, págs. 188-89).

[83] Los García Carraffa, *Diccionario heráldico y genealógico de apellidos españoles y americanos,* t. LII, págs. 269-70 hablan de la familia de los Marradas, cuyo jefe,

pues sólo verl'os dice y asegura
que todo sobra y nada falt'en ella,
sino's quien pueda, o piense, merecella.

Doña Luisa Penarroja[84] vemos   265
    en hermosura y gracia más qu'humana,
    en toda cosa lleg'a los extremos
    y a toda hermosura vence y gana;
No quiere'l crudo Amor que la miremos,
    y quien la vio, si la vee, no sana,   270
    aunque después de vista el crudo fuego
    en su vigor y fuerza vuelve luego.

Ya veo, ninfas, que miráis aquella
    en quien estoy contino contemplando;
    los ojos se os irán, por fuerza a ella,   275
    qu'aun los del mismo amor está robando;
Mirad la hermosura qu'hay en ella,
    mas ved que no cieguéis quizá mirando
    a doña Joana de Cardona[85], 'strella
    qu'el mismo amor está rendido a ella.   280

Aquella hermosura no pensada
    que veis, si verla cabe'n vuestro vaso;
    aquella cuya suerte fue'xtremada,
    pues no teme fortuna, tiempo y caso;
Aquella discreción tan levantada,   285

---

don Gaspar de Marradas, casó con doña Ana Vich, sin mencionar a doña
Verónica» *(EMB,* pág. 189).

[84] «Del linaje de los Peñarroja hablan también los García Carraffa,
t. LXVIII, págs. 65-68, sin mencionar a doña Luisa. Tengamos presente que
como los nombres de las damas que mueren solteras no suelen pasar a los árboles genealógicos tampoco se hallan en nobiliarios, a menos que pertene-
cieran a la primera nobleza española» *(EMB,* pág. 189).

[85] «Esta doña Juana debe sin duda de pertenecer a la rama de los Cardona
que vivían en Valencia y que fueron barones de Bellpuig y señores de Guada-
lest, según García Carraffa, t. XXIII, págs. 195-98, donde, sin embargo, no
se la menciona. J. García Morales en las notas al *Libro de motes de damas y caballeros* de L. de Milán, Barcelona, 1951, habla de una dama de este nombre, casada con un caballero del linaje de los Milá» *(EMB,* pág. 189).

aquella qu'es mi musa y mi Parnaso,
Joana Ana es Catalana[86], fin y cabo
de lo qu'en todas por extremo alabo.

Cabella'stá un extremo no vicioso,
    mas en virtud muy alto y extremado,   290
    dispusición gentil, rostro hermoso,
    cabellos d'oro, cuello delicado;
Mirar qu'alegra, movimiento airoso,
    juicio claro y nombre señalado,
    doñ'Ángela Fernando[87], a quien natura   295
    conform'al nombre, dio la hermosura.

Veréis cabella doña Mariana[88],
    que d'igualalle nadi'está segura;
    miralda junto a l'excelent'hermana,
    veréis en poc'edad gran hermosura.   300
Veréis con ella nuestr'edad ufana,
    veréis en pocos años gran cordura,
    veréis que son las dos el cabo y suma
    de cuanto decir puede lengua y pluma.

Las dos hermanas Borjas escogidas   305
    Hippólita, Ysabel[89], qu' estáis mirando,

---

[86] «El apellido Catalá o Catalán era frecuente entre la nobleza catalana, pero no aparece la dama mencionada por Montemayor en la historia que del apellido hace García Carraffa, t. XXIII, págs. 166-71» (*EMB,* pág. 190).

[87] «Doña Ángela Fernando o Ferrando fue hija de don Jerónimo Ferrando y de doña Ángela Díez y Vilanova, que por parte de madre estaba emparentada con la consorte del rey don Martín. Casó la doña Ángela aquí celebrada con don Jaime Ferrer, cabeza de su casa» (*EMB,* pág. 190).

[88] «Debió de morir soltera, ya que no se encuentran noticias de ella en los nobiliarios.» «Tuvo otra hermana, doña Juana Ferrando, casada con don Juan Girón de Rebolledo, de quienes descienden los barones de Andilla» (*EMB,* pág. 190).

[89] E. Moreno Báez indica que no ha encontrado referencia de Hipólita de Borja, y que, en cambio, Isabel de Borja puede corresponder a cuatro damas distintas: la hija de S. Francisco, que casó don Francisco Gómez de Sandoval y Rojas, cuarto marqués de Denia y tercer conde de Lerma, pero que hubiera sido mencionada entre las señoras de la Casa de Gandía; la hija de don Jofre de Borja Lanzol de Romaní y de doña Juana de Moncada, hermana de la pri-

de gracia y perfición tan guarnecidas
qu'al sol su resplandor está ciegando,
Miraldas y veréis de cuantas vidas
su hermosura siempre va triunfando,
mirá los ojos, rostro y los cabellos
qu'el oro qued'atrás y pasan ellos.

Mirad doña María Zanoguera,
la cual de Catarroja es hoy señora[90],
cuya hermosura y gracia es de manera
qu'a toda cosa venc'y l'enamora:
Su fama resplandece por doquiera,
y su virtud l'ensalza cada hora,
pues no hay qué desear después de vella,
¿quién la podrá loar sin ofendella?

Doña Ysabel de Barja está de frente
y al fin y perfición de toda cosa;
mirad la gracia, el ser y l'excelente
color, más viva que purpúrea rosa;
Mirá qu'es de virtud y gracia fuente
y nuestro siglo ilustr'en toda cosa,
al cabo'stá de todas su figura,
por cabo y fin de gracia y hermosura.

La qu'esparcidos tiene sus cabellos
con hilo d'oro fino atrás tomados,
y aquel divino rostro, qu'él y ellos
a tantos corazones trae domados;
El cuello de marfil, los ojos bellos,
honestos, bajos, verdes y rasgados,

310

315

320

325

330

---

mera doña Angela de la nota 80; la hija de don Miguel de Borja Lanzol y
Aguilar, caballero de Montesa, y de doña Eufemia García, que casó con don
Juan Bautista Fagel; la hija de don Francisco de Borja Lanzol de Romaní y de
doña María de Aguilar, hermana de la cuarta doña Ángela que fue monja en
Valencia (*EMB*, pág. 191).
   90 «Doña María Çanoguera o Zanoguera, señora de Catarroja, fue hija de
don José Miguel Zanoguera y de doña Ana Artés de Albadell y mujer de don
Antonio de Calatayud, señor de la villa de Provencio» (*EMB*, pág. 191).

doña Joana Milán[91] por nombre tiene,   335
en quien la vista para y se mantiene.

Aquella qu'allí veis, en quien natura
    mostró su ciencia ser maravillosa,
    pues no hay pasar d'allí en hermosura
    ni hay más que desear a un'hermosa;   340
Cuyo valor, saber y gran cordura,
    levantarán su fama en toda cosa,
    doña Mencia se nombra Fenollete[92]
    a quien se rind'amor y se somete.

La canción del celebrado Orpheo fue tan agradable a los
oídos de Felismena y de todos los que la oían, que así los
tenía suspensos, como si por ninguno de ellos hubiera pasado más de lo que presente tenían. Pues habiendo muy
particularmente mirado el rico aposento con todas las cosas que en él había que ver, salieron las ninfas por una
puerta a la gran sala, y por otra de la sala a un hermoso jardín, cuya vista no menos admiración les causó que lo que
hasta allí habían visto, entre cuyos árboles y hermosas flores había muchos sepulcros de ninfas y damas, las cuales
habían con gran limpieza conservado la castidad debida a
la castísima diosa. Estaban todos los sepulcros coronados
denredosa yedra, otros de olorosos arrayanes, otros de verde laurel[93]. Demás desto había en el hermoso jardín mu-

---

[91] E. Moreno Báez indica que no ha encontrado esta dama entre las que
García Carraffa menciona como pertenecientes a la familia Milá o Milán
(*EMB*, pág. 192).

[92] Señala E. Moreno Báez que tampoco aparece Mencia Fenollet entre las
damas de la familia en la historia que del apellido hace García Carraffa
(*op. cit.*, t. XXXIII, págs. 131-39) (*EMB*, pág. 192).

[93] El jardín que rodea al palacio es otro tópico de la literatura renacentista. Supone un nuevo matiz de la dialéctica naturaleza/arte, oponiendo así en
el contexto pastoril el hedonismo del ámbito natural al significado metafóri-
co del arte, en el cual el jardín transporta a la reducción de lo bello en lo humano. De ahí que sea lugar también de la Fama, como cementerio, como
museo de estatuas, etc. Puede, por tanto, tener relación con la elegía de los
muertos revestidos en el entorno semimágico de la Fama que existen en
L'Arcadia (Prosa X), y con las historias seudocaballerescas de encantamien-

chas fuentes de alabastro, otras de mármol jaspeado y de metal, debajo de parrales que por encima de artificiosos arcos extendían sus ramas, los mirtos hacían cuatro paredes almenadas, y por encima de las almenas parecían muchas flores de jazmín, madreselva y otras muy apacibles a la vista. En medio del jardín estaba una piedra negra sobre cuatro pilares de metal, y en medio de ella un sepulcro de jaspe que cuatro ninfas de alabastro en las manos sostenían, en torno dél estaban muchos blandones y candeleros de fina plata muy bien labrados, y en ellos hachas blancas ardiendo; en torno de la capilla, había algunos bultos de caballeros y damas, unos de metal, otros de alabastro, otros de mármol jaspeado, y de otras diferentes materias[94]. Mostraban estas figuras tan gran tristeza en el rostro que la pu-

---

tos como la que aparece en *El Crótalon:* el palacio de Saxe está rodeado de agradable jardín que resulta ser cementerio de los amantes que ha ido transformando en árbol, «Demás desto tenía muy deleitosos bosques de laureles, palmas, çipreses, plátanos, arrayanes, çedros, naranjos y frescos chopos..., y todos éstos estaban entretexidos y rodeados de rosas, jazmines, azuzenas, yedras, lilios... que junto a unas perenales y vivas fuentes hazían unas suaves cárceles y deleitosos escondrixos aparejados para encubrir cualquier desmán que entre damas y caballeros hiziese el amor...» (ed. cit., págs. 203-5).

[94] Para G. Correa los epitafios del camposanto constituyen el cuarto elemento que cierra la configuración del templo de Diana (palacio de Felicia) como templo de la Fama: «1) el padrón conmemorativo en el centro de la cuadra donde se encuentran figuras famosas de la historia romana y española, 2) las escenas de mujeres célebres que supieron heroicamente luchar por mantenerse castas y fieles a sus maridos, 3) el canto de Orfeo que exalta el valer, gracia y belleza sobrehumana de mujeres españolas». «Lo peculiar en este sistema de configuraciones de la Fama es la fusión de los elementos amorosos (Orfeo) con los heroicos procedentes de la guerra (Marte) en un mismo plano de significación. En virtud de esta fusión el mundo sentimental de la novela adquiere una dimensión *heroica* en cuanto queda transmutado en sustancia *honrosa* al par de las acciones ejemplares y guerreras» (Art. cit., pág. 71). J. B. Avalle-Arce señala, por otro lado, el significado subjetivo de la realidad imaginada que tienen estas descripciones, «abren un paréntesis artístico en la narración, artificio técnico que se remonta, en última instancia, al escudo de Aquiles (*Ilíada*, XVIII), y que después de innúmeras recreaciones aparece en la égloga II de Garcilaso en la forma de una urna labrada con la historia de la casa de Alba. O sea, que al escenario natural esencializado del mundo pastoril le sigue un escenario cuyos elementos se conciben y describen con un derroche imaginativo impuesto por lo fantástico del nuevo ambiente» (*op. cit.*, pág. 78).

sieron en el corazón de la hermosa Felismena y de todos los que el sepulcro veían. Pues, mirándolo muy particularmente, vieron que a los pies de él, en una tabla de metal que una muerte tenía en las manos, estaba este letrero:

> Aquí resposa doña Catalina
>   d'Aragón y Sarmiento[95], cuya fama
>   al alto cielo llega y s'avecina
>   y desd'el Bórea'l Austro se derrama.
> Matéla siendo muerte tan aína   5
>   por muchos qu'ella ha muerto siendo dama;
>   aquí'stá'l cuerpo, el alma'llá'n el cielo,
>   que no la mereció gozar el suelo.

Después de leído el Epigrama, vieron cómo en lo alto del sepulcro estaba una águila de mármol negro, con una tabla de oro en las uñas, y en ella estos versos:

> Cual quedaría, ¡oh muerte!, el alto cielo
>   sin el dorado Apolo y su Diana,
>   sin hombre ni animal el bajo suelo,
>   sin nort'el marinero en mar insana,
>   sin flor ni yerba'l campo y sin consuelo,   5
>   sin el rocío daljófar la mañana,
>   así quedó'l valor, la hermosura,
>   sin la que yaze'n esta sepultura[96].

Cuando por estos dos letreros hubieron leído, y Belisa entendido[97] por ellos quién era la hermosa ninfa que allí estaba sepultada, y lo mucho que nuestra España había perdido en perdella, acordándose de la temprana muerte del su Arsileo, no pudo dejar de decir con muchas lágrimas:

---

[95] «Fue esta dama hermana de la doña María de Aragón celebrada en el *Canto de Orfeo*. Fue célebre por su hermosura y murió doncella en Valladolid, siendo dama de la princesa doña Juana. También es mencionada en la poesía de Montemayor citada» (cfr. nota 65) (*EMB*, págs. 193-94).

[96] *Sepoltura* en la edición de Venecia, 1574.

[97] *Entendiendo* en la edición de Venecia, 1574.

«¡Ay, muerte!, ¡cuán fuera estoy de pensar que me has de consolar con males ajenos! Duéleme en extremo lo poco que se gozó tan gran valor y hermosura como esta ninfa me dicen que tenía, porque ni estaba presa de amor, ni nadie mereció que ella lo estuviese, que si otra cosa entendiera, por tan dichosa la tuviera yo en morirse como a mí por desdichada en ver, ¡oh cruda muerte!, cuán poco caso haces de mí, pues llevándome todo mi bien, me dejas, no para más que para sentir esta falta. ¡Oh mi Arsileo! ¡oh discreción jamás oída! ¡oh el más firme amador que jamás pudo verse! ¡oh el más claro ingenio que naturaleza pudo dar! ¿Qué ojos pudieron verte, qué ánimo pudo sufrir tu desastrado fin? ¡Oh Arsenio, Arsenio, cuán poco pudiste sufrir la muerte del desastrado hijo, teniendo más ocasión de sufrilla que yo! ¿Por qué, cruel Arsenio, no quesiste que yo participase de dos muerte, que por estorbar la que menos me dolía, diera yo cien mil vidas, si tantas tuviera? A Dios, bienaventurada ninfa, lustre y honra de la real casa de Aragón, Dios dé gloria a tu ánima, y saque la mía dentre tantas desventuras.»

Después que Belisa hubo dicho estas palabras, después de haber visto otras muchas sepulturas muy[98] riquísimamente labradas, salieron por una puerta falsa que en el jardín estaba al verde prado, adonde hallaron a la sabia Felicia, que sola se andaba recreando, la cual los recibió con muy buen semblante. Y en cuanto se hacía hora de cenar, se fueron a una gran alameda que cerca de allí estaba, lugar donde las ninfas del sumptuoso templo algunos días salían a recrearse. Y sentados en un pradecillo, cercado de verdes salces, comenzaron a hablar unos con otros, cada uno en la cosa que más contento le daba. La sabia Felicia llamó junto a sí al pastor Sireno y a Felismena. La ninfa Dórida se puso con Sylvano hacia una parte del verde prado; y las dos pastoras, Selvagia y Belisa, con las hermosas ninfas, Cinthia y Polydora, se apartaron hacia otra parte; de manera que aunque no estaban unos muy lejos de los otros,

98 *Muy* no aparece en la edición de Venecia, 1574.

podían muy bien hablar sin que estorbase uno lo que el otro decía[99].

Pues queriendo Sireno que la plática y conversación se conformase con el tiempo y lugar, y también con la persona a quien hablaba, comenzó a hablar desta manera: «No me parece fuera de propósito, señora Felicia, preguntar yo una cosa que jamás pude llegar al cabo del conocimiento della, y es ésta: Afirman todos los que algo entienden que el verdadero amor nace de la razón, y si esto es así, ¿cuál es la causa porque no hay cosa más desenfrenada en el mundo ni que menos se deje gobernar por ella?»[100].

Felicia le respondió: «Así como esa pregunta es más que de pastor, así era necesario que fuese más que mujer la que

---

[99] «El caminar sustituye al contar y el viaje les lleva a los espacios de Felicia, donde el diálogo dramático, con escenografía, música y canto, suscitará de nuevo espectadores atentos y opiniones contrastadas (...) En torno a Felicia se construyen debates sobre cuestiones amorosas y el palacio se convierte en academia, con inserción de cantos y discursos filosóficos. Pero allí no juega sólo la palabra en el lugar ameno, sino el espacio para el arte, con las maravillas que encierra» (A. Egido, art. cit., pág. 152). B. M. Damiani relaciona a Felicia como centro de sabiduría con «those scientits and poets who in Arcadia form part of Pontano's Neapolitan academy» (en «Sannazaro and Montemayor. Toward a comparative study of *Arcadia* and *Diana*», en *Studies in honor of Elias Rivers*, 1989, pág. 69).

[100] F. López Estrada señaló que traduce Montemayor «el fragmento de los *Diálogos de amor* de León Hebreo y lo intercaló en el artificio de la novela» (cfr. la obra en la edición de *Orígenes de la novela*, t. IV, Madrid, 1915, págs. 306 y ss.). Sobre esta manifiesta influencia, para B. M. Damiani lo fundamental es que Montemayor representa el amor como incontrolable por la razón (*Jorge de Montemayor*, ed. cit., pág. 152). J. B. Avalle-Arce señala importantes diferencias: «Pero al contrario de León Hebreo esto no es un psicologismo en frío. La simetría vital que alienta la novela impide el abstracto juego conceptual del teorizador y necesita, en cambio, la presentación en carne viva. Por otra parte, el deseo de recorrer, en la medida de lo posible, la gama psicológica del modelo —o más bien, de analizar el sentimiento en toda su complejidad— hace que el caso amoroso no sea único sino múltiple, al punto que casi hay tantos casos como pastores.» (*op. cit.*, pág. 81.) Relaciona A. Solé Leris este pasaje con el planteamiento inherente en la novela de «amor perfecto/amor deshonesto», relacionado, insertándolo en las palabras de León Hebreo, con el control del amor por la razón. Es significativo así que la concepción del amor de Montemayor, más cercana a la de los Cancioneros del xv, selecione de los *Diálogos de amor* el fragmento que trata del poder irresistible del amor (*op. cit.*, págs. 65-6 y 77).

a ella respondiese, mas con lo poco que yo alcanzo, no me parece que porquel amor tenga por madre a la razón se ha de pensar que él se limite ni gobierne por ella. Antes has de prosuponer que después que la razón del conocimiento lo ha engendrado, las menos veces quiere que le gobierne. Y es de tal manera desenfrenado que las más de las veces viene en daño y perjuicio del amante, pues por la mayor parte, los que bien aman se vienen a desamar a sí mismos, que es contra razón y derecho de naturaleza. Y ésta es la causa por que le pintan ciego y falto de toda razón, y como su madre Venus tiene los ojos hermosos, así él desea siempre lo más hermoso. Píntanlo desnudo porque el buen amor ni puede disimularse con la razón, ni encubrirse con la prudencia. Píntanle con alas porque velocísimamente entra en el ánima del amante; y cuanto más perfecto es, con tanto mayor velocidad y enajenamiento de sí mismo, va a buscar la persona amada; por lo cual, decía Eurípides que el amante vivía en el cuerpo del amado[101]. Píntanlo asimismo flechando su arco porque tira derecho al corazón como a proprio blanco, y también porque la llaga de amor es como la que hace la saeta, estrecha en la entrada y profunda en lo intrínseco del que ama. Es esta llaga difícil de ver, mala de curar y muy tardía en el sanar. De manera, Sireno, que no debe admirarte, aunque el perfecto amor sea hijo de razón, que no se gobierne por ella, porque no hay cosa que después de nacida menos corresponda al origen de adonde nació. Algunos dicen que no es otra la diferencia entre el amor vicioso y el que no lo es, sino que el uno se gobierna por razón y el otro no se deja gobernar por ella; y engáñanse porque aquel exceso y ímpetu no es más proprio del amor deshonesto que del honesto, antes es una

---

[101] Evidentemente Montemayor cita a Eurípides para darle valor clásico a la idea. Corresponde en realidad al tópico *Magis est ubi amant quam ubi animat* de origen platónico que hace suyo el Renacimiento tanto en la vertiente mística, como en la profana de la poesía amorosa. Cfr. El estudio más completo de la significación mística debido a J. Orcibal, «Une formule de l'amour extatique de Platon a Saint Jean de la Croix et au cardinal de Bérulle», en *Melanges offerts a Etienne Gilson,* Toronto-París, 1959, págs. 447-63.

propiedad de cualquiera género de amor, salvo que en uno hace la virtud mayor, y en el otro acrecienta más el vicio. ¿Quién puede negar que en el amor que verdaderamente es honesto no se hallen maravillosos y excesivos efectos?; pregúntenlo a muchos que por sólo el amor de Dios no hicieron cuenta de sus personas, ni estimaron por él perder la vida, aunque sabido el premio que por ello se esperaba, no daban mucho; pues, ¿cuántos han procurado consumir sus personas y acabar sus vidas inflamados del amor de la virtud, y de alcanzar fama gloriosa? Cosa que la razón ordinaria no permite, antes guía cualquiera efecto, de manera que la vida pueda honestamente conservarse. Pues ¡cuántos ejemplos te podría yo traer de muchos que por sólo el amor de sus amigos perdieron la vida y todo lo más que con ella se pierde! Dejemos este amor, volvamos al amor del hombre con la mujer. Has de saber que si el amor que el amador tiene a su dama, aunque inflamado en desenfrenada afición, nace de la razón y del verdadero conocimiento y juicio, que por solas sus virtudes la juzgue digna de ser amada; que este tal amor, a parecer y no me engaño, no es ilícito ni deshonesto, porque todo el amor desta manera no tira a otro fin, sino a querer la persona por ella misma, sin esperar otro interese ni galardón de sus amores. Así que esto es lo me parece que se puede responder a lo que en este caso me has preguntado.»

Sireno entonces le respondió: «Yo estoy, discreta señora, satisfecho de lo que deseaba entender y así creo que lo estaré, según tu claro juicio, de todo lo que quisiere saber de ti, aunque otro entendimiento era menester más abundante[102] que el mío para alcanzar lo mucho que tus palabras comprehenden.»

Sylvano[103], que con Polydora estaba hablando, le decía: «Maravillosa cosa es, hermosa ninfa, ver lo que sufre un

---

[102] Resalta M. Debax que *abundante* en esta acepción significa «rico, bien dotado, hablando de la naturaleza del hombre, de sus facultades y potencias» según el *Diccionario de Autoridades* que remite precisamente a este pasaje de *La Diana* para apoyar este sentido (*op. cit.*, pág. 4).

[103] *Que con* en la edición de Venecia, 1574.

triste corazón que a los trances de amor está subjeto porque el menor mal que hace es quitarnos el juicio, perder la memoria de toda cosa, y enchirla de solo él, vuelve ajeno de sí todo hombre, y proprio de la persona amada. Pues ¿qué hará el desventurado que se vee enemigo de placer, amigo de soledad, lleno de pasiones, cercado de temores, turbado de espíritu, martirizado del seso, sustentado de esperanza, fatigado de pensamientos, afligido de molestias, traspasado de celos, lleno perpetuamente de sospiros, enojos, agravios que jamás le faltan? Y lo que más me maravilla es que, siendo este amor tan intolerable y extremado en crueldad, no espere el espíritu apartarse dél, ni lo procure, mas antes tenga por enemigo a quien se lo aconseja»[104]. «Bien está todo —dijo Polydora— pero yo sé muy bien que por la mayor parte los que aman tienen más de palabras que de pasiones.»

«Señal es ésa —dijo Sylvano— que no las sabes sentir, pues no las puedes creer, y bien parece que no has sido tocada deste mal, ni plega a Dios que lo seas; el cual ninguno lo puede creer, ni la calidad y multitud de los males que dél proceden, sino el que participa dellos. ¿Cómo que piensas tú, hermosa ninfa, que hallándose continuamente el amante confusa la razón, ocupada la memoria, enajenada la fantasía, y el sentido del excesivo amor fatigado, quedará la lengua tan libre que pueda fingir pasiones, ni mostrar otra cosa de la que sientes? Pues no te engañes en eso, que yo te digo que es muy al revés de lo que tú lo imaginas. Vesme aquí donde estoy que verdaderamente ninguna cosa hay en mí que se pueda gobernar por razón, ni aun la podrá haber en quien tan ajeno estuviere de su libertad,

---

[104] «La experiencia religiosa en lo que tiene de absoluta intimidad, procede de los mismos supuestos que sustentan la experiencia erótica de la *Diana:* "Entra, christiano, en ti, si quieres verte, / y verás lo que sientes en tu centro, / que gran mal es tú mismo no sentirte, / pues te conviene ver lo que está dentro."» En la *Diana* los personajes aparecen recluidos en sí mismos y cuentan prolijamente lo que sienten en su «centro» (A. Castro, «Lo hispánico y el erasmismo», en *Aspectos del vivir hispánico,* Madrid, 1970, pág. 125).

como yo; porque todas las subjeciones corporales dejan libre, a lo menos, la voluntad, mas la subjeción de amor en[105] tal que la primera cosa que hace, es tomaros posesión della, ¿y quieres tú, pastora[106], que forme quejas y finja sospiros, el que desta manera se vee tractado? Bien parece en fin que estás libre de amor, como yo poco a ti decía.»

Polydora le respondió: «Yo conozco, Sylvano, que los que aman reciben muchos trabajos y aficiones[107] todo el tiempo que ellos no alcanzan lo que desean; pero después de conseguida la causa[108] deseada, se les vuelve en descanso y contentamiento. De manera que todos los males que pasaban más proceden de deseo de amor que tengan a lo que desean»[109]. «Bien parece que hablas en mal que no tienes experimentado —dijo Sylvano— porque el amor de aquellos amantes cuyas penas cesan después de haber alcanzado lo que desean, no procede su amor de la razón, sino de un apetito bajo y deshonesto»[110].

Selvagia, Belisa y la hermosa Cinthia estaban tratando cuál era la razón porque en absencia, las más de las veces se resfriaba el amor. Belisa no podía creer que por nadie pasase tan gran deslealtad, diciendo que pues siendo muerto el su Arsileo y estando bien segura de no verle más, le tenía el mismo amor que cuando vivía, que cómo era posible ni se podía sufrir que nadie olvidase en absencia[111] los amores que algún tiempo esperase ver. La ninfa Cinthia le respondió: «No podré, Belisa, responderte con tanta suficiencia como por ventura la materia lo requería, por ser cosa

<hr>

[105] *Es* en la edición de Venecia, 1574.

[106] *Hermosa ninfa* en vez de *pastora* en la edición de Venecia, 1574.

[107] *Afliciones* en la edición de Venecia, 1574.

[108] *Cosa* en la edición de Venecia, 1574.

[109] El deseo y el amor están imbricados en múltiples aspectos: parece en principio contradictorio que el amor se exprese como deseo nunca alcanzado, pero en definitiva es el propio deseo no satisfecho la meta de los pastores que así cumplen, como amadores corteses, con el amor como sufrimiento y trabajo. (Cfr. M. Debax, *op. cit.,* pág. 280, y como resorte narrativo de la autocontemplación R. El Saffar, art. cit.)

[110] *Dishonesto* en la edición de Venecia, 1574.

[111] *Ausencia* en la edición de Venecia, 1574.

que no se puede esperar del ingenio de una ninfa como yo. Mas lo que a mí me parece es que cuando uno se parte de la presencia de quien quiere bien, la memoria le queda por ojos, pues solamente con ella vee lo que desea. Esta memoria tiene cargo de representar al entendimiento lo que contiene en sí, y del entenderse la persona que ama viene la voluntad, que es la tercera potencia del ánima, a engendrar el deseo, mediante el cual tiene el ausente pena por ver aquel que quiere bien. De manera que todos estos efectos se derivan de la memoria, como de una fuente donde nace el principio del deseo. Pues habéis de saber agora, hermosas pastoras, que como la memoria sea una cosa que cuanto más va, más pierde su fuerza y vigor, olvidándose de lo que le entregaron los ojos, así también lo pierden las otras potencias, cuyas obras en ella tenían su principio. De la misma manera que a los ríos se les acabaría su corriente, si dejasen de manar las fuentes adonde nacen. Y si como esto se entiende en el que parte, se entendiera también en el que queda. Y pensar tú, hermosa pastora, que el tiempo no curaría tu mal si dejases el remedio dél en manos de la sabia Felicia, será muy gran engaño, porque ninguno hay a quien ella no dé remedio, y en el de amores, más que en todos los otros.»

La sabia Felicia que aunque estaba algo apartada oyó lo que Cinthia dijo, le respondió: «No sería pequeña crueldad poner yo el remedio de quien tanto lo ha menester, en manos de médico tan espacioso como es el tiempo, que puesto caso que algunas veces no lo sea, en fin las enfermedades grandes, si otro remedio no tienen sino el suyo, se han de gastar tan de espacio, que primero que se acaben, se acabe la vida de quien las tiene. Y porque mañana pienso entender en lo que toca al remedio de la hermosa Felismena y de toda su compañía, y los rayos del dorado Apolo parece que van ya dando fin a su jornada, será bien que nosotros lo demos a nuestra plática y nos vamos a mi aposento, que ya la cena pienso que nos está aguardando.»

Y así se fueron en casa de la gran sabia Felicia, donde hallaron ya las mesas puestas, debajo de unos verdes pa-

rrales que estaban en un jardín que en la casa había. ✳
Y acabando de cenar y tomando licencia de la sabia Felicia, se fue cada uno al aposento que aparejado le es- 261
taba.

FIN DEL CUARTO LIBRO DE LA DIANA

▷ Felisa le pide a Felismena
que cuente una historia.
Ella cuenta el Abencerraje.

*Se soluciona el problema
de Selvagia y Silvano*

LIBRO QUINTO DE LA DIANA DE JORGE
DE MONTEMAYOR

Otro día por la mañana la sabia Felicia se levantó, y se *Tiempo relativo* fue al aposento de Felismena, la cual halló acabándose de vestir no con pocas lágrimas, pareciéndole cada hora de las que allí estaba mil años[1]. Y tomándola por la mano, se salieron a un corredor que estaba sobre el jardín, adonde[2] la noche antes habían cenado, y habiéndole preguntado la causa de sus lágrimas y consolándola con dalle esperanza que sus trabajos habrían el fin que ella deseaba, le dijo:

«Ninguna cosa hay hoy en la vida más aparejada para quitalla a quien quiere bien, que quitalle con esperanzas inciertas el remedio de su mal, porque no hay hora en cuanto desta manera vive que no le parezca tan espaciosa cuanto las de la vida son apresuradas. Y porque mi deseo es que el vuestro se cumpla y después de algunos trabajos consigáis el descanso que la fortuna os tiene prometido,

economía

---

[1] Con el libro quinto comienza lo que podríamos considerar la segunda parte de la obra (libros quinto, sexto y séptimo) que presentan diferencias sustanciales con la primera (libros primero, segundo y tercero): «Tras la confluencia de los personajes en el libro IV, la obra cambia de rumbo y presenta en sus trancos finales el desenlace parcial de los tres casos amorosos planteados, dejando abierto el de otros para una prometida continuación. Estos tres últimos libros pierden en parte el proceso activador de la memoria que reconstruye historias, y ganan en la presentación de acciones vivas en el discurrir presente. El orden inicial se trastoca por un ritmo más complejo, dinámico y abierto, menos interiorizado. Se gana en objetividad y la tercera persona se adueña del relato, mostrando como ha señalado R. El Saffar, la soberanía del narrador sobre lo acontecido» (A. Egido, art. cit., pág. 142).

[2] *Donde* en la edición de Venecia, 1574.

vos partiréis desta vuestra casa en el mismo hábito en que veníades cuando a mis ninfas defendistes de la fuerza que los fieros salvajes les querían hacer. Y tened entendido que todas las veces que mi ayuda y favor os fuere necesario, lo hallaréis sin que hayáis menester enviármelo a pedir; así que, hermosa Felismena, vuestra partida sea luego, y confiad en Dios que vuestro deseo habrá buen fin, porque si yo de otra suerte lo entendiera, bien podéis creer que no me faltarán otros remedios para haceros mudar el pensamiento como a algunas personas lo he hecho.»

Muy grande alegría recibió Felismena de las palabras que la sabia Felicia le dijo, a las cuales respondió: «No puedo alcanzar, discreta señora, con qué palabras podría encarecer ni con qué obras podría servir la merced que de vos recibo[3]. Dios me llegue a tiempo en que la experiencia os dé a entender mi deseo. Lo que mandáis, pondré yo luego por obra, lo cual no puede dejar de sucederme muy bien siguiendo el consejo de quien para todas las cosas sabe dallo tan bueno.» La sabia Felicia la abrazó diciendo: «Yo espero en Dios, hermosa Felismena, de veros en esta casa con más alegría de la que lleváis. Y porque los dos pastores y pastoras nos están esperando, razón será que vaya a dalles el remedio que tanto han menester.»

Y saliéndose ambas a dos a una sala, hallaron a Sylvano y a Sireno y a Belisa, y Selvagia, que esperándolos estaban, y la sabia Felicia dijo a Felismena: «Entretened, hermosa señora, vuestra compañía entretando que yo vengo.»

Y entrándose en un aposento, no tardó mucho en salir con dos vasos en las manos de fino cristal con los pies de oro esmaltados; y llegándose a Sireno, le dijo: «Olvidado pastor, si en tus males hubiera otro remedio sino éste, yo te le buscara con toda la diligencia posible, pero ya que no puedes gozar de aquella que tanto te quiso sin muerte ajena y ésta esté en mano de solo Dios, es menester que recibas otro remedio para no desear cosa que es imposible alcanzalla. Y tú, hermosa Selvagia, y desamado Sylvano, tomad este vaso, en el cual hallaréis grandísimo remedio para el

---

[3] *Recebio* en la edición de Venecia, 1574.

mal pasado, y principio para grandísimo contento, del cual vosotros estáis bien descuidados»[4].

Y tomando el vaso que tenía en la mano izquierda, le puso en la mano a Sireno y le mandó que lo bebiese, y Sireno lo hizo luego, y Selvagia y Sylvano bebieron ambos el otro; y en este punto cayeron todos tres en el suelo adormidos, de que no poco se espantó Felismena y la hermosa Belisa que allí estaba, a la cual dijo la sabia Felicia: «No te desconsueles, oh Belisa, que aún yo espero de verte tan consolada como la que más lo estuviere. Y hasta que la ventura se canse de negarte el remedio que para tan grave mal has menester, yo quiero que quedes en mi compañía.»

La pastora le quiso besar las manos por ello, Felicia no lo consintió, mas antes la abrazó, mostrándole mucho amor. Felismena estaba espantada del sueño de los pasto-

---

[4] Desde que Cervantes citara precisamente este episodio en el escrutinio del cura como lo negativo de la obra de Montemayor («soy de parecer que no se queme, sino que se quite todo aquello que trata de la sabia Felicia y de la agua mágica») se han propuesto diferentes explicaciones de la significación de este elemento en la novela con implicación de la aseveración cervantina. Meta final del viaje iniciático (F. Vigier, *loc. cit.,* pág. 128), puede interpretarse como elemento propio de un ámbito semifabuloso, ya sea pastoril, ya sea caballeresco. M. Menéndez Pelayo creía encontrar en *L'Arcadia* de Sannazaro un episodio semejante (Prosas novena y décima, en *op. cit.,* pág. 271), mientras E. Moreno Báez señalaba que «el antecedente del agua mágica... son las dos fuentes mencionadas en la estrofa 78 del canto I del *Orlando Furioso»* (ed. cit., pág. XXVII). M. Chevalier opina que ambas influencias son compatibles, pero el brebaje ofrecido a Clonico en *L'Arcadia* funciona en una sola dirección (produce el olvido), mientras que el agua de Felicia es de múltiples efectos, el amor y el desamor, como las fuentes de Merlín. Por ello M. Chevalier se inclina por una inspiración caballeresca proponiendo el *Orlando enamorado* de Boiardo como texto más cercano, pues en él las fuentes mágicas son resorte esencial *(op. cit.,* págs. 177-78). En cuanto a su lectura simbólica, el agua puede significar el tiempo, único paliativo al padecimiento amoroso (J. R. Jones, art. cit., pág. 145; y B. M. Damiani, *Music and visual arts...,* pág. 82); o bien el deseo de purgación y renovación desatando a quien la toma de su destino, para devolverle la sensibilidad hacia infinitas posibilidades; por eso produce un sueño que es viaje interior al ser real, del cual se vuelve con la autenticidad perdida (T. A. Perry, art. cit., pág. 232). Es, pues, recurso simbólico ante la imposibilidad de solución «real», que sólo podría haber venido por el uso de la razón como resorte narrativo tal y como después hacen Gil Polo y Lope de Vega (D. H. Darst, art. cit., pág. 391).

res y dijo a Felicia: «Paréceme, señora, que si el descanso de estos pastores está en dormir, ellos lo hacen de manera que vivirán[5] los más descansados del mundo.»

Felicia le respondió: «No os espantéis deso, porque el agua que ellos bebieron tiene tal fuerza, así una como la otra, que todo el tiempo que yo quisiere dormirán, sin que baste ninguna persona a despertallos. Y para que veáis si esto es así, probá a llamarlo.» Felismena llegó entonces a Sylvano y tirándole por un brazo, le comenzó a dar grandes voces, las cuales aprovecharon tanto como si las diera a un muerto, y lo mismo le avino con Sireno y Selvagia, de lo que Felismena quedó asaz maravillada. Felicia le dijo: «Pues más os maravillaréis después que despierten, porque veréis una cosa la más extraña que nunca imaginastes, y porque me parece que el agua debe haber obrado lo que es menester, yo los quiero despertar y estad atenta porque oiréis maravillas.»

Y sacando un libro de la manga, se llegó a Sireno, y en tocándole con él sobre la cabeza, el pastor se levantó luego en pie con todo su juicio, y Felicia le dijo: «Dime, Sireno, si acaso vieses la hermosa Diana con su esposo, y estar los dos con todo el contentamiento del mundo, riéndose de los amores que tú con ella habías tenido, ¿qué harías?» Sireno respondió: «Por cierto, señora, ninguna pena me darían, mas antes les ayudaría a reír de mis locuras pasadas.» Felicia le replicó: «Y si acaso fuera agora soltera, y se quisiera casar con Sylvano y no contigo, ¿qué hicieras?» Sireno le respondió: «Yo mismo fuera el que tratara de concertallo»[6].

«¿Qué os parece —dijo Felicia contra Felismena— si el

5 *Vivirian* en la edición de Venecia, 1574.

6 Significa, para M. I. Gerhart, la indiferencia que el agua mágica produce en Sireno el rasgo más curioso del libro, especialmente porque el autor no se esfuerza por darle una explicación alegórica o simbólica. En cambio Lope de Vega, por ejemplo, en su *Arcadia* imagina una alegoría de la Desilusión. M. I. Gerhart considera, entonces, una motivación biográfica: la magia es el medio para dar a Sireno la indiferencia que desea para sí mismo, menos por tener la paz que por establecer el aislamiento a los ojos de la amante y vengarse de ella (*op. cit.*, págs. 179 y 185).

agua sabe desatar los ñudos que este perverso del amor hace?» Felismena respondió: «Jamás pudiera creer yo que la ciencia de una persona humana pudiera llegar a tanto como esto.» Y volviendo a Sireno, le dijo: «¿Qué es esto, Sireno? Pues las lágrimas y sospiros con que manifestabas tu mal, ¿tan presto se han acabado?» Sireno le respondió: «Pues que los amores se acabaron, no es mucho que se acabe lo que con ellos me hacían hacer.» Felismena le volvió a decir: «¿Y qué es posible, Sireno, que ya no quieres bien ni más a Diana?» «El mismo bien le quiero —dijo Sireno— que os quiero a vos, y a otra cualquiera persona que no me haya ofendido.»

Y viendo Felicia cuán espantada estaba Felismena de la súbita mudanza de Sireno, le dijo: «Con esta medicina curara yo, hermosa Felismena, vuestro mal; y el vuestro, pastora Belisa, si la fortuna no os tuviera guardadas para muy mayor contentamiento de lo que fuera veros en vuestra libertad. Y para que veáis cuán diferentemente ha obrado en Sylvano y en Selvagia la medicina, bien será despertallos, pues basta lo que han dormido.» Y poniendo el libro sobre la cabeza a Sylvano, se levantó diciendo: «¡Oh Selvagia, cuán gran locura ha sido haber empleado en otra parte el pensamiento, después que mis ojos te vieron!» «¿Qué es eso, Sylvano —dijo Felicia— teniendo tan puesto el pensamiento en tu pastora Diana, tan súbitamente le pones ahora en Selvagia?» Sylvano le respondió: «Discreta señora, como el navío anda perdido por la mar sin poder tomar puerto seguro, ansí anduvo mi pensamiento en los amores de Diana todo el tiempo que la quise bien, mas agora he[7] llegado a un puerto, donde plega a Dios que sea también recebido como el amor que yo le tengo lo merece.»

Felismena quedó tan espantada del segundo género de mudanza que vio en Sylvano, como del primero que en Sireno había visto, y díjole riendo: «¿Pues qué haces que no despiertas a Selvagia que mal podrá oír tu pena una pastora que duerme?»

Sylvano entonces, tirándole del brazo, le comenzó a de-

---

[7] *Ha* en la edición de Venecia, 1574.

cir a grandes voces: «Despierta, hermosa Selvagia, pues despertaste mi pensamiento del sueño de las ignorancias pasadas. Dichoso yo, pues la fortuna me ha puesto en el mayor estado que se podía desear; ¿qué es esto? ¿no me oyes? ¿Oyes y no quieres responderme? Cata, que no sufre el amor que te tengo, no ser oído. ¡Oh Selvagia!, no duermas tanto ni permitas que tu sueño sea causa que el de la muerte dé fin a mis días.»

Y viendo que no aprovechaba nada llamarla, comenzó a derramar lágrimas en tan gran abundancia que los presentes no pudieron dejar de ayudalle; mas Felicia dijo: «Sylvano amigo, no te aflijas, que yo haré que responda Selvagia, y que la respuesta sea tal como tú deseas.» Y tomándole por la mano, le metió en un aposento y le dijo: «No salgas de ahí[8] hasta que yo te llame.» Y luego volvió a do Selvagia estaba, y tocándola con el libro despertó como los demás habían hecho.

Felicia le dijo: «Pastora, muy descuidada duermes.» Selvagia respondió: «Señora, ¿qué es del mi Sylvano? ¿No estaba él junto conmigo? ¡Ay, Dios! ¿quién me lo llevó de aquí? ¡Si volverá!»

Y Felicia le dijo: «Escucha, Selvagia, que parece que desatinas; has de saber que el tu querido Alanio está a la puerta y dice que ha andado por muchas partes perdido en busca tuya y trae licencia de su padre para casarse contigo.» «Esa licencia —dijo Selvagia— le aprovechará a él muy poco, pues no la tiene de mi pensamiento. Sylvano ¿qué es dél? ¿A dónde está?»

Pues como el pastor Sylvano oyó hablar a Selvagia, no pudo sufrirse sin salir luego a la sala donde estaba, y mirándose los dos con mucho amor, lo confirmaron tan grande entre sí, que sola la muerte bastó para acaballo, de que no poco contentamiento recibió Sireno y Felismena y aun la pastora Belisa. Felicia les dijo: «Razón será, pastores y hermosa pastora, que os volváis a vuestros ganados, y tened entendido que mi favor jamás os podrá[9] faltar y el fin

8 *Allí* en la edición de Venecia, 1574.
9 *Podría* en la edición de Venecia, 1574.

de vuestros amores será cuando por matrimonio cada uno se ajunte[10] con quien desea. Yo terné cuidado de avisaros cuando será tiempo, y vos, hermosa Felismena, aparejaos para la partida, porque mañana cumple que partáis de aquí.»

En esto entraron todas las ninfas por la puerta de la sala, las cuales ya sabían el remedio que la sabia Felicia había puesto en el mal de los pastores, de lo cual recibieron grandísimo placer, mayormente Dórida, Cinthia y Polydora, por haber sido ellas la principal ocasión de su contentamiento. Los dos nuevos enamorados no entendían en otra cosa sino en mirarse uno a otro, con tanta afición y blandura como si hubiera mil años que hubieran dado principio a sus amores. Y aquel día estuvieron allí todos con grandísimo contentamiento, hasta que otro día de mañana, despidiéndose los dos pastores y pastora de la sabia Felicia, y de Felismena y de Belisa, y asimismo[11] de todas aquellas ninfas, se volvieron con grandísima alegría a su aldea, donde aquel mismo día llegaron.

Y la hermosa Felismena, que ya aquel día se había vestido en traje de pastora, despidiéndose de la sabia Felicia, y siendo muy particularmente avisada de lo que había de hacer, con muchas lágrimas la abrazó, y acompañada de todas aquellas ninfas, se salieron al gran patio que delante de la puerta estaba, y abrazando a cada una por sí, se partió por el camino donde la guiaron. No iba sola Felismena este camino, ni aún sus imaginaciones le daban lugar a que lo fuese, pensando iba en lo que la sabia Felicia le había dicho, y por otra parte considerando la poca ventura que hasta allí había tenido en sus amores, le hacía dudar de su descanso. Con esta contrariedad de pensamientos iba lidiando, los cuales aunque por una parte la cansaban, por otra la entretenían de manera que no sentía la soledad del camino.

No hubo andado mucho por en medio de un hermoso

---

[10] *Ayunte* en la edición de Venecia, 1574.
[11] *Asimesmo* en la edición de Venecia, 1574.

valle cuando a la caída del sol[12], vio de lejos una choza de pastores que entre unas encinas estaba a la entrada de un bosque y, persuadida de la hambre, se fue hacia ella, y también porque la siesta comenzaba, de manera que le sería forzado pasalla[13] debajo de aquellos árboles. Llegando a la choza, oyó que un pastor decía a una pastora que cerca dél estaba asentada: «No me mandes, Amarílida[14], que cante, pues entiendes la razón que tengo de llorar todos los días que el alma no desampare estos cansados miembros, que puesto caso que la música es tanta parte para hacer acrecentar la tristeza del triste como la alegría del que más contento vive, no es mi mal de suerte que pueda ser desminuido[15] ni acrecentado con ninguna industria humana. Aquí tienes tu zampoña, tañe y canta, pastora, que muy bien lo puedes hacer, pues que tienes el corazón libre y la voluntad exenta de las subjeciones de amor.»

La pastora le respondió: «No seas, Arsileo[16], avariento de lo que naturaleza con tan larga mano te ha concedido,

---

12 Señala M. Debax que el significado de esta expresión no está claro. No puede ser el sentido habitual del momento en que el sol se esconde, puesto que más abajo se dice «porque la siesta comenzaba». Puede designarse con «la caída del sol» la dirección, resultando entonces equivalente a «hacia el oeste». Esta lectura no está atestiguada (*op. cit.*, pág. 135).

13 *Pasallo* en la edición de Venecia, 1574.

14 B. M. Damiani observa que el nombre Amarílida está asociado con la flora: se relaciona con el Amaranto, flor mítica que nunca se marchita, aludiendo a la infinita belleza de la pastora (*Jorge de Montemayor...*, pág. 101). J. Siles Artés comenta de esta historia en relación con las otras que aparecen en la novela: «El caso Amarílida-Filemón se va desenvolviendo en el aquí y ahora de la novela; es decir, el diálogo entre los interesados constituye el enfrentamiento dramático, los antecedentes nos los da también ese diálogo. Una vez que Felismena ha escuchado las razones de uno y otro lado, intercede por Filemón y se produce la reconciliación. El caso se ha planteado y resuelto en siete páginas escasas; todo en la misma escena. Esta expeditividad contrasta con la morosidad de los conflictos amorosos hasta ahora presentados. Todos ellos han ido quedando pendientes de desenlace después de ser expuestos» (*op. cit.*, pág. 92).

15 *Disminuido* en la edición de Venecia, 1574.

16 A. Prieto ha observado la vinculación de este episodio con la novela griega: «Las falsas muertes de la novela griega se dan en esta historia, donde Arsenio cayó muerto ante los ojos de Belisa por la falsa *visión* procurada por un nigromante enamorado de la pastora» (*op. cit.*, pág. 358).

pues quien te lo pide sabrá complacerte en lo que tú quisieres pedille. Canta si es posible aquella canción que a petición de Argasto heciste en nombre de tu padre Arsenio, cuando ambos servíades a la hermosa pastora Belisa.»

El pastor le respondió: «Extraña condición es la tuya, oh Amarílida, que siempre me pides que haga lo que menos contento me da. ¿Qué haré? Que por fuerza he de complacerte, y no por fuerza, que asaz de mal aconsejado sería quien de su voluntad no te sirviese. Mas ya sabes cómo mi fortuna me va a la mano todas las veces que algún alivio quiero tomar. Oh Amarílida, viendo la razón que tengo de estar contino llorando, ¿me mandas cantar? ¿Por qué quieres ofender a las ocasiones de mi tristeza? Plega a Dios que nunca mi mal vengas a sentillo en causa tuya propria, porque tan a tu costa no te informe la fortuna de mi pena. Ya sabes que perdí a Belisa, ya sabes que vivo sin esperanza de cobralla ¿por qué me mandas cantar? Mas no quiero que me tengas por descomedido, que no es de mi condición serlo con las pastoras a quien todos estamos obligados a complacer.»

Y tomando un rabel que cerca de sí tenía, le comenzó a templar para hacer lo que la pastora le mandaba. Felismena, que acechando estaba[17], oyó muy bien lo que el pastor y pastora pasaban y cuando vio que hablaban en Arsenio y Arsileo, servidores de la pastora Belisa, a los cuales tenía por muertos, según lo que Belisa había contado a ella, y a las ninfas y pastores, cuando en la cabaña de la isleta la hallaron, verdaderamente pensó lo que veía ser alguna visión o cosa de sueño. Y estando atenta, vio cómo el pastor comenzó a tocar el rabel tan divinamente, que parecía cosa del cielo; y habiendo tañido un poco con una voz más

---

[17] Relaciona S. P. Cravens este recurso con el que utiliza Feliciano de Silva: «Otra técnica que ayuda a la formación de nuevas combinaciones de personajes es la de hacer creer a un personaje que está solo, cuando en realidad alguien lo está espiando. Así ocurre varias veces dentro de los episodios pastoriles de *Amadís de Grecia* (...) Estas situaciones no faltan, por supuesto, en los libros de caballerías. Pero es notable, como observa Avalle-Arce, que en este episodio se haga tanto uso de «uno de los resortes dramáticos típicos de la pastoril (la falsa soledad)» (*op. cit.,* págs. 65-66).

angélica que de hombre humano, dio principio a esta canción[18]:

> ¡Ay, vanas esperanzas, cuántos días
> anduve hecho siervo d'un engaño!
> y ¡cuán en vano mis cansados ojos
> con lágrimas regaron este valle!
> Pagado m'han amor y la fortuna   5
> pagado m'han, no sé de qué me quejo.
>
> Gran mal debo pasar, pues yo me quejo,
> que hechos a sufrir están mis ojos[19]
> los trances del amor y la fortuna;
> ¿sabéis de quién me agravio? D'un engaño   10
> d'una cruel pastora deste valle,
> do puse por mi mal mis tristes ojos.

---

[18] *Sextina doble* en la edición de Venecia, 1574. Es el tema central de la sextina la soledad, que K. Vossler relaciona con la canción que Selvagia, en el libro primero, entona acompañada del caramillo. (Cfr. *La soledad en la poesía española,* Buenos Aires, 1946, págs. 93-4).

[19] Parece evidente un error. Por necesidad de la rima, según la estricta regla de la sextina, debe sustituirse *ojos* por *días.* Así lo señala J. Arce: «*ojos* vuelve a aparecer en el verso sexto, y es impensable tal repetición en la sextina, faltando en cambio la rima DÍAS». «Sin embargo ninguna edición ni del siglo XVI ni posterior ha corregido la errata, excepto la "nuevamente corregida y revista por Alonso de Ulloa"» (Venecia, 1568) a quien no se le escapa «tan grosero error material, ese "ojos" en vez de "días"» («Una evidente errata en la *Diana* de Montemayor. Notas sobre la sextina», en *Literatura italiana y española frente a frente,* Madrid, 1982, pág. 201). A. Prieto saca conclusiones de implicación más general: «Dentro de la amplia cultura de Montemayor la sextina aparece en su *Diana* como elemento estructural que fija el pastor a su ascendencia clásica (...) de acuerdo con esta significación y con el paradigma de la sextina se observa que en la *Diana* hay un error sólo imputable a la transcripción (...) Desde un aspecto erudito la presunta anomalía de esta estrofa de Montemayor tiene un valor accidental, pero cobra, en cambio, un matiz revelador en el aspecto estructural, porque Montemayor en el preciso instante de su *Diana* no *podía* cometer este error aunque sucesivas ediciones modernas se lo hayan imputado (...) La alteración ojos/días señalada no puede admitirse jamás como error de Montemayor, porque la sextina no admitía como institución una imperfección formal que iría contra su valor significativo» («La sextina provenzal en la estructura narrativa», en *loc. cit.,* págs. 128-29).

Con todo mucho debo yo a mis ojos,
   aunque con el dolor dellos me quejo,
   pues vi por causa suya'n este valle   15
   la cosa más hermosa qu'en mis días
   jamás pensé mirar y no m'engaño,
   pregúntenlo al amor y a la fortuna.

Aunque por otra parte la fortuna,
   el tiempo, l'ocasión, los tristes ojos,   20
   el no estar receloso del engaño,
   causaron todo el mal de que me quejo,
   y así pienso acabar mis tristes días
   contando mis pasiones a este valle.

Si el río, el soto, el monte, el prado, el valle,   25
   la tierra, el cielo, el hado, la fortuna,
   las horas, los momentos, años, días,
   el alma, el corazón, también los ojos,
   agravian mi dolor cuando me quejo
   ¿por qué dices, pastora[20], que m'engaño?   30

Bien sé que m'engañé, mas no es engaño,
   porque d'haber yo visto en este valle
   tu extraña perfición, jamás me quejo,
   sino de ver que quiso la fortuna
   dar a entender a mis cansados ojos   35
   qu'allá vernía[21] el remedio tras los días.

Y son pasados años, meses, días,
   sobre'sta confianza y claro engaño,
   cansados de llorar mis tristes ojos,
   cansado descucharme el soto, el valle,   40
   y al cabo, me responde la fortuna
   burlándose del mal de que me quejo.

---

[20] *Pastoras* en la edición de Venecia, 1574.
[21] *Venía* en la edición de Venecia, 1574.

Mas, ¡oh triste pastor! ¿De qué me quejo
si no's de no acabarse ya mis días?
¿por dicha era mi'sclava la fortuna?   45
¿halo ella de pagar, si mengaño?[22]
¿no'nduve libre, exento en este valle?
¿quién me mandaba a mí alzar los ojos?

Mas, ¿quién podrá también domar sus ojos?
o ¿cómo viviré si no me quejo   50
del mal que amor me hizo en este valle?
Mal haya un mal que dura tantos días,
mas no podrá tardar, si no m'ngaño,
que muerte no dé fin a mi fortuna.

Venir suele bonanza tras fortuna,   55
mas nunca la verán jamás mis ojos,
ni aun yo pienso caer en est'engaño,
bien basta ya el primero de quien quejo,
y quejaré, pastora, cuantos días
durare la memoria deste valle.   60

Si'l mismo día, pastora, qu'en el valle
dio causa que te viese mi fortuna
llegara el[23] fin de mis cansados días,
o al menos viera'squivos esos ojos,
cesara la razón con que me quejo,   65
y no pudiera yo llamarme a engaño.

Mas tú determinando hacerm'engaño
cuando me viste luego en este valle,
mostrábaste benigna: ved si quejo,
contra razón, d'amor y de fortuna;   70
después no sé por qué vuelves tus ojos,
cansarte deben ya mis tristes días.

---

22 *Si yo m'engaño* en la edición de Venecia, 1574.
23 *Llegar a el fin* en la edición de Venecia, 1574.

Canción, d'amor y de fortuna quejo,
   y pues duró un engaño tantos días,
   regad ojos, regad el soto, el valle.   75

Esto cantó el pastor con muchas lágrimas, y la pastora
lo oyó con grande contentamiento de ver la gracia con que
tañía y cantaba; mas el pastor, después que dio fin a su canción, soltando el rabel de las manos, dijo contra la pastora:
«¿Estás contenta, Amarílida?, ¡que por sólo tu contentamiento me hagas hacer cosa que tan fuera del mío es! Plega
a Dios, oh Alfeo, la fortuna te traiga al punto a que yo por
tu causa he venido, para que sientas el cargo en que te
soy por el mal que me heciste. Oh Belisa ¿quién hay
en el mundo que más te deba que yo? Dios me traiga a
tiempo que mis ojos gocen de ver tu hermosura y los
tuyos vean si soy en conocimiento de lo que les
debo.»

Esto decía el pastor con tantas lágrimas que no hubiera
corazón por duro que fuera, que no se ablandara; oyéndole
la pastora le dijo: «Pues que ya, Arsileo, me has contado el
principio de tus amores y cómo Arsenio tu padre fue la
principal causa de que tú quisieses bien a Belisa, porque
sirviéndola él, se aprovechaba de tus cartas y canciones, y
aun de tu música, cosa que él pudiera muy bien excusar, te
ruego me cuentes cómo la perdiste.» «Cosa es ésa —le respondió el pastor— que yo querría pocas veces contar, más
ya que es tu condición mandarme hacer y decir aquello en
que más pena recibo, escucha que en breves palabras te lo
diré. Había en mi lugar un hombre llamado Alfeo, que entre nosotros tuvo siempre fama de grandísimo nigromante, el cual quería bien a Belisa primero que mi padre la comenzase a servir. Y ella no tan solamente no podía velle,
mas aun si le hablaban en él, no había cosa que más pena le
diese. Pues como éste supiese un concierto que entre mí y
Belisa había de ille a hablar desde encima de un moral, que
en una huerta suya estaba, el diabólico Alfeo hizo a dos espíritus que tomase el uno la forma de mi padre Arsenio y
el otro la mía, y que fuese el que tomó mi forma al concierto, y el que tomó la de mi padre viniese allí, y le tirase con

una ballesta, fingiendo que era otro y que viniese él[24] luego, como que lo había conocido, y se matase de pena de haber muerto a su hijo, a fin de que la pastora Belisa se diese la muerte viendo muerto a mi padre y a mí, o a lo menos hiciese lo que hizo. Esto hacía el traidor de Alfeo por lo mucho que le pesaba de saber lo que Belisa me quería, y lo poco que se daba por él. Pues como esto así fuese hecho, y a Belisa le pareciese que mi padre y yo fuésemos muertos de la forma que he contado, desesperada se salió de casa, y se fue donde hasta agora no se ha sabido della. Esto me contó la pastora Armida, y yo verdaderamente lo creo, por lo que después acá ha sucedido.»

Felismena, que entendió lo que el pastor había dicho, quedó en extremo maravillada, pareciéndole que lo que decía llevaba camino de ser así y por las señales que en él vio, vino en conocimiento de ser aquel Arsileo servidor de Belisa, al cual ella tenía por muerto, y dijo entre sí: «No sería razón que la fortuna diese contento ninguno a la persona, que lo negase a un pastor que también lo merece y lo ha menester. A lo menos no partiré yo deste lugar, sin dársele tan grande como le recebirá[25] con las nuevas de su pastora.»

Y llegándose a la puerta de la choza, dijo contra Amarílida: «Hermosa pastora, a una sin ventura que ha perdido el camino y aun la esperanza de cobralle, ¿no le daríades licencia para que pasase la siesta en este vuestro aposento?»

La pastora cuando la vio quedó tan espantada de ver su hermosura y gentil disposición, que no supo qué respondelle, empero Arsileo le dijo: «Por cierto, pastora, no falta otra cosa para hacer lo que por vos es pedido, sino la posada ser tal como vos la merecéis, pero si desta manera sois servida, entrá[26], que no habrá cosa que por serviros no se haga.»

Felismena le respondió: «Esas palabras, Arsileo, bien

---

24 *Viniese a él* en la edición de Venecia, 1574.
25 *Recebia* en la edición de Venecia, 1574.
26 *Entre* en la edición de Venecia, 1574.

parecen tuyas, mas el contento que yo en paga dellas te dejaré, me dé Dios a mí en lo que tanto ha que deseo.» Y diciendo esto se entró en la choza, y el pastor y la pastora se levantaron, haciéndole mucha cortesía y volviéndose asentar todos, Arsileo le dijo: «¿Por ventura, pastora, haos dicho alguno mi nombre, o habéisme visto en alguna parte antes de ahora?»

Felismena le respondió: «Arsileo, más sé de ti de lo que te piensas[27], aunque estés en traje de pastor, muy fuera de como yo te vi cuando en la academia Salmantina estudiabas. Si alguna cosa hay que comer, mándamela dar porque después te diré una cosa que tú muchos días ha que deseas saber.»

«Eso haré yo de muy buena gana —dijo Arsileo— porque ningún servicio se os puede hacer que no quepa en vuestro merecimiento.» Y descolgando Amarílida y Arsileo sendos zurrones, dieron de comer a Felismena de aquello que para sí tenían. Y después que hubo acabado, deseando Felismena de alegrar a aquel que con tanta tristeza vivía, le empezó a hablar desta manera: «No hay en la vida, ¡oh Arsileo!, cosa que en más se deba[28] tener que la firmeza, y más en corazón de mujer, adonde las menos veces suele hallarse; mas también hallo otra cosa, que las más de las veces son los hombres causa de la poca constancia que con ellos se tiene. Digo esto por lo mucho que debes a una pastora que yo conosco[29], la cual, si agora supiese que eres vivo, no creo que habría cosa en la vida que mayor contento le diese.»

Y entonces le comenzó a contar por orden todo lo que

---

[27] Considera C. B. Johnson esta técnica de aplazamiento, que actúa de manera distinta sobre el lector (cómplice del narrador) y Arsileo, como propia de la novela griega (*Etiópicos* de Heliodoro): cuando Gnemon encuentra a Calasiris, éste le promete narrarle la historia entera de Teógenes y Cariclea, pero antes de comenzar la narración la dilata con diferentes excusas, entre ellas la de comer, la impaciencia del lector compite con el apetito de Calasiris (cfr. art. cit., pág. 30). La explicación siguiente, desde «aunque estás en traje de pastor» hasta «en la academia salmantina estudiabas» no está en la edición de Venecia, 1574.

[28] *Debe* en la edición de Venecia, 1574.

[29] *Conozco* en la edición de Venecia, 1574.

había pasado, desde que mató los tres salvajes hasta que vino en casa de la sabia Felicia. En la cual cuenta Arsileo oyó nuevas de la cosa que más quería, con todo lo que con ella habían pasado las ninfas, al tiempo que la hallaron durmiendo en la isleta del estanque, como atrás habéis oído[30], y lo que sintió de saber que la fe que su pastora le tenía jamás su corazón había desamparado, y el lugar cierto donde la había de hallar, fue su contentamiento tan fuera de medida, que estuvo en poco de ponelle a peligro la vida. Y dijo contra Felismena:

«¿Qué palabras bastarían[31], hermosa pastora, para encarecer la gran merced que de vos he recebido, o qué obra[32] para podérosla servir? Plega a Dios que el contentamiento que vos me habéis dado, os dé él en todas las cosas que vuestro corazón deseare. ¡Oh mi señora Belisa! ¿que es posible que tan presto he yo de ver aquellos ojos que tan gran poder en mí tuvieron? ¿y que después de tantos trabajos me había de suceder tan soberano descanso?»

Y diciendo esto con muchas lágrimas, tomaba las manos a Felismena y se las besaba. Y la pastora Amarílida hacía lo mesmo diciendo: «Verdaderamente, hermosa pastora, vos habéis alegrado un corazón, el más triste que yo he pensado ver y el que menos merecía estarlo. Seis meses ha que Arsileo vive en esta cabaña la más triste vida que nadie puede pensar. Y unas pastoras que por estos prados repastan sus ganados de cuya compañía yo soy, algunas veces le entrábamos a ver y a consolar, si su mal sufriera consuelo.»

Felismena le respondió: «No es el mal de que está do-

---

[30] «Esta ingerencia en el ámbito de la historia de Belisa sirve, evidentemente, de conciencia expresa de que son el narrador principal y los lectores quienes tienen una información completa de la que carecen algunos personajes.» Además «la retórica aconseja la *recapitulatio* en la búsqueda de los afectos necesarios para captar al final al juez y al público. Tiene también una evidente función mnemotécnica, de síntesis. La alusión a lugares e imágenes en la recapitulación formaba el entramado básico del arte de la memoria» (A. Egido, art. cit., pág. 152 y nota 46). En la edición de Venecia, 1574 el texto continúa: «Y pues como supo que la fe que su pastora.»

[31] *Basterian* en la edición de Venecia, 1574.

[32] *Obras* en la edición de Venecia, 1574.

liente de manera que pueda recebir consuelo de otro, sino es de la causa dél o de quien le dé las nuevas que yo ahora le he dado.» «Tan buenas son para mí, hermosa pastora —le dijo Arsileo— que me han renovado un corazón envejecido en pesares.»

A Felismena se le enterneció el corazón tanto de ver las palabras que el pastor decía, y de las lágrimas que de contento lloraba, cuanto con las suyas dio testimonio. Y desta manera estuvieron allí toda la tarde hasta que la siesta fue toda pasada, que, despidiéndose Arsileo de las dos pastoras, se partió con mucho contento para el templo de Diana, por donde Felismena le había guiado.

Sylvano y Selvagia, con aquel contento que suelen tener los que gozan después de larga ausencia de la vista de sus amores, caminaban hacia el deleitoso prado donde sus ganados andaban paciendo, en compañía del pastor Sireno, el cual aunque iba ajeno del contentamiento que en ellos veía, también lo iba de la pena que la falta dél suele causar, porque ni él pensaba en querer bien ni se le daba nada en no ser querido. Sylvano le decía: «Todas las veces que te miro, amigo Sireno, me parece que ya no eres el que solías, mas antes creo que te has mudado, juntamente con los pensamientos. Por una parte casi tengo piedad de ti, y por otra no me pesa de verte tan descuidado de las desventuras de amor.» «¿Por qué parte —dijo Sireno— tienes de mí mancilla?» Sylvano le respondió: «Porque me parece que estar un hombre sin querer ni ser querido es el más enfadoso estado que puede ser en la vida.»

«No ha muchos días —dijo Sireno— que tú entendías eso muy al revés; plega a Dios que en este mal estado me sustente a mí la fortuna, y a ti en el contento que recibes con la vista de Selvagia, que puesto caso que se te pueda haber invidia de amar y ser amado de tan hermosa pastora, yo te aseguro que la fortuna no se descuide de templaros el contento que recebís con vuestros amores.» Selvagia dijo entonces: «No será tanto el mal que ella con sus desvariados sucesos nos puede hacer, cuanto es el bien de verme tan bien empleada.»

Sireno le respondió: «¡Ah Selvagia!, que yo me he visto

321

tan bien querido cuanto nadie puede verse y tan sin pensamiento de ver fin a mis amores, como vosotros lo estáis ahora. Mas nadie haga cuenta sin la fortuna, ni fundamento sin considerar las mudanzas de los tiempos. Mucho debo a la sabia Felicia; Dios se lo pague, que nunca yo pensé poder contar mi mal en tiempo que tan poco lo sintiese»[33].

«En mayor deuda le soy yo —dijo Selvagia— pues fue causa que quisiese bien a quien yo jamás dejé de ver delante mis ojos.» Sylvano dijo volviendo los suyos hacia ella: «Esa deuda, esperanza mía, yo soy el que con más razón la debía pagar, a ser cosa que con la vida pagar se pudiera.» «Esa os dé Dios, mi bien[34] —dijo Selvagia— porque sin ella la mía sería muy excusada.»

Sireno, viendo las amorosas palabras que se decían, medio riendo les dijo: «No me parece mal que cada uno se sepa pagar tan bien que ni quiera quedar en deuda ni que le deban, y aun lo que me parece es que según las palabras, uno a otro os decís, sin yo ser el tercero, sabríades tractar vuestros amores.»

En estas y otras razones pasaban los nuevos enamorados y el descuidado Sireno el trabajo de su camino, al cual dieron fin al tiempo que el sol se quería poner, y antes que llegasen a la fuente de los alisos, oyeron una voz de una pastora que dulcemente cantaba; la cual fue luego conocida, porque Sylvano en oyéndola les dijo: «Sin duda es Diana[35] la que junto a la fuente de los alisos canta.»

---

33 *Tuviese* en la edición de Venecia, 1574.

34 *Mi bien* no existe en la edición de Venecia, 1574.

35 La tardía aparición de Diana en la novela ha sido uno de los elementos más comentados por la crítica: el personaje que da nombre al título, y que debería ser protagonista, hace su entrada en escena en el libro quinto, convertida antes en figura evocada con cierto halo de nostalgia y suspense. J. Siles Artés lo aprecia así: «La novela se inicia con la dramática llegada de Sireno a su tierra, donde Diana vive casada con otro. No puede dejar de ocurrírsenos que se van a encontrar los antiguos amantes: esperamos de un momento a otro que la desdichada historia tenga continuación para bien o para mal. Pero se demora una y otra vez el desenlace. El hecho de que este personaje parezca solo en la fase terminal de la novela no debe inducirnos a subestimar su suerte. Ella es causa de desventura para los dos personajes, Sireno y

Selvagia respondió: «Verdaderamente aquélla es. Metámonos entre los mirtos que están junto a ella porque mejor podamos oílla.» Sireno les dijo: «Sea como vosotros lo ordenáredes, aunque tiempo fue que me diera mayor contento su música y aun su vista, que no ahora.»

Y entrándose todos tres por entre los espesos mirtos ya que el sol se quería poner, vieron junto a la fuente a la hermosa Diana con tan grande hermosura que, como si nunca la hubieran visto, así quedaron admirados: tenía sueltos sus hermosos cabellos y tomados atrás con una cinta encarnada que por medio de la cabeza los repartía, los ojos puestos en el suelo y otras veces en la clara fuente, y limpiando algunas lágrimas que de cuando en cuando le corrían, cantaba este romance[36]:

> Cuando yo triste nací,
>   luego nací desdichada;
>   luego los hados mostraron
>   mi suerte desventurada.
> El sol escondió sus rayos,   5
>   la luna quedó'clipsada,
>   murió mi madre'n pariendo,
>   moza hermosa y mal lograda.
> El ama que me dio leche

Silvano. La exposición de las cuitas de éstos tiene siempre por centro a la pastora, de tal manera que, aun cuando no esté presente en la mayor parte de la obra, su persona gravita poderosamente a lo largo de las páginas» *(op. cit.,* pág. 112). Por otro lado hay que considerarlo artificio novelesco relacionable con la narración griega: si Felismena en el libro segundo irrumpe con su relato novelesco el ámbito lírico de los pastores, en el libro quinto Diana recupera el contexto lírico restableciendo la delicada balanza entre lo narrativo y lo lírico. Se construye así un interludio eglógico que se abre con la canción de Diana y se cierra con la vuelta a la aldea al acabar el día, y que consigue retardar el creciente énfasis en la narración y preservar el carácter esencial de la obra, mientras simultáneamente hace crecer la impaciencia del lector por llegar a la reunión de Belisa y Arsileo (C. B. Johnson, art. cit., pág. 30).

[36] M. Menéndez Pelayo considera este poema inspirado en el cantar del ama de Aonia de la obra de B. Ribeiro, *Menina, e moça,* señalando que «salvo esta imitación directa y el rasgo común de ser entrambas heroínas Diana y Aonia casadas contra su voluntad y amadas por un pastor forastero, no hay otro punto de contacto entre ambas obras» *(op. cit.,* pág. 266).

jamás tuvo dicha en nada,
ni menos la tuve yo,
soltera, ni desposada.   10

Quise bien y fui querida,
olvidé y fui olvidada,
esto causó un casamiento   15
qu'a mí me tiene cansada.

Casara yo con la tierra,
no me viera sepultada
entre tanta desventura
que no puede ser contada.   20

Moza me casó mi padre,
de su obediencia forzada,
puse a Sireno en olvido,
que la fe me tenía dada.

Pago también mi descuido   25
cual no fue cosa pagada;
celos me hacen la guerra
sin ser en ellos culpada.

Con celos voy al ganado,
con celos a la majada,   30
y con celos me levanto
contino a la madrugada.

Con celos como a su mesa
y en su cama so acostada,
si le pido de qué ha celos   35
no sabe responder nada.

Jamás tiene el rostro alegre,
siempre la cara inclinada,
los ojos por los rincones,
la habla triste y turbada,   40
¿Cómo vivirá la triste
que se vee tan mal casada?

A tiempo pudiera tomar a Sireno el triste canto de Diana con las lágrimas que derramaba cantando, y la tristeza
de que su rostro daba testimonio, que al pastor pusieran en
riesgo de perder la vida, sin ser nadie parte para remedia-
lle; mas como ya su corazón estaba libre de tan peligrosa

324

prisión, ningún contento recibió con la vista de Diana, ni pena con sus tristes lamentaciones. Pues el pastor Sylvano no tenía, a su parecer, por qué pesalle de ningún mal que a Diana sucediese, visto como ella jamás se había dolido de lo que a su causa había pasado. Sola Selvagia le ayudó con lágrimas, temerosa de su fortuna. Y dijo contra Sireno:

«Ninguna perfición ni hermosura puede dar la naturaleza que con Diana largamente no la haya repartido, porque su hermosura no creo yo que tiene par, su gracia, su discreción, con todas las otras partes que una pastora debe tener. Nadie le hace ventaja, sola una cosa le faltó de que yo siempre le hube miedo, y esto es la ventura, pues no quiso dalle compañía con que pudiese pasar la vida con el descanso que ella merece.»

Sireno respondió: «Quien a tantos le ha quitado, justa cosa es que no le tenga. Y no digo esto porque no me pese del mal desta pastora, sino por la grandísima causa que tengo de deseársele.»

«No digas eso —dijo Selvagia— que yo no puedo creer que Diana te haya ofendido en cosa alguna. ¿Qué ofensa te hizo ella en casarse, siendo cosa que estaba en la voluntad de su padre y deudos, más que en la suya? Y después de casada, ¿qué pudo hacer por lo que tocaba a su honra, sino olvidarte? Cierto, Sireno, para quejarte de Diana, más legítimas causas había de haber que las que hasta ahora hemos visto.»

Sylvano dijo: «Por cierto, Sireno, Selvagia tiene tanta razón en lo que dice que nadie con ella se lo puede contradecir. Y si alguno con causa se puede quejar de su ingratitud, yo soy, pues la quise todo lo que se puede querer, y tuvo tan mal conocimiento como fue el tratamiento que vistes que siempre me hacía.»

Selvagia respondió, poniendo en él unos amorosos ojos, y dijo. «Pues no érades vos, mi pastor, para ser mal tratado que ninguna pastora hay en el mundo que no gane mucho en que vos la queráis.»

A este tiempo, Diana sintió que cerca della hablaban, porque los pastores se habían descuidado algo de hablar de manera que ella no les oyese; y levantándose en pie miró

325

entre los mirtos, y conoció los pastores y pastora que entre ellos estaba asentada. Los cuales, viendo que habían sido vistos, se vinieron a ella, y la recibieron con mucha cortesía y ella a ellos, con muy gran comedimiento, preguntándoles adónde habían estado. A lo cual ellos respondieron con otras palabras y otros movimientos de rostro de lo que le respondían a lo que ella solía preguntalles, cosa tan nueva para Diana que, puesto caso que los amores de ninguno dellos le diesen pena, en fin le pesó de verlos tan otros de lo que solían, y más cuando entendió en los ojos de Sylvano el contentamiento que los de Selvagia le daban. Y porque era ya hora de recogerse y el ganado tomaba su acostumbrado camino hacia el aldea, ellos se fueron tras él, y la hermosa Diana dijo contra Sireno: «Muchos días ha, pastor, que por este valle no te he visto.»

«Más ha —dijo Sireno— que a mí me iba la vida que no me viese quien tan mala me la ha dado; mas en fin no da poco contento hablar en la fortuna pasada el que ya se halla en seguro puerto.» «¿En seguro te parece —dijo Diana— el estado en que agora vives?» «No debe ser muy peligroso —dijo Sireno— pues yo oso hablar delante de ti desta manera.»

Diana respondió: «Nunca yo me acuerdo verte por mí tan perdido que tu lengua no tuviese la libertad que agora tiene.» Sireno le respondió: «Tan discreta eres en imaginar eso, como en todas las otras cosas.» «¿Por qué causa?» —dijo Diana. «Porque no hay otro remedio —dijo Sireno— para que tú no sientas lo que perdiste en mí, sino pensar que no te quería yo tanto que mi lengua dejase de tener la libertad que dices. Mas con todo eso, plega a Dios, hermosa Diana, que siempre te dé tanto contento, cuanto en algún tiempo me quitaste[37], que puesto caso que ya nuestros amores sean pasados, las reliquias que en el alma me han quedado, bastan para desearte yo todo el contentamiento posible.»

Cada palabra destas para Diana era arrojalle una lanza, que Dios sabe si quisiera ella más ir oyendo quejas, que

---

[37] *Quisieste* en la edición de Venecia, 1574.

creyendo libertades, y aunque respondía a todas las cosas que los pastores le decían con un cierto descuido, y se aprovechaba de toda su discreción para no dalles a entender que le pesaba de verlos tan libres, todavía se entendía muy bien el descontento que sus palabras le daban. Y hablando en estas y otras cosas, llegaron al aldea, a tiempo que de todo punto el sol había escondido sus rayos y, despidiéndose unos de otros, se fueron a sus posadas.

Pues volviendo a Arsileo, el cual con grandísimo contentamiento y deseo de ver su pastora, caminaba hacia el bosque donde el templo de la diosa Diana estaba, llegó junto a un arroyo que cerca del sumptuoso templo por entre unos verdes alisos corría, a la sombra de los cuales se asentó, esperando que viniese por allí alguna persona con quien hiciese saber a Belisa de su venida, porque le parecía peligroso dalle algún sobresalto, teniéndolo ella por muerto. Por otra parte, el ardiente deseo que tenía de verla no le daba lugar a ningún reposo. Estando el pastor consultando consigo mismo el consejo que tomaría, vio venir hacia sí una ninfa de admirable hermosura, con un arco en la mano y una aljaba al cuello, mirando a una y otra parte si vía alguna caza en que emplear una aguda saeta que en el arco traía puesta. Y cuando vio al pastor, se fue derecha a él, y él se levantó y le hizo el acatamiento que a tan hermosa ninfa debía hacerse. Y de la misma manera fue della recebido porque ésta era la hermosa Polydora, una de las tres que Felismena y los pastores libraron de poder de los salvajes, y muy aficionada a la pastora Belisa.

Pues volviéndose ambos asentar sobre la verde yerba, Polydora le preguntó de qué tierra era y la causa de su venida. A lo cual Arsileo respondió: «Hermosa ninfa, la tierra donde yo nací me ha tratado de manera que parece que me hago agravio en llamarla mía, aunque por otra parte le debo más de lo que yo sabría encarecer. Y para que yo te diga la causa que tuvo la fortuna de traerme a este lugar, sería menester que primero me dijeses si eres de la compañía de la sabia Felicia, en cuya casa me dicen que está la hermosa pastora Belisa, causa de mi destierro, y de toda la tristeza que la ausencia me ha hecho sufrir.»

Polydora le respondió: «De la compañía de la sabia Felicia soy, y la mayor amiga desa pastora que has nombrado que ella en la vida puede tener, y para que también me tengas en la misma posesión, si aprovechase algo, aconsejarte hía que siendo posible olvidalla, que lo hicieses, porque tan imposible es el remedio de tu mal como del que ella padece, pues la dura tierra come ya aquel de quien con tanta razón lo esperaba.»

Arsileo le respondió: «¿Será por ventura ese que dices que la tierra come su servidor Arsileo?» «Sí, por cierto —dijo Polydora— ése mismo es el que ella quiso más que a sí y el que con más razón podemos llamar desdichado después de ti, pues tienes puesto el pensamiento en lugar donde el remedio es imposible, que puesto caso que jamás fui enamorada, yo tengo por averiguado que no es tan grande mal la muerte, como el que debe padecer la persona que ama a quien tiene la voluntad empleada en otra parte.»

Arsileo le respondió: «Bien creo, hermosa ninfa, que según la constancia y bondad de Belisa no será parte de la muerte de Arsileo para que ella ponga el pensamiento en otra cosa, y que no habría nadie en el mundo que de su pensamiento le quitase. Y en ser esto ansí, consiste toda mi bienaventuranza.»

«¿Cómo, pastor —le dijo Polydora— queriéndola tú de la manera que dices, está tu felicidad en que ella tenga en otra parte tan firme el pensamiento? Ésa[38] es la más nueva manera de amor que yo hasta agora he oído.»

Arsileo le respondió: «Para que no te maravilles, hermosa ninfa, de mis palabras ni de mi suerte del amor que a mi señora Belisa tengo, está un poco atenta y contarte he lo que tú jamás pensaste oír, aunque el principio dello te debe haber contado esa tu amiga y señora de mi corazón.»

Y luego le contó desdel principio de sus amores hasta el engaño de Alfeo con los encantamientos que hizo, y todo lo demás que destos amores hasta entonces había sucedido

---

[38] *Esta* en la edición de Venecia, 1574.

de la manera que atrás le he contado, lo cual contaba el pastor, ahora con lágrimas causadas de traer a la memoria sus desventuras pasadas, ahora con sospiros que del alma le salían, imaginando lo que en aquellos pasos su señora Belisa podía sentir. Y con las palabras y movimientos del rostro daba tan grande espíritu a lo que decía, que a la ninfa Polydora puso en grande admiración; mas cuanto entendió que aquél era verdaderamente Arsileo, el contento que desto recibió no se atrevía dallo a entender con palabras ni aun le parecía que podría hacer más que sentillo. ¡Ved qué se podía esperar de la desconsolada Belisa, cuando lo supiese! Pues poniendo los ojos en Arsileo, no sin lágrimas de grandísimo contentamiento, le dijo:

«Quisiera yo, Arsileo, tener tu discreción y claredad[39] de ingenio para darte a entender lo que siento del alegre suceso que a mi Belisa le ha solicitado la fortuna, porque de otra manera sería excusado pensar yo que tan bajo ingenio como el mío, podría dallo a entender. Siempre yo tuve creído que en algún tiempo la tristeza de mi Belisa se había de volver en grandísima alegría, porque su hermosura y discreción, juntamente con la grandísima fe que siempre te ha tenido, no merecía menos. Mas por otra parte tuve temor que la fortuna no tuviese cuenta con dalle lo que yo tanto le deseaba, porque su condición es lo más de las veces traer los sucesos muy al revés del deseo de los que quieren bien. Dichoso te puedes llamar, Arsileo, pues mereciste ser querido en la vida, de manera que en la muerte no pudieses ser olvidado. Y porque no se sufre dilatar mucho tan gran contentamiento a un corazón que tan necesitado dél está, dame licencia para que yo vaya a dar tan buenas nuevas a tu pastora, como son las de tu vida y su desengaño. Y no te vayas deste lugar hasta que yo vuelva con la persona que tú más deseas ver, y con más razón te lo merece.»

Arsileo le respondió: «Hermosa ninfa, de tan gran discreción y hermosura como la tuya no se puede esperar sino todo el contento del mundo. Y pues tanto deseas dármele,

---

[39] *Claridad* en la edición de Venecia, 1574.

haz en ello tu voluntad, que por ella me pienso regir, así en esto como en lo demás que sucediere.»

Y despidiéndose uno de otro, Polydora se partió a dar la nueva a Belisa, y Arsileo la quedó esperando a la sombra de aquellos alisos, el cual por entretener el tiempo en algo, como suelen hacer las personas que esperan alguna cosa que gran contentamiento les dé, sacó su rabel y comenzó a cantar desta manera:

> Ya dan vuelta el amor y la fortuna[40],
>   y una esperanza muerta o desmayada
>   la esfuerza cada uno, y la asegura.
> Ya dejan infortunios la posada
>   de un corazón, en fuego consumido,   5
>   y una alegría viene no pensada[41].
> Ya quita el alma al luto, y el sentido
>   la posada apareja a la'legría,
>   poniendo en el pesar eterno'lvido.
> Cualquiera mal d'aquellos que solía   10
>   pasar cuando reinaba mi tormento,
>   y en un fuego d'ausencia m'encendía,
> A todos da fortuna tal descuento
>   que no fue tanto el mal del mal pasado,
>   cuanto's el bien del bien qu' ahora siento.   15
> Volved mi corazón sobresaltado
>   de mil desasosiegos, mil enojos,
>   sabed gozar siquiera un buen estado.
> Dejad vuestro llorar, cansados ojos,
>   que presto gozaréis de ver aquella   20
>   por quien gozo'l amor, de mis despojos.
> Sentidos que buscáis mi clara'strella,
>   enviando acá y allá los pensamientos,
>   a ver lo que sentís delante della.
> Afuera soledad y los tormentos   25
>   sentidos a su causa, y dejen desto
>   mis fatigados miembros muy exentos.

---

[40] *Ventura* en la edición de Venecia, 1574.
[41] *Pensando* en la edición de Venecia, 1574.

¡Oh tiempo, no te pares, pasa presto!,
   ¡fortuna, no l'estorbes su venida!,
   ¡ay Dios, qu'aún me quedó por pasar esto!   30
Ven, mi pastora dulce, que la vida
   que tú pensaste qu'era ya acabada
   está para servirte apercebida.
¿No vienes, mi pastora deseada?;
   ¡ay Dios, si la ha topado o s'ha perdido   35
   en esta selva, d'árboles poblada!
¡Oh si esta ninfa que d'aquí s'ha ido,
   quizá que se olvidó d'ir a buscalla!;
   mas no, tal voluntad no sufre olvido.
Tú sola eres, pastora, adonde halla[42]   40
   mi alma su descanso y su alegría,
   ¿por qué no vienes presto aseguralla?
¿No vees cómo se va pasando'l día?;
   y si se pasa acaso sin yo verte,
   yo volveré al tormento que solía   45
   y tú, de veras, llorarás mi muerte.

Cuando Polydora se partió de Arsileo, no muy lejos de
allí topó a la pastora Belisa, que en compañía de las dos
ninfas Cinthia y Dórida se andaban recreando por el espeso bosque; y como ellas la viesen venir con grande priesa,
no dejaron de alborotarse, pareciéndoles que venía huyendo de alguna cosa de que ellas también les cumpliese huir.
Ya que hubo llegado un poco más cerca, la alegría que en
su hermoso rostro vieron las aseguró, y llegando a ellas, se
fue derecho a la pastora Belisa y, abrazándola, con grandísimo gozo y contentamiento, le dijo: «Este abrazo, hermosa pastora, si vos supiésedes de qué parte viene, con mayor
contento lo recibiríades del que agora tenéis.»
Belisa le respondió: «De ninguna parte, hermosa ninfa,
él puede venir que yo en tanto le tenga como es de la vuestra, que la parte de que yo lo pudiera tener en más, ya no es
en el mundo, ni aun yo debría querer vivir, faltándome

---

[42] *Hallo* en la edición de Venecia, 1574. Rompe la rima.

todo el contento que la vida me podía dar»⁴³: «Esa vida espero yo en Dios —dijo Polydora— que vos de aquí adelante ternéis con más alegría de la que podéis pensar. Y sentémonos a la sombra deste verde aliso, que grandes cosas traigo que deciros.»

Belisa y las ninfas se asentaron, tomando en medio a Polydora, la cual dijo a Belisa: «Dime, hermosa pastora, ¿tienes tú por cierta la muerte de Arsenio y Arsileo?» Belisa le respondió sin poder tener las lágrimas: «Téngola por tan cierta como quien con sus mismos ojos vio al uno atravesado con una saeta, y al otro matarse con su misma espada.»

«¿Y qué dirías —dijo Polydora— a quien te dijese que esos dos que tú viste muertos, son vivos y sanos, como tú lo eres?» «Respondería yo a quien eso me dijese —dijo Belisa— que ternía deseo de renovar mis lágrimas trayéndomelos a la memoria, o que gustaba de burlarse de mis trabajos.»

«Bien segura estoy —dijo Polydora— que tú eso pienses de mí⁴⁴, pues sabes que me han dolido más que a ninguna persona que tú los hayas contado. Mas, dime, ¿quién es un pastor de tu tierra que se llama Alfeo?»

Belisa respondió: «El mayor hechizero y encantador que hay en nuestra Europa, y aun algún tiempo se preciaba él de servirme. Es hombre, hermosa ninfa, que todo su tra-

---

⁴³ B. M. Damiani interpreta estas palabras de Belisa como elocuente expresión del tópico amoroso de que la muerte es preferida a la vida para el enamorado no correspondido. El concepto de muerte presenta diferentes vertientes en la obra: Arsileo introduce el concepto de la muerte como abandono del cuerpo por el alma, según los misterios órficos («que el alma no desampare estos cansados miembros»), la supremacía del alma sobre el cuerpo y su inmortalidad vienen sugeridas en uno de los poemas de Selvagia. Sin embargo, en general, los pastores de Montemayor no quieren realmente morir, prefiriendo el paradójico placer de sufrir («Et in Arcadia ego...», pág. 5).

⁴⁴ Es este un ejemplo de la omisión de *no* después de *estar seguro*. H. Keniston estudia esta construcción: es obvio que se monta sobre el sentido de *seguro* como «a salvo de» en vez de «cierta»; el uso del subjuntivo en la oración de *que* es evidencia amplia de que no tiene el significado último (*op. cit.*, pág. 608).

to y conversación es con los demonios, a los cuales él hace tomar la forma que quiere. De tal manera que muchas veces pensáis que con una persona a quien conocéis estáis hablando, y vos habláis con el demonio a quien él hace tomar aquella figura.»

«Pues has de saber, hermosa pastora —dijo Polydora— que ese mismo Alfeo, con sus hechizerías, ha dado causa al engaño en que hasta agora has vivido y a las infinitas lágrimas que por esta causa has llorado, porque, sabiendo él que Arsileo te había de hablar aquella noche, que entre vosotros estaba concertado, hizo que dos espíritus tomasen las figuras de Arsileo y de su padre, y queriéndote Arsileo hablar, pasase delante de ti lo que viste, porque pareciéndote que eran muertos, desesperases o a lo menos hicieses lo que heciste.»

Cuando Belisa oyó lo que la hermosa Polydora le había dicho, quedó tan fuera de sí que por un rato no supo respondelle, pero volviendo en sí le dijo: «Grandes cosas, hermosa ninfa, me has contado, si mi tristeza no me estorbase creellas. Por lo que dices que me quieres, te suplico que me digas de quién has sabido que los dos que yo vi delante de mis ojos muertos no eran Arsenio y Arsileo.»

«¿De quién? —dijo Polydora—, del mismo Arsileo.» «¿Cómo Arsileo?[45] —respondió Belisa—. ¿Que es posible que el mi Arsileo está vivo? ¿y en parte que te[46] lo pudiese contar?» «Yo te diré cuán posible es —dijo Polydora— que si vienes conmigo, antes que lleguemos a aquellas tres hayas que delante de los ojos tienes, te lo mostraré.» «¡Ay, Dios! —dijo Belisa—. ¿Qué es esto que oyo? ¿Que es verdad que está allí todo mi bien? ¿Pues qué haces, hermosa ninfa, que no me llevas a verle? No cumples con el amor que dices que siempre me has tenido.»

Esto decía la hermosa pastora con una mal segura alegría, y con una dudosa esperanza de lo que tanto deseaba, mas levantándose Polydora y tomándola por la mano, juntamente con las ninfas Cinthia y Dórida, que de placer no

---

[45] *Como Arsileo?* falta en la edición de Venecia, 1574.
[46] *Que* en la edición de Venecia, 1574.

cabían en ver el buen suceso de Belisa, se fueron hacia el arroyo donde Arsileo estaba. Y antes que allá llegasen, un templado aire que de la parte de donde estaba Arsileo venía, les hirió con la dulce voz del enamorado pastor en los oídos, el cual aún a este tiempo no había dejado la música; mas antes comenzó de nuevo a cantar este mote antiguo con la glosa que él mismo allí a su propósito hizo:

VEN, VENTURA, VEN Y TURA[47]

Glosa

> ¡Qué tiempos, qué movimientos,
>   qué caminos tan extraños,
>   qu'engaños, qué desengaños,
>   qué grandes contentamientos
> nacieron de tantos daños!;   5
> Todo lo sufre una fe
>   y un buen amor lo asegura
>   y pues que mi desventura
>   ya denfadada se fue
> ven, ventura, ven y tura.   10
>
> Sueles, ventura, moverte
>   con ligero movimiento,
>   y si en darm'ste contento
>   no imaginas tener suerte,
> más me vale mi tormento.   15
> Que si te vas, al partir
>   falta el seso y la cordura,

---

[47] «Ven ventura, ven y tura» es refrán antiguo como constata Covarrubias al utilizarlo para ejemplificar el uso de *turar*, que aun en el siglo XVI alterna con *durar*. El poema de Montemayor sería así una glosa especial de un dicho antiguo insertado en la historia de Arsileo y Belisa como broche final. Ya Garci Sánchez de Badajoz lo había utilizado como verso inicial para el poema introductorio de sus coplas contra la Fortuna (en *Cancionero castellano del siglo XV*, ed. de R. Foulché Delbosch, Madrid, 1915, NBAE 22, páginas 649-51).

mas si para estar segura
te determinas venir,
ven, ventura, ven y tura.   20

Si es en vano mi venida,
   si acaso vivo'ngañado,
   que todo teme un cuitado
¿no fuera perder la vida
   consejo más acertado?   25
¡Oh temor, eres extraño!
   siempre el mal se te figura,
   mas ya qu'en tal hermosura
   no puede caber engaño,
   ven, ventura, ven y tura.   30

Cuando Belisa oyó la música de su Arsileo, tan gran alegría llegó a su corazón que sería imposible sabello decir, y
acabando de todo punto de dejar la tristeza que el alma le
tenía ocupada, de adonde procedía su hermoso rostro, no
mostrar aquella hermosura de que la naturaleza tanta parte
le había dado, ni aquel aire y gracia, causa principal de los
sospiros del su Arsileo, dijo con una tan nueva gracia y
hermosura que las ninfas dejó admiradas: «Ésta sin duda es
la voz del mi Arsileo, si es verdad que no me engaño en
llamarle mío.»

Cuando el pastor vio delante de sus ojos la causa de todos sus males pasados, fue tan grande el contentamiento
que recibió[48] que los sentidos, no siendo parte para com-
prehendelle en aquel punto, se le turbaron de manera que
por entonces no pudo hablar. Las ninfas, sintiendo lo que
en Arsileo había causado la vista de su pastora, se llegaron
a él a tiempo que, suspendiendo el pastor por un poco lo
que el contentamiento presente le causaba, con muchas lágrimas decía:

«¡Oh pastora Belisa, con qué palabras podré yo encarecer la satisfación que la fortuna me ha hecho de tantos y
tan desusados trabajos, como a causa tuya he pasado! ¡Oh

---

[48] *Recebio* en la edición de Venecia, 1574.

quién me dará un corazón nuevo y no tan hecho a pesares como el mío, para recebir un gozo tan extremado como el que tu vista me causa! ¡Oh fortuna, ni yo tengo más que te pedir ni tú tienes más que darme! Sola[49] una cosa te pido, ya que tienes por costumbre no dar a nadie ningún contento extremado sin dalle algún desgusto en cuenta dél, que con pequeña tristeza y de cosa que duela poco me sea templada la gran fuerza de la alegría que en este día me diste. ¡Oh hermosas ninfas!, ¿en cúyo poder había de estar tan gran tesoro, sino en el vuestro?; o ¿adónde pudiera él estar mejor empleado? Alégrense vuestros corazones con el gran contentamiento que el mío recibe[50]; que si en algún tiempo quesistes bien, no os parecerá demasiado. ¡Oh hermosa pastora!, ¿por qué no me hablas?; ¿hate pesado por ventura de ver al tu Arsileo?; ¿ha turbado tu lengua el pesar de habello visto o el contentamiento de velle? Respóndeme, porque no sufre lo que te quiero estar yo dudoso de cosa tuya.»

La pastora entonces le respondió: «Muy poco sería el contento de verte, oh Arsileo, si yo con palabras pudiese decillo. Conténtate con saber el extremo en que tu fingida muerte me puso, y por él verás la gran alegría en que tu vida me pone.»

Y viniéndole a la pastora, al postrero punto destas palabras, las lágrimas a los ojos, calló lo más que decir quisiera; a las cuales las ninfas enternecidas de las blandas palabras que los dos amantes se decían, les ayudaron. Y porque la noche se les acercaba, se fueron todos juntos hacia la casa de Felicia, contándose uno a otro lo que hasta allí habían pasado. Y Belisa preguntó a Arsileo por su padre Arsenio, y él[51] respondió que en sabiendo que ella era desparecida se había recogido en una heredad suya, que está en el camino a do vivía, con toda la quietud posible, por haber puesto todas las cosas del mundo en olvido, de que Belisa en extremo se holgó, y así llegaron en casa de la sabia Felicia,

---

49 *Solo* en la edición de Venecia, 1574.
50 *Recibie* en la edición de Venecia, 1574.
51 *Le* en la edición de Venecia, 1574.

donde fueron muy bien recebidos. Y Belisa le besó muchas veces[52] las manos, diciendo que ella había sido causa de su buen suceso, y lo mismo hizo Arsileo, a quien Felicia mostró gran voluntad de hacer siempre por él lo que en ella fuese.

FIN DEL QUINTO LIBRO DE LA DIANA

---

[52] *Muchas veces* no está en el texto de la edición de Venecia, 1574.

LIBRO SEXTO DE LA DIANA DE JORGE
DE MONTEMAYOR

Después que Arsileo se partió, quedó Felismena con Amarílida, la pastora que con él estaba, pidiéndole una a otra cuenta de sus vidas, cosa muy natural de las[1] que en semejantes partes se hallan. Y estando Felismena contando a la pastora la causa de su venida, llegó a la choza un pastor de muy gentil disposición y arte, aunque la tristeza parecía que le traía encubierta gran parte della. Cuando Amarílida le vio, con la mayor presteza que pudo, se levantó para irse, mas Felismena le trabó de la saya, sospechando lo que podía ser y le dijo: «No sería justo, hermosa pastora, que ese agravio recibiese de ti, quien tanto deseo tiene de servirte como yo.»

Mas como ella porfiase de irse de allí, el pastor con muchas lágrimas decía: «Amarílida, no quiero que teniendo respecto a lo que me haces sufrir, te duelas deste desventurado pastor, sino que tengas cuenta con tu gran valor y hermosura, y con que no hay cosa en la vida que peor esté a una pastora de tu cualidad que tratar mal a quien tanto le quiere. Mira, Amarílida mía, estos cansados ojos que tantas lágrimas han derramado, y verás la razón que los tuyos tienen de no mostrarse airados contra este sin ventura pastor. ¡Ay, que me huyes por no ver la razón que tienes de aguardarme![2]. Espera, Amarílida, óyeme lo que te digo y

---

[1] *Los* en la edición de Venecia, 1574.
[2] *Agradarme* en la edición de Venecia, 1574.

siquiera, no me respondas. ¿Qué te cuesta oír a quien tanto le ha costado verte?»

Y volviéndose a Felismena con muchas lágrimas le pedía que no le dejase ir; la cual importunaba con muy blandas palabras a la pastora que no tratase tan mal a quien mostraba quererla más que a sí y que le escuchase lo que quería decille, pues que en escuchalle aventuraba tan poco. Mas Amarílida respondió: «Hermosa pastora, no me mandéis oír a quien da más crédito a sus pensamientos que a mis palabras. Cata que este que delante de ti está, es uno de los desconfiados pastores que se sabe y de los que mayor trabajo dan a las pastoras que quieren bien.»

Filemón dijo contra Felismena: «Yo quiero, hermosa pastora, que seas el juez entre mí y Amarílida y si yo tengo culpa del enojo que comigo tiene, quiero perder la vida. Y si ella la tuviere, no quiero otra cosa sino que conozca lo que me debe.»

«De perder tú la vida —dijo Amarílida— yo estoy bien segura porque ni a ti te[3] quieres tanto mal que lo hagas, ni a mí tanto bien que por mi causa te pongas en esa aventura. Mas yo quiero que esta hermosa pastora juzgue, vista mi razón y la tuya, cuál es más digno de culpa entre los dos.»

«Sea así —dijo Felismena— y sentémonos al pie desta verde haya junto al prado florido que delante los ojos tenemos porque quiero ver la razón que cada uno tiene de quejarse del otro.»

Después que todos se hubieron sentado sobre la verde yerba, Filemón comenzó a hablar desta manera: «Hermosa pastora, confiado estoy que si acaso has[4] sido tocada de amores, conocerás la poca razón que Amarílida tiene de quejarse de mí y de sentir tan mal de la fe que le tengo, que venga a imaginar lo que nadie de su pastor imaginó. Has de saber, hermosa pastora, que cuando yo nací y aun ante mucho que naciese, los hados me destinaron para que amase a esta hermosa pastora que delante mis tristes y tus

---

3 *Te* no existe en la edición de Venecia, 1574
4 *Ha* en la edición de Venecia, 1574.

hermosos ojos está[5], y a esta causa he respondido con el efecto de tal manera que no creo que hay amor como el mío ni ingratitud como la suya. Sucedió, pues, que sirviéndola desde mi niñez lo mejor que yo he sabido, habrá como cinco o seis meses que mi desventura aportó por aquí[6] a un pastor llamado Arsileo, el cual buscaba una pastora que se llama Belisa, que por cierto mal suceso anda por estos bosques desterrada. Y como fuese tanta su tristeza, sucedió que esta cruel pastora que aquí vees, o por mancilla que tuvo dél o por la poca que tiene de mí, o por lo que ella se sabe, jamás la he podido apartar de su compañía. Y si acaso le hablaba en ello parecía que me quería matar, porque aquellos ojos que allí veis no causan menos espanto, cuando miran estando airados, que alegría cuando están serenos. Pues como yo estuviese tan ocupado el corazón, de grandísimo amor, el alma de una afición jamás oída, el entendimiento de los mayores celos que nunca nadie tuvo, quejábame a Arsileo con sospiros, y a la tierra con amargo llanto, mostrando la sinrazón que Amarílida me hacía, ha le causado tan grande aborrecimiento haber yo imaginado cosa contra su honestidad que, por vengarse de mí, ha perseverado en ello hasta agora, y no tan solamente hace esto, mas en viéndome delante sus ojos, se va huyendo como la medrosa cierva de los hambrientos lebreles. Ansí que por lo que debes a ti misma, te pido que juzgues si es bastante la causa que tiene de aborrecerme y si mi culpa es tan grave que merezca por ella ser aborrecido.»

Acabado Filemón de dar cuenta de su mal y de la sinrazón que su Amarílida le hacía, la pastora Amarílida comenzó a hablar desta manera: «Hermosa pastora, haberme Filemón, que ahí está, querido bien, o a lo menos haberlo

---

[5] Comenta A. Solé-Leris sobre este pasaje: el amor es una predestinación contra la cual el amador no se puede resistir, el hado lo es todo. Estas palabras de Filemón testimonian que el amante es sujeto del amor, y éste a su vez lo es de la fortuna, que es notoriamente inestable (*op. cit.,* pág. 66.)

[6] *Aportó,* según M. Debax, parece tener aquí el sentido de *trajo* señalado como raro por todos los diccionarios. Se puede tratar de una confusión con el sentido de *Aportar = llegar.*

mostrado, sus servicios han sido tales, que me sería mal contado decir otra cosa; pero si yo también he desechado por causa suya el servicio de otros muchos pastores que por estos valles repastan sus ganados y zagales a quien naturaleza no ha dotado de menos gracia que a otros, él mismo puede decillo, porque las muchas veces que yo he sido requestada y las que he tenido la firmeza que a su fe debía, no creo que ha sido muy lejos de su presencia, mas no había de ser esto parte para que él me tuviese tan en poco que imaginase de mí cosa contra lo que a mí misma soy obligada; porque si es ansí y él lo sabe, que a muchos que por mí se perdían yo he desechado por amor dél, ¿cómo había yo de desechar a él por otro? ¿O pensaba en al[7] o en mis amores? Cien mil veces me ha Filemón acechado, no perdiendo pisada de las que el pastor Arsileo y yo dábamos por este hermoso valle, mas él mismo diga si algún día oyó que Arsileo me dijese cosa que supiese a amores o yo si le respondía alguna que lo pareciese. ¿Qué día me vio hablar Filemón con Arsileo que entendiese de mis palabras otra cosa que consolalle de tan grave mal como padecía? Pues si esto había de ser causa que sospechase mal de su pastora, ¿quién mejor puede juzgarlo que él mismo? Mira, hermosa ninfa[8], cuán entregado estaba a sospechas falsas y dudosas imaginaciones que jamás mis palabras pudieron satisfacelle, ni acabar con él que dejase de ausentarse deste valle pensando él que con ausencia daría fin a mis días, engañóse porque antes me parece que lo dio al contentamiento de los suyos. Y lo bueno es que aún no se contentaba Filemón de tener celos de mí, que tan libre estaba como tú hermosa pastora habrás entendido, mas aun lo publicaba en todas las fiestas, bailes, luchas que entre los pastores desta sierra se hacían. Y esto ya tú conoces[9] si venía en mayor daño de mi honra que de su contentamiento. En fin él se ausentó de mi presencia, y pues tomó por medicina de su mal cosa

---

    [7] *El* en la edición de Venecia, 1574.

    [8] En la edición de E. Moreno Báez en vez de *ninfa* se lee *hermosa pastora*.

    [9] *Conoce* en la edición de Venecia, 1574.

que más se lo ha acrecentado, no me culpe si me he sabido mejor aprovechar del remedio de lo que él ha sabido tomalle. Y pues tú, hermosa pastora, has visto el contentamiento que yo recebí en que dijeses al desconsolado Arsileo nuevas de su pastora, y que yo misma fui la que le importuné que luego fuese a buscalla, claro está que no podía haber entre los dos cosa de que pudiésemos ser tan mal juzgados como este pastor inconsideradamente nos ha juzgado. Así que ésta es la causa de yo me haber resfriado del amor que a Filemón tenía, y de no me querer más poner a peligro de sus falsas sospechas, pues me ha traído mi buena dicha a tiempo que sin forzarme a mí misma, pudiese muy bien hacello.»

Después que Amarílida hubo mostrado la poca razón que el pastor había tenido de dar crédito a sus imaginaciones y la libertad en que el tiempo le había puesto[10], cosa muy natural de corazones exentos, el pastor le respondió desta manera:

«No niego yo, Amarílida, que tu bondad y discreción no basta para desculparte de cualquiera sospecha. ¿Mas quieres tú por ventura hacer novedades en amores y ser inventora de otros nuevos efectos de los que hasta agora habemos visto? ¿Cuándo quiso bien un amador que cualquiera ocasión de celos, por pequeña que fuese, no le atormentase el alma[11], cuanto más siendo tan grande como la que tú, con larga conversación y amistad de Arsileo, me ha dado? ¿Piensas tú, Amarílida, que para los celos son menester certidumbres? Pues engáñaste, que las sospechas son las principales causas de tenellos. Creer yo que querías bien a Arsileo por vía de amores, no era mucho, pues el publica-

---

[10] *Posto* en la edición de Venecia, 1574.

[11] A. Solé-Leris comenta a propósito de este pasaje que los celos son inseparables del amor, puesto que éste es dueño del corazón y de la mente: los celos son consecuencia del amor, los sufrimientos ennoblecen al amador (*op. cit.,* pág. 66). En cambio para B. Mujica los celos derivan de la irracionalidad del amor, y están presentes desde la primera canción de Sireno, historia de Ysmenia y Selvagia, hasta en Delio, el marido de Diana. Debe considerarse como una distorsión del recto amor, es la otra cara que obstaculiza la realización del ideal (*op. cit.,* págs. 128-29).

llo yo, tan poco era de manera que tu honra quedase ofendida; cuanto más que la fuerza del amor era tan grande que me hacía publicar el mal de que me temía[12]. Y puesto caso que tu bondad me asegurase cuando a hurto de mis sospechas la consideraba, todavía tenía temor de lo que me podía suceder, si la conversación iba delante. Cuanto a lo que dices que yo me ausenté, no lo hice por darte pena, sino por ver si en la mía podría haber algún remedio, no viendo delante mis ojos a quien tan grande me la daba y también porque mis importunidades no te la causasen. Pues si en buscar remedio para tan grave mal, fui contra lo que te debía, ¿qué más pena que la que tu ausencia me hizo sentir? ¿O qué más muestra de amor que no ser ella causa de olvidarte? ¿y qué mayor señal del poco que conmigo tenías que habelle tú perdido de todo punto con mi ausencia? Si dices que jamás quesiste bien a Arsileo, aun eso me da a mí mayor causa de quejarme, pues por cosa en que tan poco te iba, dejabas a quien tanto te deseaba servir. Así que tanto mayor queja tengo de ti, cuanto menos fue el amor que a Arsileo has tenido. Éstas son, Amarílida, las razones, y otras muchas que no digo que en mi favor puedo traer; las cuales no quiero que me valgan, pues en caso de amores suelen valer tan poco. Solamente te pido que tu clemencia, y la fe que siempre te he tenido estén, pastora, de mi parte, porque si ésta me falta, ni en mis males podrá haber fin, ni medio en tu condición»[13].

Y con esto el pastor dio fin a sus palabras y principio a

---

[12] *Tenía* en la edición de Venecia, 1574. Y a continuación, en la frase siguiente, cambia *tenía* por *temía* leyéndose *temía temor*.

[13] En la edición de Venecia, 1574 se añade este soneto con la siguiente introducción: «Y diziendo esto, y tomando su rabel començo a cantar el presente soneto: Quán presto rompe amor un duro pecho / Tan presto están los celos muy apunto / Aquí el amor, el celo allí muy junto / Aquí el contento, y luego allí el despecho / Propongo que amor me ha satisfecho / Sin offender mi fe en solo un punto / un no sé qué, un nada que barrunto / deshaze todo el bien que amor me ha hecho / Si mira vuestra dama, estáis corrido, / Pensáis quando no mira que os engaña / El que la mira os mata de importuna / Por fuerça sospechas lo que no ha sido, / Y lo que no será aún esto nos daña, / Buscadme en mal de amor contento alguno / . Y con esto el pastor dio fin a su canto y principio a tantas lágrimas»...

tantas lágrimas que bastaron juntamente con los ruegos, y sentencia que en este caso Felismena dio, para que el duro corazón de Amarílida se ablandase, y el enamorado pastor volviese en gracia de su pastora, de lo cual quedó tan contento como nunca jamás lo estuvo, y aun Amarílida no poco gozosa de haber mostrado cuán engañado estaba Filemón en las sospechas que della tenía. Y después de haber pasado allí aquel día con muy gran contentamiento de los dos confederados[14] amadores, y con mayor desasosiego de la hermosa Felismena, ella otro día por la mañana se partió dellos, después de muy grandes abrazos y prometimientos de procurar siempre la una de saber del buen suceso de la otra.

Pues Sireno, muy libre del amor, Selvagia y Sylvano, muy más enamorados que nunca, la hermosa Diana muy descontenta del triste suceso de su camino, pasaba la vida apacentando su ganado por la ribera del caudaloso Ezla, adonde muchas veces, topándose unos a otros, hablaban en lo que mayor contento les daba. Y estando un día la discreta Selvagia con el su Sylvano junto a la fuente de los alisos, llegó acaso la pastora Diana, que venía en busca de un cordero que de la manada se le había huido, el cual Sylvano tenía atado a un mirto, porque cuando allí llegaron, le halló bebiendo en la clara fuente y por la marca conoció ser de la hermosa Diana. Pues siendo, como digo, llegada y recebida de los dos nuevos amantes con gran cortesía, se asentó entre la verde yerba, arrimada a uno de los alisos que la fuente rodeaban y después de haber hablado en muchas cosas, le dijo Sylvano: «¿Cómo, hermosa Diana, no nos preguntas por Sireno?»

Diana entonces le respondió: «Como no querría tractar de cosas pasadas por lo mucho que me fatigan las presentes, tiempo fue que preguntar yo por él le diera más contento, y aún a mí el haballe de lo que a ninguno de los dos nos dará, mas el tiempo cura infinitas cosas que a la perso-

---

[14] Explica M. Debax que *confederado* es término del vocabulario militar. Empleado aquí ya que los dos enamorados son nuevos «aliados» después de estar enfrentados (*op. cit.*, pág. 190).

na le parecen sin remedio. Y si esto así no entendiese, ya no habría Diana en el mundo, según los desgustos y pesadumbre que cada día se me ofrecen.»

«No querrá Dios tanto mal al mundo —respondió Selvagia— que le quite tan grande hermosura como la tuya.» «Esa[15] no le faltará en cuanto tú vivieres —dijo Diana— y adonde está tu gracia y gentileza muy poco se perdería en mí. Sino[16] míralo por el tu Sylvano que jamás pensé yo que él me olvidara por otra pastora alguna, y en fin me ha dado de mano por amor de ti.»

Esto decía Diana con una risa muy graciosa, aunque no se reía destas cosas tanto ni tan de gana como ellos pensaban. Que puesto caso que ella hubiese querido a Sireno más que a su vida y a Sylvano le hubiese aborrecido, más le pesaba del olvido de Sylvano, por ser causa de otra, de cuya vista estaba cada día gozando con gran contentamiento de sus amores, que del olvido de Sireno, a quien no movía ningún pensamiento nuevo.

Cuando Sylvano oyó lo que Diana había dicho, le respondió: «Olvidarte yo, Diana, sería excusado, porque no es tu hermosura y valor de los que olvidarse pueden. Verdad es que yo soy de la mía Selvagia, porque demás de haber en ella muchas partes que hacello me obligan, no tuvo en menos su suerte por ser amada de aquel a quien tú en tan poco tuviste.»

«Dejemos eso —dijo Diana— que tú estás muy bien empleado, y yo no lo miré bien en no quererte como tu amor me lo merecía. Si algún contento en algún tiempo deseaste darme, ruégote todo cuanto puedo que tú y la hermosa Selvagia cantéis alguna canción por entretener la siesta, que me parece que comienza, de manera que será forzado pasalla debajo de estos alisos, gustando del ruido de la clara fuente, el cual no ayudará poco a la suavidad de vuestro canto.»

No se hicieron de rogar los nuevos amadores, aunque la hermosa Selvagia no gustó mucho de la plática que Diana

---

[15] *Esta* en la edición de Venecia, 1574.
[16] *Sireno* en la edición de Venecia, 1574. Sin sentido.

con Sylvano había tenido. Mas porque en la canción pensó satisfacerse, al son de la zampoña que Diana tañía, comenzaron los dos a cantar desta manera:

Zagal, alegre te veo
  y tu fe firme y segura.
  Cortóme amor la ventura
  a medida del deseo.

¿Qué deseaste alcanzar   5
  que tal contento te diese?
  Querer a quien me quisiese,
  que no hay más que desear.
Esa gloria en que te veo
  ¿tiénesla por muy segura?   10
  No me la ha dado ventura
  para burlar al deseo.

Si yo no'stuviese firme
  ¿morirías sospirando?
  De oíllo decir burlando   15
  estoy ya para morirme.
¿Mudartías, aunqu'es feo,
  viendo mayor hermosura?
  No, porque sería locura
  pedirme más el deseo.   20

¿Tiénesme tan grande amor
  como'n tus palabras siento?
  Eso a tu merecimiento
  lo preguntarás mejor.
Algunas veces lo creo   25
  y otras no'stoy muy segura.
  Sólo en eso la ventura
  hace ofensa a mi deseo.

Finge que d'otra zagala
  t'enamoras más hermosa.   30
  No me mandes hacer cosa

qu'aun para fingida es mala.
Muy más firmeza te veo
pastor, que a mí hermosura.
Y a mí muy mayor ventura   35
que jamás cupo en deseo.

A este tiempo bajaba Sireno de laldea a la fuente de los
alisos con grandísimo deseo de topar a Selvagia o a Sylvano; porque ninguna cosa por entonces le daba más contento que la conversación de los dos nuevos enamorados. Y
pasando por la memoria los amores de Diana, no dejaba de
causalle[17] soledad el tiempo que la había querido. No porque entonces le diese pena su amor, mas porque en todo
tiempo la memoria de un buen estado causa soledad al que
le ha perdido[18]. Y antes que llegase a la fuente, en medio
del verde prado, que de mirtos y laureles rodeado estaba,
halló las ovejas de Diana, que solas por entre los árboles
andaban paciendo, so el amparo de los bravos mastines. Y
como el pastor se parase a mirallas, imaginando el tiempo
en que le habían dado más en que entender que las suyas
proprias, los mastines con gran furia se vinieron a él; mas,
como llegasen, y dellos fuese conocido, meneando las co-
las y bajando los pescuezos, que de agudas puntas de acero
estaban rodeados, se le echaron a los pies, y otros se empi-
naban con el mayor regocijo del mundo. Pues las ovejas no
menos sentimiento hicieron porque la borrega mayor, con
su rústico cencerro[19], se vino al pastor y todas las otras,
guiadas por ella o por el conocimiento de Sireno, le cerca-
ron alrededor, cosa que él no pudo ver sin lágrimas, acor-

---

[17] *Cansalle* en la edición de Venecia, 1574.

[18] S. P. Cravens señala la coincidencia de este pasaje (Sireno recordando el
tiempo que fue amado por Diana, al ser reconocido por el rebaño de ésta),
con otro del *Florisel* de Feliciano de Silva, en el que Darinel expresa un mismo sentimiento: «¿Cómo no queréys que haga fuerça en mí la memoria que
la música de Mordacheo me ha puesto de aquellos prados, fuentes y riberas
del lugar de Tirel, donde mi señora Silvia, acompañando las ovejas, traýa al
príncipe don Florisel en el ábito de pastor gozando de los cantares y música
de Darinel?» *(op. cit.,* pág. 44).

[19] *Concerto* en la edición de Venecia, 1574.

dándosele que en compañía de la hermosa pastora Diana había repastado aquel rebaño. Y viendo que en los animales sobraba el conocimiento que en su señora había faltado, cosa fue ésta que si la fuerza del agua que la sabia Felicia le había dado no le hubiera hecho olvidar los amores, quizá no hubiera cosa en el mundo que le estorbara volver a ellos. Mas viéndose cercado de las ovejas de Diana, y de los pensamientos que la memoria della ante los ojos le ponía, comenzó a cantar esta canción al son de su lozano rabel:

> Pasados contentamientos,
>   ¿qué queréis?;
>   dejadme, no me canséis[20].
>
> Memoria, ¿queréis oírme?
>   Los días, las noches buenas,   5
>   paguélos con las setenas,
>   no tenéis más que pedirme;
>   todo s'acabó en partirme,
>   como veis,
>   dejadme, no me canséis.   10
>
> Campo verde, valle umbroso
>   donde algún tiempo gocé,
>   ved lo que despúes pasé

---

[20] Encarece M. Menéndez Pelayo estos versos de Montemayor considerando que el arte menor está mejor logrado en *La Diana:* «A veces glosa antiguos cantares y villancicos, y su poesía parece entonces eco de la de Juan del Encina, con el mismo cándido y ameno discreteo, con el mismo ritmo ágil y gracioso. Esto fue Montemayor como lírico: heredero de los salmantinos Juan del Encina y Cristóbal de Castillejo, por su larga residencia en el reino de León y en la corte de Castilla, donde todavía tenían muchos partidarios los versos de la manera vieja, las antiguas coplas. A ellas se inclinó decididamente Montemayor, aunque con menos exclusivismo que el donosísimo secretario del infante don Fernando; puesto que hizo muchas concesiones a la escuela italiana, y en esto se mostró poeta ecléctico como su paisano el organista de Granada Gregorio Silvestre, que tantos puntos de semejanza tiene con él como poeta y como músico. En uno y otro lo castizo vale más que lo importado» (*op. cit.,* pág. 275).

                    y dejadme'n mi reposo;
                    si estoy con razón medroso   15
                    ya lo veis,
                    dejadme, no me canséis.

            Vi mudado un corazón
                    cansado d'asegurarme,
                    fue forzado aprovecharme   20
                    del tiempo y de la ocasión;
                    memoria, do no hay pasión,
                    ¿qué queréis?;
                    dejadme, no me canséis.

            Corderos y ovejas mías,   25
                    pues algún tiempo lo fuistes,
                    las horas ledas o tristes
                    pasáronse con los días,
                    no hagáis las alegrías
                    que soléis,   30
                    pues ya no me'ngañaréis.

            Si venís por me turbar,
                    no hay pasión ni habrá turbarme,
                    si venís por consolarme,
                    ya no hay mal que consolar,   35
                    si venís por me matar,
                    bien podéis;
                    matadme y acabaréis.

Después que Sireno hubo cantado, en la voz fue conocido de la hermosa Diana y de los dos enamorados, Selvagia
y Sylvano. Ellos le dieron voces diciendo que si pensaba
pasar la siesta en el campo, que allí estaba la sabrosa fuente
de los alisos y la hermosa pastora Diana, que no sería mal
entretenimiento para pasalla. Sireno le respondió que por
fuerza había de esperar todo el día en el campo hasta que
fuese hora de volver con el ganado a su aldea; y viniéndose
a donde el pastor y pastoras estaban, se sentaron en torno
de la clara fuente, como otras veces solían. Diana, cuya

350

vida era tan triste cual puede imaginar quien viese una pastora la más hermosa y discreta que entonces se sabía, tan fuera de su gusto casada, siempre andaba buscando entretenimientos para pasar la vida hurtando el cuerpo a sus imaginaciones. Pues estando los dos pastores hablando en algunas cosas tocantes al pasto de los ganados y al aprovechamiento dellos, Diana les rompió el hilo de su plática, diciendo contra Sylvano:

«Buena cosa es, pastor, que estando delante la hermosa Selvagia trates de otra cosa sino de encarecer su hermosura y el gran amor que te tiene; deja[21] el campo y los corderos, los malos o buenos sucesos del tiempo y fortuna, y goza, pastor, de la buena que has tenido en ser amado de tan hermosa pastora, que a donde el contentamiento del espíritu es razón que sea tan grande, poco al caso hacen los bienes de fortuna.»

Sylvano entonce le respondió: «Lo mucho que yo, Diana, te debo, nadie lo sabría encarecer como ello es, sino quien hubiese entendido la razón que tengo de conocer esta deuda, pues no tan sólo me enseñaste a querer bien, mas aun agora me guías, y muestras a[22] usar del contentamiento que mis amores me dan. Infinita es la razón que tienes de mandarme que no trate de otra cosa, estando mi señora delante, sino del contento que su vista me causa, y así prometo de hacello, en cuanto el alma no se despidiere de estos cansados miembros. Mas de una cosa estoy espantado y es de ver cómo el tu Sireno vuelve a otra parte los ojos cuando hablas, parece que no le agradan tus palabras ni se satisface de lo que respondes.»

«No le pongas culpa —dijo Diana— que hombres descuidados y enemigos de lo que a sí mismos deben, eso[23] y más harán.» «¿Enemigo de lo que a mí mismo debo? —respondió Sireno—. Si yo jamás lo fui, la muerte me dé la pena de mi yerro. Buena manera es ésa de desculparte.» «¡Desculparme yo, Sireno —dijo Diana—, si la primera

---

[21] *Deja en* en la edición de Venecia, 1574.
[22] No existe esta *a* en la edición de Venecia, 1574.
[23] *Esto* en la edición de Venecia, 1574.

culpa contra ti no tengo por cometer, jamás me vea con más contento que el que agora tengo! ¡Bueno es que me pongas tú culpa por haberme casado, teniendo padres!»[24]. «Más bueno es —dijo Sireno— que te casases teniendo amor.» «¿Y qué parte —dijo Diana— era el amor, adonde estaba la obediencia que a los padres se debía?» «¿Mas qué parte —respondió Sireno— eran los padres, la obediencia, los tiempos, ni los malos o favorables sucesos de la fortuna para sobrepujar un amor tan verdadero como antes de mi partida me mostraste? ¡Ah Diana, Diana, que nunca yo pensé que hubiera cosa en la vida que una fe tan grande pudiera quebrar! ¡Cuanto más, Diana, que bien te pudieras casar y no olvidar a quien tanto te quería. Mas mirándolo desapasionadamente, muy mejor fue para mí, ya que te casabas, el olvidarme.» «¿Por qué razón?» —dijo Diana.

«Porque no hay —respondió Sireno— peor estado que es querer un pastor a una pastora casada, ni cosa que más haga perder el seso al que verdadero amor le tiene. Y la razón dello es que, como todos sabemos, la principal pasión que a un amador atormenta, después del deseo de su dama, son los celos. ¿Pues, qué te parece que será para un desdichado que quiere bien saber que su pastora está en brazos de su velado, y él llorando en la calle su desventura? Y no para aquí el trabajo, mas en ser un mal que no os podéis quejar dél, porque en la hora que os quejáredes, os ternán por loco o desatinado. Cosa la más contraria al descanso que puede ser, que ya cuando los celos son de otro pastor que la sirva, en quejar de los favores que le hace y en oír desculpas, pasáis la vida, mas este otro mal es de manera que en un punto la perderéis, si no tenéis cuenta con vuestro deseo.»

---

[24] Señala B. W. Wardropper que en la novela pastoril se han eliminado todos los problemas y los sufrimientos consecuentes causados por el conflicto entre el amor y la obligación social, excepto éste. En la sociedad pastoril rige también el deber filial. Tal y como aparece en este pasaje planteado, las dos lealtades (al padre y al amado) tienen igual validez, sin solución posible. El problema lo plantea de nuevo Montemayor en la historia de Danteo y Duarda, en el libro séptimo, pero también lo deja sin solucionar (art. cit., págs. 137-38.)

Diana entonces respondió: «Deja esas razones, Sireno, que ninguna necesidad tienes de querer ni ser querido.» «A trueque de no tenella de querer —dijo Sireno— me alegro en no tenella de ser querido.» «Extraña libertad es la tuya» —dijo Diana[25].

«Más lo fue tu olvido —respondió Sireno— si miras bien en las palabras que a la partida me dijiste[26], mas, como dices, dejemos de hablar en cosas pasadas y agradezcamos al tiempo y a la sabia Felicia las presentes. Y tú Sylvano toma tu flauta y templemos mi rabel con ella, y cantaremos algunos versos; aunque corazón tan libre como el mío ¿qué podrá cantar que dé contento a quien no le tiene?»

«Para eso yo te daré buen remedio —dijo Sylvano—, hagamos cuenta que estamos los dos de la manera que esta pastora nos traía al tiempo que por este prado esparcíamos nuestras quejas.»

A todos pareció bien lo que Sylvano decía, aunque Selvagia no estaba muy bien en ello, mas por no dar a entender celos donde tan gran amor conocía, calló por entonces y los pastores comenzaron a cantar desta manera:

SYLVANO, SIRENO

Si lágrimas no pueden ablandarte,
    cruel pastora, ¿qué hará mi canto,
    pues nunca cosa mía vi agradarte?[27].
¿Qué corazón habrá que sufra tanto
    que vengas a tomar en burla y risa   5
    un mal qu'al mundo admira y causa'spanto?

---

[25] *Hermosa Diana* en la edición de Venecia, 1574.

[26] *Dexiste* en la edición de Venecia, 1574.

[27] El primer terceto («Si lágrimas no pueden ablandarte...») fue glosado en tres octavas reales que se copian en el Ms. 372 de la Biblioteca Nacional de Paris. Estas tres octavas aparecen también incluidas en un romance de Miguel Sánchez de Lima, con el que acaba su novelita pastoril *Historia de Calidonio y Laurina,* incluida en *El arte poética en romance castellano* (Alcalá, 1580). (Cfr. A. Blecua, «Algunas notas curiosas acerca de la transmisión poética española en el siglo xvi», en *BRABLB,* XXXII, 1967-1968, págs. 128-31.)

¡Ay ciego entendimiento!, ¿qué te avisa
   amor, el tiempo y tantos desengaños,
   y siempre el pensamiento de una guisa?
¡Ah pastora cruel!, ¿en tantos daños   10
   en tantas cuitas, tantas sinrazones
   me quieres ver gastar mis tristes años?
D'un corazón qu' es tuyo ¿así dispones?;
   un alma que te di, ¿así la tratas
   que sea[28] el menor mal sufrir pasiones?   15

SIRENO

Un nudo ataste, amor, que no desatas:
   es ciego y ciego tú y yo más ciego
   y ciega aquella por quien tú me matas.
Ni yo me vi perder vida y sosiego,
   ni ella vee que muero a causa suya,   20
   ni tú qu'estó abrasado en vivo fuego.
¿Qué quieres, crudo amor, que me destruya
   Diana con ausencia?, pues concluye
   con que la vida y suerte se concluya.
El alegría tarda, el tiempo huye,   25
   muere'speranza, vive'l pensamiento,
   amor lo abrevia, alarga y lo destruye.
Vergüenza mes hablar en un tormento
   qu'aunque me aflija, canse y duela tanto,
   ya no podría sin él vivir contento.   30

SYLVANO

¡Oh alma, no dejéis el triste llanto,
   y vos, cansados ojos,
   no os canse derramar lágrimas tristes;
llorad, pues ver supistes
   la causa principal de mis enojos.   35

---

[28] *Sera* en la edición de Venecia, 1574.

Sireno

La causa principal de mis enojos,
　　cruel pastora mía,
　　algún tiempo lo fue de mi contento;
　　¡ay, triste pensamiento,
　　cuán poco tiempo dura un alegría! 　　　　40

Sylvano

¡Cuán poco tiempo dura un alegría,
　　y aquella dulce risa
　　con qué fortuna, acaso, os ha mirado!;
　　todo es bien empleado
　　en quien avisa el tiempo y no se avisa. 　　45

Sireno

En quien avisa el tiempo y no se avisa,
　　hace'l amor su[29] hecho,
　　mas ¿quién podrá en sus casos avisarse,
　　o quién desengañarse?
　　¡Ay, pastora cruel, ay duro pecho! 　　　50

Sylvano

¡Ay, pastora cruel, ay duro pecho!
　　cuya dureza'straña
　　no es menos que la gracia y hermosura
　　y que mi desventura.
　　¡Cuán a mi costa el mal me desengaña! 　　55

Sylvano

Pastora mía, más blanca y colorada
　　que ambas rosas por Abril cogidas[30],

---

29 *Del* en vez de *su* en la edición de Venecia, 1574.
30 Estos versos parecen imitados directamente de *L'Arcadia* de Sannazaro:

y más resplandeciente
qu'el sol que de oriente
por la mañana asoma a tu majada,   60
¿cómo podré vivir si tú me olvidas?;
no seas, mi pastora, rigurosa,
que no'stá bien crueldad a una hermosa.

Sireno

Diana mía, más resplandeciente,
qu'esmeralda y diamante a la vislumbre,   65
cuyos hermosos ojos
son fin de mis enojos
si a dicha los revuelves mansamente;
así con tu ganado llegues a la cumbre
de mi majada, gordo y mejorado,   70
que no trates tan mal a un desdichado.

Sylvano

Pastora mía, cuando tus cabellos
a los rayos del sol estás peinando,
¿no vees que los[31] escureces,
y a mí me'nsoberbeces?   75
¿que desde acá m'estoy mirando'nellos,
perdiendo ora'speranza, ora ganando?
Así goces, pastora, esa hermosura,
que des un medio en tanta desventura.

Sireno

Diana, cuyo nombre en esta sierra   80
los fieros animales trae domados,

«Philida mia, più che i ligustri bianza / Più vermiglia de'l prato a mezzo
aprile...» (Cfr. M. Debax, *op. cit.*, pág. 111). Es el canto de Montano después
de la Prosa Segunda, que traduce: «O Phillida mía hermosa / más que el prado en medio abril / Colorada como rosa / aunque fugace engañosa / más
que las flores gentil...»

[31] *Lo* en la edición de Venecia, 1574.

y cuya hermosura
sojuzga a la ventura
y al crudo amor no teme y hace guerra,
sin temor de ocasiones, tiempo, hados,   85
así goces tu hato y tu majada,
que de mi mal no vivas descuidada.

SYLVANO

La siesta, mi Sireno, es ya pasada,
   los pastores se van a su manida[32]
   y la cigarra calla de cansada.   90
No tardará la noche, que escondida
   está, mientra que Phebo en nuestro cielo
   su lumbre acá y allá trae'sparcida.
Pues antes que tendida por el suelo
   veas la'scura sombra y que cantando   95
   d'encima deste aliso está[33] el mochuelo,
Nuestro ganado vamos allegando,
   y todo junto allí lo llevaremos
   a do Diana nos está'sperando.

SIRENO

Sylvano mío, un poco aquí esperemos,   100
   pues aún del todo el sol no's acabado
   y todo el día por nuestro le tenemos.
Tiempo hay para nosotros y el ganado,
   tiempo hay para llevalle al claro río,
   pues hoy ha de dormir por este prado;   105
   y aquí cese, pastor, el cantar mío.

En cuanto los pastores esto cantaban[34], estaba la pastora
Diana con el hermoso rostro sobre la mano, cuya manga,

---

[32] *Majada* en la edición de Venecia, 1574.
[33] *Este* en la edición de Venecia, 1574.
[34] «El efecto de esta situación, que está preparada con arte consumado, se

cayéndole[35] un poco, descubría la blancura de un brazo que a la de la nieve escurecía, tenía los ojos inclinados al suelo, derramando por ellos[36] unas espaciosas lágrimas, las cuales daban a entender de su pena más de lo que ella quisiera decir: y en acabando los pastores de cantar, con un sospiro, en compañía del cual parecía habérsele salido el alma, se levantó, y sin despedirse de ellos, se fue por el valle abajo, entrazando[37] sus dorados cabellos, cuyo tocado se le quedó preso en un ramo al tiempo que se levantó. Y si con la poca mancilla que Diana de los pastores había tenido, ellos no templaran la mucha que della tuvieron, no bastara el corazón de ninguno de los[38] dos a podello sufrir. Y así, unos como otros, se fueron a recoger sus ovejas que desmandadas andaban saltando por el verde prado.

FIN DEL LIBRO SEXTO

---

acrecienta por ser la última vez que Diana aparece en escena. Los pastores están ya curados por el agua de la sabia Felicia, pero todavía, a pesar de la magia, persisten en sus corazones vestigios de la llama antigua, trocada en más apacible afecto, y Diana al escucharlos siente indefinible melancolía, en que no diré yo otro tanto, porque a mi juicio el efecto capital de la *Diana* es el abuso del sentimentalismo y de las lágrimas, la falta chado, sin que la tristeza caiga nunca en monotonía, sin que el despecho llegue nunca a la violencia.» No diré yo otro tanto, porque a mi juicio el efecto capital de la *Diana* es el abuso del sentimentalismo y de las lágrimas, la falta de virilidad poética, el tono afeminado y enervante de la narración» (M. Menéndez Pelayo, *op. cit.,* pág. 278).

35 *Cayéndose* en la edición de Venecia, 1574.
36 *Ellas* en la edición de Venecia, 1574.
37 M. Debax remite a E. Moreno Báez en la apreciación del término *entraçando* como lusismo y añade que es significativo que no aparezca en los diccionarios españoles. (*Op. cit.,* pág. 339.)
38 *Dellos* en la edición de Venecia, 1574.

LIBRO SÉPTIMO DE LA DIANA DE JORGE
DE MONTEMAYOR

Después que Felismena hubo puesto fin en las diferencias de la pastora Amarílida y el pastor Filemón, y los dejó con propósito de jamás hacer el uno cosa de que el otro tuviese ocasión de quejarse, despedida de ellos, se fue por el valle abajo, por el cual anduvo muchos días sin hallar nueva que algún contento le diese, y como todavía llevaba esperanza en las palabras de la sabia Felicia, no dejaba de pasalle por el pensamiento que después de tantos trabajos se había de cansar la fortuna de perseguilla. Y estas imaginaciones la sustentaban en la gravísima pena de su deseo.

Pues yendo una mañana por el medio de un bosque, al salir de una asomada que por encima de una alta sierra parecía, vio delante sí un verde y amenísimo campo de tanta grandeza que con la vista no se le podía alcanzar el cabo; el cual doce millas adelante iba a fenecer en la falda de unas montañas, que casi no se parecían; por medio del deleitoso campo corría un caudaloso río, el cual hacía una muy graciosa ribera, en muchas partes poblada de salces y verdes alisos, y otros diversos árboles; y en otras dejaba descubiertas las cristalinas aguas recogiéndose a una parte un grande y espacioso arenal que de lejos más adornaba la hermosa ribera. Las mieses que por todo el campo parecían sembradas, muy cerca estaban de dar el deseado fruto, y a esta causa, con la fertilidad de la tierra, estaban muy crecidos y, meneados de un templado viento, hacían unos verdes, claros y obscuros, cosa que a los ojos daba muy gran contento. De ancho tenía bien el deleitoso y apacible prado tres millas en partes, y en otras poco más, y en ninguna había menos desto[1].

Pues bajando la hermosa pastora por su camino abajo, vino a dar en un bosque muy grande, de verdes alisos y acebuches asaz poblado, por en medio del cual vio muchas cosas, tan sumptuosamente labradas que en gran admiración le pusieron. Y de súbito, fue a dar con los ojos en una muy hermosa ciudad que desde lo alto de una sierra que de frente estaba, con sus hermosos edificios, venía hasta tocar con el muro en el caudaloso río que por medio del campo pasaba. Por encima del cual estaba la más sumptuosa y admirable puente que en el universo se podía hallar[2]. Las casas y edificios de aquella ciudad insigne eran tan altos, y con tan gran artificio labrados, que parecía haber la industria humana mostrado su poder. Entre ellos había muchas torres y pirámides, que de altos se levantaban a las nubes. Los templos eran muchos y muy sumptuosos, las casas fuertes, los superbos muros, los bravos baluartes daban gran lustre a la grande y antigua población, la cual desde allí se devisaba toda.

La pastora quedó admirada de ver lo que delante los ojos tenía, y de hallarse tan cerca de poblado, que era la cosa de que con mayor cuidado andaba huyendo. Y con todo eso[3] se asentó un poco a la sombra de un olivo, y mi-

[1] Señala C. B. Johnson que la solución del problema amoroso de Felismena comienza precisamente en este pasaje: entrando en el mundo de los pastores ha accedido a un ámbito sin tiempo ni lugar, del que debe salir, recuperando su propio medio urbano para reencontrar su historia. Así es significativo, y marca la frontera, que ahora se mida la distancia con exactitud («doce millas»), que los campos estén cultivados, y que haya «muchas casas tan suntuosamente labradas». La existencia de los pastores y pastoras portuguesas son otro elemento de este mundo «real» opuesto al pastoril; propiciando «Felismena's reincorporation into the historical world whence she came and hence to prepare the way for the dénouement of her story» (art. cit., págs. 32-33).

[2] Para C. B. Johnson el puente tiene significado semisimbólico, sobre el río que separa el mundo pastoril del histórico-urbano. La descripción platonizada del puente refuerza su valor simbólico: suntuosa y admirable, da paso al reino humano de edificios formando una extraordinaria ciudad (art. cit., pág. 34).

[3] *Esto* en la edición de Venecia, 1574.

rando muy particularmente lo que habéis oído, viendo aquella populosa ciudad, le vino a la memoria la gran Soldina, su patria y naturaleza de adonde los amores de don Felis la traían desterrada; lo cual fue ocasión para no poder pasar sin lágrimas, porque la memoria del bien perdido pocas veces deja de dar ocasión a ellas. Dejando, pues, la hermosa pastora aquel lugar y la ciudad a mano derecha, se fue su paso a paso por una senda que junto al río iba hacia la parte donde sus cristalinas aguas con un manso y agradable ruido, se iban a meter en el mar Océano.

Y habiendo caminado seis millas por la graciosa ribera adelante, vio dos pastoras que al pie de un roble a la orilla del río pasaban la siesta, las cuales aunque en la hermosura tuviesen una razonable medianía, en la gracia y donaire había un extremo grandísimo: el color del rostro, moreno y gracioso, los cabellos no muy rubios, los ojos negros, gentil aire y gracioso en el mirar sobre las cabezas tenían sendas guirnaldas de verde yedra, por entre las hojas entretejidas muchas rosas y flores[4]. La manera del vestido le pareció muy diferente del que hasta entonces había visto. Pues levantándose la una con grande priesa a echar una manada de ovejas de un linar[5] a donde se habían entrado, y la otra llegando a beber a un rebaño de cabras al claro río, se volvieron a la sombra del umbroso fresno.

Felismena que entre unos juncales muy altos se había metido, tan cerca de las pastoras que pudiese oír lo que entre ellas pasaba, sintió que la lengua era portuguesa y entendió que el reino en que estaba era Lusitania, porque la una de las pastoras decía con gracia muy extremada en su misma lengua a la otra, tomándose de las manos:

---

[4] Comenta R. El Saffar que el diálogo de Duarda y Danteo, con su variedad lingüística y su descripción realista nos introduce en un ámbito que contrasta sutilmente con el de las descripciones pastoriles altamente estilizadas de los libros primeros. La narración se hace asimismo más objetiva frente a los primeros relatos, que presentaban análisis subjetivizados con intensidad (art. cit., pág. 183).

[5] *Linar.* Es la única vez que se encuentra una referencia concreta a los cultivos, en correspondencia con la pintura real de las pastoras portuguesas (M. Debax, *op. cit.,* pág. 500.)

«¡Ay, Duarda, cuán poca razón tienes de no querer a quien te quiere más que a sí!, ¡cuánto mejor te estaría no tratar mal a un pensamiento tan ocupado en tus cosas! Pésame que a tan hermosa pastora le falte piedad para quien en tanta necesidad está della.» La otra, que algo más libre parecía, con cierto desdén y un dar de mano, cosa muy natural de personas libres, respondía:

«¿Quieres que te diga, Armia, si yo me fiare otra vez de quien tan mal me pagó el amor que le tuve, no terná él la culpa del mal que a mí deso me sucediere? No me pongas delante los ojos servicios que ese pastor algún tiempo me haya hecho, ni me digas ninguna razón de las que él te da para moverme, porque ya pasó el tiempo en que sus razones le valían. El me prometió de casarse comigo y se casó con otra. ¿Qué quiere ahora? ¿o qué me pide ese enemigo de mi descanso? ¿dice que pues su mujer es finada que me case con él? No querrá Dios que yo a mí misma me haga tan gran engaño; déjalo estar, Armia, déjalo; que si él a mí me desea tanto como dice, ese deseo me dará venganza dél.»

La otra le replicaba con palabras muy blandas, juntando su rostro con el de la exenta Duarda con muy estrechos abrazos: «¡Ay pastora, y cómo te está bien todo cuanto dices; nunca deseé ser hombre, sino ahora para quererte más que a mí! Mas dime, Duarda, ¿por qué has tú de querer que Danteo viva tan triste vida? El dice que la razón con que dél te quejas, esa[6] misma tiene para su disculpa. Porque antes que se casase, estando contigo un día junto al soto de Fremoselle, te dijo: "Duarda, mi padre quiere casarme, ¿qué te parece que haga?", y que tú le respondiste muy sacudidamente: "¿Cómo, Danteo, tan vieja soy yo o tan gran poder tengo en ti que me pidas parecer y licencia para tus casamientos? Bien puedes hacer lo que tu voluntad y la de tu padre te obligare, porque lo mismo haré yo." Y que esto fue dicho con una manera tan extraña de lo que solía como si nunca te hubiera pasado por el pensamiento quererle bien.»

---

6 *Esta* en la edición de Venecia, 1574.

Duarda le respondió: «Armia, ¿eso llamas tú disculpa? Si no te tuviera tan conocida, en este punto perdía tu discreción grandísimo crédito conmigo. ¿Qué había yo de responder a un pastor que publicaba que no había cosa en el mundo en quien sus ojos pusiese sino en mí? Cuanto más que no es Danteo tan ignorante que no entendiese en el rostro y arte con que yo eso le respondí que no era aquello lo que yo quisiera respondelle. ¡Qué donaire tan grande fue toparme él un día antes que eso pasase junto a la fuente, y decirme con muchas lágrimas: "¿Por qué, Duarda, eres tan ingrata a lo que te deseo, que no te quieres casar conmigo a hurto de tus padres, pues sabes que el tiempo les ha de curar el enojo que deso[7] recibieren?" Yo entonces le respondí: "Conténtate, Danteo, con que yo soy tuya y jamás podré ser de otro, por cosa que me suceda. Y pues yo me contento con la palabra que de ser mi esposo me has dado, no quieras que a trueque de esperar un poco de tiempo más, haga una cosa que tan mal nos está." Y despedirse él de mí con estas palabras, y al otro día decirme que su padre le quería casar y que le diese licencia, y no contento con esto, casarse dentro de tres días. ¿Parécete, pues, Armia, que es ésta harto suficiente causa para yo usar de la libertad, que con tanto trabajo de mi pensamiento[8] tengo ganada?»

«Esas cosas —respondió la otra— fácilmente se dicen y se pasan entre personas que se quieren bien, mas no se han de llevar por eso tan al cabo como tú las llevas.» La pastora le replicó: «Las que se dicen, Armia, tienes razón, mas las que se hacen, ya tú lo vees si llegan al alma de las que queremos bien. En fin, Danteo se casó, pésame mucho que se lograse poco tan hermosa pastora, y mucho más de ver que no ha un mes que la enterró y ya comienzan a dar vueltas sobre él pensamientos nuevos.»

Armia le respondió: «Matóla Dios porque en fin Danteo era tuyo, y no podía ser de otra.» «Pues si eso es así —respondió Duarda— que quien es de una persona no

[7] *Desto* en la edición de Venecia, 1574.

[8] *Mis pensamientos* en la edición de Venecia, 1574.

puede ser de otra, yo la hora de ahora[9] me hallo mía y no puedo ser de Danteo[10]. Y dejemos cosa tan excusada como gastar el tiempo en esto. Mejor será que se gaste en cantar una canción.»

Y luego las dos en su misma lengua con mucha gracia comenzaron a cantar lo siguiente:

> Os tempos se mudarão,
> a vida se acabará
> mas a fe sempre estara
> onde meus ollos estão.
>
> Os días e os momentos,   5
> as horas con sus mudanças,
> inmigas são desperanças
> e amigas de pensamentos:
> Os pensamentos estão,
> a esperança acabará   10
> a fe, menão deixará
> por honra de coração.
>
> E causa de muytos danos
> dividosa confiança,
> que a vida sen esperança   15
> ja não teme desenganos.
> Os tempos se ven e vão,
> a vida se acabará,
> mas a fe não quererá,
> fazerme esta sin razão.   20

---

[9] En la edición de Venecia, 1574 *la hora de ahora* está sustituida por un simple *agora*.

[10] El episodio de Danteo y Duarda es interpretado por R. G. Keightley como un anticipo de la posible solución feliz al caso de Sireno y Diana. Lo cual indicaría la vinculación, casi circular, entre las historias secundaria y la principal: el asunto de Diana y Sireno, que ha quedado en el libro anterior en suspenso, es así recogido de manera indirecta en la situación de Danteo y Duarda perfectamente integrada en la historia de Felismena (art. cit., pág. 215).

Acabada esta canción, Felismena salió del lugar donde estaba escondida, y se llegó adonde las pastoras estaban, las cuales espantadas de su gracia y hermosura se llegaron a ella y la recibieron con muy estrechos abrazos, preguntándole de qué tierra era y de dónde venía. A lo cual la hermosa Felismena no sabía responder, mas antes con muchas lágrimas les preguntaba qué tierra era aquella en que moraban. Porque de la suya lengua daba testimonio ser de la provincia de Vandalia y que por cierta desdicha venía desterrada de sus tierras. Las pastoras portuguesas con muchas lágrimas la consolaban, doliéndose de su destierro, cosa muy natural de aquella nación y mucho más de los habitadores de aquella provincia[11].

Y preguntándoles Felismena qué ciudad era aquella que había dejado hacia la parte donde el río, con sus cristalinas aguas apresurando[12] su camino, con gran ímpetu venía, y que también deseaba saber qué castillo era aquel que sobre aquel Monte mayor, que todos estaba edificado y otras cosas semejantes. Y una de aquéllas, que Duarda se llamaba, le respondió que la ciudad se llamaba Coimbra[13], una de las más insignes y principales de aquel reino y aun de toda la Europa, así por la antigüedad y noblesa de linajes que en ella había, como por la tierra comarcana[14] a ella, la cual aquel caudaloso río, que Mondego tenía por nombre, con sus cristalinas aguas regaba. Y que todos aquellos campos que con tan gran ímpetu iba discurriendo, se llamaban el

---

[11] M. Debax relaciona este sentimentalismo expresado mediante las lágrimas, con el contexto portugués en que se produce, indicando una posible inspiración de Bernardim Ribeiro, así como la tradición de los *Cancioneros*, que Montemayor asimila al ámbito pastoril renacentista (*op. cit.*, pág. XXXII).

[12] *Apresurado* en la edición de Venecia, 1574.

[13] «Coimbra no es sólo un recuerdo localista en la mente del escritor, por lo que lo convencionaliza con el apresurado paso del río de cristalinas aguas. Y tras ello, el castillo y los linajes. Nos presenta el viejo nombre de Montemôr o velho, la vieja Coimbra celta y antiquísima... Parece como si el propósito hubiera sido no retratar directa e hirientemente las cosas. En ello se acerca a Sannazaro; es más, le sigue en el tono del elogio de Nápoles» (M. J. Bayo, *op. cit.*, pág. 254).

[14] *Começava* en la edición de Venecia, 1574. Sin sentido.

campo de Mondego, y el castillo que delante los ojos tenían, era la luz de nuestra España. Y que este nombre le convenía más que el suyo proprio, pues en medio de la infidelidad del mahomético Rey Marsilio, que tantos años le había tenido cercado, se había sustentado de manera que siempre había salido vencedor y jamás vencido; y que el nombre que tenía en lengua Portuguesa era Monte moro vello[15]. Adonde la virtud, el ingenio, valor y esfuerzo habían quedado por trofeos de las hazañas que los habitadores dél en aquel tiempo habían hecho; y que las damas que en él había, y los caballeros que lo habitaban, florecían hoy en todas las virtudes que imaginar se podían. Y así le contó la pastora otras muchas cosas de la fertilidad de la tierra, de la antigüedad de los edificios, de la riqueza de los moradores, de la hermosura y discreción de las ninfas y pastoras que por la comarca[16] del inexpugnable castillo habitaban.

Cosas que a Felismena pusieron en gran admiración, y rogándole las pastoras que comiese, porque no debía venir con poca necesidad dello, tuvo por bien de aceptallo. Y en cuanto Felismena comía de lo que las pastoras le dieron, la vían derramar algunas lágrimas, de que ellas en extremo se dolían. Y queriéndole pedir la causa, se lo estorbó la voz de un pastor que muy dulcemente, al son de un rabel, cantaba, el cual fue luego conocido de las dos pastoras porque aquél era el pastor Danteo por quien Armia terciaba con la graciosa Duarda; la cual con muchas lágrimas, dijo a Felismena:

---

[15] Se refiere Montemayor a la leyenda del abad don Juan; referencia que explica R. Menéndez Pidal, indicando que también aparece en otras composiciones del autor: la historia de Alcida y Sylvano (recogida al final de esta edición), la epístola a Sá de Miranda. Para Menéndez Pidal, Montemayor remite a una antigua gesta perdida según la cual Almanzor (o Marsilio) tuvo cercado Montemôr-o-velho con la ayuda del traidor don García, criado del abad don Juan, que defendía la ciudad. Éste convenció a los ciudadanos de que matasen a sus mujeres e hijos y saliesen al campo a pelear; consiguieron vencer a los moros, y milagrosamente resucitaron los anteriormente sacrificados. (Cfr. «La leyenda del abad don Juan de Montemayor», en *Poesía árabe y poesía europea*, Buenos Aires, 1941, págs. 166-69.)

[16] *Cámara* en la edición de Venecia, 1574.

«Hermosa pastora, aunque el manjar es de pastoras, la comida es de princesa: ¡que mal pensaste tú cuando aquí venías que habías de comer con música!» Felismena entonces le respondió: «No habría en el mundo, graciosa pastora, música más agradable para mí que vuestra vista y conversación, y esto me daría a mí mayor ocasión para tenerme por princesa que no la música que decís.»

Duarda respondió: «Más había de valer que yo quien eso os mereciese, y más subido de quilate[17] había de ser su entendimiento para entendello; mas lo que fuere parte del deseo, hallarse ha en mí muy cumplidamente.»

Armia dijo contra Duarda: «¡Ay, Duarda, cómo eres discreta y cuánto más lo serías si no fueses cruel! ¿Hay cosa en el mundo como ésta, que por no oír a aquel pastor que está cantando sus desventuras, está metiendo palabras en medio y ocupando en otra cosa el entendimiento?»

Felismena, entendiendo quién podía ser el pastor en las palabras de Armia, las hizo estar atentas y oílle, el cual cantaba al son de su instrumento esta canción en su misma lengua:

> Sospiros, miña lembrança
>   não quer, por que vos não vades,
>   que o mal que fazen saudades
>   se cure con esperança.
>
> A esperança não me val   5
>   po[18] la causa en que se ten,
>   nem promete tanto ben
>   quanto a saudade faz mal;
>   Mas amor, desconfiança,
>   me deron tal qualidade   10
>   que nen me mata saudade
>   nen me da vida esperança.

---

[17] *Quilates* en la edición de Venecia, 1574.
[18] *Por* en la edición de Venecia, 1574.

Erarão se se queixaren
os ollos con que eu olley,
porqueu não me queixarey   15
en quãto os seus me lembraren;
Nem podrá ver mudança
jamais[19] en miña vontade,
ora me mate saudade
ora me deyxe esperança.   20

A la pastora Felismena supieron mejor las palabras del
pastor, que el convite de las pastoras, porque más le parecía que la canción se había hecho para quejarse de su mal,
que para lamentar el ajeno. Y dijo cuando le acabó de oír:
«¡Ay pastor, que verdaderamente parece que aprendiste en
mis males a quejarte de los tuyos. Desdichada de mí que no
veo ni oyo cosa que no me ponga delante la razón que tengo de no desear la vida!; mas no quiera Dios que yo la pierda hasta que mis ojos vean la causa de sus ardientes lágrimas.»

Armia dijo a Felismena: «¿Paréceos, hermosa pastora,
que aquellas palabras merecen ser oídas, y que el corazón
de adonde ellas salen se debe tener en más de lo que esta
pastora lo tiene?»

«No trates, Armia —dijo Duarda— de sus palabras, trata de sus obras, que por ellas se ha de juzgar el pensamiento
del que las hace. Si tú te enamoras de canciones, y te parecen bien sonetos hechos con cuidado de decir buenas razones, desengáñate, que son la cosa de que yo menos gusto
recibo y por la que menos me certifico del amor que se me
tiene.»

Felismena dijo entonces favoreciendo la razón de Duarda: «Mira, Armia, muchos males se excusarían, muy grandes desdichas no vernían en efecto, si nosotras dejásemos
de dar crédito a palabras bien ordenadas y a razones com-
puestas de corazones libres, porque en ninguna cosa ellos
muestran tanto serlo, como en saber decir por orden un
mal que cuando es verdadero, no hay cosa más fuera della.

---

[19] *Jamas* en la edición de Venecia, 1574.

Desdichada de mí que no supe yo aprovecharme deste consejo.»

A este tiempo llegó el pastor Portugués donde las pastoras estaban, y dijo contra Duarda en su misma lengua: «A, pastora, se as lagrimas destos[20] ollos e as mago as deste coraçāo, sāo pouca parte para abrandar a dureza con que sou tratado! Nano quero de ti mais, senāo que miña compañia por estes campos tenāo seja importuna, nē os tristes versos que meu mal junto a esta fermosa ribeyra me faz cantar, te den ocasiāo denfadamento. Passa, fremosa pastora, a sesta a asombra destes salgeiros, que o teu pastor te levara as cabras a o rio, e estara a o terreiro do sol en quanto elas nas[21] crystalinas aguas se bañaren. Pentea, fremosa[22] pastora, os teus cabelos douro junto aquela cara fonte, donde ven o ribeiro que cerca este fremoso prado, que eu yrei en tanto a repastar teu gado, e terei conta con que as ovellas nāo entren nas searas[23] que a longo desta ribeira estāo. Dessejo que nāo tomes traballo en cousa nenhua, nen heu descanço en quanto en cousas tuas nāo traballar. Se ysto te parece pouco amor, dize tu en que te poderei mostrar o ben que te quero; que nāo amor sinal da peso a dezir verdade en qualquier[24] cousa que diz que ofrecerse ha a esperiencia dela»[25].

La pastora Duarda entonces respondió: «Danteo, se he verdade que ay amor no mundo, eu o tive contigo, e tan grande como tu sabes; jamais[26] ninhun pastor de quantos apacentāo seus ganados por los campos de Mondego, e ben

---

[20] *Destes* en la edición de Venecia, 1574.

[21] *Nas suas* en la edición de Venecia, 1574.

[22] *Fermosa* en la edición de Venecia, 1574.

[23] *Serras* en la edición de Venecia, 1574.

[24] *Qualque* en la edición de Venecia, 1574.

[25] Comenta B. W. Wardropper el significativo valor que se concede a la experiencia. Si la razón no puede ser la guía de la conducta amorosa, sólo la experiencia puede indicar el camino verdadero. Estas palabras de Duarda resumen esta tesis que Selvagia encarna en toda su trayectoria, carácter que «embodies the quality of experience, the touchstone of truth in matters of love» (art. cit., pág. 140).

[26] *Jamas* en la edición de Venecia, 1574.

as sus claras aguas, alcançou de mi ninhua[27] so palabra con que tiveses ocasião de queixarte de Duarda, nẽdo amor que te ela sempre mostrou a ningẽ tuas lágrimas e ardẽtes sospiros mais magoaron que a mi; ho dia que te meus ollos não viãno, jamais se levantavão cousa que a lles dese gosto. As vacas que tu guardavas, erão mais que miñas, muytas mais vezes[28], receosa que as aguardas deste deleitoso campo lles não impedissen ho pasto, me punã heu desdaquel outeiro por ver si parecião doque miñas ovellas erão por mi apacentadas, nẽ postas en parte onde sen sobresalto pescessen[29] as ervas desta fermosa ribeyra; ysto me donau[30] a mi tanto en mostrarme sojeyta como a ti en fazerte confiado. Ben sey que de minan sogeicão naceu tua confiança e de tua confiança fazer ho que fiziste. Tu te casaste con Andresa, cuja alma este en gloria, que cousa he esta que algun tenpo não pidi a Deus, antes lle pidia vingança dela e de ti; eu passey despois de voso casamento o que tu e outros muytos sabẽ, quis miña fortuna que a tua me não dese pena. Deixame gozar de miña libertade e não esperes que comigo poderas gañar o que por culpa tua perdeste.»

Acabando la pastora la terrible respuesta que habéis oído[31], y queriendo Felismena meterse en medio de la

---

27 *Nengua* en la edición de Venecia, 1574.
28 *Mais miñas que tuas muytas vezes* en la edición de Venecia, 1574.
29 *Pascessen* en la edición de Venecia, 1574.
30 *Donava* en la edición de Venecia, 1574.
31 Añade la edición de Venecia, 1574: «Acabando la pastora la terrible respuesta que avéis oýdo, el sin ventura pastor començo a cantar estos versos al son de su rabel en nuestra lengua: Los ojos con que mire / quebrados los veo yo, / e el coraçón que empleo / En otra parte su fe, / mal aya mi entendimiento / el seso y conoscimiento, / que así me desampararon / Y a golpes me storvaron / de mudar mi pensamiento / Triste de mí, que pensava / quando a otro me rendí, / pero ya no estorva en mí, / porque en mi señora estava, / Pues luego si estava en ella, / por qué causa (sin tenella) / me puso a tan mal recado / que un pensamiento malvado / pudiesse apartarme della / Augmenta la desventura / pensar en las ocasiones / y acrecientan las razones / El mal, si no tiene cura / si es muerte para un perdido / pensar en lo que se vido / qué haré mientras no muera? / Pues me buelvo a cuyo era / y me niega avello sido / causas, defensas, disculpas / Todo viene a lastimarme / No por cierto a disculparme / de la menor de mis culpas / el coraçón suffre allí, / el alma socorre aquí, / sustenta el entendimiento, / sólo el traydor pensa-

diferencia de los dos, oyeron a una parte del prado muy gran ruido, y golpes como de caballeros que se combatían, y todos con muy gran priessa se fueron a la parte donde se oían por ver qué cosa fuese. Y vieron en una isleta que el río con una vuelta hacía, tres caballeros que con uno sólo se combatían; y aunque se defendía valientemente, dando a entender su esfuerzo y valentía, con todo eso los tres le daban tanto qué hacer que le ponían en necesidad de aprovecharse de toda su fuerza. La batalla se hacía a pie y los caballos estaban arrendados a unos pequeños árboles que allí había. Y a este tiempo ya el caballero solo tenía uno de los tres tendido en el suelo, de un golpe de espada, con el cual le acabó la vida. Pero los otros dos, que muy valientes eran, le traían ya tal, que no se esperaba otra cosa sino la muerte[32].

La pastora Felismena, que vio aquel caballero en tan gran peligro, y que si no lo socorriese, no podría escapar con la vida, quiso poner la suya a riesgo de perdella por hacer lo que en aquel caso era obligada, y poniendo una aguda saeta en su arco, dijo contra uno dellos: «Teneos afuera, caballeros, que no es de personas que deste nombre se precian, aprovecharse de sus enemigos con ventaja tan conocida.»

Y apuntándole a la vista de la celada, le acertó con tanta fuerza que, entrándole por entre los ojos, pasó a la otra parte, de manera que aquél vino muerto al suelo. Cuando

---

miento / Anda huyendo de mí / En un roble escrivi un día / crezca la firmeza y fe, / y agora quando passé, / vi lo que crecido avía, / causome gran confusión, / y dixe por qué razón / en la rústica corteza / crece la fe y la firmeza / que hallo en mi coraçón? /. Estando pues el pastor portugués muy metido en acusarle de su inconstancia, oyeron a una parte del prado muy gran ruido.»

[32] «La escena de violencia de los tres salvajes en el libro II se equilibra en éste, con la de los tres caballeros en la isleta. De nuevo es Felismena quien salva la situación y encuentra en ella a don Felis, término de su alegórico deambular amoroso. Y para que uno y otra recuperen la parcela de historia que han vivido por separado, Felismena repetirá lo ya sabido, y el narrador hará síntesis memorística de *Los siete libros de la Diana,* incidiendo en la poética de la extrañedad de los casos presentados y en el asombro como finalidad» (A. Egido, art. cit., pág. 153).

el caballero solo vio muerto a uno de los contrarios, arremetió al tercero con tanto esfuerzo, como si entonces comenzara su batalla, pero Felismena le quitó de trabajo, poniendo otra flecha en su arco, con la cual, no parando en las armas, le entró por debajo de la tetilla izquierda y le atravesó el corazón, de manera que el caballero llevó el camino de sus compañeros. Cuando los pastores vieron lo que Felismena había hecho, y el caballero vio de dos tiros matar dos caballeros tan valientes, así unos como otros quedaron en extremo admirados. Pues quitándose el caballero el yelmo, y llegándose a ella, le dijo: «Hermosa pastora, ¿con qué podré yo pagaros tan grande merced como la que de vos he recebido en este día, sino en tener conocida esta deuda para nunca jamás perdella del pensamiento?»

Cuando Felismena vio el rostro al caballero y lo conoció, quedó tan fuera de sí que de turbada casi no le supo hablar; mas volviendo en sí, le respondió[33]: «Ay don Felis, que no es ésta la primera deuda en que tú me estás, y no puedo yo creer que ternás della el conocimiento que dices, sino el que de otras muy mayores me has tenido. Mira a qué tiempo me ha traído mi fortuna y tu desamor, que quien solía en la ciudad ser servida de ti, con torneos, justas y otras cosas con que me engañabas, o con que yo me dejaba engañar, anda ahora desterrada de su tierra y de su libertad, por haber tú querido usar de la tuya. Si esto no te trae a conocimiento de lo que me debes, acuérdate que un año te estuve sirviendo de paje en la corte de la princesa Cesarina; y aun de tercero contra mí misma, sin jamás descubrirte[34] mi pensamiento, por sólo dar remedio al mal que el tuyo te hacía sentir. ¡Oh cuántas veces te alcancé los favores de Celia, tu señora, a gran costa de mis lágrimas! Y no lo tengas en mucho, que cuando éstas no bastaran, la vida diera yo a trueque de remediar la mala que tus amores te daban. Si no estás saneado[35] de lo mucho que te he que-

---

[33] *Respondía* en la edición de Venecia, 1574.

[34] *Descobrirte* en la edición de Venecia, 1574.

[35] Señala M. Debax que *sanear* en el sentido de *convencer* es lusismo, según afirma también E. Moreno Báez, pues no viene dado por ningún diccionario (*op. cit.*, págs. 758).

rido, mira las cosas que la fuerza de amor me ha hecho hacer. Yo me salí de mi tierra, yo te vine a servir y a dolerme del mal que sufrías, y a sufrir el agravio que yo en esto recebía[36] y, a trueque de darte contento, no tenía en nada vivir la más triste vida que nadie vivió. En traje de dama te he querido como nunca nadie quiso; en hábito de paje te serví, en la cosa más contraria a mi descanso que se puede imaginar, y aun ahora en traje de pastora vine a hacerte este pequeño servicio. Ya no me queda más que hacer si no es sacrificar la vida a tu desamor si te parece que debo hacello, y que tú no te has de acordar de lo mucho que te he querido y quiero: la espada tienes en la mano, no quieras que otro tome en mí la venganza de lo que te merezco.»

Cuando el caballero oyó las palabras de Felismena y conoció todo lo que dijo haber sido así, el corazón se le cubrió de ver las sinrazones que con ella había usado; de manera que esto y la mucha sangre que de las heridas se le iba, fueron causa de un súbito desmayo, cayendo a los pies de la hermosa Felismena como muerto. La cual con la mayor pena que imaginar se puede, tomándole la cabeza en su regazo con muchas lágrimas que sobre el rostro de su caballero destilaba, comenzó a decir:

«¿Qués esto, fortuna? ¿Es llegado el fin de mi vida junto con la del mi don Felis? Ay don Felis, causa de todo mi mal, si no bastan las muchas lágrimas que por tu causa he derramado, y las que sobre tu rostro derramo, para que vuelvas en ti; ¿qué remedio terná esta desdichada para que el gozo de verte no se vuelva en ocasión de desesperarse? ¡Ay mi don Felis, despierta si es sueño el que tienes, aunque no me espantaría si no le hicieses, pues jamás cosas mías te le hicieron perder.»

En estas y otras lamentaciones estaba la hermosa Felismena, y las pastoras portuguesas le ayudaban cuando por las piedras que pasaban a la isla, vieron venir una hermosa ninfa con un vaso de oro y otro de plata en las manos, la

---

[36] *Recibia* en la edición de Venecia, 1574.

cual luego de Felismena fue conocida y le dijo: «¡Ay Dóri-da! ¿quién había de ser la que a tal tiempo socorriese a esta desdichada sino tú? Llégate acá, hermosa ninfa, y verás puesta la causa de todos mis trabajos en el mayor que es posible tenerse.»

Dórida entonces le respondió: «Para estos tiempos es el ánimo, y no te fatigues, hermosa Felismena, que el fin de tus trabajos es llegado y el principio de tu contentamiento.

Y diciendo esto, le echó sobre el rostro de una odorífera agua que en el vaso de plata traía, la cual le hizo volver en todo su acuerdo, y le dijo: «Caballero, si queréis cobrar la vida, y dalla a quien tan mala a causa vuestra la ha pasado, bebed del agua deste vaso.»

Y tomando don Felis el vaso de oro en las manos, bebió gran parte del agua que en él venía[37]. Y como hubo un poco reposado con ella, se sintió tan sano de las heridas que los tres caballeros le habían hecho, y de la que amor a causa de la señora Celia le había dado, que no sentía[38] más la pena que cada una dellas le podían causar que si nunca las hubiera tenido. Y de tal manera se volvió a renovar el amor de Felismena, que en ningún tiempo le pareció ha-ber estado tan vivo como entonces; y sentándose encima de la verde yerba, tomó las manos a su pastora y besándo-selas muchas veces decía:

«¡Ay Felismena, cuán poco haría yo en dar la vida a trueque de lo que te debo! Que pues por ti la tengo, muy poco hago en darte lo que es tuyo. ¿Con qué ojos podrá mi-rar tu hermosura el que faltándole el conocimiento de lo que te debía, osó ponellos en otra parte? ¿Qué palabras bastarían para disculparme de lo que contra ti he cometi-

---

[37] El reencuentro de Felismena y don Felis es comentado por J. Siles Ar-tés en relación con el carácter que encarnan: «La historia de Felismena es claramente la de la amante que, fiel al dictado de su corazón, cuando la au-sencia del amado hace imposible la realización de su felicidad, lo sigue, arrostrando todos los obstáculos. Felismena es la enamorada que lucha, espe-ra y porfía por su hombre, y al final alcanza su galardón. Junto a ella, don Fe-lis es un caso de recuperación de sentimientos.» El agua de Felicia le renueva el amor (*op. cit.*, pág. 112).

[38] *Sintio* en la edición de Venecia, 1574.

374

do? Desdichado de mí si tu condición no es en mi favor, porque ni bastara satisfación para tan gran yerro ni razón para desculparme de la grande que tienes de olvidarme. Verdad es que yo quise bien a Celia y te olvidé, mas no de manera que de la memoria se me pasase tu valor y hermosura[39]. Y lo bueno es que no sé a quién ponga parte de la culpa que se me puede atribuir, porque si quiero ponella a la poca edad que entonces tenía, pues la tuve para querer, no me había de faltar para estar firme en la fe que te debía. Si a la hermosura de Celia, muy claro[40] está la ventaja que a ella y a todas las del mundo tienes. Si a la mudanza de los tiempos, ése había de ser el toque donde mi firmeza había de mostrar su valor. Si a la traidora de ausencia, tampoco parece bastante desculpa, pues el deseo de verte había estado ausente de sustentar tu imagen en mi memoria. Mira Felismena, cuán confiado estoy en tu bondad y clemencia, que sin miedo te oso poner delante las causas que tienes de no perdonarme. Mas, ¿qué haré para que me perdones, o para que después de perdonado, crea que estás satisfecha? Una cosa me duele más que cuantas en el mundo me puedan dar pena, y es ver que puesto caso que el amor que me has tenido y tienes te haga perdonar tantos yerros, ninguna vez alzaré los ojos a mirarte que no me lleguen al alma los agravios que de mí has recebido.»

La pastora Felismena que vio a don Felis tan arrepentido, y tan vuelto a su primero pensamiento, con muchas lágrimas le decía que ella le perdonaba, pues no sufría menos el amor que siempre le había tenido y que si pensara no perdonalle, no se hubiera por su causa puesto a tantos trabajos, y otras cosas muchas con que don Felis quedó

---

[39] La dualidad amorosa de don Felis tiene en el *tiempo* el criterio para reconocer el verdadero amor. Como propone J. R. Jones en su estudio de la dinámica temporal del relato como tiempo humano o tiempo vivido, son estas palabras de don Felis clave para su entendimiento: el amor se ofrece sometido al tiempo y a su ineludible compañera, la mudanza. Por el tiempo Felis olvidó a Felismena, la mudanza le hizo enamorarse de Celia, y es el agua de Felicia la que devuelve a Felis a su tiempo anterior. (Cfr. art. cit., pág. 145.)

[40] *Clara* en la edición de Venecia, 1574.

confirmado en el primero amor. La hermosa ninfa Dórida se llegó al caballero, y después de haber pasado entre los dos muchas palabras y grandes ofrecimientos, de parte de la sabia Felicia, le suplicó que él y la hermosa Felismena se fuesen con ella al templo de la diosa Diana, donde los quedaba esperando con grandísimo deseo de verlos. Don Felis lo concedió y, despedido de las pastoras portuguesas, que en extremo estaban espantadas de lo que visto habían, y del afligido pastor Danteo, tomando los caballos de los caballeros muertos, los cuales, sobre tomar a Danteo el suyo, le habían puesto en tanto aprieto, se fueron por su camino adelante, contando Felismena a don Felis con muy gran contento lo que había pasado, después que no le había visto. De lo cual él se espantó extrañamente, y especialmente de la muerte de los tres salvajes, y de la casa de la sabia Felicia y suceso de los pastores y pastoras, y todo lo más que en este libro se ha contado. Y no poco espanto llevaba don Felis en ver que su señora Felismena le hubiese servido tantos días de paje y que de puro divertido el entendimiento, no la había conocido; y de otra parte, era tanta su alegría de verse de su señora bien amado, que no podía encubrillo. Pues caminando por sus jornadas[41], llegaron al templo de Diana, donde la sabia Felicia los esperaba, y así mismo los pastores Arsileo y Belisa, y Sylvano y Selvagia, que pocos días había que eran allí venidos[42]. Fueron recebidos

---

[41] «Caminar por sus jornadas es irse poco a poco, a diferencia de los que caminan por la posta» (Covarrubias).

[42] El final feliz para algunos pastores, resultado de la estancia en el palacio de la maga Felicia y del agua mágica, resulta discordante con el tipo de amante que en principio encarnaban. «Más sorprendente aún resulta la transformación operada en Silvano, cuyo amor por Diana ha resistido el tiempo, al desprecio, al enamoramiento de la pastora por Sireno, y al casamiento posterior de la misma con Delio. Ningún personaje de la obra da mejor que Silvano la estampa del amante incondicional y leal hasta la muerte. Y sin embargo, el destino de Silvano será amar a otra persona y casarse con ella. El cambio cobra especial relieve si evocamos una conversación que el interesado tiene con Selvagia, la que después será su mujer; es en el libro segundo: la pastora que también sufre de amor incorrespondido es consultada por el pastor, él quiere saber si hay remedio para el mal que aflige a ambos (...), él contesta "Mas no en mí". La seguridad de Silvano, considerada a la luz de los resultados, expresa una cruel mofa del destino. Y en general puede decirse que

con muy gran contento de todos, especialmente la hermosa Felismena, que por su bondad y hermosura de todos era tenida en gran posesión. Allí fueron todos desposados con las que bien querían[43], con gran regocijo y fiesta de todas las ninfas y de la sabia Felicia, a la cual no ayudó poco Sireno con su venida, aunque della se le siguió lo que en la segunda parte deste libro se contará, juntamente con el suceso del pastor y pastora portuguesa, Danteo y Duarda[44].

---

con la deserción que Silvano hace a sus primitivos sentimientos, se ataca el principio del "amor hasta la muerte" que late en las quejas de los pastores» (J. Siles Artés, *op. cit.*, págs. 110-11).

[43] Señala S. P. Cravens que el matrimonio como final de la historia amorosa, desviación de la tradición del amor cortés, aparece también en el *Amadís de Grecia*. «Por una parte se puede interpretar su deseo de casarse como algo natural, un toque realista dentro de un libro fabuloso. (...) Es significativo que Montemayor también, en *La Diana*, emplee el ideal del matrimonio como la única solución legítima para los casos amorosos» (*op. cit.*, pág. 59).

[44] «El final sin final del libro se acaba como empezó, *in medias res*, o, por mejor decir, se interrumpe, indicando la perpetuidad amorosa de la Arcadia, siempre en continua renovación de los casos amorosos, que son parte del amor universal del que dependen y al que reflejan» (A. Egido, art. cit., pág. 153).

La historia de Alcida y Sylvano
compuesta por Jorge de Montemayor
a la ilustre señora doña Anna Ferrer, dama catalana*

Suene mi ronca voz, y lleve'l viento
a ti, ¡oh Lusitania!, sus acentos,
cante del crudo amor el movimiento
y el repartir de varios pensamientos;
llorad húmidos ojos un contento   5
en quien fundó el amor mil descontentos;
mi triste canto sea celebrado
con lágrimas, amor, pena, cuidado.

Hermanas de Faetón, dejad el llanto,
ninfas del hondo Tajo, dadme oídos,   10
Apolo, no guiéis el carro en tanto
que canto de los dos d'amor vencidos,
que si el carro guiáis y oís mi canto,
así os lastimará que los sentidos
perdáis, y el carro vaya de la suerte   15
qu'a vuestro hijo Faetón causó la muerte.

Las celebradas ninfas de Mondego
encima de sus ondas se levanten,
sintiendo del amor el vivo fuego,
y con su amargo lloro el mundo'spanten.   20
Sus blandos ejercicios dejen luego,

---

* Indico únicamente las variantes de la edición de Venecia, 1574, señalando número de verso y variante.

y el mal de su pastor conmigo canten;
y vos, hermanas nueve a quien invoco,
d'aquel suave licor me dad un poco.

Y tú, doñ'Ana, cuyo nombre y gloria   25
ispira, mueve y rige'l pensamiento,
a quien mis versos van y la memoria,
y en quien mi mal consiste y mi contento,
recibe de los dos la triste historia,
y pues no llega el suyo a mi tormento,   30
el triste fin mirando, yo lo fío,
que dél podrás muy bien sacar el mío.

El claro río Mondego celebrado,
su fértil campo, verde y deleitoso,
el monte, a do su mont'stá'sentado,   35
y encima su castillo valeroso,
el su bosque de olivas adornado,
su alta sierra y valle muy umbroso,
criaron a Sylvano, en quien amores
mostraron si hay amor entre pastores.   40

Su opinión, su ser, su fundamento,
jamás a cosas bajas lo inclinaba,
sentía el mozo en sí un movimiento
qu'a más qu'a ser pastor lo'ncaminaba.
Jamás l'entendió'lguno el pensamiento,   45
ni demostrallo a nadie se preciaba,
contino a cosas altas fue inclinado,
y amigo de la ciencia'n sumo grado.

Buscaba por el campo los pastores
de más virtud y suerte acompañados: 50
al que sabe d'amor, habl'en amores,
y al que de sólo el pasto, en los ganados.
Llegar nunca se pudo a los menores,
porque jamás lo fueron sus cuidados,
y a quien más conversó fue a dos Iusartes,   55
a quien él alababa en todas partes.

Con éstos su ganado apacentando,
andaba por el campo y su ribera,
de día ora tañiendo, ora cantando,
al son de rabel, flauta, o de qué quiera,   60
de noche unos durmiendo, otros velando
por el hambriento lobo, de manera
qu'en estos dos hallaba, y lo decía,
virtud, saber, esfuerzo y valentía.

Debajo d'altos pinos muy umbrosos,   65
con los de Pina siempre conversaba,
cuyo linaje y hechos generosos
al son de su zampoña los cantaba.
Y los de Payva allí por muy famosos,
sus virtudes heroicas celebraba,   70
llorando a dos Antonios, cuya suerte
muy presto l'atajó la cruda muerte.

Miraba aquella cerca antigua y alta
que por trofeo quedó de las hazañas
del santo Abad don Juan, en quien se'smalta 75
la honra, el lustre y prez de las Españas;
allí la fuerza d'Héctor no hizo falta,
pues destruyó su brazo las compañas
del sarracino rey que lo siguía
y a su traidor sobrino don García.   80

Miraba aquel castillo inexpugnable,
por tantas partes siempre combatido
d' aquel falso Marsilio y detestable,
y del traidor Zulema en él nacido.
Decía *allá* entre sí: «¡Oh cuán notable,   85
muy gran Monte mayor, contino has sido,
pues en tus altas torres fue guardada
la santa fe, y a fuerza de la'spada!»

---

59 *del.*
85 *el.*

Decía: «¡Oh alto monte y valeroso!,
Monte mayor el viejo tan nombrado,   90
y monte de fe lleno y muy glorioso,
mayor por más valiente y señalado,
llámante el viejo a ti por más famoso,
antiguo, fuerte, alto, y celebrado,
a do Minerva y Marte se juntaron,   95
y con la ciencia y armas t'adornaron.»

Después, aunque no'staba enamorado,
mil versos, mil canciones les cantaba,
y como quien está d'amor tocado,
formaba quejas dél, y sospiraba.   100
Según mostraba siempr'en su cuidado,
parece qu'a este tiempo se ensayaba,
o puede ser qu'entonces ya sentía
el grave mal d'amor y lo'ncubría.

Partiós'el buen Sylvano, sospirando,   105
del claro río Mondego y su ribera,
su rostro vuelve atrás de cuando'n cuando,
como si amor por fuerza lo moviera.
Decía: «¡Oh soledad, ya vas mostrando
lo que después harás!» Y la manera   110
con qu'el pastor sentía estos enojos,
mostraban bien las aguas de sus ojos.

Para la gran Vandalia fue su vía,
qu'allá lo'ncaminaba su destino.
Acá y allá mil *ves* revolvía,   115
hasta que después desto acaso vino
do'l caudaloso Duero parecía,
tan manso como airado va contino
de salces y d'alisos muy cercado,
de la una parte un soto, y d'otra un prado.   120

---

115 *veces.*

No fue como este prado y su ribera,
y un cierto montecillo y fuente clara,
aquel que Palas vio, que si éste viera
con muy más justa causa se admirara.
Y si las ninfas deste conociera,   125
cuando las nueve vio, no se espantara,
qu'aquella diferencia viera entr'ellas
que vemos entr'el sol y las estrellas.

Todo el gracioso campo se veía
de salces y d'alisos muy cercado,   130
la yedra por sus troncos revolvía,
con un enriedo extraño y concertado,
según la verde yerba parecía
qu'allí Medea las yerbas ha cortado,
con que el olivo viejo hizo nuevo   135
y al padre de Jasón volvió mancebo.

Allí las avecillas resonaban,
mostrando su dolor y sus querellas,
sobre que dulcemente discantaban,
y el Eco respondía acentos dellas,   140
los cuales a las ninfas informaban
del crudo mal d'amor, y las centellas
qu'aun en las avecillas sin sentido
aquel hijo de Venus ha encendido.

Al tiempo que llegó aquí Sylvano,   145
llegada er. la dulce primavera,
con las alegres nuevas del verano,
de hoja y flor poblando la ribera.
Dejar de sospirar no fu'en su mano,
n'aun de sentir dejara quien lo viera,   150
allá dentro'n su alma, un movimiento
d'enamorado y triste pensamiento.

Luego Sylvano vio una clara fuente,
al pie d'un verde salce, en este prado.
El céfiro la ornaba blandamente   155

d'un ventecico fresco y muy templado,
el cual menea el salce y la corriente,
hace con él un son tan concertado
que no le hicieran tal, según yo creo,
d'Apolo la vihuela y la d'Orfeo.   160

Como el que de su dama está'partado,
y su idea tiene'n la memoria,
que si le aflige amor, pena, o cuidado,
comienza a imaginar su dulce historia,
y ya después d'habella imaginado   165
le mata verse absente de su gloria,
así deja al pastor muy sin sosiego
ver al hermoso Duero y no a Mondego.

Cansancio, soledad, poca'legría
mostraba allí Sylvano en su semblante.   170
Congoja es quien le tiene compañía,
ningún mal pued'haber que ya le'spante,
mas la tristeza grave que sentía
al sueño fue a llamar, y en un instante
al salce se arrimó, y sobre la mano   175
su cabeza afirmó, y durmió Sylvano.

Y aunqu'el cansado cuerpo reposaba,
el alma, como suele, no dormía,
mas ante'l crudo amor le revelaba
el mal, que el pastor ya se temía: 180
y entre otras muchas cosas que soñaba,
muy llena de temor le parecía
que hacia él venía una pastora,
la cual él conoció luego a la hora.

Armía se llamaba esta zagala   185
que de Sylvano fue muy gran amiga,
su hermosura y ser, aviso y gala,
a la fama espantó y ella lo diga;

───────────

179 No existe *mas.*

ninguna de su tiempo *se* iguala,
aunque fortuna fue tan su enemiga   190
que no cortó a medida su ventura
de su valor, estado, y hermosura.

Venía la pastora así adornada,
como tras el ganado andar solía:
la saya verde, clara, y muy plegada,   195
qu'el blanco pie descalzo l'encubría,
sayuelo blanco y manga no apretada
ni muy ancha tampoco'n demasía,
y aunqu'es alto, el collar desabrochado,
por no ofender al cuello delicado.   200

Sobre los hombros trae sus cabellos
como rayos del sol y más dorados,
y como quien se precia poco dellos,
d'una cierta desorden adornados.
Una toallica blanca trae sobr'ellos,   205
los cabos por la punta ambos tomados,
no puestos por igual, no muy derechos,
presos con alfiler sobre los pechos.

Al hombro una zamarra mal doblada,
del brazo su zurrón traía colgando,   210
en la derecha mano una cayada,
y el blanco pie en l'arena matizando.
Llegó a Sylvano ya como cansada,
el cual de verla allí se'stá admirando,
y no piensa qu'es sueño o desconcierto,   215
sino qu'aquélla es, y está despierto.

Parécel'al pastor que le abrazaba,
llorando de sus ojos y decía:
«No sé, Sylvano, yo amor dó'staba
cuando'n el duro pecho s'imprimía   220
d'aquel pastor cruel que me mostraba

---

189 *se le.*

que más qu'a su alma propria me quería,
pues hubo'n él tan súbita mudanza
que me dejó sin vida ni'speranza.

»Mudado se ha Teonio y tan mudado   225
que Dórida lo goza y es su'sposo
Un blando corazón desengañado
burlóle un crudo, ingrato, y cauteloso.
El uno'stá casado, otro cansado;
el uno en gran dolor, otro'n reposo.   230
¡Oh ásperas mudanzas de fortuna, .
vida enojosa, triste, e importuna!

»Dios sabe, ¡oh mi Sylvano!, cuántos días
después qu'el río Mondego así dejaste,
se m'acordó de ti, que me decías,   235
cuando mi pena viste y la notaste:
"Dejar debes, Armía, tus porfías,
más ya no has de poder, pues te'ntregaste."
Bien debías tú entender aquél quién era,
y aun yo, si no lo amara, lo'ntendiera.   240

»Mas, ¡ay de quien se ve d'amor robada!,
que nunca jamás *cre* consejo'lguno.
Y así fui triste yo, que d'engañada
te tuve'ntonce a ti por importuno;
contra su amor jamás creyera nada,   245
qu'en su fe me mostró ser sólo uno,
y tanto era'l amor que le tenía
que no creí mi mal, aunque le vía.

»A Venus, de su hijo m'he quejado,
y a su hijo llamó por informarse,   250
por todo'l universo se ha buscado
y creen que por demás será hallarse,
qu'en este soto'speso está'mboscado
y parecer no quiere hasta vengarse

---

de una hermosa ninfa muy exenta,   255
que nunca jamás dél ha hecho cuenta.

»Y qu'esto ha de hacer a costa suya,
y d'un pastor mancebo y extranjero,
ha miedo el falso amor qu'ella le huya,
por eso s'emboscó, mas yo no quiero   260
que seas tú el pastor y te destruya.
Sylvano, vete luego, y sea primero
que *a* esta ninfa veas y te vea,
y a tu costa el amor vengado sea.

»No sabes qu'es amor sino d'oídas,   265
no quieras, ¡oh Sylvano!, l'experiencia;
No quieras ver mil lágrimas perdidas,
ni quieras entender el mal d'ausencia.
No quieras ver pasiones nunca oídas,
y después desto el áspera sentencia   270
que da contra'l amant'el qu'es amado,
si no'stá muy de veras lastimado.

»¿A quién no matará sólo un olvido?
¿A quién un disfavor no llega al cabo?
¿Qué medio ha de tener quien no's querido,   275
para d'amor sufrir dolor tan bravo?
Pues, ¡ay d'aquel que fue favorecido!
si un pensamiento viene d'otro cabo
y causa en la que ama un movimiento,
que a este mal no llega'ntendimiento.   280

»¿Qué es ver un amador si llega un celo,
ahora sea con causa, *ahora* sin ella?:
¿aquella ansia perpetua y desconsuelo,
aquel no ver la cosa y asir della,
aquel sin ocasión quejarse'al cielo,   285

---

259 *Al.*
263 No existe *a.*
282 *agora.*

aquel oír la disculpa y no creella?
Y a veces, aunqu'es mal para matallo,
temiendo otro mayor *desimulallo*.

»Así que vete luego, mi Sylvano,
y mira'l crudo amor do m'ha llegado.   290
No pongas tu contento'n una mano
de quien jamás le dio qu'haya turado.
Servirle y ser leal es muy en vano.
¡Ved qué *será* d'aquel que s'ha entregado
sin más ni más a este niño ciego,   295
variable, falso, libre, y sin sosiego!»

Y estando'n este sueño muy metido,
le pareció llegar *a* aquella fuente,
con grande majestad, pompa, y ruïdo,
el niño dios d'amor, que de repente   300
mandaba Armía prender por haber sido
contra lo que ordenaba; brevemente
fue puesta'n la prisión de los culpados
que contra'mor han sido conjurados.

Y con el gran ruïdo despertando,   305
temió luego'l pastor lo que soñaba,
d'Armía las palabras contemplando,
y lo que hizo amor consideraba:
entre soltura y sueño'stá temblando
al tiempo que l'aurora comenzaba   310
a matizar el campo, río, y prado,
y el montecillo y soto celebrado.

No mira allí Sylvano el claro río,
ni'l campo tan diverso'n sus colores,
no mira el arboleda, ni'l rocío,   315

---

288 *disimulallo*.
294 *seria*.
297 No existe *a*.
315 *ni*.

como grano de aljófar en las flores,
mas de lo que soñó está tan frío,
que no dirá qu'oyó los ruiseñores
ni la calandria, dulce'namorada,
qu'entonce a sus amores da alborada.   320

No vee Febo venir resplandeciendo,
ni ve el lustre que da a toda cosa,
no siente un airecillo que bullendo
la hermosa arboleda no reposa;
no ve una'spesa niebla irse huyendo   325
d'encima el claro río, presurosa;
no vee sino un dolor y pena'xtraña,
con quien el corazón jamás se'ngaña.

Estando'n su fatiga muy metido,
bien fuera de pensar en otras cosas,   330
hirióle un dulce canto'n el oído,
de dos voces suaves y graciosas.
Fue a levantar los ojos constreñido,
y allí dos ninfas vio asaz hermosas;
limpiaba una los ojos y cantaba,   335
y otra, cogendo flores, l'ayudaba.

Mostró la una'star de amor herida,
y otra mostró vivir d'amor exenta;
una mostró al amor estar rendida,
la otra con amor no tener cuenta;   340
la una'stá'n amor muy encendida,
la otra fría en él y muy contenta,
y como a tal la vio cogendo flores,
muy fuera de pensar en mal d'amores.

Belisa es la que llora muy quejosa   345
d'una deslealtad con ella usada.
No le valió ser casta, no hermosa,
leal, honesta, firme, y avisada.
No le valió poner su amor en cosa
tan alta, ilustre, clara, y levantada,   350

para dejar de ver por sí mil males
que causan corazones desleales.

Alcida era la ninfa que cogendo
las flores va, muy fuera de cuidado,
la pena de Belisa no sintiendo,   355
ni el mal qu'amor le tien'aparejado:
a la fuente se vienen, concluyendo
su dulce canto extraño y concertado,
y aunque traían sueltos sus cabellos,
mil corazones presos traen a ellos.   360

Y no vido Sylvano después desto
de qué venían vestidas, de turbado,
ciego mirando luego'l claro gesto
de quien principio dio a su cuidado.
Y así no fue a mi pluma manifiesto   365
de las dos el vestido, ni el tocado,
sólo dijo Sylvano que traían
guirnaldas de laurel cuando venían.

Y no vieron las ninfas a Sylvano
hasta llegar las dos junto a la fuente;   370
Alcida, que lo vio, el sobrehumano
rostro se le mudó muy brevemente.
Amor, qu'el arco tiene ya'n la mano,
luego apuntó a los dos con flecha ardiente,
y no errando'l blanco en aquel punto,   375
cada uno por el otro'stá *defunto*.

¡Quién viera allí a Sylvano'star vencido
d'amor, el cual d'oídas conocía!
¡Quién viera'star Alcida sin sentido
en ver que siente un mal que no temía!   380
¡Quién vee a Sylvano'star embebecido
en solamente ver por quien moría!

363 *cego.*
376 *difunto.*

¡Quién vee temer Alcida aquella hora
si a dicha ama el pastor otra pastora!

Los ojos de Sylvano bien mostraban   385
que por los de su Alcida se perdían,
y los de Alcida'llí disimulaban
lo menos, que lo más ya no podían.
Los de Belisa claro devisaban
por experiencia, y más por lo que vían,   390
lo qu'en los dos amor había hecho,
rompiendo a cada uno'l blando pecho.

Suspensa y espantada'staba Alcida,
y muerto más que vivo'stá Sylvano.
D'amor cree la pastora'star herida,   395
y el triste no d'amor mas de su mano,
está disimulada aunque vencida,
y está'l pastor perdido y múy ufano
en sólo ver que mira y es mirado,
ora sea *voluntario,* ora forzado.   400

Los ojos de los dos están hablando,
las lenguas están mudas por un poco.
Los de Sylvano'n hito están mirando,
y los d'Alcida miran poco a poco.
Los de Belisa salen derramando   405
lágrimas y diciendo: «¡Oh amor loco!
¿hasta en los prados, selvas, do hay pastores,
quieres que se padezca mal d'amores?»

El tiempo les faltó, y el recogerse
a un alto palacio fue forzado.   410
Sylvano'n vellas ir y solo verse,
d'un grave y nuevo mal fue traspasado.
Seguillas quiere y teme'l atreverse,
aunque *le* ponga fuerzas su cuidado;

400 *volontario.*
414 *la.*

y en fin se queda'llí cabe la fuente,   415
su grave mal llorando amargamente.

Alcida va consigo peleando,
y crece poco a poco su herida,
su mal allá entre sí disimulando,
fingendo del amor no'*star* vencida;   420
pero mirando atrás de cuando'n cuando,
decía *allá* entre sí: «¡Ay triste Alcida!».
Mas calla sospirando y dice luego:
«No temo al crudo amor, ni a su gran fuego.»

Algunas veces por allí tornaban   425
las ninfas, y al pastor Sylvano vían,
mirándole, las dos disimulaban,
y, sólo'n el mirallas lo'ntendían.
Y como al gran palacio se tornaban,
al triste amador nuevo así afligían,   430
que con sospiros, lágrimas, mostraba
que ya su vida triste s'acababa.

Después d'algunos días ser pasados,
Alcida que sufrir ya no podía
la gran pasión, los ásperos cuidados   435
qu'a su causa Sylvano padecía,
se vino con Belisa a los collados
ado'l pastor Sylvano estar solía,
con determinación de no pesalle
si aquel pastor su mal quiere mostralle.   440

Llegadas do Sylvano'stá llorando,
Belisa se sentó cabe la fuente.
Sylvano mira Alcida sospirando,
y Alcida disimula sabiamente,
mas el amor allí sobrepujando   445
a lo que fingir quiere'l que lo siente,

------
420 *esta.*
422 *ella.*

391

en contemplallo se quedó suspensa,
sufriendo allá entre sí su pena inmensa.

Pues como cada cual está elevado,
quiso hablar Belisa interviniendo.   450
Llegóse a él, tiróle del cayado,
dejóselo llevar, no lo sintiendo,
y díjole: «Ah pastor, ¡cuán descuidado
estás!» Pero Sylvano'n sí volviendo,
le dijo: «No hay cuidados más derechos   455
que los descuidos por amores hechos.»

Respóndele Belisa: «Bien lo creo,
¡triste de la qu'ha tanto que lo siente!»
Y como de le oír tuvo deseo,
llegóse junto a él cabe la fuente   460
y dijo: «¿Cúyo sois?» «De lo que veo
—le respondió Sylvano blandamente—,
amor no me dio cuyo hasta ahora,
que m'ha dado una ninfa por señora.»

Belisa replicó: «¿Quién es aquella   465
qu'en un punto, pastor, pudo robarte?»
Sylvano respondió: «No sé más della
que no saber por ella de mi parte;
después que con mis ojos pude vella,
para tratar de mí soy poca parte.»   470
Y aunque Belisa entiende su fatiga,
no se lo da a entender, porqu'él lo diga.

Alcida, aunqu'en *levada,* bien oía
lo qu'el pastor responde, y sospechaba
si es ella, y otra no, por quien decía,   475
si de su amor o d'otro preso'staba.
Y como quien amaba'n demasía,
y en lo que respondió no se fiaba,

---

473 *elevada.*

dijo a Belisa paso y al oído:
«Pregúntale por quién está perdido.»   480

Tornó Belisa luego a importunalle,
diciendo: «Di, ¿quién causa tu fatiga?»
Sylvano respondió: «La lengua calle
lo qu'en mi alma entró, y *amor lo* diga.»
No quiso más Belisa importunalle,   485
y como su dolor en fin le obliga,
se va su paso a paso por el prado,
dejando allí los dos con su cuidado.

Suspendióle a Sylvano su tormento
pensar qu'amor en él está seguro;   490
no siente la pastora descontento
en ver qu'entró'n su alma el amor puro,
mas por honrar la entrada al pensamiento,
de su gran discreción derriba el muro.
Y así se'stán los dos, porque a hablarse   495
ninguno dellos osa'venturarse.

Parécele a Sylvano que ya tarda;
hablar quiere, y no dice cosa'lguna.
Amor es quien lo mueve y acobarda;
el atrever y el miedo'stán a una.   500
Temor es el que' stá diciendo: «¡Aguarda!»
Su mal dice que hable y lo importuna.
No halla medio'lguno'l desdichado
a quien no hurte'l cuerpo su cuidado.

En esta confusión está metido,   505
y Alcida'stá también metida'n ella.
Cad'uno está cobarde y atrevido
para decir al otro su querella;
cad'uno de su pena'stá vencido,
pero Sylvano'n fin, forzado della,   510

---

484 *amarla.*

temblando, bajo, ronco, y comoquiera,
le comenzó a hablar desta manera:

«Señora mía, si este mi tormento
disimular pudiera d'algún arte,
o si en amor cupiera sufrimiento,   515
callara yo mi mal por no'nojarte;
mas es tan desusado'l mal que siento
que yo para'ncubrillo no soy parte,
ni soy quien en decillo tengo culpa,
qu'amor es quien me mueve y me disculpa.   520

»El gran amor que tengo no es acaso,
por elección ha sido, yo lo siento:
un paso contó amor tras otro paso,
en todo hubo su cuenta y su descuento,
quitando, ninfa mía, el mal que paso,   525
vuestro valor y mi merecimiento,
en todo hubo su cuenta, pero'n esto
podella haber jamás es manifiesto.

»Mis ojos no sin causa te miraron,
pues no hay cosa que ver después de verte;   530
mi espíritu cansado te'ntregaron,
que contra tu beldad no hay cosa fuerte.
El alma y los sentidos se juntaron,
y acuerdan todos juntos d'una suerte
de s'entregar a ti, y quien huyere,   535
que pierda luego'l ser que'n mí tuviere.

»Padezco sólo un mal y mil dolores,
de quien mi mal *en torno* está cercado,
y aunque *me* forzó amor a mis amores,
pues yo no resistí, no *fui* forzado: 540
fatigas, descontentos, disfavores,

---

538 *eterno*.
539 No existe *me*.
540 *fue*.

no me harán llamar triste a mi hado,
que no's tan malo'l mal de ser cativo,
cuan bueno's el vivir, pues por ti vivo.

»Si'stando yo sin mí hablo contigo,   545
y viéndote no'stoy corto y medroso,
no soy, señora, yo el qu'esto digo;
hablar debe otro'n mí, pues hablar oso.
Amor, aunqu'es la parte, es buen testigo
de cómo lo que digo m'es forzoso,   550
o sea atrevimiento, o sobra, o mengua,
mover delante ti mi ruda lengua.»

Y así calló, quedando sosegado,
y no callar tan presto bien quisiera.
Hubo temor, en fin, d'haber callado,   555
por lo qu'a aquella ninfa oír espera.
Piensa que la indignó'n haber hablado,
y que hablando más entretuviera
la terrible sentencia qu'esperaba,
y esto causó'l temor cuando callaba.   560

Mas ella'aunque a Sylvano'stá'scuchando,
bien muestra que d'amor no'stá segura:
ora el divino rostro matizando
con un vivo color de grana pura,
ora secretamente sospirando,   565
ora un dulce mirar, una blandura,
que a él para respuesta le bastara
si'l crudo mal d'amor no le *ciegara*.

Si él volvía los ojos hacia'l suelo,
dando'lguna razón con movimiento,   570
alzaba ella los suyos con un celo
de ver a quien causaba su tormento.
Y cuando él otra vez los vuelve al cielo
para le'ncarecer su pensamiento,

---

568 *cegara.*

Alcida iba los suyos abajando,   575
y así le va su vista salteando.

La ninfa no quisiera respondelle,
mas ya su voluntad no'stá'n su mano.
Pensando qu'el tardar será ofendelle,
mil veces l'acomete y es en vano.   580
Y aunque vergüenza llega a entretenelle,
en fin, amor y fe, y el su Sylvano,
en su memoria'ntraron, y en un credo
quitaron todos tres la fuerza'l miedo.

Con un blando sospiro comenzando,   585
y con un rostro puro y muy sereno,
le dijo: «Tu dolor estoy notando,
y no sé si me salvo o me condeno;
por ser tuyo, tu mal lo'stoy pasando,
y si mi hado'n esto es malo o bueno,   590
no estoy tan libre *para* juzgalle,
mas ya que habl'amor, la razón calle.

»Si yo temo tu fe, si tengo miedo,
que no viene sin causa esta sospecha,
si en tu mano es fingirte triste o ledo,   595
imaginallo yo, ¿qué m'aprovecha?
Saber que ya no mando'n mí ni puedo
me hace'star contenta y satisfecha,
y pues que tú y amor tenéis la culpa,
en ambos terná Alcida su disculpa.   600

»Quisiera yo fingirme muy exenta,
y padecer secreto lo que siento;
quisiera estar quejosa y desconterta,
llamando a tu pasión atrevimiento,
mas el dolor que agora m'atormenta   605
no da tanto lugar al pensamiento

---

591 *para yo.*

para qu'encubrir pueda su accidente,
mostrándose al revés de lo que siente.

»Mas ya que paró aquí mi mala suerte,
o buena para mí si tú quisieres,   610
¿qué puedo yo hacer sino quererte,
y aunque me pese, creer que tú me quieres?
Y pues, pastor, ya temo yo perderte,
¿qué más prenda d'amor? Para que esperes
que yo nunca jamás podré olvidarte,   615
ni aun tú de desamor podrás quejarte.»

Calló con esto Alcida y no callara
si más que dijo allí decir pudiera;
si más hay que mostrar, aún más mostrara,
y si hay más que querer, aún más quisiera.   620
Ninguna cosa entonce le'storbara,
aunque la muerte allí sobreviniera,
para decir la pena que sentía
aquel que mucho más qu'a sí quería.

Y aunque quedó con rostro sosegado,   625
mostró'n su corazón no haber reposo
en un blando sospiro, y adornado
d'un cierto volver d'ojos muy airoso.
¡Ved qué haría Sylvano'n tal estado!,
estando un poco antes tan medroso   630
de la respuesta dura de su Alcida,
a quien su libertad está rendida.

No le perdió el pastor razón ninguna,
que todas las scribe en su memoria,
ni piensa que jamás persona'lguna   635
sacó de ser vencido tal vitoria.
Mas témese'l pastor que la fortuna
le venga a tomar cuenta desta gloria,
que nunca el amor dio contentamiento
a quien fortuna deje sin descuento.   640

397

Belisa, qu'escondida'stá'scuchando
lo que pasaba Alcida con Sylvano,
a cada paso déstos sospirando,
está teniendo a Amor por inhumano.
De su pastor s'acuerda contemplando   645
cuántas veces le dijo'n aquel llano
lo qu'a Sylvano allí oído había,
y ella lo que Alcida respondía.

Decía: «Quiera Dios por lo que toca
a esta nuevamente'namorada,   650
no'sté'l amor d'aquél sólo'n la boca,
y el alma exenta dél y descuidada,
que cuanto'n ellos más amor se apoca,
tanto más su pastora'stá prendada.
No temen ya d'amor mudanza'lguna;   655
como señores gozan su fortuna.

»¿En quién nunca se vio tan gran mudanza
como en Alcida, siendo tan exenta
qu'a tantos perder hizo la'speranza
sin que del mal d'amor hiciese cuenta?   660
¡Extraña orden d'amor! ¡Extraña usanza
que tenga por mal caso y por afrenta
haber un corazón que sea exento
para poder vivir sin su tormento!»

Alcida en este tiempo'stá rogando   665
que la zampoña toqu'el su Sylvano.
Tomábala el pastor no porfiando,
que porfiar allí no's en su mano.
Comiénzal'a tocar y ella'scuchando,
y Belisa también, y aun todo el llano;   670
ninfas del río, sátiras, y faunos
los *suspendió* tomándola'n las manos.

· 672 *sospendio.*

Mas cuando Alcida oyó cómo tocaba
con aire tan gracioso y excelente,
y cómo con el son se concertaba   675
el dulce murmurar d'aquella fuente,
que algunos versos cante le mandaba.
Y respondió'l pastor alegremente:
«Escoge tú la historia que quisieres,
que yo no he de salir de lo que quieres.»   680

Alcida, qu'en Sylvano'stá su gloria,
su vida, su contento, su deseo,
su voluntad, su intento, su memoria,
aunque mandalle así tiene por feo,
le dijo: «Canta un poco de la historia   685
de la hermosa Silvia y de Danteo,
qu'en Lusitania fueron tan nombrados,
y de Diana y Marte celebrados.»

Sylvano no sintió de sí contento
de ser de su pastora'sí mandado,   690
qu'en verso no sabía el proprio cuento
para cantallo a son y concertado.
Mas comenzó a tocar el instrumento,
y d'un nuevo furor allí inspirado,
haciendo empronto el verso así decía   695
con voz suave y dulce melodía:

«Llorando'l sinventura de Danteo,
delante su pastora'staba un día,
diciendo: "¿Por qué causa, ¡oh alma mía!,
no puedo verme a mí si no te veo?"   700
"Pastor —le dijo Silvia—, no te creo",
y a otra parte'l rostro revolvía.
Pasar quiso d'allí, mas no podía;
vergüenza pudo más que su osadía.

»Danteo respondió medio defunto: 705
"¿Por qu'esperanza mía'stáis dudosa
d'un amor tan firme y verdadero?"

Y Silvia replicó: "Porqu'en un punto
se muda y hace fin cualquiera cosa,
y el falso amor en esto's el primero."   710
Luego'l pastor le dijo: "Tal dolencia
no la terná quien vivere tu presencia".»

Así acabó Sylvano, y muy quieto
quedó, puestos los ojos en Alcida,
la cual solemnizó todo'l soneto   715
con lágrimas, sintiendo la caída
de aquel joven pastor, fuerte y discreto,
pues en la primavera de su vida
cortó la Parca el hilo a gran porfía,
por dar al mozo Adonis compañía.   720

Muy bien sabía Alcida aquella historia,
mas nunca la movió a sentimiento
hasta que tuvo amor en la memoria,
y vio por experiencia su tormento.
Y como en ver Sylvano'stá su gloria,   725
tampoco le pasó por pensamiento
sentir qu'en el soneto que cantaba
con mudanzas d'amor l'amenazaba.

Por alto no pasó esto a Belisa,
qu'allí sintió d'amor la rabia cruda   730
cuando l'oyó decir d'aquella guisa:
«Amor es el primero que se muda.»
Y dijo: «¡Ay triste yo! ¿quién no se avisa?
¿Quién se confía en amor? ¿Quién no se ayuda
de lo que la'nseñado l'experiencia?   735
Mas no da para esto amor licencia.»

Acaso volvió el rostro al claro río
Belisa, y vio a Felina que venía
con su tan seco rostro como estío
escureciendo'l sol, nublando'l día.   740
Como'l qu'airado sale a desafío,
así la extraña sátira venía,

con sus descalzos pies d'arpía pura,
con su infernal meneo y apostura.

Con su nariz muy larga y derribada,   745
con sus negros cabellos y erizados,
con su muy chica frente y muy rapada,
con sus lucientes ojos y *encovados,*
con su garganta luenga y muy plegada,
con sus muy largos dientes descarnados,   750
con sus flacas mejillas y arrugadas,
con sus fruncidas tetas y colgadas.

Su aya era esta bruja, y conocida
por tan desconfiada y tan celosa
que dellas fue contino aborrecida   755
por muy pesada, necia, y cautelosa.
Mas era, en fin, por fuerza obedecida,
por no poder hacers'allí otra cosa,
y así como la vio venir Belisa,
a Alcida va de presto y se lo avisa.   760

Llegó Felina luego con su gesto
más d'infernal visión que cosa humana,
diciendo: «Decí ninfas, ¿qu'es *aquesto,*
qu'os *he de* buscar yo cada mañana?»
Belisa le replica: «¡Oh cuán de presto   765
os enojáis así, Felina hermana!
¿Qué hace al caso andar por este prado,
do no se oye pastor ni vee ganado?»

Abrió Felina entonce allí su boca,
la cual sus dientes tienen siempre abierta, 770
y dijo: «Do hay vergüenza mucha o poca,
jamás l'orden común se desconcierta.
Hacéism'andar buscándoos hecha loca.

---

748 *encavados.*
763 *aquello.*
764 *os vide.*

El diablo m'entregó llaves ni puerta.»
Dijo'ntre sí Belisa: «Sí haría,   775
que un diablo d'otro diablo se fiaría.»

No dijo esto tan *paso* que no oyese
Felina lo que dijo, y muy rabiosa
le respondió qu'aquello no dijese,
ni fuese confiada'n ser hermosa,   780
que si ella s'afeitase y compusiese,
quizá que no habría ninfa tan graciosa.
Y, qu'había visto'n ella que *tachalla*
para llamalla diablo y afrentalla.

Y prosiguiendo dijo: «Estas hermosas,   785
en sus rostros pintados confiadas,
están más alteradas y humosas
que si ellas fuesen deas celebradas.
¡Sus!, vámonos d'aquí, porqu'estas cosas,
Belisa, para mí son excusadas.   790
Ora sea yo hermosa, ora fea,
que a fe qu'alguno hay que me desea.»

Mil pesadumbres déstas se decían,
aunque Belisa siempre se burlaba.
Los dos amantes tristes ya *temían*   795
la ausencia con qu'el tiempo amenazaba.
Las ninfas a este tiempo se partían,
la vieja iba delante y las guiaba.
Aquel qu'amor tocó con cruda mano
podrá juzgar cuál queda'llí Sylvano.   800

Alcida no va'n sí ni a sí se'ntiende,
sus ojos vuelve atrás y va buscando
aquel a quien la ausencia el fuego'nciende,

---

777 *bajo*.
783 *tochalla*.
795 *tenian*.

que ya su soledad quedó llorando.
Belisa, a quien amor también ofende,   805
el mal de los dos siente imaginando,
si siente algo la vieja, y va diciendo:
«O es muerto ya'l pastor o está muriendo.»

Felina en ella va los ojos puestos,
Belisa la miró con un desgaire   810
d'un cierto volver d'ojos entrepuestos,
y el rostro así torcido por donaire;
Felina dijo así: «¡Hacedme gestos!»
Belisa respondió con gentil aire:
«A saber yo hacer gestos, yo's hiciera   815
uno que muy mejor qu'el vuestro fuera.»

La vieja se tornó a trabar con ella
y no advirtió al pastor qu'atrás venía,
siguiendo a su pastora como a estrella
que la cansada nave al puerto guía.   820
Mas luego allí perdió la vista della
y vio como la vieja las metía
en un alto palacio suntuoso,
qu'a poco trecho'stá del valle umbroso.

Quedó'l triste pastor, mas no ha quedado,   825
que con Alcida fue, aunque quedaba
tan triste que por sí se ha preguntado
como el que sin su alma se hallaba.
Y su dolor responde acelerado,
diciendo que su cuerpo sólo'staba   830
allí, mas que su alma ya era ida,
y sólo'l dolor daba'l cuerpo vida.

No vee Sylvano aquel hermoso gesto,
consúmese su vida poco a poco.
No sabe si es a Alcida manifiesto   835
el mal que l'atormenta y vuelve loco,
y el sinventura amante a todo esto
se esfuerza cuanto puede, y puede poco,

que quien su alma dio y está sin ella
jamás gozó de efecto alguno della.   840

Su luna se'ntrepuso, y eclipsado
estaba el corazón del nuevo amante,
a otro horizón vee un sol pasado
y su fortuna vuelta'n un instante.
En un espeso mirto y muy poblado   845
de hojas, sin pasar más adelante,
se mete'l sin ventura lamentando,
al cielo, tierra, y mar, mil quejas dando.

Ora se queja'allí de su ventura,
ahora'stá quejando de su Alcida,   850
ora del infernal gesto y figura
d'aquella vieja *falsa*'ndurecida,
ora d'amor qu'el corazón le apura,
ora desea la muerte, ora la vida;
y no hallando en una ni otra medio,   855
tomó el vivir muriendo por remedio.

Estando así el pastor, como he contado,
venir vio hacia sí un viejo anciano,
señor del monte, soto, y del ganado
qu'allí se apacentaba'n aquel llano.   860
Un buen carcaj al cuello trae colgado,
ballesta armada al hombro, y en la mano
el asta trae también, do l'afirmaba,
en cuanto el lobo o ciervo le tardaba.

Disimuló el pastor su grave llanto,   865
retrujo al corazón su gran tristeza.
Sus lágrimas cesaron entre tanto
por ver del viejo anciano la graveza,
y no recibe'l mozo poco'spanto
de ver en su dolor tan gran crüeza,   870

---

850 *agora*.
852 *falta*.

y ver que disimula el mal que siente,
sin dallo a conocer a toda gente.

Y el viejo no quedó poco'spantado
de ver allí a Sylvano, como digo.
Nunca en aquel lugar pació ganado,   875
ni allí buscó pastor solaz, ni abrigo.
Y conoció muy bien d'experimentado
el grave mal qu'el mozo trae consigo,
en ver perdido al rostro las colores,
mas no'ntiende la causa si es d'amores.   880

Y con un rostro blando le decía:
«¿D'adónde eres, pastor? O, ¿adónde vienes,
qu'estando solo aquí sin compañía
muy *grande* muestra das qu'algún mal tienes?
¿De qué procede'l mal qu'en ti porfía,   885
y el gran dolor que muestras y sostienes?,
que si hay remedio'n él, yo me profiero
a serte buen amigo y compañero.»

Sylvano respondió, disimulando:
«De Lusitania soy, d'un valle umbroso,   890
adonde'ntre mis deudos repastando
el mi ganado anduve asaz gustoso,
ora'n el campo andaba'pacentando,
ora'n un soto'speso y deleitoso.
Y las pastoras todas qu'allí andaban,   895
su pena y sus amores me contaban.

»Las unas lamentando me decían
cuán mal podían sufrir el mal d'ausencia,
las otras el contento'n que se vían,
a sus pastores viendo'n su presencia.   900
Y las qu'ausencia y celos padecían,
quejábanse ante mí de su dolencia,

_____
884 *gran.*

405

mas yo les daba'n todo su descuento
y en el descanso más qu'en el tormento.

»Por cosas que después me sucedieron   905
convino que dejase yo esta vida.
Los mis sentidos tristes bien sintieron
el mal que s'ordenaba en la partida.
Los mis cansados pasos me trujeron
aquí, do veis qu'ha sido mi venida,   910
y no tengo más mal que me atormente
si no's la soledad y el verme ausente.»

El viejo respondió: «Pastor amigo,
jamás permaneció un buen estado,
lo que fortuna ves qu'usó contigo,   915
usó con otros muchos qu'han pasado.
Si acaso quieres tú vivir conmigo,
y te contenta el soto y verde prado,
quizá podrías andar en compañía
que no te fuese tal como la mía.»   920

Resucitó'l pastor como de muerto
en ver que le cometen tal partido,
porqu'en aquella hora'ntendió cierto,
por sólo el rostro y aire qu'en él vido,
qu'es padre de su Alcida, y el concierto   925
entre los dos fue hecho y consentido.
Y así se van los dos, amo y criado,
al alto y gran palacio ya nombrado.

Contar lo que sintió en velle Alcida,
y lo que sintió'n verle'l su Sylvano,   930
él viendo qu'el gozar de su querida
el tiempo se lo pone ya'n la mano,
y ella'n contemplar la alegre vida
que vino tras un mal tan inhumano,
no hay lengua humana, no, que hacello pueda,
que todo'ntendimiento atrás se queda.

Pues no le plugo menos a Belisa,
aunque temió su mal se descubriese,
y sin esperar más los dos avisa,
diciendo a cada uno que advirtiese   940
en encubrir su pena de tal guisa
que por señales nadie la'ntendiese,
y a culpa d'un liviano y bajo exceso
no resultase'n mal su buen suceso.

Olimpo se llamaba el viejo anciano,   945
padre de la hermosa y linda Alcida,
el cual dijo al pastor: «Pues ya, Sylvano,
en mi poder pensáis pasar la vida,
aquí andará el ganado'n este llano,
y aquí sea vuestra choza y la manida,   950
para de noche'star con el ganado,
do hay más seguridad que no'n el prado.»

Sylvano respondió: «De lo que quieres
jamás saldré yo un punto, señor mío.
Yo dormiré'n el campo si quisieres,   955
por nieve, helada, truenos, agua, o frío.
Y si del mal o el bien que dispusieres,
en algún tiempo ves que me desvío,
yo digo desd'aquí que la manada
me quites luego al punto y mi soldada.»   960

El viejo Olimpo tanto s'agradaba
de ver el buen servicio de Sylvano
que casa, hacienda, y honra le fiaba.
Debajo'staba'l hato de su mano,
la cuenta a otros pastores la tomaba,   965
y dábala tan buena'l viejo anciano
que ya no le tomaba'lguna cuenta
de leche, lana, quesos, ni otra renta.

Las noches que pasaba con su Alcida,
los días con Belisa conversando,   970
aquellos dulces ratos, y la vida

que, sin pensar perdella, está gozando,
el alabar contino su venida,
el dulce sospirar de cuando'n cuando,
de gran contentamiento y no fatiga,   975
no hay lengua d'hombre humano que lo diga.

Pues como su fortuna ya cansase,
como cansarse suele'ntre amadores,
y el tiempo apresurado amenazase
de dar por sólo un bien cien mil dolores,   980
con brevedad mandó que se mostrase
el desastrado fin de sus amores,
el cual mostró a las gentes de tal modo
que a la lástima moviese el mundo todo.

Sylvano, estando entonce el más contento   985
que nunca hombre lo estuvo en tal estado,
sin sospechar la pena y gran tormento
que el tiempo y muerte le han aparejado,
soñó una noche un sueño en que el intento
del tiempo conoció, y el triste hado   990
de su pastora Alcida, cuya suerte
le amenazaba ya con breve muerte.

Soñó que vio venir a su señora
en boca de un león atravesada,
y allí delante de él luego a la hora   995
entre sus dientes fue despedazada,
y que unos gritos oyó de hora en hora
de una hermosa ninfa que llegada
allí, le pareció a Belisa tanto
que lo hizo despertar con gran espanto.   1000

Y luego sospechó la desventura
que el sueño poco a poco le mostraba.
Del mal se defendía a fuerza pura,
y en ver que es bien amado se esforzaba.
Pero del sueño teme la soltura,   1005
tornando a imaginar lo que soñaba,

y en busca de su Alcida va derecho
para quedar con verla satisfecho.

Alcida, con las noches que han pasado,
las cuales pocas veces las dormía,   1010
o con jamás de sí tener cuidado
si no es de aquel pastor por quien moría,
o con pisar descalza el verde prado
con su querido amor en compañía,
un mal le dio tan fuerte y tan crecido   1015
que el rosicler del rostro le ha encendido.

Debajo un pabellón que en un huerta
de aquel alto palacio armado estaba,
está la hermosa Alcida y casi muerta
en ver el grave mal que le aquejaba.   1020
Con un paño de seda está cubierta
la cama, de claveles rodeada.
Sentada junto a ella está Belisa,
que a su pesar la está moviendo a risa.

En esto entró el pastor alborotado,   1025
del sueño que soñó muy descontento.
Llegó do el pabellón estaba armado;
su Alcida viendo allí, quedó sin tiento,
y aunque por ella fuese asegurado
que no era nada el mal, su pensamiento   1030
delante de sus ojos l'había puesto
el sueño que soñó, mirando en esto.

La fiebre a su pastora le crecía
y su viva color l'acrecentaba.
La su garganta'sí resplandecía   1035
qu'el resplandor del sol sobrepujaba.
Tan mala voz del pecho descubría,
con una blanca mano que sacaba,
que no sé corazón tan fuerte y duro
que allí pudiere estar d'amor seguro.   1040

Los ojos puso Alcida'n su Sylvano
con una brevecita y dulce risa.
Lo mismo hizo'l pastor, aunqu'en su mano
no'stá mostrar placer d'alguna guisa.
Del sueño un mal le nace sobrehumano,   1045
el cual le conoció muy bien Belisa,
y dijo: «Mayor mal que su dolencia
nos da a entender, Sylvano, tu presencia.»

Respóndele'l pastor disimulando:
«No hay otro mal qu'a mí pesar me diese,   1050
si no es ver yo mi bien aquí pasando
lo que por ella yo pasar pudiese.»
Mas ellas, no creyéndole y jurando
qu'algún dolor si siente les dijese,
le han puesto'n muy gran riesgo de decillo,   1055
mas vee que toca a Alcida el encubrillo.

Cuyo dolor divino'stá mudado
y firme todavía el pensamiento,
y a su pastor se vee en tal estado
que la'speranza pierde y el contento.   1060
Y el viejo Olimpo'stá con tal cuidado
que en él no puede'ntrar contentamiento
en ver su hija'star d'aquella guisa,
y no con menos pena'stá Belisa.

No tanto pesa Alcida de su muerte   1065
como de ver que deja a su Sylvano,
apriétale un dolor muy recio y fuerte,
esfuérzase la triste y es en vano.
Tampoco puede creer querrá su suerte
quitalle luego un bien tan soberano.   1070
De la dolencia aprietan los dolores,
mas dale más que hacer el mal d'amores.

Estuvo muchos días allí Alcida,
ora'flojando'l mal, ora arreciando;

si hoy muestra señal de tener vida,   1075
mañana le'stá muerte amenazando.
Seis meses pasó así, aunqu'entendida
su muerte fuese luego'n enfermando,
mas los que la curaban lo'ncubrieron
hasta'quell'hora y punto que pudieron.   1080

    Y en fin, muy a la clara ya mostraban
tener poca'speranza de su vida:
sus delicados huesos se contaban,
y la virtud del cuerpo es consumida;
los sus hermosos ojos s'añublaban,   1085
la gana del comer está perdida.
Seis días turó así desconfiada
la triste Alcida, moza y desdichada.

    ¡Ved qué haría el pastor desventurado,
o qué podría sentir su pensamiento   1090
en ver qu'en breve'l tiempo l'ha quitado
su bien y su alegría y su contento!
Ya de llorar el triste'stá cansado,
mas a su mal no halla'lgún descuento,
si no es que viendo muerta a su pastora   1095
se mate él mismo a sí en aquella hora.

    Olimpo con Belisa'llí sestaban
a la pastora Alcida acompañando;
toda la noche'ntera la velaban,
su desdichada muerte allí aguardando.   1100
A ella'lgunas veces s'allegaban,
y con palabras blandas esforzando
están a quien le da dolor más fuerte
mil veces su pastor, que no su muerte.

    Ya la tercera noche era llegada.   1105
Belisa dijo a Olimpo que se fuese,
que la pastora estaba algo aliviada,
y qu'era justa cosa qu'él durmiese.
Y pues Sylvano'staba en la posada,

que le mandase luego allí viniese, 1110
y así junto los dos la velarían,
y si arreciase'l mal le llamarían.

Pues como este acuerdo concluyeron,
Olimpo se salió y entró Sylvano.
Los dos llorando a solas estuvieron; 1115
la muerte ya a este punto estaba a mano.
Allí junto a la cama se pusieron,
mostrándole un placer fingido y vano.
Y dijo: «¿Cómo'stáis, mi amor primero?»
Alcida respondió: «La muerte espero.» 1120

Replícale Sylvano: «Dios no quiera
que yo vea de mis ojos vuestra muerte,
porqu'es mejor, mi alma, que yo muera
que recebir después un mal tan fuerte.»
Sylvano'staba tal que quien lo viera 1125
pudiera bien sentir su mala suerte,
porqu'a cualquier palabra qu'allí expresa,
en su garganta un ñudo se atraviesa.

Tres noches ha que nadi'allí dormía,
Belisa ni Sylvano, ni aun Alcida, 1130
y en cuanto el pastor triste esto decía,
Belisa se dejó quedar dormida.
El sinventura amante, que sentía
que su tristeza a sueño le convida,
arrima la cabeza a la almohada 1135
do su pastora triste'stá acostada.

Estando, pues, durmiendo en esta hora,
pasaba por la enferma un accidente,
un paroxismo, un mal, que a la pastora
le pareció su muerte estar presente. 1140
Y toma un tal esfuerzo allí a deshora,
muy más de mujer sana que doliente,
como hace la candela si fenece,
que más qu'en su principio resplandece.

La que si acaso el brazo levantaba   1145
y la camisa en él se l'encogía,
volver no la podía como'staba
si Olimpo a su Belisa no lo hacía,
la que de flaca el cuerpo no mudaba,
ni el rostro a parte alguna revolvía,   1150
con un esfuerzo extraño y no pensado,
sobre la cama sola se ha sentado.

Y como vio dormido al su Sylvano,
comiénzalo a mirar la desdichada.
Sostiene la cabeza en una mano,   1155
la otra afirma recio en la almohada;
diciendo está: «Mi bien, no ha sido en vano
amar como os amé, ni ser yo amada,
pues deste mundo llevo un gran contento
en ver qu'os he ocupado el pensamiento.   1160

»Yo *miré* mi bien, mas yo confío
que no'entrará otro amor en tu memoria,
y que jamás dallí saldrá este mío,
lo cual no es para mí pequeña gloria,
pues yo pensar perdello es desvarío,   1165
aunque de mí la muerte haya vitoria,
que, pues que va en el alma el pensamiento,
no es parte'n él la muerte ni el tormento.

»El caudaloso Duero y su corriente,
que cuesta abajo va tan desenvuelto,   1170
atrás *podrá* volver más fácilmente
qu'el *nudo* de los dos *podrá* ser suelto.
Las piedras hablarán y no la gente,
será deciembre claro, abril revuelto,
mas no podrá la muerte ni fortuna   1175
dos almas apartar que ya son una.

1161 *me ire.*
1171 *podria.*
1172 *ñudo, podria.*

»Con el feroz mastín el lobo fiero
hará perpetua paz y compañía,
y de la oveja mansa el su cordero
huyendo se irá al bosque a gran porfía,   1180
y el mar se secará también primero
que pueda yo creer, ¡oh alma mía!,
que infortunio o muerte o caso alguno
los dos quite jamás d'estar en uno.»

Estando Alcida en esto, derramaba   1185
nel rostro del pastor qu'allí dormía,
mil lágrimas ardientes, do mostraba
la grande fe y amor que le tenía.
Y viendo qu'el pastor ya despertaba,
cayó'n la cama allí quedando fría.   1190
Pero pasó de presto este accidente,
y el último llegó muy brevemente.

Tentó el pastor su rostro, el cual bañado
en lágrimas lo halla de su Alcida.
Volvióse a ella y dijo el desdichado: 1195
«¿Qu'es esto? ¿Cómo estáis? ¿Estáis dormida?»
Responde: «Pastor mío, ya es llegado
el punto de mi muerte y mi partida.
Suplícoos yo, mi amor, por lo qu'os quiero
qu'un don no me neguéis, pues veis que muero.»   1200

Respóndele'l pastor: «Jamás yo vea,
señora, un mal tan grave y tan siniestro.
Pues no hay cosa en mí que mía sea,
¿qué habrá que demandar en lo qu'es vuestro?
Ved nuestra'lma qué quiere o qué desea,   1205
pues menos no consiente'l amor nuestro
sino vivir conformes d'una suerte
en gloria, en pena, en gozo, en vida, en muerte.»

«Al don que *pedir* quiero estad atento»,

1209 *pedis.*

responde la pastora ya cansada,   1210
«Suplicos, amor mío, pues no siento,
si no es por sólo vos, la muerte airada,
que deste mundo lleve tal contento
como es decir que fui con vos casada,
y el alma irá contenta a donde fuere,   1215
y vos conoceréis el bien qu'os quiere.»

    No tuvo tiempo alguno allí Sylvano
para le agradecer lo que pedía,
mas luego al punto y hora dio la mano
y dijo: «Yo's recibo, ¡oh alma mía!»   1220
«Yo a vos, mi bien —dijo ella—, pues me gano
con tan dichosa y dulce compañía.»
Y al punto que acabó de decir esto,
cortó la Parca el hilo muy de presto.

    Sylvano, cuando vio que muerta estaba,   1225
el seso y la paciencia le faltaron,
la voz llegaba al cielo y le pasaba,
y en este punto todos despertaron.
Belisa, como allí tan cerca'staba,
y el sinventura Olimpo, que miraron   1230
y vieron muerta Alcida, con su llanto
la tierra, cielo y mar recibe'spanto.

    Belisa va a Sylvano y muy de presto
le dijo: «¡Oh pastor triste!, vete luego,
que no conviene aquí, ni aun es honesto   1235
que con tu llanto muestres tu gran fuego.»
Sintió'l pastor muy bien su presupuesto,
aunqu'el rabioso mal le tiene ciego.
D'entre ellos se salió, y allí quedaron,
do con muy graves llantos la'nterraron.   1240

    Con rabia más mortal que no la muerte,
Sylvano se salió al verde prado,
diciendo: «¡Alcida mía!, ¿no he de verte?
¿Do estás? O yo, ¿do'stoy, pues t'he dejado?

Pues, ¿cómo Alcida mía, he de perderte,   1245
y no pierdo la vida en tal estado?»
Y así cayó'nel suelo en un instante,
sin alma, sin sentido, el triste amante.

Tornó a volver en sí y dijo: «Alcida,
Alcida, ¿qu'es de ti que no te veo?   1250
¿Llevas mi alma? No, que aun tengo vida.
¿Vida es la que *ahora* tengo? No lo creo.
¡Vuelve mi alma acá desconocida!
¡Mas no la quiero ya, ni la deseo!
¿Estoy sin vida y hablo? ¡Oh desconcierto!   1255
No dejaré'l hablar, pues estoy muerto.»

Estando'n tal congoja el desdichado
no sabe imaginar a dó se vaya.
Despierta un poco y llora su cuidado,
y a cada paso cae y se desmaya.   1260
Toma su flauta, siendo'n sí tornado,
y al pie de una muy seca y alta haya
sentado, así comienza un triste canto
qu'aun a las fieras mueve a eterno llanto:

Piramo
y Tisbe   «¿De quién os quejaréis, Tisbe hermosa,   1265
pues ante tiempo veis la sepultura?
¿D'amor, de la leona presurosa,
de Píramo tardar, o de ventura,
de la cruel espada rigurosa,
de su querer, o vuestra hermosura?   1270
Ora quejéis d'un mal, ora de *ciento,*
quejar yo de mí sólo es más tormento.

»¿Por qué, Venus, estáis desconsolada,
vuestro querido Adonis lamentando
y *de* señora en cierva transformada,   1275

1253 *agora.*
1271 *cento.*
1275 *de su.*

416

de Átropos y amor mil quejas dando?
Si vuestra pena es grave y no pensada,
mira la que Sylvano'stá pasando,
y entre una larga pena o breve muerte,
juzga cuál de las dos será más fuerte.   1280

    »Si el infernal tormento obedecía
la música d'Orpheo, que en él entraba,
si el mal de los dañados suspendía,
y el suyo cada vez se acrecentaba,
y si perdió del todo su alegría   1285
por un solo mirar que se'xcusaba,
también mi mal nació d'haber mirado,
mas yo no lo'xcusé, que fui forzado.

    »Si Juno se halló tan agraviada
d'aquella ninfa Eco que improviso   1290
el cuerpo le quitó, y fue tornada
en voz con que respond'al su Narciso,
quitándome fortuna mal mirada,
cuanto quitarme pudo y cuanto quiso,
la voz que me *dejó* para quejarme   1295
me hace daño'n vez d'aprovecharme.»

    Allí quedó Sylvano lamentando
su triste soledad, su desconsuelo,
su pena, y su dolor aventajando
de cuantos dio fortuna en este suelo,   1300
y con su triste canto lastimando
la tierra, el mar, el aire, y aun el cielo,
hasta que venga muerte a despenalle,
pues ella, y otro no, puede curalle.

1295 *dijo.*

Colección Letras Hispánicas